凍える墓

ファンロイガルスターデュル
グンガスクルド
スカガフィルデュル県
ーナフィヨルズル
ゲイタスカルド
ブランダ川
シンゲイラル
リトラ＝ギリリャウ
ブレックコット
ブルフェトル
ープ潟湖
スリスタパー
ストラ＝ボーグ
ガフル
フラガ
①クヴァンムル
ギルスターデュル
②コルンサウ
ブランダ川
ウンダーフェトル
グッドルナルスターデュル
ヴァッンスダーリュル谷
フーナヴァトゥン県

0
5
10 miles
N
フーナ湾
チアルン
④イルガスターデュル
③キャタダーリュル
ヴァツネス
ヴァツンセンディ
ヴェステュルホープスヴァトン湖
⑤ブレイダボルスタデュル
アイスランド
レイキャヴィーク
《主な舞台》
農場　教会
①クヴァンムルのブリョンダル行政長官の家
②コルンサウのヨウンとマルグレットの農場
③キャタダーリュルのフリドリク・シグルドソンの家
④イルガスターデュルのナタン・ケーティルソンの農場
⑤ブレイダボルスタデュルの
トルヴァデュル（トウティ）・ヨウンソン牧師補の家と教会

【主な登場人物】

アグネス・マグノスドウティル……………………………農場のワークメイド。死刑囚
トルヴァデュル（トウティ）・ヨウンソン ………………牧師補
ヨウン・ヨウンソン……………………………………コルンサウ農場の主。行政官
マルグレット……………………………………………ヨウンの妻
ステインヴァー（ステイナ） …………………………ヨウンの娘
シグルロイグ（ロイガ） ………………………………ヨウンの娘。ステイナの妹
ビョルン・オイドゥンソン・ブリョンダル……………フーナヴァトゥン県行政長官
ヨウン牧師………………………………………………トウティの父
フリドリク・シグルドソン………………………………アグネスの共犯。死刑囚
シグリデュル（シッガ）・グドゥモンドドウティル …アグネスの共犯。農場のワークメイド
ナタン・ケーティルソン…………………………………殺された農場主。薬草商
ピエトル・ヨウンソン……………………………………ナタンと共に殺された未決の罪人
ロウザ・グドゥモンドウティル…………………………詩人。ナタンの愛人
ヨウアス・イトルギソン…………………………………アグネスの弟
ダニエル・グドゥモンドソン……………………………アグネスの友人。農場の使用人

両親へ

アイスランドの人名について

アイスランドでは伝統的に父称が採られている。息子なら父のファーストネームに接辞ソン（-son）をつけたものを、娘ならドウティル（-dottir）をつけたものをラストネームとする。

アグネス・マグノスドウティルは、文字どおりに訳せば〝マグノスの娘、アグネス〟、である。

ゆえに、血のつながった家族であっても、異なる姓を持つ。

「わたしは、心から愛した人に、とてもむごいことをしてしまった」

ラックス谷の人びとのサガ

プロローグ

おまえを生かしてはおけない、と彼らは言った。人の命を奪った報いに、自らの命を差し出さねばならない、と。そのとき思った。わたしたちはみな蠟燭《ろうそく》の炎だ。闇の中、吹き荒れる風にはかなく揺れる、脂《あぶら》を燃やした煤《すす》けた炎。しんとした部屋で、足音を聞く。ちかづいてくる恐ろしい足音、わたしの命を吹き消して、渦巻く煙とともに天へ昇らせるためにちかづいてくる足音。わたしは闇に溶けて消えてゆく。ひとつ、またひとつ、わたしたちの命が吹き消される。あとに残るのは彼らの炎だけになる。そうしてやっと、彼らは、自分たちの姿を見るのだ。そのとき、わたしはどこにいるのだろう?

ときどき、闇の中に農場の燃える母屋《おもや》が見える。見える気がする。肺の中に冬の疼《うず》きが甦《よみがえ》り、海に照り映《は》える炎が見える。火あかりに煌《きら》めく海は、いつもの海とはまるでちがう。あの晩、わたしは振り返った。振り返って炎を見た。肌を舐《な》めれば、いまも潮の味が、煙の味がするだろう。

いつもそんなに寒かったわけではない。

わたしは足音を聞く。

一章

告示

一八二八年三月二十四日、イルガスターデュルにおいて、農場主、ナタン・ケーティルソンの遺品が競売に付される。その内訳は、雌牛一頭、馬数頭、相当数の羊、干し草、家具、鞍《くら》、頭絡《とうらく》、多数の食器である。すべてが競売の対象となり、妥当な値がついた場合、そのうちの最高値をつけた者に引き渡される。悪天候により競売の開催が困難なときは、天候が許すかぎり翌日に繰り延べとする。

行政長官
ビョルン・ブリョンダル

一八二八年三月二十日

ヨウハン・トウマソン牧師殿

十四日付けの貴殿の手紙、拝受いたしました。お尋ねの件について、ここにお知らせいたします。今月十三日夜半から十四日未明にかけ、ナタン・ケーティルソンとともに殺害され焼かれたゲイタスカルドのピエトル・ヨウンソンの葬儀に、私はたしかに出席いたしました。貴殿もご指摘のように、彼の遺骨を聖別された土に葬《ほうむ》ってよいものかどうかは、議論の分かれるところではありました。彼は強盗ならびに窃盗と盗品譲受の罪で起訴され、最高裁の判決を待つばかりでした。しかしながら、デンマーク（当時、アイスランドはデンマークの統治下にあった）からいまだに手紙が届いておりません。昨年二月五日、高等裁判所の判事は、ピエトルに対し、コペンハーゲンのラスファス刑務所で重労働四年の判決を言い渡しましたが、殺害された時点ではまだ最高裁にて刑が確定していませんでした。よって、ナタンとともにキリスト教の教えに則《のっと》り葬られました。彼をキリスト教の教えに背《そむ》く者と見なすことができなかったからです。キリスト教の教えに背く者の定義は、一七四〇年十二月三十日付けの国王陛下の勅書において明確になされており、そこには、キリスト教式の葬儀を許されない者が列記されております。

行政長官
ビョルン・ブリョンダル

一八二九年五月三十日

T・ヨウンソン牧師補
ブレイダボルスタデュル、ヴェステュルホープ

トルヴァデュル・ヨウンソン牧師補殿

ヴェステュルホープにおいて、神に仕える者の責務をよく果たしておいでのことと思います。

アイスランド南部で学業を無事修了されましたこと、遅ればせながらお祝い申し上げます。あなたが勤勉な若者であることは、教区民から聞いております。よくぞ北へ戻り、父君のご指導のもと礼拝堂付き牧師としての修行に励む決断をされました。人間と神に対する義務を、あくまでも果たそうとする廉直な人間がいまもいることを知り、大いに喜ぶところでありま

す。

さて、ここに私は、行政長官としての権限において、あなたの力をお借りしたく本状をしたためております。ご承知のとおり、わが県には最近、犯罪という暗雲が垂れ込めております。昨年のイルガスターデュル殺人事件は、その凶悪さにおいて、当県の腐敗と不信心を象徴するものであります。フーナヴァトゥン県の行政長官として、私は社会的不正を看過することができず、コペンハーゲン最高裁判所の許可がおりしだい、イルガスターデュル殺人事件の犯人たちを処刑する所存でおります。そのことを念頭に置き、あなたの協力を求めるしだいであります、トルヴァデュル牧師補。

当殺人事件のことは、十カ月前、各教区の牧師に対し、懲罰の説教をお願いする手紙を送付しましたから、あなたもご記憶でしょう。当事件について理解を深めていただくため、あらましをもう一度ここに記すことをお許しください。

昨年の三月十三日夜半から十四日未明にかけ、三人の人間が二人の男に対し、残虐で忌《い》むべき所業をなしました。被害者はあなたもご存じのナタン・ケーティルソンとピエトル・ヨウンソンです。彼らはイルガスターデュルにあるナタンの農場の焼け跡から発見され、検視の結果、故意につけられた傷のあることがわかりました。そこで捜査が行われ、裁判が開かれたのです。昨年の七月二日、殺人罪で起訴された三人——男一人と女二人——は、私が判事を務める地方裁判所で有罪と認められ、斬首刑の判決がくだされました。「人を撃って死なせた者はかならず殺されなければならない」の教えどおりです。この死刑判決は、昨年十月二十七日、レイキャヴィークの高等裁判所でも支持され、いまはコペンハーゲンの最高裁判所で審理中でありますが、私の判断はそこでも支持されるでありましょう。被告人三人のうち、男はキャタダーリュルの農場主の息子、フリドリク・シグルドソンであり、女二人はともに農場のワークメイド（農作業を手伝うメイド）で、シグリデュル・グドゥモンドウティルとアグネス・マグノスドウティルです。

彼らは、北部において身柄を拘束されており、処刑の日までそれはつづく予定であります。フリドリク・シグルドソンは、シンゲイラルのヨウハン・トウマソン牧師のもとに預けられ、シグリデュル・グドゥモンドウティルはミドホープに身柄を移されました。アグネス・マグノスドウティルは、処刑の日までストラ＝ボーグ農場で過ごす予定でしたが、私の立場上公言するわけにいかぬ事情により、来月にはヴァツンスダーリュル谷のコルンサウ農場に移されることになりました。彼女はいま付いている〝魂《たましい》の監督者〟に満足しておらず、そのかぎられた権利を行使して、教誨師《きょうかいし》の交代を求めております。彼女が名指ししたのが、トルヴァデュル牧師補、あなただったのです。

しかしながら、あなたにその任を負わせることに、私はいささかの不安を覚えます。あなたの仕事は、教区の若い人たちの宗教教育にかぎられており、それが大事であることは紛《まぎ》れもありませんが、行政上の重要性は低いと言わざるをえません。死刑囚を神とその無限の御慈悲へと導くには、あなたがあまりにも経験不足であることは、ご自身も認めるところでありましょう。ですから、この申し出を断られてもあなたに非はありません。経験豊富な聖職者の肩に担わせることすら、ためらいを覚えるほどの重責なのですから。

アグネス・マグノスドウティルに神と出会う準備をさせる責任を引き受けた場合、天候が許すかぎりにおいて定期的にコルンサウ農場を訪ね、神の御言葉を伝えて悔い改めさせ、正義のなんたるかを知らしめねばなりません。どうか軽はずみにことを決めないでください。あなたと死刑囚のあいだに、血縁関係があるのだとしても、それで引き受ける決心はなさらぬように。そしてなによりも、あなた一人では決心がつきかねるなら、どうか私にご相談いただきたい。

お返事をお待ちしております。使いの者にその旨をお伝えください。

行政長官
ビョルン・ブリョンダル

牧師補のトルヴァデュル・ヨウンソンが、ブレイダボルスタデュル教会付属の農場の母屋で炉の石を積み替えていると、戸口から父であるヨウン牧師の咳払いが聞こえた。

「クヴァンムルから使いが来たよ、トウティ。おまえにだそうだ」

「ぼくに?」彼は驚いて石を落とした。石は固めた土の炉床に落ち、危うく爪先に当たるところだった。それを見た父は舌打ちし、戸枠に当たらぬよう頭をひょいとさげて入ってくると、やさしくトウティを押し出した。

「そうだ、おまえにだ。待たせては悪い」

使いは着古したコート姿の使用人で、ひとしきりトウティを見つめてから口を開いた。

「トルヴァデュル・ヨウンソン牧師ですか？」

「そうです。こんにちは。ああ、でも、まだ見習いですけど」

使用人は肩をすくめた。「行政長官、ビョルン・ブリョンダル閣下の手紙を持ってまいりました」コートの中から小さな紙を取り出し、トウティに渡した。「あなたが読み終わるのを待つよう言われています」

使用人の懐《ふところ》にしまわれていた手紙は、あたたかく湿っぽかった。トウティは封を切り、その日に書かれたものだと気づいた。玄関先の薪《まき》割り台に腰をおろし、手紙に目をとおす。

ブリョンダルの手紙を読み終えて顔をあげると、使用人と目が合った。「それで？」使用人が眉を吊り上げ返事を促《うなが》した。

「なんですか？」

「行政長官への返事ですよ。長く待っちゃいられないんでね」

「父と話してきていいですか？」

使用人はため息をついた。「どうぞ」

父は寝室《バッツストファ》で、自分のベッドの毛布のしわをのんびりと伸ばしていた。

「どうした？」

「行政長官からでした」トウティは開いたままの手紙を父に渡し、読み終わるのを待った。

手持ち無沙汰《ぶさた》だ。

父は無表情のまま手紙を畳んで彼に返した。なにも言わない。

「なんて返事をすればいいでしょう」トウティはいたたまれず尋ねた。

「おまえが決めることだ」

「ぼくは彼女を知りません」

「そうか」

「うちの教区民ではないでしょう？」

「ああ」

「どうしてぼくを名指ししたのかな？　ただの牧師見習いなのに」

父はベッドに向き直った。「その質問は彼女にぶつけるべきだな」

使用人は薪割り台に腰をおろし、ナイフの先で爪を掃除していた。「それで？　行政長官にはなんと伝えれば？　牧師見習い殿の返事は？」

決心をつける前に口が開いていた。「ブリョンダル閣下にお伝えください。アグネス・マグノスドウティルに会いに行きますと」

使用人は目を丸くした。「手紙の用件というのは、〝あのこと〟だったんですね？」

「彼女の教誨師になります」

使用人は目を剝《む》き、笑い出した。「なんとまあ。猫を手なずける役を鼠《ねずみ》にさせるとはね」そう言うなり馬にまたがり、丘の向こうに姿を消した。取り残されたトウティは、まるで手紙が火を噴いたかのように体から遠ざけた。

†

ステイナ・ヨウンスドウティルは、芝草を積んで建てた母屋の裏庭で干した糞《ふん》を積み上げているとき、駆けてくる蹄《ひづめ》の音を聞いた。スカートの泥を払って立ち上がり、母屋の陰から谷を縫う馬道に目を凝《こ》らした。乗っているのは真紅の上着の男だ。馬道をはずれてこちらにやって来る。迎えに出なければと思うとあたふたし、母屋の裏手に引っ込んだ。両手に唾《つば》をかけ擦《こす》ってきれいにし、袖口で洟《はな》を拭《ぬぐ》った。それからおもむろに前庭に出てゆくと、客はそこで待っていた。

「こんにちは、お嬢さん」男は困惑の面持ちでステイナの汚れたスカートに目をやった。「仕事の邪魔をしてしまったようだな」男が優雅に馬からおりるのを、ステイナは見守った。大柄な男にしては軽やかな身のこなしで、音をたてず地面におり立つ。「わたしが誰だか知っているかね？」彼女がすぐに気づくのを期待している。

ステイナは頭を振った。

「行政長官のビョルン・オイドゥンソン・ブリョンダルだ」軽い会釈《えしやく》をして上着のしわを伸ばした。銀の飾りボタンのついた上着だ。

「クヴァンムルから見えたんですね」彼女はもごもご口の中で言った。

ブリョンダルは鷹揚《おうよう》にほほえんだ。「そうだ。きみのお父さんの上司だ。彼に話があって来た」

「父はいません」

ブリョンダルは顔をしかめた。「お母さんは？」

「二人とも谷の南に住む人たちに会いにいってて」

「なるほど」彼にじっと見つめられ、ステイナはもじもじしてうつむいた。鼻や額の青白い肌にそばかすが浮いて見える。ぱらっと離れた目は茶色で、前歯には大きな隙間があった。鈍くさい娘だな、とブリョンダルは思った。指の爪のあいだに詰まった土が三日月形に透けて見える。

「出直してもらえませんか」ステイナが思い切って言った。

ブリョンダルはむっとした。「中に入れてもらえんのかね？」

「まあ。だったらどうぞ。馬はあっちにつないでください」ブリョンダルが庭の支柱に手綱《たづな》をつなぐのを、ステイナは唇を噛《か》んで眺めていた。それからくるっと向きを変え、家の中に駆け込んだ。

ブリョンダルは框《かまち》にぶつからないよう頭をさげ、中に入った。「お父さんはきょうのうちに戻るのかね？」

「いいえ」取りつく島がない。

「それは困った」ブリョンダルはステイナに案内され、暗い廊下をおぼつかない足取りで寝室へと向かった。行政長官に就任して以来めっきり体重が増えたうえに、いま家族と住む輸入材で建てられた広い官舎に体がすっかり馴染《なじ》んだものだから、小作農や農場主が暮らすこういった小屋には不快感すら覚えた。狭苦しい部屋の壁は芝草で、夏には埃《ほこり》がもうもうと立って息が苦しくなる。

「行政官――」

「行政長官だ」

「ごめんなさい、行政長官。母と父は、つまりその、マルグレットとヨウンは、あしたには戻るって言ってたけど、天気が悪ければあさってになるかもしれません」ステイナは狭い部屋に入ると、右手の奥を指差した。灰色のウールのカーテンが、寝室と小さな客間を仕切っている。「そっちに座っててください。妹を探してきます」

ステイナの妹のロイガ・ヨウンスドウティルは、母屋から少し離れた貧弱な野菜畑で草取りをしていた。屈《かが》み込んで草をむしっていたので、行政長官の姿は見ていなかったが、姉の呼ぶ声は姿が見える前から聞こえた。

「ロイガ！　どこにいるの？　ロイガ！」

ロイガは立ち上がり、泥だらけの手をエプロンで拭った。呼びかけに応えはせず、姉が長いスカートに足を取られつまずきながら走って来て、こちらを見つけるのをじっと待った。

「もう、あちこち探したんだからね！」ステイナが息を切らして言う。

「なにをそんなに大騒ぎしてるの？」

「行政官が来てるの！」

「誰が？」

「ブリョンダル！」

ロイガは姉をじろっと見た。「行政長官のビョルン・ブリョンダル？　拭いたらどう、ステイナ、鼻水が垂れてるわよ」

「客間に通した」

「どこに？」

「ほら、カーテンの奥」

「そこに彼をひとりで残してきたの？」ロイガが目を丸くする。

ステイナは顔をしかめた。「いいから、あんたが話をしてよ」

ロイガは姉を睨《にら》みつけてから、汚れたエプロンをほどいてセリが植わる畝《うね》の横に置いた。

「ときどき、姉さんがなに考えてるのかわかんなくなるわよ、ステイナ」ぶつぶつ言いながら足早に母屋に向かった。「ブリョンダルみたいな偉い人を、うちの寝室にほっぽらかしにしてくるなんて」

「客間だってば」

「だからなんなの？　おおかた使用人が飲む乳清でも出したんでしょうね」

ステイナはびっくりした顔で妹を見た。「なにも出してない」

「ステイナ！」ロイガは小走りになった。「不作法だって馬鹿にされるじゃない！」叢《くさむら》を掻《か》き分けて進む妹の後ろ姿に向かって、ステイナはつぶやいた。「体裁を繕《つくろ》ったってしょうがないのに」


　ロイガは急いで顔と手を洗い、ワークメイドのクリスティンからあたらしいエプロンを奪い取った。ワークメイドは来客の声を聞くなり台所に隠れていたのだ。行政長官は客間の小さなテーブルに向かい、手紙を読んでいた。ロイガは気がきかぬ姉の不作法を詫《わ》びて、冷《さ》めた羊肉の煮込みを皿に盛って出した。多少のわだかまりはあったものの、彼はさっそく食べはじめた。ロイガはかたわらに立って、彼のぽってりした唇が肉を包み込むのを見守った。これで父の昇格は約束されたようなものだ。制服が支給されて、デンマーク国王から俸給がもらえるかもしれない。あたらしいドレス。あたらしい家。たくさんの使用人。

　ブリョンダルはナイフで皿をきれいにした。

「スキール（クリームチーズのようなヨーグルト）とクリームはいかがですか、行政長官？」彼女は皿をさげながら尋ねた。

　ブリョンダルは胸の前で両手を振った。断りの仕草かと思いきや、そうではなかった。

「せっかくだから、いただこうか」

　ロイガは赤くなり、踵《きびす》を返してスキールを取りにいった。

「それにコーヒーもあればなおいい」カーテンを潜っていく彼女に、ブリョンダルが声をかける。

「彼はどんな用で来たの？」台所の炉の前でうろうろしていたステイナが尋ねた。「廊下を行ったり来たりするあんたの足音しか聞こえやしないんだもの」

ロイガは汚れた皿を姉に突きつけた。「まだなんにも言わない。スキールとコーヒーをご所望よ」

ステイナの視線を受けて、クリスティンは呆《あき》れ顔で目をくるっと回した。「うちにコーヒーなんてないわよ」ステイナが小声で言う。

「あるでしょ。ついこないだ、食料庫で見たもの」

ステイナがもじもじする。「あたし……飲んじゃった」

「ステイナ！　コーヒーはあたしたちが飲むもんじゃないでしょ！　特別なときのために取ってあるんだから！」

「特別なとき？　行政官が訪ねてきたことなんてないじゃない」

「行政長官でしょ、ステイナ！」

「レイキャヴィークからじきに使用人たちが戻ってくるでしょ。そしたらコーヒーを出せるわ」

「そのときはそのとき。いまどうするかってことでしょ？」ロイガは怒りにまかせてクリスティンを食料庫のほうに押しやった。「スキールとクリーム！　早くして」

「どんな味がするか知りたかったんだもん」ステイナが言う。

「いまさらなに言ってんのよ。代わりにミルクを持ってきて。用意ができたら客間に運んで。あ、だめだめ、クリスティンに持ってこさせて。姉さんったら、泥の中を馬と一緒に転げまわってたみたいな有様じゃない」ステイナの服についた糞に冷ややかな一瞥《いちべつ》を浴びせると、ロイガは廊下を戻っていった。

ブリョンダルは彼女の顔を見るなり言った。「お嬢さん。わたしがわざわざ訪ねて来たわけを知りたいんじゃないかね」

「あたしの名前はシグルロイグです。ロイガでもいいです」

「そうか。それじゃ、シグルロイグ」

「父にご用がおありなんでしょ？　父は――」

「南に出掛けてるそうだね。もう一人のお嬢さんから聞いたよ、それで……ああ、この子だ」

ロイガが振り向くと、ステイガが汚れたままの片手にスキールとクリームとベリーを、もう一方の手にミルクを持って仕切りの毛布を擦《す》り抜けてくるのが見えた。カーテンの端がうっかりスキールに浸るのを見て、ロイガはじろっと姉を睨んだ。ありがたいことに、行政長官は考えごとの最中だった。

「あの」ステイナが口ごもる。碗《わん》とカップをテーブルに置き、ぎこちなくお辞儀する。「お口に合うかどうか」

「ありがとう」ブリョンダルはくんくんとスキールのにおいを嗅《か》いでから、姉妹に顔を向けた。微笑を浮かべる。「どっちが上かね？」

　ロイガに小突《こづ》かれても、ステイナは黙ったまま真っ赤な上着を見つめるばかりだった。

「あたしが妹です、行政長官」ロイガが仕方なく言い、えくぼを見せてほほえんだ。「ひとつちがいなんです。ステインヴァーは今月で二十一です」

「みんな、あたしをステイナって呼びます」

「二人とも美人だ」ブリョンダルが言った。

「ありがとうございます」ロイガがまたステイナを小突いた。

「ありがとう」ステイナがつぶやく。

「二人ともお父さんに似て金髪だが、きみの青い目はお母さん譲りだね」彼はロイガを顎《あご》でしゃくった。手をつけぬままの碗を彼女のほうに押し出し、ミルクを取り上げた。またにおいを嗅いでテーブルに戻す。

「どうぞ、召し上がって」ロイガが碗を指差した。

「ありがとう。でも、もう腹いっぱいだ」ブリョンダルは上着のポケットに手を入れた。

「さて、できればこの家の主《あるじ》と話がしたかったんだが、ヨウン行政官は不在だし、彼の帰宅を待ってもいられないので、お嬢さんたちに話すしかないようだ」手紙を取り出し、二人が読めるようテーブルに広げた。

「去年、イルガスターデュルで起きた事件のことは、知っているね？」

　ステイナは体をすくめた。「殺人事件のことですか？」

ロイガはうなずき、真剣な顔で青い目を見開いた。「裁判はあなたの家で開かれましたよね」

ブリョンダルはうなずいた。「そうだ。薬草商のナタン・ケーティルソンとピエトル・ヨウンソンが殺された事件。このきわめて不運で嘆かわしい悲劇は、フーナヴァトゥン県で起きたため、レイキャヴィークの高等裁判所および判事と協力し、被告人に対しなんらかの措置を講じることがわたしの役目となった」

ロイガは手紙を持って窓辺に行き、目を通した。「それで、決着がついたんですね」

「そうはいかない。去年の十月、この国の高等裁判所において、三人の被告に対し、殺人と放火の罪で有罪の判決がおりたが、上告され、いまはデンマーク、コペンハーゲンの最高裁判所で審理中だ。国王……」効果を狙って間を置く。「国王ご自身が犯罪の内容をお知りになれば、わたしの判決にご同意くださるだろう。そこに記されているように、三人ともに死刑判決を受けているのだ。これぞ正義の勝利だと思わないかね？」

ロイガは手紙に目を落としたままうなずいた。「三人はデンマークに送られないんですか？」

ブリョンダルはほほえみ、ブーツの踵《かかと》を床からあげ、椅子の上でふんぞり返った。「ああ」

ロイガはきょとんとして彼を見つめた。「だったら、あの、あたしが物知らずなんだけど、三人はいったいどこに……？」声が先細りになった。

ブリョンダルは椅子を引いて立ち上がり、彼女と並んで窓辺に立った。ステイナは置いてけぼりだ。彼は窓ガラス代わりの干した羊の腸越しに外を眺め、腸の曇った表面にくねくねと細い血管が浮いていることに気づいた。身震いする。彼の家の窓にはガラスが嵌《はま》っている。「彼らはこっちで処刑される」おもむろに言う。「アイスランドで。正確に言えば北アイスランドだな。レイキャヴィーク高等裁判所の判事とわたしは、そのほうがより……」わざと間を置く。「経済的であると判断した」

「ほんとうに？」

疑わしげな顔をするステイナに、ブリョンダルは顔をしかめた。彼女は手を伸ばし、ロイガから手紙を取り上げた。

「そうだとも。だが、処刑が住民たちにとって、由々しき罪を犯した者の末路をしかと見届けるよい機会であることも否めない。ゆえに慎重にことを運ばねばならない。きみは賢そうだからわかっていると思うがね、シグルロイグ、このような罪人は処刑のためデンマークに送られるのがふつうだ。あっちには刑務所があるからね。だが、三人はアイスランドで処刑されることになる。彼らが犯罪を犯した、おなじ県でね。となると、処刑の日時と場所が決まるまで、彼らを収容しておく場所が必要となる。

ところが、ここには囚人を収容する刑務所はないし、宿屋の類《たぐい》すらひとつもない」ブリョンダルは窓辺から離れ、もとの椅子に腰をおろした。「そこでわたしは考えた。囚人の手本となるような、高潔なキリスト教徒が住む農場に預けたらどうかと。農場にとっても、処刑の日まで、囚人を労働力として使えるという利点がある」

　ブリョンダルはテーブル越しに身を乗り出した。ステイナは片手で口を押さえ、もう一方の手で手紙を握り締めたまま彼を凝視していた。「その住居を提供することによって、役人としての義務もまっとうできるわけだ」

　ロイガは茫然《ぼうぜん》として行政長官を見つめていた。「レイキャヴィークのどこかに預けるわけにはいかないいんですか？」

「いかない。金がかかるからね」彼は手を掲げて振ってみせた。

　ステイナが目を細めた。「彼らをここに置くつもりですか？　あたしたちのところに？　レイキャヴィークの裁判所が、彼らをデンマークに送るお金をけちったせいで？」

「ステイナ」ロイガが警告の声を発した。

「きみたち家族には報酬が支払われる」ブリョンダルは顔をしかめ、言った。

「あたしたちにどうしろと？　寝室に彼らを鎖で縛りつけておけと？」

　ブリョンダルはゆっくりと立ち上がった。「こうするしかないのだ」それまでとうって変わったどすのきいた声で、彼は言った。「きみたちの父親の仕事には責任が伴う。彼はわたしを問い詰めたりしないはずだ。コルンサウは人手不足だし、きみたち家族の台所事情もある」彼はステイナにちかづき、薄暗い中で彼女の汚れた顔を見下ろした。「それにだ、ステインヴァー、きみたちに三人とも預かってもらおうとは思っていない。女ひとりだけだ」ステイナの肩にどんと手を置いた。彼女が怯《ひる》もうがおかまいなしだ。「おなじ女なのだから、怖いことはあるまい？」

ブリョンダルが去ると、ステイナは客間に戻って手つかずのスキールの碗を取り上げた。碗の縁でクリームが固まっている。むしゃくしゃして碗をテーブルに叩きつけるように置き、下唇を噛んだ。碗が割れればいいと思いながら、声に出さずに叫ぶうち怒りがおさまってきた。それから台所へ戻った。

†

自分がまだ死んでいないのが不思議に思えるときがある。こんなのは生きているうちに入らない。暗い中で、静寂の中でただ待つだけだ。新鮮な空気のにおいを忘れてしまうぐらい、ここはひどい有様だ。おまるはわたしの汚物でいっぱいで、すぐにも捨てに来てくれないと溢《あふ》れ出してしまう。

最後に捨てに来てくれたのはいつだった？　夜が果てしもなくつづいている。

冬のほうがよかった。ストラ゠ボーグ農場の人たちも、わたしとおなじ囚人みたいな暮らしだった。吹雪《ふぶき》になると、寝室で寝起きを共にした。昼間でもランプをつけて、油がなくなると蠟燭をつけて、闇を追い払った。春が来て、わたしは物置に追いやられた。あかりもない部屋にひとりぼっちで、いま何時ごろか知る術《すべ》はない。昼と夜の区別もつかない。話し相手は手首に巻かれた枷《かせ》と、泥の床と、隅っこで忘れ去られた織機と、壊れた古い紡錘車《ぼうすいしゃ》だけだ。

外はもう夏なのかもしれない。廊下を行き来する使用人の足音が聞こえる。出たり入ったりするときのドアのきしみが聞こえる。おもてで立ち話するワークメイドたちの甲高い笑い声が聞こえることもあり、寒さがゆるんできたのだとわかる。風が刺すように冷たくはなくなったのだ。目を閉じて、日が長くなった夏の谷間を思い浮かべる。太陽が地面の奥まであたためて、白鳥の群れが湖にやってきて、雲がもくもくと昇って空の高さを教えてくれる。あかるい、あかるい青空、あかるすぎて泣きたくなるほどの青空。

†

ビョルン・ブリョンダルがコルンサウ農場を訪ねて三日後、姉妹の父でヴァツンスダーリユル地区の行政官、ヨウン・ヨウンソンと妻のマルグレットが帰宅の途についた。

やや猫背の筋張った体つき、プラチナブロンドの髪に大きな耳のせいか愚鈍な印象を与える五十五歳のヨウンは、妻を乗せた馬の手綱を引いて、でこぼこ道を慣れた足取りで歩いていた。黒い雌馬にまたがる妻は、長旅で疲れ果てていたが、口に出しては言わない。細くて折れそうな首の上の頭を高く掲げ、わずかに顎を突き出して、彼女は馬に揺られていた。ヴァツンスダーリュルに点在する小さな農場をひとつ、またひとつと通り過ぎるたび、彼女はなかば閉じた目をあたりに配った。咳《せき》の発作に襲われたときだけは、その目が固く閉じられる。咳がおさまると馬の上で身を乗り出して痰《たん》を吐き、ショールの端で口元を拭い、小さく祈りを唱えた。彼女が咳込むたび、夫が振り返る。馬から転げ落ちるのではと心配なのだろう。それ以外は、歩調を変えることなく淡々と旅をつづけた。

マルグレットはまた咳の発作に襲われ、痰を吐き、胸に手を押し当てて咳が鎮まるのを待った。しゃべろうにもしゃがれ声しか出ない。

「ほら、見て、ヨウン。アウス農場、また雌牛が一頭増えてる」

「ええ？」夫は物思いに耽《ふけ》っていた。

「だから」マルグレットは咳払いして言い直す。「アウスの農場、また雌牛が一頭増えてるって言ったのよ」

「そうかい？」

「気づかなかったなんて、そっちのほうが驚きだわ」

「そうだな」

マルグレットは埃っぽい日差しに目をしばたたき、遠くにぼんやりと見えるコルンサウ農場に目を凝らした。

「もうじきね」

夫がうなり声で応じた。

「ねえ、どうかしら、ヨウン？　雌牛をもう一頭増やせないかしらね」

「増やすべきものはほかにもいろいろある」

「でも、雌牛が一頭増えればいいことずくめよ。バターをもっと作れる。それで刈り入れの手伝いをもうひとり雇えるでしょ」

「そのうちな、マルグレット」

「そのころには、あたしは死んでるわよ」

　思っている以上にきつい言い方になっていた。ヨウンはなにも言わず、馬に向かって頑張れと声をかけた。マルグレットは夫の帽子に向かって顔をしかめ、振り向いてくれることを念じたが、前を向いたきりの夫に業を煮やし、ため息をつくとまたコルンサウに目を凝らした。

　午後も遅い時間で、干し草畑を照らす日は西に傾き、東の空には雲が低く垂れ込めていた。山の峰に解《と》け残った雪が、雲の動きにつれて、鈍い灰色になったり真っ白に見えたりを繰り返した。夏の鳥たちが昆虫を捕らえようと干し草畑を飛び交《か》い、谷間には、少年たちに追い立てられてそれぞれの牧場に帰る羊の群れの、不機嫌な鳴き声が響き渡る。


　一方、コルンサウ農場では、ロイガとステイナが、川で水を汲《く》もうと母屋から出て来たところだった。ロイガは日差しに目を擦り、ステイナは横にさげたバケツを歩調に合わせて揺らしていた。二人とも口をきかない。

　この数日、黙々と仕事をこなし、たまに口を開いても、鋤《すき》を取ってとか、塩漬けニシンの樽《たる》のうちどれを最初に開けようかとか言うだけだった。行政長官の来訪につづく沈黙は、怒りと不安で縁どられ、たがいに口をきくまいと痩《や》せ我慢をつづけることに、二人とも心底うんざりしていた。ロイガは姉の頑固さと扱いにくさに苛立《いらだ》ち、ブリョンダルの来訪を両親にどう伝えればいいか頭を悩ませていた。ブリョンダルの用件を聞いて姉が示した不作法な態度が、家族の立場を危うくするのではないか。ビョルン・ブリョンダルは有力者だから、小娘に問い詰められていい気持ちがするはずがない。ブリョンダルのおかげでこうして暮らしていけることを、ステイナは知らないのだろうか？　言われたとおりにするしかないのに。

ステイナは女殺人犯のことを、なるべく考えないようにしていた。犯罪そのものだって吐き気がするのに、犯罪者を押しつけようとする行政官の無慈悲な態度は、思い出すと怒りで喉が締めつけられる。ロイガは妹のくせに、人にああしろこうしろと命令ばかりして。真っ赤な上着の太った男にどんな態度をとるべきか、人づきあいの機微もなにも知らない妹に指図されたくない。だから、なにも考えないほうがいいのだ。

ステイナは、バケツが重みで揺れるに任せ、大あくびをした。かたわらでロイガがつられてあくびをし、目を見かわしたとたんに、姉もうんざりしているのだとわかった。だが、理解し合えたのも一瞬で、あくびをするときは口を手で隠すものよ、とロイガがつっけんどんに言うと、ステイナは苦い顔で足元に目をやった。

午後のやわらかな日差しを顔に受けながら、二人は川に向かった。風のない日で、谷はしんとしていた。この静寂をかき乱さないように、おのずと歩みがゆっくりになる。川を区切るように突き出した岩にちかづき、茂みの棘《とげ》からスカートを引き剝《は》がそうと体を捻《ひね》ったとき、ロイガは遠くに馬の姿を認めた。

「あっ！」思わず声をあげる。

ステイナが振り返った。「今度はなに？」

ロイガは馬のほうに顎をしゃくった。「母さんと父さん」息せき切って言う。「帰ってきたのよ」目を細めて、畑に降り注ぐ淡い日差しの向こうを見やった。「そうよ、母さんと父さん」自分に言い聞かせるように言った。急に慌《あわ》てふためき、バケツをステイナに押しつけて、川に向かえと手振りで指示する。「水を汲んできて。ひとりでできるでしょ。あたしは、ほら……戻って、火を熾《おこ》したりしないと」ステイナの肩を思いのほか強く押し、踵を返した。

道端の茨《いばら》に靴下を取られながら母屋に急ぐ。安堵《あんど》の波が押し寄せた。行政長官のことも、アグネス・マグノスドウティルのことも、父さんがちゃんとやってくれるだろう。

母屋のドアを開き、廊下を進んで左手の台所に入る。女主人が留守だからと、クリスティンは半休をとって実家に戻っていたが、炉では朝に熾した火が燻《くすぶ》りつづけていた。そこに干した糞を急いでくべたものだから、ぼっと火があがって息が詰まりそうになった。行政長官の話を伝えたら、父さんはどんな顔をするだろう。いつまで囚人をここで預かるの？　長官に見せられた手紙は残っていない。口喧嘩《くちげんか》の最中に、ステイナが火にくべてしまったのだ。

それでも、父さんはきっとなんとかしてくれる。ロイガは炉の中の鉤《かぎ》に鍋をかけながら思った。

ふいごで火をかき立ててから、廊下を走って玄関に出ると、ドアから顔を突き出した。でも、父さんになにができるの？　そう思ったらぞっとした。スープを作る材料を集めようと、食料庫へ走った。大麦はほんの少ししか残っていない。南に買い出しに行った使用人たちが戻るのは、まだ先だ。

敷居につまずいて転びそうになりながら食料庫に入り、スープに入れる羊肉の小さな塊を取る。いまから燻製《くんせい》の子羊肉を使ってしまったら、あとが困る。でも、冬の残りのブラッドソーセージが少し残っているから、それを使えばいい。すごく塩辛いけどまだ食べられる。寝室でみんなで食事をすることになるだろうから、そのときに話せばいい。蹄の音が間近に聞こえた。

「コミヅ・ピヅ・サイル！」ロイガは玄関を出て、両手の糞を叩いて払い、ほつれ毛を帽子に押し込んだ。「お帰りなさい。無事でよかった」

父は馬を止め、帽子の下から彼女にほほえみかけた。ただいまと片手をあげて、礼儀正しく娘にキスする。

「ロイガ。元気にしていたか？」彼は馬の背からわずかな荷物をおろした。

「お帰りなさい、母さん」

マルグレットは娘にやさしい笑顔を向けたが、話すのもやっとだった。「ただいま、シグルロイグ」

「無事でよかった」

「まだ生きているわよ」

「疲れてるんじゃない？」

マルグレットは娘の言葉を聞き流し、やっとのことで馬をおりた。ロイガは照れながら母と抱擁《ほうよう》を交わし、雌馬の鼻面を撫《な》でてやった。鼻孔《びこう》がひくつき、熱く湿った息が掌《てのひら》にかかった。

「姉さんは？」

ロイガは川べりの岩場に目をやったが、人影は見えない。「水汲みに行ってるわ。夕食用に」

マルグレットは眉を吊り上げた。「ここにいて出迎えてくれると思っていたのに」

父はと見ると、鞍に括《くく》りつけた荷物をおろすところだった。ロイガは覚悟を決めた。「父さん、あとで話があるの」

父は雌馬の体から硬いロープをはずした。「死んだのか？」

「なに？」

「家畜が死んだのか？」

「まあ。いいえ、そういうことじゃないの」ロイガは慌てて言い添える。「主よ、感謝します」父のほうに一歩ちかづいた。「父さんにだけ話したほうがいいと思うの」小声で言った。

母がそれを聞きつけた。「あたしに話せないようなことなの、ロイガ」

「母さんによけいな心配をかけたくないから」

「あら、あたしなら心配のしどおしだわよ」マルグレットは言い、ふっとほほえんだ。「面倒をみなきゃならない子どもと使用人がいるんだもの」それから夫に向かい、荷物が水たまりに浸からないよう注意して、と言った。その荷物をいくつか持つと、マルグレットは玄関を入った。ロイガがあとにつづく。

ヨウンが寝室で妻のかたわらに腰をおろすと、ロイガがスープの碗を運んできた。

「疲れた体にはあったかいものがいいと思って」

盆を掲げて目の前に立つ娘に、ヨウンは顔を向けて言った。「その前に、着替えさせてくれないか？」

ロイガは迷った末に盆をベッドに置き、ひざまずいて父の靴の紐《ひも》をほどきにかかった。

「二人に話があるの」

「クリスティンはどこ？」マルグレットがきつい声を出した。ヨウンは肘《ひじ》をついてベッドにもたれかかり、娘に湿った靴下を脱がせてもらった。

「ステイナが彼女に半休をあげたのよ」

「それで、ステイナはどこ？」

「そのうち戻ってくるでしょ」両親の注視を浴びていたたまれず、ロイガは胃が痛くなる思いだ。「父さん、留守中にブリョンダル行政長官がおみえになったの」

ヨウンは体を起こし、娘を見つめた。「行政長官が？」

マルグレットは拳《こぶし》を握った。「なんの用で？」

「父さん宛の手紙を持ってきたのよ」

マルグレットが驚きに目を瞠《みは》った。「どうして使用人を寄越さなかったの？　ほんとうにブリョンダルだったかい？」

「これだから、母さんは」

父は黙っていた。「手紙はどこにある？」おもむろに尋ねる。

ロイガは父のもう一方の靴を引っ張って脱がせ、床に置いた。革についた泥が剝がれおちる。

「ステイナが燃やしてしまったわ」

「どうしてそんな？　ああ、なんてことでしょ！」

「母さんったら！　大丈夫よ。内容は憶えているわ。父さん、それがね――」

「父さん！」ステイナの声が廊下に響いた。「このうちに誰を監禁することになったと思う？想像つかないから！」

「監禁する？」マルグレットは振り返り、飛び込んできた姉娘に尋ねた。「まあ、ステイナったら。ずぶ濡《ぬ》れじゃないの」

ステイナは濡れたエプロンに目をやり、肩をすくめた。「バケツを落としてしまって、もう一度汲みに戻ったのよ。父さん、ブリョンダルときたら、このうちでアグネス・マグノスドウティルを預かれですって！」

「アグネス・マグノスドウティル？」マルグレットは恐怖に顔を引き攣《つ》らせ、ロイガに顔を向けた。

「そう、あの人殺し女よ、母さん！」ステイナは声を張り上げ、濡れたエプロンをほどくと無造作にベッドに放った。「ナタン・ケーティルソンを殺した女！」

「ステイナ！　あたしがいま父さんに説明しようとしてたのに――」

「それに、ピエトル・ヨウンソンもね、母さん」

「ステイナ！」

「ああ、そういうことね、ロイガ、自分で話したかったんだ」

「あんたが邪魔さえしなきゃ――」

「おまえたち！」ヨウンは立ち上がって腕を広げた。「いいかげんにしないか。最初から話してくれ、ロイガ。なにがあったんだ？」

ロイガはためらったのち、行政長官来訪の顚末《てんまつ》を憶えているかぎり細かく語った。手紙のくだりにさしかかると、顔を真っ赤にした。

彼女が語り終える前に、ヨウンは服をまた着込んだ。

「あたしたちには、そこまでするいわれはないんですからね！」マルグレットが摑《つか》んだ袖を、夫は振り払った。取り乱した妻の顔を見ようとしない。

「ヨウン」マルグレットがつぶやく。娘たちは両手を膝の上に揃《そろ》えて座り、黙って両親を見つめていた。

ヨウンは靴を履き、足首で紐を結んだ。紐をぎゅっと引っ張ると、革がギシギシいった。

「出掛けるには遅い時間よ、ヨウン」マルグレットが言う。「クヴァンムルまで行くつもりでしょ？　着くころには、みんな眠っているわよ」

「だったら起こす」彼は釘に掛けた帽子を取り、立ち塞《ふさ》がる妻の肩をやさしく摑んでどかせた。娘たちにうなずいて部屋を出た。ドアを閉める音がした。

「あたしたち、どうすればいいの、母さん？」部屋の隅の暗がりからロイガの声がした。

マルグレットは目を閉じて、大きく息を吸い込んだ。


ヨウンがコルンサウ農場に戻ったのは何時間もあとだった。ワークメイドのクリスティンは、半休から戻ってマルグレットの叱責《しっせき》を受け、恨《うら》めしそうにステイナを睨んだ。娘たちの喧嘩の仲裁に入ろうかと、マルグレットが編み物の手を止めたとき、玄関のドアが開く音がして、廊下をやって来る夫の重い足音を聞いた。

ヨウンは部屋に入ってくるなり妻を見やった。やはりそうか、と妻は口を引き結んだ。

「それで？」マルグレットは先に立って、夫のベッドへと向かう。

ヨウンはベッドに腰をおろし、靴の紐をほどいた。

「あたしがやるから、父さん」ロイガが彼の前にひざまずく。「ブリョンダルはなんて？」ぐいっと体をうしろに倒して父の靴を引っ張った。「彼女はけっきょくここに来るの？」

ヨウンはうなずいた。「ロイガの話のとおりだ。アグネス・マグノスドウティルは、ストラ＝ボーグからこっちに移される」

「でも、どうしてなの、父さん？」ロイガが静かに尋ねた。「あたしたちがなにをしたっていうの？」

「なにもしていないさ。わたしは行政官だからね。彼女をふつうの家族に預けるわけにはいかないんだよ。役人の監視下に置かなくちゃね。そして、わたしはその役人だ」

「ストラ＝ボーグには役人が大勢いるじゃない」マルグレットが不機嫌に言った。

「いずれにせよ、彼女はよそに移される。ちょっとした事件があってね」

「どういうこと？」ロイガが尋ねる。

ヨウンは下の娘の青白い顔を見つめた。「心配するほどのことじゃないんだ」ぽつりと言った。

マルグレットが短く笑った。「はいそうですかって、従うしかないってこと？　主人にお腹《なか》を見せる犬みたいに？」ひそめた声に力が入った。「このアグネスって女は人殺しなのよ、ヨウン！　うちには年頃の娘がいるし、使用人たちもいる。クリスティンだって！　みんなに対して責任があるのよ！」

ヨウンは意味ありげな顔で妻を見た。「ブリョンダルは報酬を払うと言っているんだ、マルグレット。彼女を預かれば、謝礼がもらえるんだ」

マルグレットは考え込んだ。つぎに口を開いたときには、口調が和らいでいた。「だったら、娘たちをよそにやるべきだわね」

「いいえ、母さん！　あたしはどこにも行きたくない」ステイナが叫んだ。

「おまえたちの安全を考えてのことよ」

ヨウンが咳払いした。「おまえがいるんだから、娘たちは安全だよ、マルグレット」そこでため息をつく。「話しておくことがもうひとつある。あの女がここに到着する晩は、クヴァンムルに来るようにとビョルン・ブリョンダルに言われたんだ」

マルグレットはうろたえた。「つまり、あたしに彼女を迎えろと？」

「母さんを彼女と二人きりにするなんて、ひどいわよ、父さん！」ロイガが言う。

「二人きりにはならないさ。おまえたちもいるし。ストラ＝ボーグから役人がついてくるしね。それに、牧師も。ブリョンダルが手配してくれた」

「犯罪者がうちにやってくる晩に、あなたをクヴァンムルに呼びつけるなんて、いったいどんな重大事があるっていうの？」

「マルグレット……」

「いいえ、言わせてもらうわよ。こんなの不公平だもの」

「死刑執行人を誰にするか話し合うのさ」

「死刑執行人ですって！」

「行政官は全員出席することになっている。北のヴァッツネスからもね。ストラ＝ボーグの役人と待ち合わせて一緒に来るそうだ。その晩はあっちに泊まって、翌日に戻る」

「そのあいだ、あたしはナタン・ケーティルソンを殺した女と二人きりってことね」

ヨウンは穏やかな表情を妻に向けた。「娘たちがいるじゃないか」

マルグレットはもっとなにか言いかけたが、思い直した。夫をじろっと睨んでから編み物を取り上げ、せわしなく編み棒を動かした。

ステイナは難しい顔で両親のやりとりを聞いていた。胃がむかむかするけれど、夕食はすませようと思った。碗を両手で掴み、脂っぽいスープに浮かぶ羊肉のかけらに目をやる。ゆっくりとスプーンを取り上げ、肉片を口に入れて嚙みはじめる。舌が軟骨の塊を探り当てた。吐き出したい衝動を堪《こら》えて嚙み砕き、黙って吞み込んだ。

†

わたしをよそに移すことが決まると、ストラ゠ボーグの男たちは、夜のあいだわたしの両脚を縛ることもあった。馬が逃げないよう前肢を縛るのとおなじだ。日が経つにつれ、わたしは家畜扱いされるようになった。残飯を与え、天気が悪ければ家の中に入れてやる、どんよりした目の家畜。彼らはわたしを暗闇に置き去りにして、光も空気も与えない。わたしがよそへ移るときには、綱をつけて引いてゆくのだろう。

ここでは誰もわたしに話しかけない。冬のあいだ、寝室でみんなと一緒に寝起きしていたときには、自分の息遣いが気になってしょうがなかった。ほかの人たちに聞こえたらどうしようと思うと、深々と息を吸えなかった。人の気配を感じるのは、聖書のページを繰る音とささやき声が聞こえるときだけだった。ほかの人たちがわたしの名前を口にすることもあったが、祈ってくれているのではなかった。法律にもとづいて手紙や通告を読み上げるとき、彼らの視線はわたしの肩先に向けられる。けっして目を合わせようとはしない。

汝《なんじ》、アグネス・マグノスドウティルは、殺人の共犯罪で有罪となった。汝、アグネス・マグノスドウティルは、放火と殺人を共謀した罪で有罪となった。汝、アグネス・マグノスドウティルは、死刑の判決を受けた。汝、アグネスは。アグネスは。

彼らはわたしのことをなにも知らない。

わたしは無言をとおした。自分を閉ざし、心を強くして、まだ奪い取られずに残っているものを守り抜いていく。そう決心した。わたしの中にあるものを守り抜き、見て、聞いて、感じたことを握り締めて離さない。それは洗濯や草刈りや料理のあいまに作った詩。酷使した両手は荒れて痛い。空で言えるサガ。なにもかもあとに残して、わたしは沈んでゆく。水の底に。わたしが話す言葉は、漂う泡でしかない。彼らにはわたしの言葉を捉《とら》えることができない。彼らの目に映るのは、身持ちの悪い女、血迷った女、人を殺した女、草の上に血を滴《したた》らせ口に泥を詰め込んで笑う女。彼らが〝アグネス〟と言うとき、その目に映るのはクモだ。自らが紡《つむ》いだ宿命の糸にがんじがらめになった魔女。それともカラスに追いまわされ、いなくなった母親を求めて鳴く子羊。でも、彼らが見るのはわたしではない。そこにわたしはいない。

†

トルヴァデュル・ヨウンソン牧師補は、ため息まじりに教会を出た。午後の空気は冷たく湿っていた。ブリョンダルの申し出を受け入れて、死刑囚を訪ねる約束をしてからの一カ月、この決断は正しかったのだろうかと自問自答する日々だった。毎朝、悪い夢を見たあとのような、ひどい気分で目覚めた。散歩がてらブレイダボルスタデュルの小さな教会まで歩き、静寂の中で祈りを唱えても、腹には不安がでんと居座り、精神的疲労で体が震えた。きょうも例外ではなかった。硬い信徒席に座って自分の両手を見つめながら、重い病気に罹《かか》りたいと願わずにいられない。コルンサウを訪ねない言い訳がたつから。健康な体を犠牲にしてもいいと思うほどためらう自分が、なによりも恐ろしかった。

いまさら遅い、と自分に言い聞かせながら、教会の粗末な庭を歩きまわった。人と神に約束したのだから、後戻りはできない。

母が亡くなるまで、教会は草花で溢れており、夏になると墓石を覆い隠さんばかりに紫の花が咲き乱れていた。冬が終わって墓参りに来る人たちを、死者は花を揺らして出迎えるのよ、と母はよく言っていた。でも、母が亡くなると、父は野草をすっかり刈り取ってしまった。それ以来、墓石は剝き出しだ。

ブレイダボルスタデュルの母屋のドアは開いていた。中に入ると、台所の熱気と廊下の蠟燭の融けた獣脂のにおいに、トウティは吐き気を覚えた。

父親は沸騰《ふっとう》した釜にかぶさるように身を屈め、ナイフでなにかを突いていた。

「そろそろ出掛けようと思います」トウティは言った。

父が茹《ゆ》でた魚から顔をあげ、うなずいた。

「日暮れ前にはコルンサウ農場に着いていたいので。家族と話をして、それから……その、罪人の到着を待つつもりです」

父は顔をしかめた。「だったら出掛けなさい」

トウティはためらった。「ぼくは自信があるように見えますか？」

ヨウン牧師はため息をつき、釜を火からおろした。「人からどう見えるかではないはずだ」

「教会で祈ってました。母さんならどんなことを思うだろうって、ずっと考えていた」

父はゆっくりと目をしばたたき、顔を横に向けた。

「父さんはどう思いますか？」

「人は自分の言葉に忠実であらねばならぬ」

「でも、正しい決断なのでしょうか？　ぼくは……父さんを失望させたくない」

「主を満足させるよう努めることだ」ヨウン牧師はつぶやき、お湯の中からナイフで魚をすくい上げようとした。

「ぼくのために祈ってくれますか、父さん」

トウティは待ったが返事は得られなかった。女殺人者を支える役目は、自分のほうが適任だと父さんは思っているのだろう。彼女がぼくを選んだので、父さんは嫉妬《しっと》しているのだ。父がナイフの刃にへばりついた魚の肉を舐めるのを、トウティはじっと眺めた。彼女はぼくを選んだんだから。繰り返しそう自分に言い聞かせる。

「戻ったとき、わたしを起こさなくていいからな」部屋を出ていく息子に、ヨウン牧師は声をかけた。

トウティは馬に鞍をつけ、またがった。「さあ、いよいよだぞ」彼はつぶやいた。ふくらはぎでやさしく馬の腹を押して歩かせ、振り返って母屋を見た。台所の炉の煙が薄い渦を作り、午後の微風に吹き散らされる。

谷間の教会の横の丈高い草の道を進みながら、なにを話すべきか考えた。にこやかに迎えるべきだろうか、それともブリョンダルみたいに厳しい態度で接するべきだろうか。道々、練習した。声の調子を変えてみたり、挨拶《あいさつ》の言葉をあれこれ考えたり。もうこうなったら当たって砕けろだ。意外にも、ちょっとわくわくしていた。彼女はワークメイドだったとはいえ、人を殺しているのだ。男を二人も殺している。獣を殺すように殺した。その言葉を声に出さずに言ってみる。女殺人者。モルヴィンギ。言葉がミルクのように口からこぼれる。

地平線が細く入り組んだ海へとつづく北端の半島を馬で横切るあいだに、雲が晴れて、六月末のやわらかな赤い光が道を満たした。水たまりがキラキラと光り、丘はピンク色で、雲の動きに合わせて影がゆっくりと移っていく。飛び交う小さな虫が光の中を横切るとき、塵《ちり》のように輝く。谷間のひんやりとした空気は、刈り入れを待つ草の甘く湿ったにおいがする。目の前の田園風景を静かに味わううちに、胃の中に居座っていた不安も恐れも消え去っていた。

ぼくたちはみな神の子どもだ。この女は神を介してぼくの姉妹となり、ぼくは魂の兄弟となって彼女を導く。トウティはほほえみ、馬を駆ってトルト（アイスランド馬独特の四拍子で滑るように走る歩様）を出した。

「ぼくが彼女を救ってみせる」トウティはつぶやいた。

二章

一八二八年五月三日
ウンダーフェトル、ヴァッンスダーリュル

囚人アグネス・マグノスドウティルは、一七九五年にウンダーフェトル教区のフラガに生まれた。一八〇九年に堅信礼を授かり、その歳で「すぐれた知力を持ち、キリスト教の教義をよく知り、理解している」と記されている。

これはウンダーフェトル教区の教区簿冊に記載されたものであります。

P・ビャルナソン

彼らはわたしを連れ出し、また手枷を掛けた。今回は裁判所から事務官がやって来ていた。あばた面《づら》の若い男で気弱な笑みを浮かべていた。その顔に見覚えがある。クヴァンムル農場で使用人だった男だ。口を開くと腐った歯が覗《のぞ》いた。息がくさかったが、くさいのはわたしもおなじだ。ひどい悪臭を放っている。わたしの体は泥と、体から流れ出たもので覆われている。それに血と汗と脂。最後に体を洗ったのはいつだったろう。髪は油を吸わせたロープのようだ。三つ編みにしたが、結ぶリボンは与えられなかった。事務官の目に映るわたしは、怪物だろう。彼がほほえんだ理由はそれだ。

彼がわたしをおぞましい部屋から連れ出し、ほかの男たちも加わって暗い廊下を進んだ。彼らは無言だったが、背後に気配を感じた。視線を感じた。うなじを冷たい手で掴まれたようだった。自分のくさい息とおまるのにおいが充満する部屋に閉じ込められて数カ月、いま、ストラ゠ボーグの廊下からぬかるむ庭に出た。雨が降っていた。

ふたたび息をする感覚を、どう言い表せばいいだろう？　まるで生まれ変わったようだ。よろよろと光の世界に進み出て、新鮮な海の空気を深々と吸い込む。午後も遅いころだった。午後の空気が濡れた唇になってわたしの顔に触れる。玄関を出たその瞬間、わたしの魂は花開いた。スカートが汚れるのもかまわずぬかるみにひざまずき、祈るように顔を仰向けた。光を浴びてほっとし、泣きそうになった。

男が手を伸ばしてわたしを引っ張り上げる。場違いなところに根を張ったアザミを引き抜くように。そのときだった。見物人がいることに気づいたのは。彼らがどうしてそこにいるのか、はじめはわからなかった。男も女も一様に黙ってわたしを見つめていた。ああ、そうか、と思った。彼らが見ているのはわたしではない。わたしは死んだ二人の男。わたしは火に包まれた農場の母屋。わたしはナイフ。わたしは血。

　彼らの前でどうすればいいのかわからない。そのときロウザが目に入った。幼い娘の手を握って、遠巻きにわたしを見ている。見知った顔を見て気持ちがほぐれ、つい笑みを浮かべた。でも、それがまちがいだった。唐突に沈黙が破られ、子どもから甲高い叫び声があがった。フィアンディ！　悪魔！　間欠泉から湯が噴き上がるように、声が爆発した。わたしの顔から笑みが消えた。

　侮蔑《ぶべつ》の言葉に見物人たちはわれに返った。弱々しい笑い声がして、老いた女が子どもの口を押さえて連れ去った。ひとりまたひとりと家に入ってゆく。あるいは仕事に戻る。やがて、わたしと役人たちだけになった。乾いた汗でごわごわの靴下を履いた足で、小雨の中に立っていると、汚れた皮膚の下で心が焼け焦げた。振り向くとロウザの姿はなかった。

　いま、わたしたちはアイスランド北部を馬で横断している。海の中に浮かぶ島、つねに水の浸食を受ける島を横断している。自分の影を追いかけながら、山を越えてゆく。

　彼らはわたしを鞍に縛りつけた。まるで墓場に運ばれる死体さながら。彼らからすれば、わたしはすでに墓場へ向かう死人だ。両腕は前で縛られていた。手枷が肉に食い込んで、みるみる血が滲《にじ》んだ。痛めつけられることが、あたりまえになっていた。ストラ＝ボーグの看守のなかには、わたしの肉体にささやかな暴力を振るう者もいた。憎しみをわたしの体に刻みつける。暴力のしるしはあざとなり、皮膚の下で星団となる。それは薄膜の下に囚《とら》われた黒と黄色の煙。看守のなかに、ナタンの知り合いがいたのだろう。

でも、いまは東に向かっている。なすがまま、鞍に縛りつけられていても、岩が草に変わる谷に戻れるのだからうれしかった。そこで死ぬことになるのはわかっているけれど。

藪《やぶ》に足をとられて馬が難儀しているあいだ、わたしはいつ殺されるのだろうと思った。それまでわたしはどこに保存されるのだろう。バターや燻製肉のように。埋葬のときを待つ死体のように。氷が解ければ穴が掘られ、土に埋められるのだ。石ころとおなじ。

誰もなにも教えてくれない。わたしは鉄の手枷を掛けられ、引きまわされる。雌牛のようにおとなしく引かれていく。だが、蹴飛ばされ、ナイフで首を切られるのではない。待っているのはロープだろう。おぞましい最期《さいご》。わたしは頭《こうべ》を垂れ、おとなしく引かれながら、行き先がいまはまだ墓場でないことを願っている。

ハエは性《たち》が悪い。顔の上を這《は》いまわり、目に入ってくる。小さな肢《あし》や羽が触れるのを感じる。汗がハエを引き寄せるのだ。追い払いたくても、鉄の手枷が重すぎる。男の手に掛けるように作られたものだが、肌に食い込むくらいきつく締めてあった。

それでも、動いていることは慰めだ。脚に触れる馬のぬくもりは慰めだ。生きているものに触れていれば、寒さを感じずにすむ。長いこと凍えかかっていた。冬が骨の髄《ずい》に居座ったまま動かなかった。果てしもなく闇に閉ざされ、憎悪の視線を浴びれば、誰でも骨の髄まで凍りつく。だから、そう、戸外にいられるのはありがたい。うるさいハエがまわりを飛びまわろうが、棺桶《かんおけ》の中で朽《く》ちる死体のように室内でゆっくりと腐っていくよりも、戸外にいるほうがずっといい。

ハエの羽音や馬の蹄の音の向こうに、わたしは遠いうなりを聞く。海鳴りだろうか――シンゲイラルの砂浜に打ち寄せる波の音。それとも空耳だったのだろうか。海は人の頭に入り込む。ナタンがいつも言っていた。ひとたび迎え入れると、海はいつまでもつきまとう。まるで女みたいだ、と彼は言った。海は小うるさい。

あれはイルガスターデュル農場ですごした最初の春。狩られた獲物のように目を見開き震えながら、光はやってきた。海はぼんやりと虚《うつ》ろだった――ナタンは銀色の水面《みなも》にボートを浮かべ、オールを沈めた。

「教会の庭のように静かだ」彼がほほえんだ。水の抵抗を受けて腕の筋肉が盛り上がる。ボートのきしむ音、水面を叩くオールのささやき。さながら声をひそめた悪態。「おれが留守のあいだ、いい子にしてるんだぞ」

彼のことを思い出すのはやめよう。

どれぐらい馬に揺られていた？　一時間？　二時間？　時間は油のように掴みどころがない。でも、二時間以上は経っていないはずだ。景色に見覚えがある。南に進路を変えたことはわかった。ヴァッンスダーリュルへと向かっているのだろう。一瞬、心臓があばら骨に張りついたような、不思議な心持ちがした。この地方をあとにしてからどれぐらい経った？　数年？　もっと？　なにも変わっていなかった。

二度と故郷に戻ることはないと思っていたのに。

谷の入口の奇妙な形の丘を抜けると、カラスの啼《な》き声が聞こえる。真っ青な空を背にした黒い姿は前兆のようだ。ストラ＝ボーグの惨《みじ》めに湿気《しけ》たベッドに横たわっていた長い夜、フラガでカラスに餌《えさ》をやっている自分を思い描いた。カラスは残忍だが賢い。生き物は、そのやさしさで愛されることはなくても、その智恵で愛されてしかるべきだ。子どものころ、ウンダーフェトル教会の屋根にカラスの群れがとまっているのを眺めながら、つぎに誰が死ぬのかわかったらいいのにと思った。塀に腰掛けて、群れの一羽がぶるっと体を震わせて羽根を落とすのを待った。そのくちばしはどちらを向くだろうと、一心に眺めていた。一度だけあった。一羽のカラスが屋根にとまり、くちばしをバッキ農場へと向け、その週の終わりごろ、男の子が溺《おぼ》れ死んだ。川下で灰色の膨張した死体が見つかった。カラスは知っていたのだ。

シッガは無知だった。夢魔も幽霊も知らなかった。ある晩、イルガスターデュルで一緒に編み物をしていたとき、海のほうからカラスの鋭い啼き声が聞こえた。骨の髄まで凍りつくような啼き声だった。夜のあいだは、カラスに呼びかけたり餌をやったりしちゃいけないのよ、とわたしは彼女に言った。夜に啼く鳥は亡霊で、姿を見られた者は取り殺される。彼女はすっかり怯《おび》えたにちがいない。でなければ、あとになってあんなことは言わなかったはずだ。

シッガはいまどこにいるのだろう。どうして彼女は、わたしと一緒にストラ＝ボーグにいられなかったのだろう。ある朝、彼らはシッガを連れ去った。わたしは手枷を掛けられ、彼女をどこに連れていくのと尋ねても、誰も答えてくれなかった。「おまえから離す」彼らは言った。「それだけでいい」

「アグネス・マグノスドウティル！」

わたしの横に男が馬を並べ、厳しい表情で言う。

「アグネス・マグノスドウティル。おまえはコルンサウ農場に預けられることをここに告げる。処刑の日まで」彼はなにかを読み上げる。視線を手元に落とす。「この国の裁判所に有罪を宣告された犯罪者として、おまえは自由になる権利を喪失した」彼は紙を畳んで手袋の中に突っ込む。「いつまでもそんなしかめ面をするな。コルンサウ農場の人たちは、みんなやさしい」

さあ、どうかしら、この笑顔。唇の隙間が見えるでしょ？　歯が見えるでしょ？

彼は馬を前に進める。シャツの背中に汗じみができている。よりによってコルンサウ農場だなんて。わたしへの当てつけのつもり？

ストラ＝ボーグの物置に閉じ込められていたときなら、コルンサウは天国に思えただろう。子供時代を過ごした場所、川、青々とした草、春になると水が湧く芝草の丘。でも、いまは屈辱でしかない。谷に住む人たちは、わたしを知っている。彼らはわたしを憶えているだろう。赤ん坊だったわたし、子どもだったわたし、農場から農場へ渡り歩くわたし。そして、あの殺人事件を思い出し、子どもだったわたしを、大人になってからのわたしを忘れ去る。

いまのわたしの姿は見るに堪《た》えない。馬のたてがみに目をやると、シラミが這っているのが見えた。もともと馬にたかっていたシラミなのか、それともわたしの体から移ったのだろうか。

†

トウティ牧師補は戸口に立って、真夜中の太陽のバラ色の輝きに目を細めた。農場の北の端の畑のいちばんさがったあたりに、ちかづいて来る馬列が見えた。乗り手たちのなかに女の姿を探す。金色の干し草に取り囲まれて、乗り手たちは小さく黒く見えるだけだ。

マルグレットが出てきて背後に立った。

「眠っているあいだに彼女に殺されないよう、見張りを残していってくれるといいけど」

トウティは振り返り、マルグレットの厳しい顔に目をやった。彼女も乗り手を見分けようと、額《ひたい》にしわを寄せ目を細めていた。白髪《しらが》交じりの髪を二本の三つ編みにして渦巻状に巻き、よそいきの帽子をかぶっていた。トウティを迎えに出てきたときは、汚れたエプロンをしていたが、それも着替えている。

「娘さんたちは一緒に出迎えないんですか?」

「疲れて立っていられないそうよ。二人とも寝かせたわ。犯罪者を夜の夜中に連れてくるなんて、どういうことかしらね」

「近所の人たちに迷惑をかけないためでしょう」彼は如才なく応えた。

マルグレットは下唇を噛んだ。頬に血の色が差した。

「悪魔の子どもに、わが家を使わせたくないのよ」ささやき声にちかかった。「トウティ牧師、これだけははっきりさせておくわね。彼女の話し相手になるつもりはないの。ストラ＝ボーグに置いておけないなら、島にでも移せばよかったのに」

「ぼくたちはみな義務を果たさなきゃなりません」トウティはつぶやき、農場に通じる道に目をやった。胸ポケットから角《つの》製の嗅ぎ煙草《たばこ》入れを取り出し、左手親指の付け根の窪《くぼ》みにひと摘み載せて、嗅いだ。

マルグレットが咳をして痰を吐いた。「その義務とやらは、真夜中に、豚みたいに突き殺されることなのかしら、トウティ牧師？　あなたはまだ若いけれど、神に仕える男だもの。まさか彼女だってあなたを殺しはしないでしょう。でも、あたしたちは？　娘たちは？　安心して眠れるはずないでしょ？」

「役人をひとり残していくはずですよ」トウティは言った。目を転じると、一頭だけ馬列を離れ、駆け足でこちらに向かって来るのが見えた。

「あたりまえでしょ。でなきゃ、彼女をストラ＝ボーグに送り返すわよ」

マルグレットは鳩尾《みぞおち》に当ててた両手を揉《も》み合わせ、ヴァツンスダルスフィアルキ山脈の上を飛ぶカラスの小さな群れに目をやった。空で渦を巻く灰のように見える。

「あなたは伝承に通じてるんでしょ、トウティ牧師？」マルグレットが尋ねた。

トウティは質問の意味を考えながら、彼女に顔を向けた。「それが高潔なキリスト教徒という意味なら」

「カラスの群れを表す正しい言葉を知っている？」

　トウティは首をひねった。

「陰謀よ、牧師さま。群れてよからぬことを企む」言い返せるものなら言い返してみろと、マルグレットは片方の眉を吊り上げた。

　トウティは納屋の軒《のき》にとまったカラスを見やる。「そうなんですか、ミストレス・マルグレット？　薄情《アンカインドネス》だと思ってました（アンカインドネス・オブ・レイヴンでカラスの群れの意味がある）」

　マルグレットが言い返す間もなく、駆け足でちかづいてくる馬はすぐそこまで来ていた。

「コミヅ・ピヅ・サイル・オグ・ブレスヅ」乗り手が挨拶する。

「ドゥロッティン・ブレス・ユソール。神の御加護のあらんことを」トウティとマルグレットは声を揃え、乗り手の男が馬をおりるのを待った。頬と頬を合わせてチュッと音を出す正式の挨拶を交わす。男の頬は汗で湿っぽく、馬のにおいがきつかった。

「連れてきましたよ」男は息があがっていた。「彼女は長旅で疲れきっていますからね」そこで言葉を切り、帽子を脱いで濡れた髪を掻き上げた。「面倒をかけるようなことはないでしょう」

　マルグレットは鼻を鳴らした。

　男は冷ややかな笑みを浮かべた。「今夜はここに泊まって、彼女が落ち着くのを見届けるよう命じられています。そこの畑で野営しますから」

マルグレットは厳《おごそ》かにうなずいた。「青草を踏み荒らさないでいただけるなら。ミルクはいかがです？　乳清と水も？」

「いただきます。かかった費用は払いますから」

「その必要はないわ」マルグレットは口をへの字にした。「あの女が台所でナイフにちかづかないよう見張っててくれさえすれば」

男はくすくす笑い、マルグレットにつづいて母屋に入った。トウティがその腕を掴む。

「囚人の要望で話を聞くことになっています。彼女はどこに？」

男は母屋からいちばん遠いところに立つ馬を指差した。「あれがそうです。辛辣《しんらつ》な口を叩く女でね。若いほうのワークメイドはミドホープに残されました。減刑嘆願の結果を待ってるそうです」

「減刑嘆願？　刑は確定しているんじゃないんですか？」

「ヴァツンスダーリュルの人たちはみな、シッガに国王の恩赦がおりるのを願ってましてね。死ぬには若すぎる。かわいそうだ」男は顔をしかめた。「あの女とは大違いでね。好きな相手にだけいい顔をする」

「彼女も減刑嘆願してもらったんですか？」

男は笑った。「そりゃ無理な話だ。ブリョンダルは若いほうの味方だから。なんでも奥さんの若いころを思い出させるとかでね。こっちのほうは……まあ、ブリョンダルとしては見せしめにしたいんでしょ」

ほかの馬たちもちかくまで来ていた。男たちは馬をおりて鞍をおろしはじめた。乗ったままなのはひとりだけだ。トウティは男に顔を寄せて言った。

「正しい呼び方はあるんですか？　どう呼べば――？」

「アグネスでいいですよ」トウティの言葉を遮《さえぎ》って、男が言った。「アグネスと呼べば、彼女は返事します」

†

ようやく着いた。ストラ＝ボーグから一緒に来た男たちは、コルンサウ農場の母屋から少し離れた場所で馬をおりる。母屋の前には男と女が立っている。わたしの喪失した権利について読み上げた男が二人に歩み寄る。誰も手枷をはずしにきてくれない。わたしのことなど忘れているのだろう。女は老いぼれ婆のように咳込んで痰を吐き、家の中に戻ったが、男は残ってストラ＝ボーグの役人と話している。

左のほうから笑い声がする――役人二人が立ち小便をしている。あたたかな大気ににおいが混じる。いつものことだが、わたしが朝から飲まず食わずだったことに、気づく者はいない。昼は薪のようにひび割れている。小さいころ、お腹がすきすぎるとこういう気分になった。体の中で骨だけがどんどん大きくなり、皮膚を突き破って体がばらばらになりそうな感じ。月のものは止まった。わたしはもう女ではない。

男がこっちに歩いてくる。急ぎ足で畑を横切ってくる。わたしはそっちを見ない。

「こんにちは、アグネス。ぼくは……ぼくの名前はトルヴァデュル・ヨウンソン。ブレイダボルスタデュルの牧師見習いです」男は息せき切って言う。

わたしは顔をあげない。あの人。おなじ声。

彼は咳払いし、顔をちかよせる。しきたりどおりにキスしようとしたのだろうか。でもそこでためらい、あとじさって叢に足をとられ転びそうになる。わたしの靴下の乾いた小便のにおいを嗅いだにちがいない。

「あなたがぼくを名指ししたんでしょ？」不安そうな声だ。

わたしは顔をあげる。

彼は気づかないようだ。ほっとすべきか、がっかりすべきかわからない。彼の髪は昔のまま、赤かった。真夜中の太陽の赤。毛糸が染料に染まるように、髪が光に染まったかのように。でも、顔は大人っぽくなった。前よりほっそりしている。

「あなたが名指ししたんでしょ？」彼がもう一度言う。わたしが見つめると、彼は目をそらし、せかせかと上唇の汗を拭って黒い筋をつける。嗅ぎ煙草？　ここに来たくなかったのだ。

口の中で舌が膨張し、言葉を形作れない。でも、いまさらなにを言えばいいの？　鉄の手枷が擦れてできた手首のかさぶたを、指でいじる。じくじくと血が滲んでいる。彼はそれに気づく。

「あの、ぼく……ええと、その、あなたに会えて嬉しいです、でも……もう遅いから。あなたもきっと……あの、ちかいうちにまた来ます」彼はぎこちなくお辞儀すると踵を返し、慌てて足をもつれさせながら去っていく。気持ちはわかるわ、と告げる間もない。わたしは手首の血を指で広げながら、彼の後ろ姿を見送る。

さあ、ひとりぼっちだ。カラスを眺めながら、馬が草を食《は》む音に耳を傾ける。

†

ストラ＝ボーグから来た男たちが食事を終えてテントに引きあげると、マルグレットは汚れた食器を集めて母屋に戻った。眠っている娘たちの毛布を整えてやり、狭い部屋を歩きまわって床に落ちた芝草を拾い集めた。屋根と壁を形作る芝草の層から、乾いた草が落ちてくる。部屋の埃っぽさにはうんざりだ。かつては、ノルウェイ産の壁板が張ってあったが、ちかくの農場主にした借金を払うため、ヨウンが剝がして売ってしまった。それで夏になると、剝き出しになった芝草の壁から泥や草が剝がれ落ちてくる。冬は冬で、湿った草に生えた黴《かび》が毛布の上に落ち、みな肺をやられる。家そのものが崩壊しはじめ、そこに住む人間たちの体を蝕《むしば》んでいくのだ。去年、湿気が原因の病《やまい》で使用人を二人亡くした。

マルグレットは自分の咳のことを思い、反射的に手を口に当てた。行政長官が手紙を持って訪ねてきて以来、痰の出方が頻繁《ひんぱん》になった。毎朝、胸が重苦しくて目が覚める。それが犯罪者を預かることの恐怖によるものか、夜のうちに肺に積もる埃のせいなのかわからないが、どうしても墓を連想してしまう。あらゆるものが内側から崩れてゆくのだ。

役人のひとりが、アグネスを連れにいった。彼女は馬に縛りつけられたままだった。役人たちに夕食を出しにいったとき、遠くにいる彼女がちらっと見えた——馬から垂れるスカートの青がぼんやりと見えただけだった。いま、マルグレットの心臓は早鐘を打っていた。女殺人者がじきに目の前にやってくる。その顔を見るのだ。狭い部屋で、その体温を感じるのだ。どうすればいいの？　そういう女を前にして、どう振る舞えば？

ヨウンがいてくれさえすれば。なにを話せばいいのか教えてくれただろうに。死を目前にした女を扱えるのは男だけ、それも善良な男だけだ。

マルグレットは腰をおろし、ぼんやりと手の中の草をいじくった。彼女が家で使っている使用人たちだって、農場から農場へと渡り歩いてきてはいるが、彼らに舐められたことはなかった。でも、いまは不安でたまらない。弱気の虫に取りつかれている。アグネスという名のこの女は使用人ではない。むろん客でもないし、貧窮者《ひんきゅうしゃ》でもない。情けをかける必要はないし、だいいち死刑の宣告を受けている。マルグレットはぶるっと体を震わせた。床に落ちた彼女の影が、ランプの光に揺れる。

玄関から鈍い足音がした。マルグレットはぱっと立ち上がった。握り締めた拳を開いたとたん舞い落ちた草を、慌てて掻き集める。廊下の暗がりから役人の声が響く。

「コルンサウ農場のミストレス・マルグレット？　囚人を連れてきました。入っていいですか？」

マルグレットは深呼吸して背筋を伸ばした。「こちらへどうぞ」

役人が先に寝室に入ってきて、マルグレットににっこり笑いかけた。マルグレットは体を強張らせ、エプロンを握り締めた。娘たちのベッドをちらっと見る。喉がドクンドクンと脈打つ。

部屋の薄暗さに目を慣らそうとして、役人が目をしばたたくあいだ、沈黙が流れた。それから唐突に、役人は女を部屋に引き入れた。

女のあまりの汚さ、あまりの惨めさに、マルグレットは虚を衝《つ》かれた。着ているのは粗《あら》い織り目の青いウールの労働着だが、すっかり泥にまみれ、襟元や腕回りは茶色の脂じみが広がって、もとの色の見分けがつかなかった。乾いた泥の重みで、布地がひきつれている。色褪せた青い靴下は、ずぶ濡れで足首までずり落ち、片方は擦り切れて青白い肌が透けて見える。靴はオットセイ革のようだが、縫い目がほつれ、泥にまみれて傷み具合もわからない。帽子の下の髪は脂っぽく絡み合い、二本の三つ編みにして背中に垂らしてあった。うなじのあたりには、ほつれ毛がだらしなく垂れている。ストラ＝ボーグからずっと、引き摺《ず》られてきたみたいだ、とマルグレットは思った。うつむいているから、女の顔は見えない。

「顔を見せて」

アグネスはゆっくりと顔をあげた。血を擦った跡が唇に残り、額には垢《あか》が筋を引いている。マルグレットはたじろいだ。顎から首筋にかけて黄色いあざが広がっていた。アグネスが視線を床から離し、マルグレットの目をまっすぐ見つめた。その目の激しさに、マルグレットは不安を覚えた。顔にへばりついた泥のせいで、目の色がより薄く鋭く見える。マルグレットは役人に顔を向けた。

「折檻《せっかん》されたのね」マルグレットがおもしろがって言っているのだと、役人は思ったようだが、真顔なのを見て目を伏せた。

「着の身着のままですよ」役人は言った。「彼女の荷物は？」「食事代代わりに事務官が取り上げたんでね」むらむらと湧《わ》いてきた怒りに押されて、マルグレットは女の手首の手枷を指差した。

「捕まえた子羊みたいに縛る必要があるのかしら？」彼女は尋ねた。

役人は肩をすくめ、鍵を探して服をパタパタ叩いた。手際よく手枷をはずす。アグネスの両腕が脇に垂れた。

「もう行っていいわ」マルグレットが言う。「あたしが休むときには、誰かひとり見張りについてもらいます。でも、しばらくは彼女と二人きりにして」

役人は目を丸くした。「いいんですか？　大丈夫かな」

「いまも言ったけど、休むときには呼びます。なんなら戸口の外で待っててくれてもいいわ。なにかあったら大声をあげるから」

役人はためらったもののうなずき、敬礼をして出ていった。マルグレットは、部屋の真ん中で微動だにしないアグネスのほうに向き直った。

「さあ、ついてきて」

できれば触りたくなかったが、家の中は暗いのでそうもいかず、マルグレットはアグネスの腕を摑んで先に立った。手首は骨ばかりだ。指先に固まった血が触れた。饐《す》えた小便のにおいがした。

「こっちよ」マルグレットはゆっくりと台所へ向かい、頭をさげて低い框を潜《くぐ》った。

石造りの炉の残り火がぼんやりとあかるい。芝草を葺《ふ》いた天井の小さな穴が煙突の役目を果たしている。そこから射し込む淡いピンク色の光が土間を照らし、漂う煙を輝かせていた。

マルグレットは台所の真ん中でアグネスと向き合った。

「服を脱いで。あたしの毛布にくるまるつもりなら、体を洗ってちょうだい。これ以上、この家の中でシラミを増やしたくないの」

アグネスは無表情のままだった。「水はどこに？」しゃがれ声で言う。

マルグレットはちょっと思案し、炉にかけっぱなしの大きな釜に顔を向けた。手を湯に入れ、浸けっ放しにしてあった食器を取り出し、釜を炉からおろして土間に置いた。

「さあ。お湯よ。急いでね。夜中を過ぎているから」

アグネスは釜を見ると、地べたに膝をついた。気を失ったのかとマルグレットは思ったが、そうではなかった。アグネスは屈み込み、脂が浮いた湯を手ですくった。水桶の前に引いてこられた家畜さながらの性急さで湯を飲む。顎から首筋へ、硬くなった服へと、湯が滴った。気がつくとマルグレットはひざまずき、アグネスの額を押して釜から離していた。

アグネスはうしろに倒れて肘をつき、悲鳴をあげた。ごぼごぼと口から水がこぼれる。その音にマルグレットの胸は締めつけられた。アグネスは目をなかば閉じ、口を大きく開いていた。放心状態だ。酒のせいで、あるいはなにかにとり憑《つ》かれると、人はこんなふうになる。たてつづけに家族が死んで、悲嘆に暮れていると、人はやはりこんなふうになる。

アグネスはべそをかき、手の甲で口を拭い、その手を服で拭った。上体を起こし、立ち上がろうとした。

「喉が渇いていたの」

マルグレットはうなずいた。心臓がばくばくいっていた。ぐっと唾を呑み込む。

「つぎは言ってちょうだい。カップを出してあげるから」

†

トウティ牧師は汗びっしょりになって家に戻った。帰り道は馬を飛ばし、風を受けて顔が真っ赤になった。

口から泡を吹く馬を並歩《なみあし》に落とし、玄関脇の支柱へと誘導した。下馬するときには脚が震えた。風は勢いを増すばかりで、目のつんだ布地の中まで吹き込んだ。汗が乾いて体が冷え、痒《かゆ》くなった。歯を噛み締める。手綱を支柱につなぐ手が震えた。

夏至《げし》を過ぎたばかりだというのに、海から流れてくる厚い雲のせいであたりはみるみる暗くなった。コートの湿った襟を立て、帽子のつばをぐいっと引き下げた。馬の尻を叩いてやり、教会に通じるゆるやかな坂をのぼった。絞ってそのまま地面にほっぽられた濡れ雑巾のような気分だった。未練たらしくいつまでも薄暮がつづく北部の夏は、彼を不安にさせる。南部の学校に通っているころは、日の傾き具合で何時ごろか見当がついた。

雨が降り出し、風がますます強くなった。丈高い草は、風になぎ倒されてはもとに戻ることの繰り返しだ。薄闇のなかで、草は銀色に見える。

ふくらはぎの筋肉を伸ばしながら、大股《おおまた》で坂をのぼった。女との出会いを思い返した。あの女。犯罪者。アグネス。

まず気づいたのは、女が滑り落ちないよう脚を開いて馬にまたがり、鞍に括りつけられていることだった。それからにおいがした。手入れを怠った体の鼻を刺す悪臭。不潔な服のにおい、かいたばかりの汗のにおい、乾いた血のにおい、それに開いた股のあいだから立ち昇るにおい。女に特有のにおい。そう思ったら顔が火照《ほて》った。

だが、気分が悪くなったのは、彼女のにおいのせいではなかった。彼女はまるで新しい死体のようだった。墓から掘り出されたばかりの死体。黒い髪には脂が浮き、毛穴には茶灰色の泥が詰まっていた。おぞましい色だ。

彼女を見たとたん、回れ右して逃げ出したくなった。尻尾《しっぽ》を巻いて。

雨と風のつぶやきに肩をすくめ、頭の中で自らを叱《しか》った。困窮の様を目にしたとたん、逃げ出そうとするなんて、おまえはなんという人間なんだ？　苦しむ者をその懐《ふところ》に受けとめることができなくて、よくも聖職者面ができるものだ。

なによりも心を掻き乱されたのは、彼女の顎の色鮮やかな傷跡だった。乾いた卵の黄身のような、熟れた黄色の傷跡。どれほどの力が加わればああいう傷跡ができるのだろう。彼女の喉を摑む荒々しい男の手。手枷に括られたロープ。転倒。

人が傷を負う状況はいくらでもある。教会の庭まで来て、かじかむ手で門を開けた。

事故だったのかもしれない。彼女が自分でつけた傷かもしれない。

トウティは石畳の小道を足早に教会へと向かった。闇に沈む墓や木の十字架から目を背ける。ポケットから粗雑な作りの鍵を取り出し、教会の中へと入った。後ろ手に木のドアを閉め、低く唸《うな》る風を遮断してほっと息をついた。静寂に包まれる。聞こえるのは、ひとつだけの窓を叩く雨音だけだった。窓といっても穴を魚の皮で覆っただけのものだ。

帽子を脱いで髪を手で梳《す》いた。説教壇に歩み寄ると足元で床がきしんだ。立ち止まり、祭壇の奥の壁画に目を凝らす。最後の晩餐《ばんさん》。

へたくそな壁画だった。広いテーブルに向かってうずくまるイエス。影に潜むユダはトロール（北欧神話の岩や丘陵に住む巨人）に似ていて笑いを誘う。描いたのは、デンマークから妻を娶《めと》り、政府にコネがある地元の商人の息子だった。ある日曜日、礼拝のあとで、件《くだん》の商人がヨウン牧師に向かって、色の剝げ落ちた壁画の文句を言っているのを、トウティはたまたま耳にした。息子が芸術の才能を見込まれて奨学金を得て、いまはコペンハーゲンで学んでいる、と商人は自慢していた。ヨウン牧師さえよければ、教区のために息子にひと肌脱がせるし、必要な材料はこちらで買い揃えるので教会に金銭面で迷惑はかけない。経済観念の発達したヨウン牧師は、渡りに船と壁画を描き替える申し出を受け入れた。

古い壁画がトウティは懐かしかった。それは旧約聖書に題材をとったもので、天使長と戦うヤコブが描かれていた。ヤコブは天使長の肩に顔を埋《うず》め、その手には聖なる羽根が握られている絵だった。

ため息をついてひざまずいた。帽子を床に置き、胸の前で両手を組み、声に出して祈りを唱えた。

「父なる神よ、わたしの罪をお許しください。わたしの弱さと恐れをお許しください。臆病心と闘う力をお与えください。苦難を目の当たりにして怯まぬ力をお与えください。苦難に耐える者を救うことで、神の御業《みわざ》をなすことができますように。

主よ、恐ろしい罪を犯したこの女の魂のために、わたしは祈ります。彼女を悔い改めさせるための御言葉を、どうかわたしにお与えください。

恐れを抱いたことを、ここに告白いたします。彼女にどんな言葉をかければいいのか、わたしにはわかりません。わたしの心は安らぎません、主よ。この女が……わたしに抱かせる恐怖から、どうかわたしの心をお守りください」

ひざまずいたまま、しばらくじっとしていた。ようやく立ち上がったのは、雨と風の中に鞍をつけたまま放置した馬のことを思い出したからだった。教会を出て、ドアに鍵をかけた。

†

翌朝、マルグレットは早くに目覚めた。見張りを頼んだ役人は、向かい側のベッドでいびきをかいていた。ゴロゴロと騒々しいその音が夢の中まで入り込んできて、彼女を目覚めさせたのだった。

マルグレットは壁のほうに寝返りを打ち、毛布の端を耳に押し込んだが、耳障りないびきが頭の中を占領する。二度寝はできそうになかった。仰向けになり、役人が眠っているほうに目をやる。強《こわ》い金髪は脂ぎって突き立ち、枕に押しつけた口は開いたままだ。顎に沿ってにきびができていた。

見張りが聞いて呆れる、と彼女は思った。こんな子どもを送り込んでくるなんて、しかもぐっすり眠り込んでいる。

部屋の隅の使用人たちのベッドのひとつに眠る囚人のほうをちらっと見る。女は身じろぎもせず眠っていた。娘たちも寝息をたてている。もっとよく見ようと、マルグレットは枕に肘をついて上体を起こした。

アグネス。

声に出さずに言ってみる。

彼女を洗礼名で呼ぶのはまちがっている気がした。ストラ＝ボーグではなんと呼ばれていたのだろう。囚人？　被告人？　死刑囚？　きっと名前では呼ばれなかったのだろう。名前があるべき場所には沈黙があったにちがいない。

マルグレットは身震いし、毛布を引っ張りあげた。アグネスは目も口もきつく閉じていた。マルグレットが与えたナイトキャップは眠っているあいだに脱げて、ほどけた髪が枕に広がり、しみのようだ。

この一カ月、いまかいまかと待って、いざ女の姿を目にしたときには妙な心持ちがした。恐怖の一カ月でもあった。深みで得体の知れないものが針に掛かり、ぴんと張った釣り糸のような恐怖。

ヨウンがブリョンダルと会って戻ってきてからこっち、マルグレットは女殺人者にどんな態度で接すればいいか、考えつづけてきた。どんな様子の女だろうと、想像してきた。人殺しをするのは、どんな女なのだろう？

マルグレットが知る女殺人者は、サガに出てくる女だけだし、それも直接は手をくださず、使用人に命じて愛人を殺させたり、肉親の仇《かたき》を討たせたりする女の物語ばかりだ。自分の手は汚さず、遠くから見ているだけだ。

でも、いまはサガが書かれた時代とはちがう。この女はサガに出てくる女とはちがう。苔《こけ》の粥《かゆ》をすするような貧しい家で育った、渡り労働者だ。

ベッドに横たわったまま、マルグレットはヒョルディスのことを思い出した。気に入りの使用人だったが、いまはウンダーフェトルの教会の墓で眠っている。ヒョルディスが人を殺すところを想像してみる。ナタン・ケーティルソンやピエトル・ヨウンソンとおなじように、眠っているあいだにヒョルディスに刺し殺されるところを想像してみる。ナイフの柄を握り締めるほっそりとした指、闇に紛れる足音。

想像できない。

ロイガに尋ねられた。人を殺人に駆りたてる邪悪さは、しるしとしておもてに現れるものなの、と。この人は悪魔だとわかるしるし。外から見てわかる小さな欠陥。善良な人間が用心するための、見てわかるしるしがあるはずじゃないの？　いいえ、ないわ、体の欠陥を邪悪さと結びつけるのは迷信よ、とマルグレットは言った。だが、ロイガは納得しなかった。

アグネスが美人だったらどうしよう、とそのときマルグレットは思った。北部の人間はみな知っていることだが、ナタン・ケーティルソンは目敏《めざと》く美人を見つけることで有名だった。彼は魔法使いだと思われていた。

隣の農場のインギビョルグから聞いた話だが、ナタンが詩人のロウザと別れたのはアグネスが原因だったそうだ。つまり、彼女のほうが美人だったということかしら、とマルグレットは隣人と噂し合った。美人は人殺しだってしかねない、とマルグレットは思う。サガにもこんな言い回しが出てくる。オプト・エル・フラグズ・イ・ヒョーグル・スキニー。魔女はたいてい色白だ。

だが、この女は醜女《しこめ》でも美人でもなかった。たしかに目立つ顔だけれど、若い男から飢えた視線を向けられる類の女ではない。体は細い。南部の人たちが〝小妖精のような細さ〟と呼ぶ体つきで、背の高さはふつうだ。ゆうべ、台所で見たとき、面長《おもなが》なほうだと思った。高い頬骨とまっすぐな鼻筋が人目を引く。あざを差し引けば肌は青白く、髪が黒っぽいせいで白さが引き立つ。珍しい髪色だ。このあたりでは女でこの色の髪はめったにいない。とても長い髪は、とても濃い色だ。黒にちかい濃い茶色。

マルグレットは毛布を顎まで引き上げた。役人のいびきは途切れることがなかった。雪崩《なだれ》が迫って来たのかと思うほどの騒々しさだ。疲れていた。痰が溜《た》まって胸が重苦しい。閉じたまぶたの裏に、あの女の姿がさまざまに浮かんだ。釜に直接口をつけて湯を飲む荒々しい姿。うまく服を脱ぐことができぬ姿。紐をまさぐる女の両手。指が腫《は》れてうまく折り曲げられないのだ。仕方がないからマルグレットが手を貸し、乾いた泥を爪先でせせり取ってなんとか紐をほどいた。煙のこもる狭い台所の閉ざされた空間に、汚れた服と垢だらけの体の酸っぱいにおいが充満し、マルグレットは吐きそうになった。息を止め、アグネスの肌から悪臭を放つウールを引き剝がした。服が細い肩から滑り落ち、床に当たってもうもうと埃を舞い上げたときには、我慢しきれず顔を背けていた。

アグネスの肩甲骨《けんこうこつ》が目に浮かぶ。下着の粗い布地から突き出すそれは、剃刀《かみそり》のように鋭かった。下着は首回りが黄ばみ、腋《わき》の下は茶色く汚れていた。

朝食の支度をする前に、アグネスの服をすべて燃やさなければならない。ゆうべは、それを寝室に運ぶ気にならず、台所の隅にうっちゃっておいたのだ。布目に蚤《のみ》がびっしりたかっていた。

アグネスの肌にこびりついた垢と泥を、どうにかこうにか洗い落とした。アグネスは絞った雑巾で自分の手足を擦ろうとしたが、いかんせん手に力が入らない。長いあいだに溜まった垢は毛穴に入り込んで、かんたんには落ちなかった。マルグレットは見ていられず袖をまくり、雑巾をアグネスの手から奪い取ると、雑巾が黒くなるまでアグネスの肌をごしごし擦った。そうしながら——自分の意に反して——ロイガが邪悪さのしるしだと思っている欠陥をアグネスのなかに探していた。それらしいのは、彼女の瞳だけだった。ふつうとどこかちがう、とマルグレットは思った。とても青く澄んだ瞳、美しいと言うにはあかるすぎる青の瞳。

アグネスの体は傷だらけだった。虐待によるものだとわかる。重労働や事故で傷ついた体を見慣れているマルグレットですら、あ然とするほどの傷の多さだった。

肌を強く擦りすぎたかもしれない、といまにして思う。役人のいびきを締め出したくて、マルグレットは枕の下に頭を押し込んだ。傷跡のなかには、ぱっくり開いてじくじくしているのもあった。血が流れ出している傷跡を見て、マルグレットは密かな満足を覚えた。

髪も洗ってやった。釜の湯は沈泥と浮いた垢で汚れてしまったので、役人に頼んで川に水汲みに行ってもらった。戻るのを待つあいだ、傷口に硫黄《いおう》とラードの軟膏《なんこう》を塗ってやった。

「ナタン・ケーティルソンが処方した軟膏よ」マルグレットは言い、相手の反応を見守った。言葉は返ってこなかったが、首筋の筋肉が引き攣ったように見えた。「彼の魂が安らかに眠らんことを」マルグレットはつぶやいた。

冷水で落ちる範囲でアグネスの髪を洗い、じくじくする傷跡に軟膏を塗り終えると、マルグレットは彼女にヒョルディスの下着と寝具を与えた。ヒョルディスが亡くなったとき着ていた下着だ。ダニが残っていたとしてもそれがなんなの。あたらしい持ち主もじきに死ぬのだから。

目と鼻の先に眠る女はじきに土に還るのだ。不思議な気がする。

マルグレットはため息をつき、ベッドの上で起き上がった。アグネスはじっとしたままだ。役人のいびきはつづいている。股間を掻き毟《むし》る役人の姿を、マルグレットはじっと見つめた。

こんな男に守ってもらっているのかと思うと、少し腹立たしいと同時におかしかった。目をそらす。

そろそろ起きて、役人たちの朝食の支度をはじめなくちゃ。スキールですますか、それとも干した魚。レイキャヴィークに買い出しに行った使用人たちが戻ってくるまで、バターがもつかどうか。

ナイトキャップを脱ぎながら、もう一度眠っている女を見た。

心臓が口から飛び出すかと思った。寝室の薄闇のなかで、アグネスは横になったまま静かにマルグレットを見つめていた。

三章

フリドリク・シグルドソンと共犯者であるアグネス・マグノスドウティルならびにシグリデュル・グドゥモンドウティルは、真夜中ちかくにナタン・ケーティルソンの家に忍び込み、ナタンと客のピエトル・ヨウンソンにナイフと金槌《かなづち》を振るい死に至らしめた。そのことは死体に夥《おびただ》しい血がついていたことからあきらかで、そののち、殺人を隠蔽《いんぺい》せんがため農場に火を放ったものである。フリドリクがかかる凶行におよんだのは、ナタンへの憎しみが原因であり、金品を盗む目的もあった。やがて殺人は露見することとなる。行政長官はこの火事に疑いを抱き、焼け残った死体が発見されるや、三人が共謀しての犯行であると結論付けたのである。

一八二九年付け、最高裁判所の公判記録よりストラ＝ボーグの物置にいたときには、夢を見なかった。薄板の上で黴臭い馬革をかぶって丸くなっていると、浅い潮汐《ちょうせき》のような眠りが訪れる。潮汐はわたしの体を洗うけれど、忘却へと引き摺りこんではくれない。眠りを妨げるものもあった――足音、メイドがおまるを持ち出そうと引き摺る音、小便のきついにおい。目をぎゅっと閉じ、頭のなかからすべての考えを締め出してじっと横になっていると、ぽつぽつと眠りが戻ってくることもあった。うつらうつらしていると、隙間からごくわずかな光が射し込んできて、使用人がわずかばかりの干した魚を放ってよこす。あの火事からこっち、ちゃんと眠ったことはなかったように思える。不眠は神が下さる罰なのかもしれない。それともブリョンダルが下す罰か。勾留費《こうりゅう》用の足しに、わたしは身の回りのものと一緒に夢も取り上げられた。

でも、ゆうべ、コルンサウ農場でわたしはナタンの夢を見た。彼はハーブを煎《せん》じて水薬を作っていた。わたしはその姿を眺めながら、仕事場の芝草の壁に両手を這わした。夏で、光はピンクがかっていた。水薬にするハーブは、強い芳香を放ってわたしを包み込んだ。苦甘い香りを吸い込むと、幸福の波にゆったりと浸っている気がした。ようやく谷を離れることができたのだ。ナタンが振り返ってほほえんだ。煎じたハーブの上澄みを集めたビーカーを、彼は掲げ持っていた。ビーカーから湯気があがっている。黒いウーステッドの靴下を履き、手から湯気をあげる彼の姿は魔術師そのものだった。ナタンは日差しを抜けてきて、わたしは笑いながら腕を広げる。愛《いと》しさにどうにかなってしまいそうだ。でも、腕を広げたとたん、ビーカーが彼の手から滑り落ち、闇が油のようにこぼれ出て部屋を覆い尽くした。

夢はそこで途切れ、それから眠ったのかどうかわからない。

ナタンは死んだ。

朝、目覚めると悲しみが心を打つ。

それが辛《つら》いから、心を水底へと押し戻す。夢のなかへと、ビーカーが壊れる前の黄金色のひとときへと、心を押し返す。ブレックコットを思い出す。母がまだ生きていたころを。意識を集中するうち、向かいのベッドに眠る母の姿が見えてくる。それに、ヨウアス、蚤の食い跡を搔き毟る幼いヨウアス。わたしは親指の爪で蚤を潰《つぶ》す。

でも、甦らせた思い出は冷たい。ブレックコットのあと、どうなったか知っているからだ。あのあと母とヨウアスがどうなったか。

目を開けると、ベッドの中で目を覚ましているマルグレットが見える。しきりに寝返りを打ち、無駄に毛布をいじくっている。ナイトキャップが少しずれ、灰色の髪が見える。眠るときもきちんと三つ編みにしたままの髪。頭蓋骨《ずがいこつ》の形がそのままわかる。

引っ張りあげた毛布になかば隠れた顔は黒いしみのようだ。彼女は寝返りを打ち、向かいのベッドに眠る役人を睨む。

役人はいびきをかき、この農場の女主人は不服そうに舌打ちする。聞こえたわよ、奥さん。たったひと晩でうんざりしたの？　彼らと一年付き合ってごらんなさい。彼らの硬い手や、きつい視線と。

彼女が寝返りを打つと、枕の中の干した海草がガサゴソいう。彼女がわたしを見る。はっと息を呑み、手を胸に押し当てる。

もっと慎重にやらなければ。見つめていたことに気づかれてはならない。なにか企《たくら》んでいると思われるにきまっているから。

「目が覚めたのね」女主人は額の髪を掻き上げ、しばらくわたしを見つめる。いつからわたしに見つめられていたのか、不安になったのだろう。

「起きてちょうだい」彼女が言う。

わたしは従う。足に触れる木の床が冷たい。

マルグレットが青いウールの仕事着を出してくれる。わたしは黙って着替える。いびきをかく役人を、彼女は苛立たしげに見つめる。わたしは頭から服をかぶり、部屋の中を見回す。ほかにも眠っている人がいる。使用人だろう。誰なのかたしかめる暇はない——マルグレットは先に立って暗く湿っぽい廊下を進んでゆく。立ち止まるのは、屋根から抜け落ちて梁《はり》に引っ掛かった芝草を取り去るときだけだ。

「いまにばらばらになる」彼女がつぶやく。

彼女についていくのがやっとで、ほかの部屋を覗き込んでいる暇はない。大きな家ではないが、ほかにも部屋があることにゆうべ気づいた。樽が並ぶ物置、バケツや鍋や搾乳機《さくにゅうき》が置かれた狭い部屋は乳製品貯蔵室だろう。それともいまは食料庫として使っているのかもしれない。台所の前を通り過ぎる。わたしがストラ゠ボーグから着てきた服が、隅によけてある。

外はもうあかるい。ゆうべの雨で草は濡れ、朝日を浴びて葉が輝いている。清々《すがすが》しい風が吹いて、水たまりにさざ波を立てる。そんな小さなことに、いまは気づく。

「見てわかると思うけど」小屋の外に山積みにされた流木が崩れており、マルグレットはそれに足をとられて立ち止まり、口を開く。「見てわかるとおり、ここには片付けなければならない仕事が山ほどある」

わたしに服を出してくれてから、彼女が口をきくのはそのときがはじめてだった。わたしはなにも言わず、うつむいたままだ。何年ものあいだ地面を擦ってきた彼女のスカートの裾《すそ》が、すっかり汚れているのに気づく。

マルグレットは背筋を伸ばして腰に手を当てる。自分を大きく見せるつもりだろうか。爪を噛む癖があるのか、深爪だ。

「あなたをよく思っていないことを、隠すつもりはないわ。あなたにいてほしくない。子どもたちにちかづいてほしくない」

ベッドで眠っていたのは子どもたちだったのだ。

「上からの命令で、あなたをここに迎えることになったの、それはあなただって……」そこで口ごもる。「無理やりここに連れてこられたわけだけど」

わたしたちは冷たい風に肩をすくめている。風にスカートがはためき、脚に絡《から》まる。子どものころ、里親のインガが、強風にスカートを翼のように広げ、鳥になる遊びを教えてくれた。空を飛ぶ気分を味わうのだ。彼女は言った。いつか風に乗って飛んでいくのよ。谷間に住む人たちが空を見上げると、そこに見えるのはおまえのシュミーズ。わたしは声をあげて笑った。

「夫のヨウンはクヴァンムルに出掛けてるけど、きょうには戻る。何日かのうちに使用人たちが戻ってきて、干し草作りがはじまるわ。だから、妙な振る舞いはしないことね。あなたがストラ＝ボーグでなにをしでかしたのか知らないけど、ここであたしたちを出し抜こうったってそうはいかない」

彼女はなにも知らない。

「さて」彼女はお腹の前で両手を組んだ。「あなたは使用人だったそうだけど、あれの前までは……」

なんの前？　ナタンとピエトルが金槌で頭を殴られる前？

「はい、奥さま」

自分の声を耳にしてぎょっとする。自由におしゃべりできたのは、はるか昔のことのようだ。

「使用人だったの？」風が強くて、わたしの声は彼女に届かない。

「はい、住み込みで働いてました。十五の年からそうでした。その前は使い走りをしてました」

彼女がほっとした顔をする。

「糸紡ぎや編み物や料理、それに家畜の世話もできるのね？」

眠ってたってできる。

「ナイフは使える？」

胃がでんぐり返る。「なんですか、奥さま？」

「草刈《くさか》りはできる？　草刈り鎌《がま》を使える？　使用人のなかには、一度も草刈りをしたことのない人もいるようだし、このごろじゃ、女が草を刈るのは珍しいのかもしれない。でも、うちの農場は人手が足りない――」

「草刈り鎌を使えます」

「よかった。それじゃ、あなたの食い扶持《ぶち》は労働で払ってもらうわよ。あたしが蒙《こうむ》る迷惑賃もそこには含まれる。犯罪者には用がないの、欲しいのは働き手」

犯罪者。その言葉が宙に浮いたままになる。強風にびくともしない、重い言葉だ。

わたしは頭を振りたかった。それはわたしを指す言葉ではない、と言いたい。わたしには似合わない。わたしという人間を言い表わしてはいない。べつの人間に当てはまる言葉だ。

でも、言い返してなんになるだろう？

マルグレットが咳払いする。

「暴力を許すわけにはいかない。怠け者にも用はない。口応えや自分勝手な行動は許さないし、サボったり、盗んだり、陰でこそこそやったりしたら、叩き出すわよ。髪の毛を引っ摑んで、この農場から引き摺り出す。わかった？」

彼女はわたしの返事を待たない。選択の余地のないことが、わかっているからだ。

「納屋に案内するわ」彼女は言い、大きく息を吸い込んだ。「羊と牛の乳を搾《しぼ》るあいだ、あなたは……」

彼女の視線はわたしからそれ、隣の農場へと向かった。彼女の注意を引くなにかがあるのだ。

†

ギルスターデュル農場のスナイビョルンが、坂をのぼってくる。一緒にいるのは七人の息子のうちのひとりで、夏のあいだコルンサウの羊の世話を頼んでいるパトルだった。二人に遅れまいと息せき切ってのぼってくるのは、スナイビョルンの妻ロウズリンと下の娘二人だ。「勘弁してよ」マルグレットはつぶやいた。「一家揃ってのお出ましだわ」はっとなってアグネスの腕を摑んだ。「中に入ってて」声を殺して言い、アグネスを引き摺るようにして母屋に戻り、中に押し込んだ。「入ってて！　さあ」

アグネスは戸口でためらい、マルグレットを見てから奥の暗がりに姿を消した。

「サイル・オグ・ブレスヅ」スナイビョルンが挨拶する。長身でがっしりした男で、血色がよく、目にかかる髪は鈍い金色だ。「いい日和《ひより》で！」

「ほんとうにね」マルグレットはそっけなく挨拶を返す。彼がちかづいてくるのを待って言う。「あなたとパトルだけかと思ったら、ほかにもお客さんがいるようね」

スナイビョルンは気弱な笑みを浮かべた。「ロウズリンが一緒に来るってきかなくて。おたくの、その、窮状を耳にしたもんだから。それで、みんなの無事を見届けなくちゃって言ってね」

「それはご親切に」マルグレットは食いしばった歯のあいだから言った。

ロウズリンがちかくまでやって来た。「いいお日和で！」彼女は叫び、子どものように片手を空に向かって振り上げた。「干し草作りのあいだ、お天気がもつことを願いましょう。おはよう、マルグレット！」

スナイビョルンの妻は十一人目を妊娠中だ。迫《せ》り出した腹がスカートを引き上げ、朝露に濡れ、むくんだ足首が剝き出しになっている。歩いてきたせいで顔は紅潮し、息はあがり、丸い腹の上で胸が大きく上下していた。

「様子を見ようと思ってね。だったら、スナイビョルンやパトルと一緒のほうがいいもの」彼女の五歳の娘が、茂みに足を取られながらもちかづいてきて、マルグレットに布巾《ふきん》をかぶせた皿を差し出した。「ライ麦パンよ」ロウズリンが言う。「おやつにどうかと思って」

「ありがとう」

「もう、いやになる、これぐらいで息が切れるなんてね。この歳でこれはきついわ。でも、次から次にできちゃうもんだから」ロウズリンは元気よく腹を叩いた。

「ほんとうにね」マルグレットはにこりともせずに言う。

スナイビョルンが咳払いし、ロウズリンからマルグレットへと視線を移した。「さて、男は仕事をするか。ヨウンはどうしてる、マルグレット？」

「クヴァンムルに出掛けてるわ」

「そうかい。だったら、パトルには羊の番をさせて、おれは草刈り鎌の切れ味でもたしかめるか。鍛冶場《かじば》に入らせてもらって、研いでやってもいい」彼は妻や娘たちに顔を向けた。「あんまりマルグレットの邪魔はするなよ、いいな、ロウズリン？」にっこりすると回れ右して、息子の背中をやさしく押しながら、大股で歩み去っていった。

夫が遠ざかるのを見届けてから、ロウズリンは笑い声をあげた。「男ってのは、ねえ？片時もじっとしてられないんだから。妹と遊んでおいで、シバ。遠くに行っちゃだめよ。ちかくで遊びなさい」ロウズリンは娘たちを追い立てると、あたりをぐるっと見回した。人を探しているかのように。マルグレットはライ麦パンの皿を腰高に持ち直した。パンの甘い匂いとロウズリンの熱く湿った体臭が混ざり合ったにおいに、マルグレットは気分が悪くなった。咳の発作に襲われて体を震わせる。落としそうになった皿を、ロウズリンが慌てて摑んだ。

「さあ、さあ、マルグレット。気を楽にして。なかなかよくならないわね」

マルグレットは発作がおさまるのを待って、草の上に痰を吐いた。「よくなってるわよ。これはただの冬風邪」

ロウズリンはくすくす笑った。「だって、もう夏よ」

「あたしは元気だから」マルグレットの口調がきつくなる。

ロウズリンは大げさに同情してみせる。「あなたがそう言うなら、そうなんでしょうよ。実を言うとね、きょうはそのことで来たのよ。あなたのことが心配だから」

「へえ？　なにが心配なの？」

「それはほら、あなたの胸のことよ、もちろん。でも、それだけじゃなくって、ちょっと噂を耳にしたもんだから。どうせ出鱈目《でたらめ》なんでしょうけど、でも……」ロウズリンは小首を傾《かし》げ、えくぼを見せて笑った。「でも、あなたの都合も考えずに、こうして押しかけてこないわけにはいかなかったのよ」額に手をかざして日差しをよけ、マルグレットの肩越しに母屋を覗く。「邪魔するつもりはないわ。でも、あなた、誰かと一緒だったでしょ。黒い髪の女の人。お客さん？」ロウズリンは無関心を装う。

マルグレットはため息をついた。迷惑な話だ。「よっぽど目がいいのね、ロウズリン」

「インギビョルグなんでしょ？」ロウズリンは片眉を吊り上げる。「だったら行くわ。仲良しのおしゃべり、邪魔しちゃ悪いもの」

マルグレットは呆れて目をくるっと回しそうになった。「いいえ」

「そりゃそうよね。こんなに朝早くに訪ねてくるはずないもの」ロウズリンはウィンクした。

「あたらしい使用人？　干し草作りがはじまれば、人手はいくらあっても足らないものね」

「それが、使用人とはちがう――」

「だったら親戚《しんせき》？」ロウズリンは一歩ちかづいた。

マルグレットはため息をつく。ロウズリンの追及から逃れる術《すべ》はないのだ。咳払いする。

「あなたが見た女の人は、ブリョンダル行政長官に頼まれて預かることになった人なのよ」

「あら、そうなの？　妙な話ね。なんのために？」

「彼女の名前はアグネス・マグノスドウティル。ナタン・ケーティルソンとピエトル・ヨウンソンを殺した罪で有罪になったワークメイドのひとりで、処刑の日まで、うちで預かることになったの」マルグレットは両腕を組み、傲然とロウズリンを見下ろした。

ロウズリンは悲鳴をあげ、パンを地面に置いた。持ったままでは恐怖をうまく表現できないからだろう。

「アグネスですって！　アグネスとフリドリクのあのアグネス？　ナタン・ケーティルソンを殺した犯人？」真っ赤になった頰を両手で挟み、見開いた目でマルグレットを見つめる。

「でも、マルグレット！　あたしが来たのはまさにそのせいなのよ！　オウスク・ヨウハンズドウティルがソフィア・ヨウンドウティルから聞いた話なんだけど。ソフィアのお兄さんってのがクヴァンムル農場で働いてるのよ。それで、ブリョンダルがアグネスをストラ＝ボーグから移すことに決めたのは、ああいう有力者の家族が皆殺しにでもなったら大変――」

ロウズリンはよけいなことを言ったと気づき、慌てて口をつぐんだ。マルグレットは口をへの字にして彼女を睨んだ。

「あの、マルグレット、あたし、そんなつもりじゃ……」丸い頰がますます赤くなる。

「あら、そうなの、ロウズリン。ブリョンダルがあたしたちに殺人犯を押しつけたのは、あたしもヨウンも文句を言わないから。でも、ブリョンダルがなぜそうしたのか、理由は本人にしかわからない」

ロウズリンは大きくうなずいた。「もちろんそうよ。オウスクの噂好きにも困ったものよ

「気の毒にね、マルグレット」

ロウズリンは何度もうなずきながら進み出て、マルグレットの肩に手を置いた。「気の毒にね、マルグレット」

「なにが？」

「それは、女殺人者とひとつ屋根の下で暮らさなきゃならないんだもの！　彼女の恐ろしい顔を毎日見なきゃならないんだもの！　あなたもご主人も娘さんたちも、さぞ怖い思いをするんでしょうね！　こんなにいい人たちなのに」

マルグレットは鼻を鳴らした。「彼女の顔は恐ろしくないわよ」ロウズリンは聞いてやしない。

「あの事件のことは、いろいろ耳にしてるのよ、マルグレット、だから、忠告しておくわね。善人のナタンとピエトルを殺した三人の極悪非道ぶりについちゃ、いろいろ知ってるんだから！」

「ナタンとピエトルを指して〝善人〟と言う人が、いったいどれぐらいいるもんかしらね」

「あら！　でも、彼らは善人よ！　そりゃまちがいを犯したけど――」

「ピエトルは三十頭もの羊の喉を掻き切ってるわよ、ロウズリン。彼は盗人《ぬすっと》」

「だとしたって、立派なアイスランド人だわよ。それに、ナタンの家族の気持ち、考えてみなさいよ。彼の兄のグドゥモンデュル、それに奥さんと小さな子どもたち。イルガスターデュル農場に行って、焼け跡の片付けをしたりしてるのよ」

「ロウズリン、あたしが聞いた話がほんとうだとして、ナタンはイルガスターデュルの作業場にいるより、よその奥さんのベッドに潜り込んでる時間のほうが長かったそうじゃない！」

ロウズリンはあ然とした。「マルグレットったら」

「あたしはただ……」マルグレットは言い淀み、母屋の入口に体を向けた。「なんだって、そう単純じゃないってこと」

「彼らは死んで当然だって思ってるの？」

マルグレットは鼻を鳴らした。「まさか」

ロウズリンは疑わしげに彼女を見つめた。「彼女が有罪だってこと、知らないわけじゃないでしょ？」

「それぐらい知ってるわよ」

「よかった。だったら言っておくけど、背中に気をつけることね……彼女の名前、なんだったっけ？」

「アグネスよ」マルグレットは静かに言った。「知ってるくせに、ロウズリン」

「そう、アグネス・マグノスドウティル、そうだったわ。くれぐれも用心なさいよ。あなたにできることはあまりないだろうけど、でも、行政長官に頼んで見張りを置いてもらうべきよ。それに、手枷はしておくこと！　死刑囚三人のうち、いちばん性《たち》が悪いのはアグネスだって話だもの。フリドリクは彼女にそそのかされただけ。彼女はもうひとりのワークメイドを見張りに立てた。それも、逃げないよう戸口に括りつけておいたんだって！」ロウズリンはマルグレットに顔をちかづけてつづけた。「ナタンを刺したのは彼女なのよ、それも十八回も。何度も何度も刺した！」

「十八回もって、ほんとうなの？」マルグレットはつぶやいた。スナイビョルンが早く戻って、女房を連れ帰ってくれないかと、そればかり願った。

「お腹と喉と」ロウズリンは興奮して顔が真っ赤だ。「それに――ああ、主よ、われらをお守りください――顔も！　彼の目にナイフを突き立てたって。卵の黄身にナイフを刺すみたいに！」ロウズリンはマルグレットの肩をぎゅっと掴んだ。「あたしがあなただったら、彼女とおなじ部屋では一分だって眠れないわよ！　それぐらいなら牛小屋で寝たほうがまし。ああ、マルグレット、噂がほんとうだったなんて信じられない！　女殺人者がいつ訪ねてくるかしれないなんて！　この教区も堕落したもんだわ。レイキャヴィークの退廃ぶりにも負けない。彼女はいままさに、うちの娘たちが遊んでいるその場所にいるんだわ。ああ、怖い。ほら、あたしの腕を見て――鳥肌がびっしり！　かわいそうなマルグレット、いったいどうするつもりなの？」

「なんとかするわよ」マルグレットはそっけなく言い、屈んでライ麦パンの皿を拾った。

「でも、できるの？　守ってくれるはずのヨウンは、どこにいるのよ」

「クヴァンムルのブリョンダルのところ。さっきも言ったけど」

「マルグレット！」ロウズリンは両手を空に振り上げた。「あなたと娘たちだけのところにあの女を送り込むなんて、ブリョンダルもひどいことをするもんね！　いいわ、あたしが一緒にいてあげる」

「そんな必要はないから、ロウズリン」マルグレットはきっぱり言った。「でも、気遣ってくれてありがとう。あの、追い出すようで悪いんだけど、羊の乳搾りがまだなのよ」

「手伝いましょうか？　さあ、そのお皿をこっちによこして、あたしが中に持っていってあげる」

「さよなら、ロウズリン」

「あたしが彼女に会って、どれぐらい危険な人間か判断してあげるわよ。他人事《ひとごと》じゃないんだから！　夜中に彼女が忍び寄ってこないようにするには、どうすればいい？」

マルグレットはロウズリンの肘を摑んで向きを変えさせた。「来てくれてありがとう、ロウズリン。それにライ麦パンもありがとう。それじゃ、気をつけて帰って」

「でも――」

「さよなら、ロウズリン」

ロウズリンは母屋をちらっと振り返ると半笑いを浮かべ、重い足取りでギルスターデュル農場に帰っていった。幼い娘たちがあとを追う。マルグレットはライ麦パンの皿を握り締め、彼女たちの後ろ姿を見送った。その姿が遠くの点になってようやく、うずくまって激しく咳込んだ。草の上に痰を吐く。ゆっくりと立ち上がり、母屋へ戻った。

わたしが寝室に戻ったときには、役人の姿はなかった。仲間のところへ行ったのだろう。窓の外からデンマーク語とアイスランド語が入り混じったおしゃべりが聞こえた。女主人がわたしを家の中に押し戻したことに、彼らは気づいていない。眠っていた二人の娘もいなかった。わたしひとり。

†

ひとりだ。

見張りの目もなく、戸口に看守もおらず、ロープも手枷も鍵もない。ひとりだ。縛られてもいない。そう思ったら頭がぼうっとしてきた。鍵穴から誰かが覗いているのでは？　壁の割れ目に体を押し当て、わたしがなにかするのを待っているにちがいない。わたしが不審な動きをしようものなら、部屋に飛び込んできて、喉元に指を突きつけるのだ。ナイフを突きつけるように。

でも、ここには誰もいない。誰ひとりいない。

部屋の真ん中に立って、暗さに目を慣らす。そう、わたしはひとりだ。興奮の波が全身を洗う。お湯が沸きはじめるときの鍋の中のように。いまこのとき、わたしはなんでもできる。家の中を見てまわることも、横になって休むことも、大声でおしゃべりすることも、歌うことだって。わたしが踊ろうが、悪態をつこうが、笑おうが、誰に気づかれることもない。

いまなら逃げられる。

背筋を恐怖のあぶくが昇ってくる。氷の上に立っていて、自分の重さで氷が割れる音を聞いたような感じ――興奮と恐怖がない交ぜになった感じ。ストラ＝ボーグでは、逃げることを夢見た。手枷の鍵を見つけ出し、逃げ出す――どこへ逃げるか考えたことはなかった。逃げるチャンスがなかったからだ。いまはちがう。庭を通り抜け、谷間のはずれまで走る。農場が途絶える先まで走り、そこで夜になるのを待って高地へと逃げる。空が荒々しい灰色の手で抱き留めてくれる高地へと。荒れ地へ逃げ込む。わたしを閉じ込めることなどできないことを、彼らに思い知らせてやるのだ。わたしは時の盗人《ぬすびと》、わたしを拒んだ時間を盗んでやる！

干した羊の腸を張った窓から射す光に、埃の粒が漂っている。それを見ていたら興奮が醒めた。間欠泉から噴きだすお湯のようだ。逃げることは、べつの死刑判決を受けることにすぎない。高地では、漁師の寡婦《かふ》みたいな騒々しさで風が吹きまくり、風になぶられた肌には水膨れができる。暗闇からにゅっと突き出す拳のように、冬は唐突に訪れる。人の住まない場所は、死刑執行人とおなじぐらい冷酷だ。

膝ががくがくして、ベッドに座り込む。目を閉じる。部屋の静寂が手となってわたしを押す。

動悸《どうき》がおさまったので、役人が寝ていたベッドに目をやると、くしゃくしゃの上掛けの下に擦り切れたマットレスが見える。ちゃんと整えていくべきなのに――きっと罰が当たる。ベッドを触ってみてあたたかなら、彼はちかくにいる。剝き出しのマットレスに触れるのは、他人の領域に侵入するような気がしたが、マットレスは冷たい。彼が出ていってだいぶ経つ。わたしのベッドは整えてある。酷使され表面がすべすべになった薄い毛布に手を滑らせる。わたしの前に、いったい何人の人がここで眠ったのだろう？　この毛布の下で、いくつの悪夢が生み出されたのだろう？

床は板張りだが、壁と天井は芝草が剝き出しで、手入れが必要だ。芝草はあちこちで垂れ下がって薄くなり、壁には裂け目ができて隙間風が吹き込んでいる。冬はさぞ寒いだろう。でも、そのころには、わたしはもうこの世にはいない。

短い命！　そんな思いを頭から締め出す。

天井から垂れ下がる枯れ草は、汚れ放題の髪のようだ。梁にはいくつか彫り物が飾ってあり、入口の横木には十字架が打ちつけてある。

冬になったら、ここで賛美歌を歌うのだろうか。それより、サガを朗読するのかもしれない――わたしは祈りより物語が好き。そのせいで鞭《むち》打たれた。子どものころ、畑の番をするため里子として、ここ、コルンサウ農場で暮らしていたころ。農場主のビョルンは、わたしが彼の知らないサガまで知っているのがおもしろくなかったのだ。おまえは羊の相手をしていればいいんだ、アグネス。神ではなく、人が書いた本は不実な友のようなもの、おまえには向かない。

里親のインガがいなければ、彼の言葉を鵜呑《うの》みにしていただろう。夜、夫が寝入るのを待って、彼女はわたしに勉強を教えてくれた。

部屋の入口の、女主人のベッドのそばに、灰色のウールのカーテンが吊ってある。奥の部屋と寝室を仕切るドアの役割を果たしているのだろう。カーテンは丈が足りず、下の隙間からテーブルの脚が覗いている。誰かが齧《かじ》りつきでもしたように、脚はささくれている。

あのころとおなじで、寝室には家具らしきものはない。斜めの梁と柱のあいだに厚板を渡して、棚代わりに使っている。棚に載っているのは生活に必要なもの――木の器、羊の角、パイプ、魚の骨、ミトンに編み針。ベッドの下には、絵が描かれた小さなトランクが押し込んである。隅っこには繕うつもりで置き忘れた上靴。見慣れた日常の品々は、心を慰めてくれる。わたしもこういうものを持っていた。ドライフラワーを入れた白い袋。母がいなくなる前にくれた石。幸運のお守りだよ、アグネス。魔法の石なんだよ。舌の下に入れると、小鳥たちとおしゃべりができる。

数日間、石はわたしの口の中に居座っていた。わたしの質問を理解したのかどうか、小鳥たちはなにも答えてくれなかった。

フーナヴァトゥン県のコルンサウ農場。六歳のとき、母はキスと石だけ残し、この家の戸口にわたしを置き去りにした。そしていま、三十三歳になったわたしは、二人の男を殺して火をつけた罪で、ふたたびここに連れて来られた。わたしは渡りの労働者として、北へ北へと流れていった。どこへ行っても貧しさに変わりはなかった。家の中にあるべきものがないのは、どこもおなじだった。だったら、ひとつところでずっと暮らしていればよかった。

ここがそうなのだ。コルンサウ農場が、わたしが行き着いた場所。最後のベッド、最後の屋根、最後の床。その先に待つのは刑罰。なにも残っていない。消えるに任せた火から立ち昇る煙。いまも使用人の身分だと思い込もう。自分の居場所をあてがわれ、これからやることになる仕事について考えておく必要がある。手先が器用だと女主人に褒めてもらえるよう、精進しなくちゃいけない。一所懸命に働いたら、いつかハウスメイド（家の中の用をするメイド）になれると思っていた。でも、ここでは無理だ。コルンサウ農場では無理。

コルンサウ。その言葉が頭の中を勝手に駆け巡るから、声に出して言わずにいられなくなる。音を感じずにいられなくなる。あまたある農場の名前のひとつにすぎないのよ、と自分に言い聞かせ、これまでに暮らしたことのある農場の名前をそっと言ってみる。呪文のように。フラガ、ベイナケルダ、リトラ＝ギリリャウ、ブレックコット、コルンサウ、グッドナルスターデュル、ギルスターデュル、ガフル、ファンロイガルスターデュル、ブルフェトル、ゲイタスカルド、イルガスターデュル。

この名前のなかに、ひとつだけ誤りがある。ひとつだけ悪夢がある。暗闇の中で足を滑らす階段。

その名前のせいで、すべてが悪いほうへ転がっていった。イルガスターデュル、海辺の農場。鉄を打つ音や鷗《かもめ》の啼き声が、やわらかな空気を震わせ、アザラシが脂肪のついた体でのたうつ。イルガスターデュル、炎が夜をあかるく染め、煙は夜明けの空で星と溶け合い、焼け跡の煤けた梁の檻《おり》の中に、いつも死体を包み込んでいる。それがイルガスターデュルだ。

おもてで役人たちがどっと笑った。彼らのひとりが、ヘルガヴァトゥンの金持ちのいとこの話をしている。

「どうだろう、帰りに寄って、ブランデーのおこぼれに与《あずか》るってのは！」誰かが言う。

「そりゃいい！　ついでに女房と娘たちもいただこう！」ほかのひとりが言う。またどっと笑う。

わたしが逃げ出さないように、誰かが見張りに立ったらどう？　わたしがランプをつけないように、見張ったらどう？　ランプを床に放って火をつけないように。わたしがものを盗まないように、見張ったらどう？　口をつぐみ、両脚を揃え、伏し目がちにしているように。

わたしはいまや国王の財産だ。

彼らがきょうのうちに去ってくれることを願う。

役人たちのおしゃべりに耳を澄ましていると、向かいのベッドの下になにかあるのが見える。光るものだ。銀のブローチ。贅沢《ぜいたく》とは無縁の部屋に、こういうものがあるなんて不思議だ。盗んだ品？　この谷でなら、それもあるだろう。人の農場の羊を捕まえて耳の烙印《らくいん》を抉《えぐ》りとり、自分の農場の羊の群れに紛れ込ませるような連中だ。コインを取りやすいよう、男たちが爪を伸ばしているような場所だ。体のどこかに鞭打たれた跡を持つ、手癖の悪い農民や使用人が大勢いる。ナタンの体にも、若いころ受けた体罰の跡が残っていた。

ブローチを拾い上げる。思いのほか重い。

「触らないで」ほっそりした娘が両脚を開いて立ち、脇に垂らした腕をあげた。「あたしのだから」

　わたしはブローチを落とした。ブローチが床に当たる音に、二人とも体をすくめた。娘はほっそりした体つきで背が低く、ダークブルーの瞳を縁どる金色のまつげが目を奪う美しさだ。頭にはスカーフを巻き、鼻筋の途中がわずかに隆起している段鼻だ。

「ステイナ、来て！」娘は動かない。戸口からわたしを見つめるだけだ。怖くてわたしに近づけないのだろう。

　もうひとりの娘が入ってきた。姉妹にちがいないが、こちらのほうが背が高く、目は茶色で、鼻はそばかすだらけだ。「ロウズリンと子どもたちが――」わたしを見て立ち止まる。

「彼女があたしの堅信礼の贈り物に触ってた」

「母さんがおもてに連れ出したとばっかり思ってたわ」

「あたしもよ」

　二人とも目を見開いてわたしを見つめる。「母さん！　母さん！　こっちに来て！」

　マルグレットが口を拭いながらやってくる。わたしの足元に銀のブローチが落ちているのを見て、彼女は真っ青になる。口をあんぐり開ける。

「彼女が触ってたのよ、母さん。あたし、見たんだから」

　マルグレットは目を閉じ、苦痛に耐えるように口に手を当てる。彼女の腕に手を添えたい。安心させたい。彼女がちかづいてくる。怒っているのだ。感じるより前に音がする。ピチャッという音。刺すような痛み。

「あたし、言ったわよね？」彼女が叫ぶ。「この家のものにはいっさい触れるなって！」荒い息をしながら、わたしを指差す。「運がいいと思いなさいよ。告げ口はしないから」

「わたしは盗人じゃない」

「そうね、女殺人者だものね」青い目の娘が吐き捨てるように言う。頬にえくぼが浮かぶ。頭に巻いたスカーフがずれ、プラチナブロンドの髪が額にかかる。顔は真っ赤だ。

「ロイガ」マルグレットが命じる。「ステイナと一緒に台所に行ってなさい」二人がいなくなる。マルグレットはわたしの袖を摑む。「ついてきて」わたしを引っ張って部屋を出る。

「悔い改めているなら、がむしゃらに働くことで示してちょうだい」

†

トウティ牧師補は朝早くに目を覚まし、それきり寝つけなかった。きょうは、コルンサウ農場を再訪することになっていた。しぶしぶ起き上がって服を着替え、朝の爽やかな空気の中に出ると、農場と教会の仕事に取り掛かった。父が飼う羊の群れを集め、入念に手入れをしながら乳を搾った。それぞれの名前で呼びかけ、毛のふさふさ生えた耳を撫でてやる。


時は刻々と過ぎてゆき、昼ちかくになって太陽は血の色で空を染めた。トウティは雌牛のイーサの飼い付けと水やりを終わらせ、洗濯物を取り入れにかかった。父が洗って、教会の石壁に広げて干しておいたのだ。

「そんなことまでやらなくていいのに」ヨウン牧師が母屋から出て来た。

「かまいませんよ」トウティはほほえんだ。靴下についた草の種を摘んで取った。

父は肩をすくめる。「ヴァッンスダーリュルへ出掛ける日だろうに」

トウティは顔をしかめた。

「洗濯物なんてほっといて、彼女に会いに行くべきじゃないのか？」

トウティは口ごもり、父を見やった。父はズボンをパタパタやってしわを伸ばした。

「なにを話せばいいのかわからない」そこまで言ってまた口ごもる。「父さんなら、彼女になんと言いますか？」

父は荒れた手で彼の肩を叩き、顔を覗き込んだ。「出掛けろ。なにか話さねばならないと、誰かに言われたのか？　行けばいいんだ」

†

マルグレットはわたしを、セリやアンゼリカが植えられた小さな畑に案内し、それからわたしに手伝わせて羊の乳搾りに取り掛かる。わたしを信用していないから、ひとりにはできないのだろう。朝早くにやってきた少年は、家畜の集牧を終えていた。マルグレットは少年を指差し、パトルという名だと教えてくれただけで、引き合わせてはくれない。少年もちかづいてこない。口をぽかんと開けて、わたしを見つめるだけだ。

それから、わたしの服を燃やす。

二年前に作った服だった。シッガとわたし、それぞれ一枚ずつ作業着を作った。ナタンがくれた青い布地で作った、簡素な作業着だ。

苦心して作ったその服が、自分の悪臭が垂れ込める部屋で、唯一の暖をとる道具になると知っていたら。その服が、死者を甦らせるほどの大声で叫びながら、真夜中にスタパルまで走った、そのときの汗を吸い込むことになると知っていたら。あの晩、わたしは大慌てでその服を着込んだ。

マルグレットが、生ぬるいミルクを手桶から汲んで飲ませてくれる。それから、二人で台所に戻ると、二人の娘たちが糞をくべて火を熾している。わたしの姿を見て、二人とも身をすくめ、壁際まであとずさりする。

「火から釜をおろして、ステイナ」マルグレットが不細工な娘に言う。隅っこからわたしの汚れた服を持って来て、火にくべる。あっけないものだ。

「これでよし」彼女が満足そうに言う。

ウールの服が燻《いぶ》るのを眺めているうち、煙で涙が出てくる。マルグレットが咳込みはじめたので、わたしの服が燃え尽きるまで、よそで仕事をすることになる。娘たちは食料庫に向かう。

あの服はわたしの最後の財産だ。もうわたしのものはなにひとつない。体が発する熱でさえ、夏の風が奪ってゆく。

コルンサウ農場のハーブ畑は、手入れが行き届かず伸び放題で、畑を囲む石垣は端のほうが崩れ落ちている。ほとんどのハーブが種をつけ、霜でやられた根は、あたたかな陽気のせいで腐っていた。でも、ヨモギギクが植わっている。ナタンの作業場を手伝っていたとき憶えた小さくて苦いハーブだ。それに、アンゼリカが甘く香っている。

わたしたちは草取りをする。健康な草に絡みつく芝草を見つけて引き抜く作業だ。根が抜けるときの手ごたえや、潰れた茎から出る汁の手触りが心地よい。これぐらいで息があがるとは、わたしも弱くなったものだ。でも、弱音は吐かない。

スカートをまくりあげてしゃがみ込んでいるのは、気持ちがいいものだ。髪に炉の煙のにおいが移っているのは、うれしいものだ。マルグレットはがむしゃらに働く。息が苦しそうだ。なにを考えているのだろう？　せっせと土を手で掻くから、爪が真っ黒になる。炉の煙で目の縁が赤くなっている。彼女が咳払いすると、痰が絡んだ音がする。

「母屋に行って、娘たちを呼んできてちょうだい」彼女が藪から棒に言う。「それから、炉の灰をすくってきて、土に混ぜるの」

わたしがひとりで母屋に戻ると、庭で役人たちが馬に鞍をつけている。黙々とやっている。「大丈夫ですか？」役人のひとりがマルグレットに声をかける。彼女は汚れた手を振ってみせる。

母屋のドアは開けっぱなしだ。煙を逃がすためだろう。わたしは敷居をまたぐ。

娘たちは食料庫にいて、きのう絞ったミルクの皮膜を掬い取っている。妹のほうが先にわたしに気づき、姉を小突く。二人とも二、三歩あとじさる。

「お母さんが手伝ってほしいそうよ」わたしは小さくうなずき、横にさがって二人を通す。

妹娘はわたしをじっと見つめたまま、さっと横をすり抜けていく。

姉娘はもじもじしている。彼女の愛称はなんだった？　ステイナ。〝石〟。妙な顔でわたしを見つめ、ゆっくりとへらを置く。

「あなたを知っていると思う」

わたしはなにも言わない。

「前にこの谷で働いてたことがあるでしょ？」

わたしはうなずく。

「あなたを知ってる。一度会ったことがあるの。あなたはグッドルナルスターデュルを出てきたところで、あたしたちは地代を集めにいくところだった。道端ですれ違ったのよ」

それはいつのこと？　一八一九年五月。彼女はいくつだったの？　十歳になっていないだろう。

「あたしたち、犬を連れてた。茶色と白のぶちの犬。あなたをどうして憶えてるかっていうと、犬が吠《ほ》えてピョンピョン飛び跳ねたんで、父さんが引っ張ったから。犬があなたに飛びかからないようにね。それから、一緒にお弁当を食べた」

娘は探るような目でわたしを見る。

「あなたはグッドルナルスターデュルに行く途中で会った女の人でしょ。あたしを憶えてる？　あなた、妹の髪を編んでくれて、あたしたちに卵をひとつずつくれた」

道端で卵を吸う二人の女の子、ぬかるみで引き摺って、スカートの裾が泥だらけだった。

水たまりに映る自分の姿を追いかける痩せ細った犬、灰色の空は広かった。並んで飛ぶ三羽のカラス。吉兆。

「ステイナ！」

凍えるような春の日、グッドルナルスターデュルからギルスターデュルに向かって歩いた。一八一九年。シンゲイラルにちかい浜に、百頭の小さな鯨《くじら》がやってきた。凶兆。

「ステイナ！」

「いま行くわ、母さん！」ステイナはわたしを振り返る。「そうなんでしょ？　あの女の人はあなただった」

わたしは一歩ちかづく。

農場の女主人が飛び込んでくる。「ステイナ！」彼女はわたしを見て、それから娘を見る。「出なさい」娘の腕を摑んで引き摺り出す。「灰を撒《ま》いて。いますぐ」

おもてに出ると、風が手桶の中の灰を巻き上げる。わたしの服が燃えてできた灰が、青い空に吹き上げられる。灰色のかけらはひらひらと舞い、空気に溶け込む。これが幸せなの？この胸のぬくもりが？　誰かがわたしの胸にそっと手を置いたような感触。

ここでなら、昔の自分に戻ったふりができるのかもしれない。

†

「まず祈りましょうか？」牧師補のトルヴァデュル・ヨウンソンが言った。

農場の母屋の前の、芝草の山の上に、彼はアグネスと並んで座っていた。家の修繕に使うために刈り取られた芝草だ。トウティは片手に新約聖書を、もう一歩の手にバターを塗ったライ麦パンを持っていた。マルグレットがくれたパンは、ぐんにゃりしている。服から落ちた馬の毛がパンにつく。

アグネスは返事をしなかった。膝の上で両手を組み、ちょっと背中を丸め、去っていく役人たちを見つめていた。髪に灰がついている。風はおさまり、マルグレットと娘たちが雑草を抜くやさしい音を遮るように、役人たちの叫び声や笑い声がときおり聞こえてきた。姉娘はふと顔をあげ、牧師と犯罪者を盗み見ていた。

トウティは新約聖書に目をやり、咳払いした。

「まず祈りからはじめるべきだと思いませんか？」彼はもう一度言ってみた。アグネスの耳に届かなかったかと思い、さっきより大きな声で。

「祈りからはじめるって、なにを？」彼女は静かに言った。

「そ、それは」トウティは不意打ちを食らい、しどろもどろだ。「あなたの赦免です」

「わたしの赦免？」アグネスはかすかに頭を振った。

トウティは急いでパンを口に押し込み、嚙むのもそこそこにごくりと呑み込んだ。シャツで口を拭き、芝草の上で座り直すと新約聖書のページを繰った。ゆうべの雨で芝草は濡れており、ズボンが湿っていた。なんでこんなところに座ったんだろう。家の中にいればよかった。

「ひと月ほど前に、ブリョンダル行政長官から手紙を受け取ったんですよ、アグネス」そこで言葉を切る。「アグネスと呼んでもかまいませんか？」

「わたしの名前だから」

「手紙によると、あなたはストラ＝ボーグの教誨師に満足しておらず、牧師の交代を願ったそうですね、ええと、ともに過ごす牧師、その……つまり、待つあいだ……」言葉が尻つぼみになる。

「わたしが死ぬのを待つあいだ？」

トウティは小さくうなずいた。「あなたはわたしを名指しした」

アグネスは大きく息をついた。「トルヴァデュル牧師――」

「トウティと呼んでください。そう呼ばれてます」なれなれしすぎたと後悔し、真っ赤になった。

アグネスは考え込んだ。「だったら、トウティ牧師。わたしが牧師とともに過ごすことを、行政長官は望んでいるとなぜ思うんですか？」

「それは……だって、それは、みんなが、つまりブリョンダルも牧師もぼくも……あなたが神のもとに戻ることを、みんなが望んでいます」

アグネスは表情を固くした。「わたしはじきに神のもとに戻るんだと思います。斧《おの》のひと振りによって」

「そうじゃなくて……ぼくが言いたいのは……」トウティはため息をついた。恐れていたとおり、どんどん悪いほうに向かっていく。「でも、あなたはぼくを名指ししたんでしょう？　念のためブレイダボルスタデュルの教区簿冊を調べてみましたが、あなたの名前はなかった」

「そうでしょうとも」

「あなたがぼくや父の教区民であったことはないんでしょう？」

「ええ」

「一度も会ったことのないぼくを、どうして名指ししたんですか？」

アグネスは彼をじっと見つめた。「わたしを憶えていないのね？」

トウティはあ然とした。なんとなく見覚えがあるような気がするが、これまでに会ったことのある女たち——使用人たち、母親たち、妻たち、子どもたち——の顔を思い浮かべてみたが、そこにアグネスの顔はなかった。

「申し訳ない」

アグネスは肩をすくめた。「前に一度、あなたに助けてもらった」

「ぼくに？」

「川を渡るときに。あなたの馬に乗せてもらった」

「どこで？」

「グンガスクルドのちかく。わたしはファンロイガルスターデュル農場で働いていて、べつの農場に移るところだった」

「だったら、スカガフィルデュル県の出身ですか？」

「いいえ。この谷で生まれたのよ。ヴァツンスダーリュル。フーナヴァトゥン県」

「それで、あなたが川を渡るのを、ぼくが助けた？」

「ええ。川が氾濫《はんらん》して、わたしが歩いて渡ろうとしたところに、あなたが馬でやってきた」

まいった。トゥティは思った。グンガスクルドには何度も行ったことがあるが、若い女に会った記憶がない。「それはいつのことですか？」

「六、七年前。あなたは若かったわ」

「ええ。若かった」沈黙が訪れる。「ぼくを名指ししたのは、そのとき受けた親切のせいなのですか？」トゥティは彼女の顔をしげしげと見た。犯罪者には見えない。体がきれいになったせいか。

アグネスは目を細めて谷を見渡す。なにを考えているのか表情からはわからなかった。

「アグネス……」トゥティはため息をついた。「ぼくは駆け出しの牧師です。修行は終わっていない。もっと経験のある牧師にするか、あなたの生まれ故郷の牧師にしたほうがいいのでは？　ほかにも、親切にしてくれた人はいるでしょう？　ここの教区牧師は誰ですか？」

アグネスは黒っぽい髪を耳にかけた。「これまでに出会った牧師のなかに、いいと思った人はいなかったし、わたしのことを憶えている牧師もいないと思うわ」

数羽のカラスが谷間を越えてきて、石垣にとまった。トゥティもアグネスもカラスに注意を奪われる。石垣の向こうから、マルグレットの顔がひょいと出た。「ああ、うるさい！」

土塊《つちくれ》が飛んできて、カラスは憤慨して啼きながら飛び立った。トウティはアグネスに笑みを向けたが、アグネスは無表情のままだった。

「カラスは気分を害したみたい」アグネスがつぶやいた。

「さて」トウティは大きく息をついた。「あなたが教誨師を必要とするなら、あなたを訪ねることがぼくの義務だと思います。ブリョンダル行政長官の意向でもありますが、ぼくはあなたの祈りを導きます。あなたが信仰と尊厳をもって、この先にあるものへ進んでいかれるように。あなたに魂の慰めと希望を与えることを、ぼくの責任と考えます」

トウティはそこで黙り込んだ。ここに来る道々、話す練習をしてきて、〝魂の慰め〟という言葉を忘れずに口にすることができて満足だった。自信をもって人を導く立場にある人間にふさわしい言葉だ。霊的確信の高みにのぼった、崇高な人間という感じがする。そうあるべきだと常々思っているものの、なんとなく自分には無理だという挫折感も抱いていた。

あらたまった話し方に慣れていないので、新約聖書を持つトゥティの手はじっとりと汗ばんでいた。紙にしわがよらないよう注意して閉じ、掌をズボンで拭った。ここで聖書の引用をすべきだろう。父がやるように。だが、急に嗅ぎ煙草を吸いたくてたまらなくなった。

「わたし、まちがっていたのかもしれないわ、牧師さま」落ち着いた口調でアグネスが言った。

トウティはどう返せばいいのかわからない。彼女の顔の傷跡を見つめながら唇を噛む。

「あなたはブレイダボルスタデュルにいたほうがいいのかもしれない。ありがとう、でも……あなた、本気で思っているの……？」アグネスは両手で口を覆い、頭を振った。

「おお愛し子よ、どうか泣かないでください。ないわよ！」彼は大声を出し、立ち上がった。

アグネスは口元から手をどかした。「泣いて「泣いてないわよ」そっけなく言う。「判断を誤ったわ。

あなたはいま、わたしを〝子〟と呼んだけど、あなた自身が子どもみたいなものじゃない。

あなたがどんなに若いか忘れていたわ」

トウティは返事に窮した。長々と彼女を見つめ、厳かにうなずき、帽子をかぶり、ごきげんよう、と言った。

マルグレットと娘たちにさよならを言いに行く彼を、アグネスは黙って見送った。石垣の向こうで、牧師と女たちはしばらく立ち話をしていた。たまにこっちを振り返る。なにをしゃべっているのか聞き耳を立てたが、強くなってきた風が言葉を吹き飛ばし、彼女のところまで届かない。トウティが帽子をちょっと持ち上げて挨拶し、馬をつないだ支柱へと歩きはじめたときにようやく、マルグレットの声が聞こえた。「石から血を絞り出すほうが、よほどかんたんだとあたしは思うわよ！」

†

その日はずっと仕事をして過ごす――草むしりに、哀れな有様になったハーブの手入れ。遠くに羊の鳴き声を聞く。哀れな羊たちは、背中の冬毛が抜け切っておらず斑《まだら》模様だ。牧師が帰ると、娘たちとマルグレットとわたしは、干した魚とバターの食事をとる。ひと口食べるごとに二十回ずつ嚙む。それから菜園に戻り、わたしは石垣の補修に取り掛かる。ぐらぐらする石をはずして地面に置き、大きさを合わせて積み直す。手にずしりとくる石の重みがうれしい。

自分がここに存在していないような気がする。重みが自分の存在を思い出させてくれる。

マルグレットもわたしも、黙々と手を動かす。彼女が口を開くのは、わたしに指図するときだけだ。どちらも頭の中ではほかのことを考えている。わたしは運命の不思議さに思いを馳せる。子ども時代を過ごしたコルンサウ農場に戻ってくることになった運命の不思議さ。悲しみとはどういうものか、最初に知ったのがここだった。自分が通ってきた道を振り返り、牧師のことを考える。

トルヴァデュル・ヨウンソンは、農民の息子みたいに、自分をトウティと呼んでくれと言った。牧師としてはあまりに未熟だ。声も手もやわらかい。ナタンの手のように長くないし、チンキ剤で汚れてもいない。使用人の手のように肉厚でもない。小さくて薄くて清潔だ。わたしに話しかけるあいだじゅう、彼はその手を聖書の上に置いていた。

わたしは判断を誤った。彼らはわたしに有罪の判決をくだし、わたしは教誨師に青年を選んだ。赤毛の青年、バターを塗ったパンを口いっぱいに頬張り、ズボンの尻を濡らしてよちよちと馬のところまで歩く。そんな青年が、わたしをひざまずかせ、祈りの言葉でわたしの頭をいっぱいにすることを、彼らは期待している。そんな青年が助けてくれることを、わたしは期待している。なにをどうやって助けてくれるのか、わたしには考えつかない。

わたしがどう感じるか理解してくれたのは、ナタンだけだ。人が季節を知るように、潮の満ち引きを知るように、彼はわたしを知っていた。煙の匂いを知るように、わたしという人間を知り、わたしがなにを欲しているかを知っていた。それなのに、彼は死んだ。

トウティに言うべきだったのだろう。ぼうや、牧師館にお帰りなさい、大事な本に戻りなさい。わたしは判断を誤った。人がわたしのためにできることはなにもない。神にはわたしを自由にする機会があったのに、神のみぞ知る理由で、わたしに不幸を背負わせた。必死に闘ったけれど、困難はつぎつぎに襲いかかってくる。運命のナイフが柄元《つかもと》まで突き刺さる。

四章

北東アイスランド副知事閣下

一月十日付けの閣下のありがたいご書状、拝受いたしました。さて、殺人および放火その他の罪で起訴され、死刑判決を受けたフリドリクとアグネス、ならびにシグリデュルに関する件につき、ここにお知らせいたします。処刑に用いる斧の製作を依頼しました鍛冶屋のB・ヘンリクソンは、手間賃と材料代しめて法定貨幣の銀貨五枚の見積もりを提出いたしました。これは、私が昨年十二月三十日に提示した作りと大きさの斧を作った場合の値段であります。しかし、閣下のご書状を拝受したのち考察を重ねた結果、閣下のご高察どおり、おなじ値段でコペンハーゲンから広刃の斧を取り寄せたほうがよいという結論に達し、商人のシモンセンに手配を頼んだしだいであります。

しかるに今年の夏、このシモンセンが私のもとに斧を持ってまいりました。注文どおりの作りではありましたが、驚いたことに、値段は銀貨二十九枚だとシモンセンは申します。請求書を吟味《ぎんみ》したところ、たしかにその値段は正しいことがわかりましたので、この件で閣下より配分いただいた資金から銀貨二十九枚を支払わざるをえないと考えました。
このような事情により、資金は借り越しとなったわけでありますが、ここで閣下にお尋ねしたいのは、この代金を、当該の事件に割り振られた資金から支払ってよかったものかどうかです。この資金の使い道はいろいろですが、主なものとして、囚人たちの身柄拘束費用があります。さらにもう一点、処刑に用いたのち、この斧をどのようにしたらよいか、閣下のご高察をお聞かせいただければ幸いです。

閣下のもっとも忠実なる僕《しもべ》より。

フーナヴァトゥン県行政長官
ビョルン・ブリョンダル

コルンサウ農場をあとにしたときのトウティは、アグネスに会いにいくという約束を取り消す手紙をブリョンダルに出す決意を固めていた。二度目の面会も不調に終わった。短い祈りにさえ導くことができなかった。だが、たった二度会いにいっただけで心変わりした理由を、ブリョンダルに説明しなければならないと思うと気が重くなる。だから、手紙を書くの

は先延ばしにした。あしたには書くからと自分に言い訳しつづけ、二週間が過ぎた。農民たちは七月半ばの刈り入れの準備に入っているというのに、彼は羽根ペンを握ることすらしていない。

　ある晩、トウティが聖書を読んでいると、そばでやはり聖書を読む父が白髪交じりの頭をあげて尋ねた。「女殺人者は祈っているかね?」

　トウティはすぐに返事ができなかった。「わかりません」

「そうか」父がつぶやく。「たしかめることだ」父に横目でちらっと見られ、トウティは首筋から頬まで赤くなるのがわかった。「おまえは神に仕える身だ。己《おのれ》を辱《はずかし》めることはするな」父はそう言うと、また聖書を読み出した。

　翌朝、トウティは早起きしてイーサの乳を搾った。雌牛のあたたかな腹に額を押し当て、木桶に乳が噴出する規則正しい音に耳を澄ました。かたわらに座るアグネスの姿が、不意に脳裏《のうり》に浮かんだ。彼がアグネスを訪ねていないことを、父は知っている。息子が、女ひとりを償《つぐな》わせる責任も背負えないとわかれば、父は慚愧《ざんき》に堪えないだろう。でも、償う気持ちのない女に、どう向き合えばいい?　アグネスはなんと言った?　これまで出会った牧師のなかに、いいと思った人はいなかった。彼女に信心があるとは思えないし、魂の慰めについてのくだらないおしゃべり——高尚なつもりで口にした彼の言葉は、なんの効き目もなかった。それなら、アグネスは彼になにを求めているのだろう?　神と対話したくないなら、なぜ彼を名指ししたのだろう?　死や天国や地獄のこと、神の御言葉を聞くつもりがないなら。彼を名指ししたのは、川を渡る手助けをしてくれたから？　がっかりさせないでくれ。最期の時を受け入れる手助けを、どうして友達や親戚に頼まないんだ？

きっとこの世に友達はいないのだろう。それとも、ほかのことを話したいのだろうか。どこもかしこも水浸しの春に、グンガスクルドの川を渡ったことを。ヴァッンスダーリュル谷を出て東へと向かった理由を。牧師をいいと思わないのはなぜかを。トウティは目を閉じ、額の下でイーサが落ち着かなげに体を動かすのを感じた。雌牛を宥《なだ》めるために、ハトルグリミュル・ピエトゥルソンの『受難の歌』を暗唱した。「キリストの受難の道をわれは辿《たど》らんとす、己が弱さを脱却し、火のごとき人格を形成せんがために」トウティは目を開け、もう一度繰り返した。

木桶がいっぱいになるころには、コルンサウ農場に戻ることに決めていた。

遠くの山々は谷に垂れ込める朝霧に隠れて見えない。トウティが馬を進める足元の草の上には、霧が白く渦巻いていた。寒さに震え、両手を馬のたてがみに埋めて暖をとった。きょうはアグネスとうまくやれるだろう、と彼は思った。

馬を並歩に落とし、谷の入口の奇妙な形をした三つの丘を通り過ぎるころには、雲間から朝の光が射していた。きょうも晴れそうだ。じきに農場の家族や使用人たちが、草刈り鎌を手に畑に散らばり、干すために広げられた草の香りが谷間を覆い尽くすだろう。だが、早朝のいま、見えるのは山々の頂《いただき》だけだった。茶色の大きな峰はまだ、ゆっくりと移動する霧に隠れたままだ。不意に叫び声がした。コルンサウ農場の羊飼いの少年、パトルが山腹で羊を追っているのだ。その姿が霧の向こうに見え隠れしていた。谷間を縫って走り、遠くでコルンサウ農場を横切る川のほとりへと馬を走らせた。このまま進むと、ウンダーフェトル農場の地面にうずくまるようにたつ母屋が見えてくる。


大柄でひげ面の農民が戸口に現れた。

「ブレスヅ。こんにちは。ホルキョル・ヨウンソンです」

「サイル、ホルキョル。ぼくは牧師補のトルヴァデュル・ヨウンソンです。ウンダーフェトルの牧師はこちらですか？」

「ピエトル・ビャルナソン？　いや、ここには住んじゃいませんよ。だが、そう遠くでもない。さあ、お入りなさい」

トウティは大柄な農民につづいて中に入った。これまでに見たどの家よりも大きい。寝室には八人ほどの人がいて、着替えながらおしゃべりしていた。大きな目をした女の子が真っ赤な顔で泣き叫ぶ幼子を膝に抱え、使用人の女が二人がかりで、おはじき遊びに夢中の男の子に服を着せようと奮闘していた。トウティの姿に、みながおしゃべりをやめた。

「どうぞ、そこに座って」ホルキョルが老女が座るベッドを指差した。老女は虚ろな目でトウティを見る。「彼女はグドゥルン。目が見えないんですよ。ここで待っててくれたら、ひとっ走り牧師を呼びに行ってきます」

「それはご親切に」

農民と入れ替わりに、はつらつとした若い女性が飛び込んできた。「おはよう！　ブレイダボルスタデュルの牧師さんってあなたなんですね？　なにか飲みます？　あたしはダッガ」

トウティが頭を振ると、ダッガは少女から幼子を取り上げ、肩にもたせるようにして抱いた。「よしよし、この子ったらひと晩じゅう泣き叫んで、死人だって目を覚ますぐらい」

「具合がよくないんですか？」

「うちの旦那はさしこみだろうって言うんです。でも、あたしはもっと悪い病気じゃないかって心配で。あなた、医術に詳しくありませんか、牧師さん？」

「ぼくが？　いいえ。ふつうの人が知ってることぐらいしか知りませんよ、申し訳ないけど」

「いいの、気になさらないで。ナタン・ケーティルソンが亡くなったのは、ほんとうに残念だわ。彼の魂よ、安らかなれ！」

トウティは目をぱちくりさせた。「どういうことですか？」

隅にいた少女が口を挟む。「彼はあたしの百日咳を治してくれたのよ」

「彼とは家族ぐるみの付き合いだったんですか？」トウティは尋ねた。

ダッガは鼻にしわを寄せた。「いいえ。そういうんじゃないけど、子どもたちが病気になったり、放血してもらいたいときなんか、彼を呼んだんですよ。そういうときに便利な人だった。そこにいるグトラが百日咳に罹ったときなんて、彼は泊まり込みでハーブを煎じたり、外国語の本を調べたりしてくれました。不思議な人だったわ」

「彼は魔術師だよ」トウティの隣に座る老女が声をあげた。その場にいる人たちがいっせいに老女を見る。

「彼は魔術師だよ」老女が繰り返した。「ああなったのは自業自得さ」

「グドゥルンったら……」ダッガが苦笑を浮かべる。「お客さんがお見えなんだから。子どもたちが怖がるじゃないの」

「ナタン・サタン、それが彼の名前さ。彼がしたことはどれも、神さまとは関係ない」

「黙って、グドゥルン。そんなのただの噂じゃない」

「どういうことですか？」トウティは尋ねた。

ダッガは泣き叫ぶ幼子を膝におろした。「聞いたことないんですか？」

トウティは頭を振った。「ええ。ずっと南の学校に行ってましたから。ベッサスタデュルの」

ダッガは眉を吊り上げた。「この谷の連中が噂してることなんですけどね。ナタン・ケーティルソンの母親には予知能力があったって言う人もいます――彼女が夢に見たことが現実になるとかね。それで、彼女がナタンを身籠《みごも》ったとき、夢に見たんですって。男が現れて、おまえは男の子を授かる、と言う夢。夢に現れた男は、男の子に自分の名前をつけてくれ、と彼女に頼んだそうです。彼女が、そうする、と言うと、おれの名前はサタンだ、と男は言った」

「彼女は怯えた」グドゥルンが話に割り込み、顔をしかめた。「牧師がナタンという名に変えて、みんなもそれならいいと思った。でも、ろくなもんにならないだろうって、みんな思ってたよ。生まれたときは双子だったんだよ。でも、もうひとりは神の光を見ることがなかった——ひとりは天に、もうひとりは地獄に」老女はゆっくりと体をねじり、トウティに顔をちかづけた。「彼はけっして金に困らなかった」ささやくように言う。「悪魔と取引していたからね」

「それより、薬草医としての腕がたしかだったからよ。高い値をふっかけてたもの、お金には困らない」ダッガがにこやかに言った。「さっきも言ったけど、あくまでも噂ですよ」

トウティはうなずいた。

「それで、なんのご用でここに？」

「ぼくはアグネス・マグノスドウティルの教誨師なんです」

ダッガの顔から笑みが消えた。「コルンサウ農場に預けられたって聞きました」

「そうです」使用人の女二人が目を見交わしたことに、トウティは気づいた。隣で老女が空咳をした。彼の首に唾がかかる。

「クヴァンムルで裁判が開かれたんですよね」ダッガが言う。

「ええ」

「彼女はこの谷の生まれだって、ご存じでしょ」

「それでここに来たんです。つまり、ウンダーフェトルに。教区簿冊にあたって、彼女の生い立ちなど多少でも知りたいと思って」

ダッガの表情がきつくなった。「あたしも少しぐらいなら知ってますよ」彼女は使用人に言って子どもたちをおもてに連れていかせ、誰もいなくなるのを待って話をつづけた。「彼女がああなる芽は昔からあった」ダッガは老女を気にしながら低い声で言った。老女はというと、壁にぐったり寄り掛かってうたた寝をしているようだった。

「どういう意味ですか？」

ダッガは顔をしかめ、身を乗り出した。「こんなこと言いたくないけど、アグネス・マグノスドウティルは自分以外の人間はどうでもいいと思ってたんですよ、牧師さん。いつだって上を目指していた。身の程知らずだったのよ」

「彼女は貧しかったんですか？」

「人を出し抜くことばかり考えてる、父親が誰かもわからない貧民。ほかのメイドには、あいうのはいませんよ」

トウティは彼女の言葉にたじろいだ。「仲良くなかったんですね」

ダッガは笑った。「いいわけないでしょ。アグネスは異質だったもの」

「どういうふうに？」

ダッガは話すのをためらった。「分相応の暮らしに満足して、人付き合いがうまい人っているでしょ、牧師さん。そして、そのことを神さまに感謝してる。でも、彼女はそうじゃなかったんです」

「でも、あなたは彼女を知っている?」

ダッガはむずかる幼子を抱き直した。「寝室をともにしたことはないけど、彼女を知ってますよ、牧師さん。この谷の人たちが知っている程度には知ってるわ。彼女が幼かったころには、彼女を謳《うた》った詩があったのよ、このあたりには。そのころは、みんなが彼女を好いてて、〝ブルフェトルの聖アグネス〟って呼んでた。でも、大きくなるにつれ、きつくなっていったんです。男と付き合っても長続きしない。ひとつところに落ち着けない。狭い谷でしよ、彼女は毒舌で誰とでも寝るって評判があっという間に立った」

戸口から咳払いが聞こえた。農民が男と並んで立っていた。男はあくびをし、顎の無精ひげを掻いている。

「トルヴァデュル・ヨウンソン牧師、こちらはピエトル・ビャルナソン牧師です」

ウンダーフェトル教会は、信徒席が六つと奥に立席があるだけの小さな〝神の家〟だった。谷の住民をとても全部は収容しきれないだろう、とトウティは思った。ピエトル牧師はぼんやりした顔で、金縁の眼鏡を鼻の上に押し上げていた。

「さあ、鍵を開けてと」牧師は祭壇のかたわらに置かれた箱に屈み込み、鍵をカチャカチャやった。「いまはコルンサウ農場に泊まり込みで?」

「いいえ、訪ねて行くだけです」

「わたしよりあなたのほうがよかったとはね。あそこの家族はどうです？」

「まだよく知らないので」

「いや、そうじゃなくて、彼らはどう受けとめているかということですよ——女殺人者を預かることを」

アグネスがストラ＝ボーグから連れてこられた晩の、マルグレットの意地の悪い言葉を、トウティは思い出した。「少し動揺しているんじゃないでしょうか」

「彼らは義務を果たすわけです。すばらしい家族ですよ。下の娘は美人だ。あのえくぼ。まじめで頭の回転が速い」

「ロイガでしたっけ？」

「そうです。上の娘よりずっと賢い」牧師は大きな革張りの本を祭壇の上に置いた。「さあ、どうぞ。彼女はいくつでしたっけ、マイ・ボーイ？」

トウティは〝ボーイ〟と呼ばれてむっとなった。「わかりません。三十歳は過ぎているかと。あなたは彼女をご存じないんですか？」

牧師はフフンと鼻を鳴らした。「こちらに来てまだ一年です」

「それは残念です。彼女の人となりについて教えてもらえるかと思ってたので」

牧師はまた鼻を鳴らす。「ナタン・ケーティルソンの死体が、彼女の人となりを雄弁に物語っているでしょう」

「そうですね。イルガスターデュルの事件の前に、どんな生活をしていたか少しでも知りたいんです」

ピエトル牧師は見下すようにトウティを見た。「彼女の教誨師になるには、あなたはあまりにも若い」

トウティは赤くなった。「彼女がぼくを指名したんです」

「彼女の人となりについて知っておくに値《あたい》することがあるとすれば、教区簿冊に記載されているはずです」ピエトル牧師は、読みにくい字が並ぶ黄ばんだページを慎重に繰った。「これがそうだ。一七九五年。イングヴェルデュル・ラフンスドウティルとマグノス・マグノソンのあいだに、フラガの農場で生まれた。未婚。庶子。十月二十七日に生まれ、翌日に名前が付けられた。ほかに知りたいことは？」

「彼女の両親は結婚していなかった？」

「そう書いてあります。『父親はストウリダラー在住。ほかに記すべきことなし』とね。ほかにはなにを知りたいんですか？　彼女の堅信礼のことを読みますか？　ここに載ってます。ブリョンダル行政長官から詳しく知らせてくれと手紙が来ましてね。数カ月前です」牧師は洟をすすり、眼鏡を押し上げた。「ここに記載があります。自分で読んでみればいい」トウティが読みやすいように、牧師は脇に寄った。

「一八〇九年五月二十二日」トウティは声に出して読んだ。「十四歳で堅信礼を授かる。ほかに……」名前を数える。「五人いますね。でも、彼女は十三歳だったはずです」

「なに？」窓の外を眺めていた牧師が振り返る。

「ここには彼女は十四歳だったと書かれています。でも、五月の時点で彼女は十三歳だった」

牧師は肩をすくめた。「十三だろうが十四だろうが変わりないでしょう？」

トウティは頭を振った。「そうですね。ここ、なんて書いてあります？」

牧師は覗き込んだ。トウティの顔に息がかかる。ブランデーと魚の臭いがした。

「どれどれ。ここに記された三人の子どもたち――グリムアとスヴェインビョルン、それにアグネス――は、キリスト教教義《クフエリス》をすべて修得した。ええと、その先は、よくある説明がつづいています」

「彼女はよくできたんですね？」

「こう記されています。『すぐれた知力を持ち、キリスト教の教義をよく知り、理解している』けっきょくのところ、彼女は教えに従わなかったのだから、困ったものです」

トウティは牧師の言葉を聞き流した。「すぐれた知力ですか」

「そう書いてありますね。それで、トルヴァデュル牧師。こんな寒いところで、いつまで家系図を調べるつもりですか？　どうせこれ以上のことはわからないんだから、ホルキョルの家に戻って、美人の奥さんに朝食とコーヒーを出してもらいませんか？」

「まあ、トウティ牧師さん！」トウティがドアを軽くノックして三秒も経たぬ間に、ドアが開いてマルグレットが顔を覗かせた。「ようこそ。南に戻ってしまったんじゃないかと思ってました。さあ、どうぞ」彼女は咳込みながら、ドアを大きく開いた。重そうな袋を腰に載せて抱えている。

「さあ」彼は言った。「ぼくが持ちますよ」

「いいんです、大丈夫」マルグレットはしゃがれ声で言い、廊下の奥へと彼を案内した。

「これぐらい持てますから。使用人たちがレイキャヴィークから戻ってきたものでね」振り向いて弱々しい笑みを浮かべる。

「そうですか。買い出しから戻ったんですね」

マルグレットはうなずいた。「成果はまあまあってところ。小麦粉にゾウムシは混じってないし、去年の残りものでもなさそうだし。塩と砂糖も手に入りましたからね」

「よかったですね」

「コーヒーはいかが？」

「コーヒーがあるんですか？」トウティィは驚いた。

「ウールを全部売って、それに塩漬け肉もいくらかね。ヨウンは刈り入れに備えて、草刈り鎌を研《と》いでます。コーヒーはお好き？」彼女は寝室に入ると仕切りのカーテンを引き、トウティを客間に案内した。「ここで待っててください」袋を抱えたまま出ていく。

トウティィは椅子に腰をおろし、テーブルの木目を指で辿った。台所からマルグレットが咳込むのが聞こえた。

「トウティィ牧師？」カーテンの向こうからささやき声がする。トウティィは立ち上がり、カーテンをちょっと引っ張った。アグネスが顔を覗かせ、お辞儀した。

「アグネス。こんにちは」

「ごめんなさい。わたし、それを取ろうと思って……」彼女はもうひとつある椅子の上の、毛糸が巻かれた糸巻きを指差した。トウティは横にずれてカーテンを上げ、彼女をなかに入れた。

「ここにいてください。あなたに会いにきたんだから」

アグネスは糸巻きを取り上げた。「マルグレットに頼まれて――」

「どうか、座って、アグネス」彼女は言われたとおり、椅子の端っこに腰をおろした。

「さあ、どうぞ！」マルグレットがコーヒーとライ麦パンとバターの載った盆を掲げ、きびきびと入ってきた。アグネスに気づく。

「しばらくアグネスを借りたいんですが」トウティは立ち上がって言った。「彼女と話をするために来たわけですから」マルグレットがじっと彼を見つめる。「ブリョンダルの命令で」彼は冗談めかして言い、弱々しい笑みを浮かべた。

マルグレットは口を引き結んでうなずいた。「好きになさいよ、トウティ牧師。彼女をあたしから取り上げればいい」テーブルの上に盆をドンと置き、カーテンを力任せに引いた。アグネスとトウティは、廊下を遠ざかってゆく彼女の足音に耳を澄ました。ドアが音を立てて閉まる。

「さてと」トウティは腰をおろし、顔をしかめた。「コーヒーをいかがです？　カップがひとつしかないけど、ぼくは……」アグネスは頭を振った。「だったら、パンをどうぞ。ウンダーフェトルの農場に寄ってきたんだけど、そこの奥さんがスキールを出してくれたもんだから」パンの皿をアグネスのほうに滑らせ、自分が飲むコーヒーをカップに注ぎ、瓶に入った砂糖を少し振り入れた。アグネスがパンを千切って口に運ぶのを目の端で捉え、トウティはほほえんだ。

「レイキャヴィークに出掛けた使用人たちは、うまい取引をしてきたようですね」熱いコーヒーが舌を焼く。思わず吐き出しそうになったが、アグネスの青い目にじっと見られていることに気づき、なんとか飲み下して少しむせた。

「ここの暮らしはどうですか、アグネス？」

アグネスはパンを呑み込んで彼を見つめた。頰が少しふっくらし、首筋のあざはほぼ消えていた。

「元気そうだ」

「ストラ＝ボーグよりいい食事をさせてもらってるわ」

「家族とはうまくやってる？」

彼女は言い淀んだ。「彼らは我慢してるみたい」

「ヨウンをどう思いますか？　行政官の」

「わたしとは口をきこうとしない」

「娘たちは？」

アグネスがなにも言わないので、トウティは先をつづけた。「ロイガはウンダーフェトルの牧師のお気に入りみたいですね。女にしてはとても頭がいいと言ってましたよ」

「姉のことは？」

トウティは口ごもり、コーヒーを飲んだ。「いい娘さんです」

「いい娘さんね」

「ええ。パンをもう少しどうですか」

アグネスはパンの残りを取り上げた。手を口元に掲げたまま急いで呑み込み、指についたバターを舐めた。脂でてかるピンク色の唇に、トウティの視線が引きつけられる。

視線を剝がすようにしてコーヒーカップに向けた。「ぼくがどうして戻ってきたのか、不思議に思ってるんでしょうね」

アグネスは親指の爪で歯についたパンくずをせせるだけで、なにも言わなかった。

「あなたはぼくを〝子どもみたいなもの〟と言った」

「あなたを怒らせてしまったわね」彼女は気のない様子で言った。

「怒ってませんよ」トウティが言う。嘘だ。「でも、あなたはまちがっています、アグネス。たしかにぼくは若いけど、南部のベッサスタデュルで三年も学んでます。ラテン語とギリシャ語とデンマーク語を話せるし、あなたを贖罪《しょくざい》へと導く役目に、神がぼくを選ばれたんです」

アグネスは彼をじっと見つめた。「いいえ。わ、わ、わたしがあなたを選んだのよ、牧師さん」

「だったら、ぼくにあなたを助けさせてください！」

アグネスは黙ったまま歯をせせりつづけ、エプロンで両手を拭った。「わたしと話をするつもりなら、ふつうの話し方をしてちょうだい。ストラ＝ボーグの牧師はまるで主教みたいに偉そうだった。わたしが足元に泣き崩れるのを期待していたわ。人の話を聞こうともせずにね」

「どんな話を聞いてもらいたかったんですか？」

アグネスは頭を振った。「わたしがなにか言うたび、その言葉をべつの言い方で投げ返してきたわ。侮辱するように、責め立てるように」

トウティはうなずいた。「ふつうに話せばいいんですね。それに、あなたの話を聞けばいい？」

アグネスは椅子の上で身を乗り出し、しげしげと彼を見つめた。不思議な目の色だ、とトウティは思った。青い虹彩《こうさい》は氷のようで、瞳孔には灰色の斑点があり、それを取り囲むのは黒く細い環だ。

「あなたはなにを聞きたいの？」彼女が尋ねる。

トウティは軽く身を引いた。「きょう、ウンダーフェトルの教会に寄って来ました。教区簿冊であなたのことを調べたくて。この谷で生まれたと聞いていたから」

「それで、わたしのことが載っていた？」

「あなたの誕生と堅信礼の記録を見つけました」

「歳がわかったわけね」彼女が冷ややかな笑みを浮かべる。

「生い立ちとか話してくれませんか。家族のこととか」

アグネスはため息をつき、毛糸を巻きはじめた。「家族はいない」

「そんなわけない」

揃えた指に毛糸をきつく巻きつけてゆく。血が通わなくなって、指先がだんだん黒ずむ。

「教区簿冊に家族の名前が記されていたかもしれないけど、牧師さん、そんなものになんの意味もないわ。孤児同然なんだから」

「どうしてですか？」

カーテンの向こうから咳払いが聞こえ、下の隙間から魚皮の靴が覗いた。

「どうぞ」トウティが言う。アグネスが急いで毛糸を手からはずした。カーテンが開き、ステイナのそばかすだらけの顔が現れた。

「お邪魔してごめんなさい、牧師さま、でも、母さんが彼女を呼んでこいって」ステイナに指差され、アグネスは椅子から腰を浮かせた。

「いま、話をしているんです」トウティが言った。

「ごめんなさい、牧師さま。刈り入れ時だもんで。七月半ばで、きょうから干し草作りがはじまるんです。ええと、その、太陽が照っているあいだずっと」

「ステイナ、ぼくは遠くからはるばる――」

アグネスは彼の肩に軽く手を置き、きつい表情で彼を黙らせた。その手、青白く長い指、親指のピンク色の水泡に、トウティは目をやった。見られていることに気づくと、アグネスは慌てて手を離した。「あしたまた来てください、牧師さん。そうしたければ。干し草についた朝露が乾くあいだ、おしゃべりができるわ」

†

過去を自分の中に封じ込めると、誓ったりしなければよかったのかもしれない。クヴァンムルで開かれた裁判で、彼らは小鳥のようにわたしの言葉をついばんだ。情け容赦ない小鳥、銀色のボタンが並ぶ赤い服に身を包み、小首を傾げ辛辣な言葉を投げかけ、茂みの中から果実を探すように罪を探す小鳥だ。わたしが事件について自分の言葉で話すことを、彼らは許さなかった。イルガスターデュルの思い出、ナタンの思い出をわたしから取り上げ、べつのおぞましいものに鋳直《い》した。あの晩の出来事を語ったわたしの言葉を捻《ね》じ曲げ、邪悪なものへと変えた。わたしが話したことをすべて奪い取り、べつのものに作り替えた。

彼らは信じてくれるだろうと思っていた。あの狭い部屋で、太鼓が叩かれ、ブリョンダルが「有罪」と宣言したとき、わたしの脳裏に浮かんだのはただひとつ、ここで動いたら崩れ落ちるだろうということだけだった。息をしたら、崩れ落ちる。彼らはわたしが消え去ることを望んでいたのだ。

裁判のあと、チアルンの牧師がわたしに言った。犯した罪を振り返り、赦《ゆる》しを祈らなければ、おまえは焼かれるだろう、と。祈れば罪が毟り取られると言いたげに。でも、女なら誰もが知っている。一度織られた糸はそこに固定されたままだ。過ちを取り除きたかったら、すべてを解《ほど》くしかない。

ナタンは罪を信じていなかった。性格の欠点がその人間を形作るのだと、彼は言っていた。美のためには、自然さえもその掟《おきて》を無視する。創造のためには、己の血を滾《たぎ》らせつづけることだ。わかるか、アグネス。

彼がそう言ったのは、スタパーで頭が二つある子羊が生まれたときだった。使用人のひとりがイルガスターデュルにそのことを知らせにきたが、ナタンとわたしが駆けつけたときには子羊は死んでいた。農民がひと目見るなり凶兆だと思い、殺してしまったのだ。ナタンは死体を欲しがった。解剖して仕組みを調べるためだ。だが、彼が子羊を掘り出していると、女がちかづいてきて言った。「悪魔の始末は悪魔に任せればいい」彼は笑って取り合わなかった。

ナタンと二人で死骸を作業場に運んだ。血と泥にまみれた死骸に、わたしは吐き気を催《もよお》し、彼を残して作業場を出た。彼が解体した肉を、シッガもわたしも食べなかった。大金をはたいて手に入れた死骸なのに食べないとは、恩知らずな奴らだ、と彼は言ったが、言った当人も食欲は湧かないようだった。残った肉は狼《おおかみ》にくれてやった。一対の頭蓋骨は作業場に飾られた。骨はできたてのクリームの色だった。

牧師はわたしをあの子羊のように見ているのだろうか。好奇心から。呪われたものとして。わたしのような女を、男はどう見ているのだろう?

でも、牧師はまだ男とは言えない。子どものようにもろい。若さゆえの傲慢さや愚かさはないけれど。記憶の中の彼はもっと背が高かった。彼をどう思っているのか、自分でもわからない。

彼は天性の嘘つきかもしれない。男は乳離れしたときから、平気で嘘をつく生き物だ。そんなこと百も承知のはずなのに。

彼には気をつけて話をしないと。

†

霧が晴れて青空が顔を出し、草の上の露が乾きはじめるころ、コルンサウ農場の家族は畑の端に集まり、草を刈りはじめた。片側にヨウン行政官とレイキャヴィークから戻ったばかりの使用人二人――どちらも金髪でひげを生やしたビャルニとグドゥモンデュル――が立ち、もう一方の側にクリスティンとマルグレットとロイガが立った。ステイナとアグネスが真ん中に入るのを、みんな黙って待っていた。よたよたと庭を横切るステイナのあとに、編んだ髪にスカーフを結びながらアグネスがつづく。

「さあ、いいわよ」ステイナがあかるく言った。アグネスはヨウンとマルグレットにうなずいた。使用人二人は彼女をちらっと見て、それからたがいに目を見合わせた。

ヨウンが頭を垂れる。「主よ、収穫の時季に好天をお与えくださり感謝します。主よ、この時季にわれらをお守りください。危険や事故からお守りください。生きてゆくのに必要な干し草をお与えください。どうかお願いします、アーメン」

使用人たちは口の中でアーメンと唱え、長柄《ながえ》の草刈り鎌を取り上げた。槌で鍛え上げ研いだばかりの鎌が、日差しを受けて光る。グドゥモンデュルは二十八歳、背が低く筋肉質だ。手首の産毛《うぶげ》で鎌の切れ味をたしかめて満足すると、巧みに動かして足元の草に刃を当てた。顔を上げ、アグネスに見られていることに気づいた。

「グドゥモンデュル、ビャルニ」ヨウンが声をかけた。「おまえたちはクリスティンと、それに……」そこでためらい、アグネスをちらっと見た。二人がその視線を辿った。

「彼女に鎌を持たすんですか？」ビャルニが警戒して尋ねる。血色の悪い男だ。不安そうに笑い声をあげる。

マルグレットが咳払いした。「アグネスとクリスティンはあんたたちやヨウンと一緒に刈る。ステイナとロイガとあたしが熊手で掻き集める」彼女に睨まれ、グドゥモンデュルはビャルニににやっと笑いかけ、足元に唾を吐いた。

「彼女たちに鎌を渡せ」ヨウンが静かに言った。グドゥモンデュルは自分の鎌を下に置き、二本の鎌を摑むと、一本をクリスティンに渡した。彼女はちょっと膝を曲げて受け取る。彼は手を伸ばし、もう一本をアグネスに差し出した。彼女が手を伸ばして鎌を摑んでも、グドゥモンデュルは離そうとしない。ほんの束の間、二人して鎌の柄を握ったまま立っていた。彼が不意に手を離したので、アグネスはよろめく。鎌の刃が足首をかすめる。ビャルニが笑いを噛み殺す。

「熊手を取ってくるんだ」ヨウンが言った。使用人たちがにやりと笑ったのは見ないふりだ。ぎょっとするアグネスに、ロイガがいい気味だと言わんばかりの顔をした。

「怪我《けが》したの？」横を擦り抜けざま、ステイナがアグネスにささやいた。アグネスは口をへの字にして頭を振った。マルグレットは娘を見て顔をしかめた。

†

体でリズムを刻む。体を前後に揺すると、鎌はそれ自体の重みで揺れて草を刈りはじめ、体のリズムが一定になる。そのうち自分が動いていることも意識しなくなる。太陽がわたしを駆りたてる。わたしは風に操られる人形、鎌に操られる人形。長くゆったりしたリズムで、わたしの体は前へと進む。止まろうとしても止まれなくなる。

いい気分だ。体が勝手に動いている。やさしく前後に揺れるのはいい気分だ。じっとしているのがどんな感じだったか忘れてしまいそう。ナタンと過ごした最初の数カ月のあの気分。鼓動が全身を震わせる。死んでもいいと思った。求められ、わたしは幸福だった。彼のにおい、硫黄と潰したハーブ、馬の汗と鍛冶場の炉の煙が混ざり合った彼のにおいが、わたしをぼうっとさせた。歓《よろこ》びで、期待で、ぼうっとさせた。

夏と日差しに酔っ払う。空をこの手で摑んで食べたい。鎌がその鋭い指で茎を刈ると、草はあえぐような音をあげる。

使用人のひとり、グドゥモンデュルがこっちを見ていることに、ふと気づいた。顔をぐるっと回して、横目でわたしを盗み見ている。わたしが気づいたことを、彼は知らない。

男にこんなふうに見られるようになったのは、十四の年だった。グッドルナルスターデュル農場に雇われることになり、身の回りのものを詰めた白い袋を持って農場に着いた。三月のことだ。髪をきつく編んだせいで頭が痛かった。はじめて就くまともな仕事。おなじように雇われた若い男がいた。背の高い男で、肌が汚く、下働きの娘たち——インギビョルグとヘルガとわたし——を見る目が気持ち悪かった。夜中に、彼が自分を触わる音を聞いた——毛布の下でせわしなく動く手、うめき声、ときにはすすり泣き。

わたしは体を揺らす。腕を落とす。腹の筋肉が縮まり捻じれる。鎌が上がって、下がって、上がって、下がって、刃に照り返す光がわたしの目を射る——神の輝かしいウィンク。あなたを見ているよ、と鎌が言う。緑の海を波立たせて、日差しを捉え、わたしに投げてよこす。使用人たちは息を吐き出し、鎌を揺らしながらわたしを盗み見る。わたしは草と光を空中に弾《はじ》き飛ばす。あなたを見ているよ、と鎌が言う。

†

トウティ牧師は、約束どおりまた訪れた。翌朝、まだ日が昇らないうちに。ブレイダボルスタデュルでも刈り入れがはじまり、体が痛かった。谷に通じる道に入ると、朝の冷気と雌馬が吐く息が心地よい。道沿いの農場はどこも、前日に干し草作りをはじめており、半分がた刈り取られた畑に、刈り草が円錐《えんすい》形に積み上げられている眺めは、秩序と繁栄の象徴だ。

豊穣《ほうじょう》の北部、と人は呼ぶ。小鳥たちが刈り株を突き、隠れる場所のなくなった昆虫をついばみ、農場の母屋の斜めの屋根から煙が立ち昇っていた。

ビョルン・ブリョンダルが家族や使用人たちと住むクヴァンムルの大農場が、コルンサウ農場のはるか先の川の向こう側に見える。いくつもの煙突から煙が出ている。芝草の小屋とはちがって、板張りの壁にはガラスの嵌った窓が並び、朝の弱々しい光の中でさえキラキラと輝いて見えた。目のようだ、とトウティはおかしなことを思った。イルガスターデュル事件の裁判は、あの家の客間で開かれたそうだ。黄金色の穂をつける草が密生する川を望める部屋だ。

川の向こうの農場を見ながら、彼女の脳裏にはどんな思いがよぎったのだろう。あそこに座って、おまえの罪は死に値すると言われたとき、彼女はなにを思ったのだろう。窓の外の氷を浮かべた川に目をやっただろうか？　暗すぎてなにも見えなかったかもしれない。光を遮るためにカーテンが引かれていたかもしれない。

ヨウン行政官はべつの男——おそらく畑仕事をする使用人だろう——と一緒に母屋の前の庭で鎌を研いでいた。挨拶代わりに砥石を持ち上げ、帽子をかぶり直してこちらにやってきた。

「トルヴァデュル牧師。あなたに神の御加護がありますように」

「あなたにも」トウティはあかるく言った。

「彼女に会いにいらしたのですね」

トウティはうなずいた。「アグネスをどう思われますか?」

ヨウンは肩をすくめた。「これも仕事ですからね、仕方ありません」

「彼女はよく働いてますか?」

「よく働いてますよ、だが……」

トウティはやさしくほほえんだ。「ずっとつづくわけじゃないんですから、ヨウン」安心させようと彼の背中を叩き、母屋の入口に向かった。

「ヨウン・ソルダーソンが彼らを殺す役目に志願しました」ヨウンが藪から棒に言った。

トウティは振り返った。「なんですって?」

「ヨウン・ソルダーソン。数週間前にクヴァンムルにやってきて、フリドリクとシッガとアグネスの死刑執行人をやらせてくれと申し出ました。煙草一ポンドと引き換えに斧を振るうと」ヨウンは頭を振った。「煙草一ポンドですよ」

「ブリョンダルはなんと?」

ヨウンは顔をしかめた。「なんと言ったと思いますか? ソルダーソンは小者すぎる。ほかに心当たりはあるけれど、反対が出るかもしれない、そう言ったんですよ」

トウティは使用人のほうをちらっと見た。鍛冶場の壁にもたれ、聞き耳を立てている。

「ほかとはいったい誰なんです?」

ヨウンはうんざりと頭を振った。答えたのは使用人だった。

「グドゥモンデュル・ケーティルソン」使用人が大声で言った。「ナタンの兄ですよ」

「よかったら中で話しませんか」滔々《とうとう》と流れる川のほとりの岩に足をとられながら、トウティは言った。

「川を眺めているのが好きなの」アグネスが言う。

「そういうことなら」水飛沫《みずしぶき》を浴びた大きな岩を拭いてから、アグネスに座れと勧め、並んで腰をおろす。

コルンサウ農場を流れる川は美しい景色を提供しているが、さっきヨウンから聞いた処刑人の話でトウティの頭はいっぱいだった。灰色の岩に映えるアグネスの青白い首筋を盗み見て、そこに斧が入る様を想像した。

「きのうの刈り入れはどうでしたか？」頭をすっきりさせたくて、彼は尋ねた。

「とてもあたたかだった」

「それはよかった」

アグネスはショールの中から毛糸と細い編み針数本を取り出した。「わたしの家族の話を聞きたいんでしょ？」

トウティは咳払いし、編み針を動かす彼女の指を眺めた。「ええ。あなたはフラガで生まれたんですよね」

アグネスは、コルンサウ農場の左手に位置する問題の農場のほうに頭を倒した。傾いた母屋が見える。使用人たちが呼び交わす声が風に乗って聞こえてきた。「あの家で生まれたのよ」

「お母さんは未婚だった」

「教区簿冊にそう書いてあったの？」アグネスは引き攣った笑みを浮かべた。「牧師さんって大事なことは書き落とさないものね」

「それで、お父さんのマグノスは？」

マグノスも未婚だった。あなたが訊《き》きたいのはそのことでしょ」

トウティはためらった。「子どものころは誰と暮らしてたんですか？」

アグネスは谷のほうに目をやった。「谷の農場を転々としてたわ」

「家族で動きまわって？」

「わたしに家族なんていないわよ。母は六歳のわたしを残していった」

「なんで亡くなったんですか？」トウティはやさしく尋ねた。アグネスが笑い出したのでびっくりした。

「そんなお涙ちょうだいの人生ってわけ？　いいえ、母はよその人にわたしを預けていなくなったのよ。たぶんまだ生きていると思う。よく知らないけど。突然姿を消したんですって。ある朝、起きて、出て行った。もうずいぶん昔の話よ」

「どういうことですか？」

「母のことはなにも知らないの。いま出会ったとしても、母だとはわからないでしょうね」

「お母さんがいなくなったとき、たった六歳だったから？」

アグネスは編み物の手を止め、彼の顔をじっと見つめた。「わかってくれなくちゃ、牧師さん、わたしは人の話でしか母のことを知らないの。しかも、母がやったことは、まわりから見たら受け入れがたいことばかりだったのよ」

「どんな話を聞いたのか話してくれませんか？」

アグネスは頭を振った。「人がなにをしたかを知ったところで、その人がどういう人間だったかわかるわけじゃないでしょ」

トウティは食い下がった。「でも、アグネス、行いは言葉よりも雄弁ですよ」

「行いは嘘をつく」アグネスが切り返す。「端《はな》から見込みのない人間だったのか、つい過ちを犯してしまったのか。その過ちのせいで、悪い母親だと言われることだって……」

トウティがなにも言わないでいると、彼女は話をつづけた。

「不公平だわ。人を行いだけで判断して知った気になる。並んで座って、その人が自分のことを語る話に耳を傾けようとしない。この谷では、聖者みたいな生活を送っていたって、一度でも過ちを犯せば、人はそのことを忘れようとしない。最善を尽くそうとしたってね。心の中でこうつぶやいていようがね。『わたしはあなたが言うような人間じゃない！』――この人はこうこうこういう人間だと、ほかの人たちが考える姿が、その人の姿ってことになる」

アグネスはひと息つこうと言葉を切った。さっきから声が大きくなっていたが、急に饒舌《じょうぜつ》になったわけはなんだろう、とトウティは思った。

「母の身に起きたのはそういうことだったのよ、牧師さん。母はほんとうはどんな人間だったか。おそらく、人が言うような人間ではなかったはず。でも、母は過ちを犯し、それでまわりの評価が決まってしまった。まわりの人たちは、母の過ちを忘れようとしなかった。書き記しておくに値するのはそのことだと思った」

トウティはしばらく考え込んだ。「お母さんはどんな過ちを犯したんですか?」

「いろいろだったらしいわ、牧師さん。でも、そのうちのひとつがわたし。母は不運だった」

「どういう意味ですか?」

「たくさんの女がこっそりやっていることを、母もやっただけ」アグネスは苦々しげに言った。「でも、その秘密がみなの知るところとなった、不運な女のひとりだったのよ」

トウティは顔が火照ってくるのを意識した。手元に目をやり、咳払いしようとした。

アグネスが彼を見る。「あなたをまた怒らせてしまったみたいね」

トウティは頭を振った。「あなたが身の上話をしてくれて、うれしいんです」

「わたしの身の上話は、あなたの感性を傷つけた」

トウティは岩の上で身じろぎした。「お父さんのことは?」

アグネスは笑った。「どっちの父?」手を止めて彼を見つめる。「教区簿冊にはどんなふうに書いてあった?」

「名前はマグノス・マグノソン。あなたが生まれたときには、ストウリダラーに住んでいた」

　アグネスは編み物をつづけたが、歯を食いしばっている。「その部分について、しかるべき人に尋ねれば、まったくべつの物語を聞かせてもらえるわよ」

「どういうことですか？」

　アグネスは顔をあげ、対岸の農場を眺めながら黙って編み物の手を動かした。「あなたに正直に話をしようとしまいと、大差はないんでしょうね」冷ややかに言う。「なんだって話せる」

「ぼくを信用してくれることを願っていますよ」トウティは誤解していた。彼女がなにを話すのだろうと期待して身を乗り出した。

「ウンダーフェトルの教区簿冊には、ヨウン・ビャルナソン、ブレックコット農場と記されるべきだったのよ。わたしのほんとうの父親だそうよ。マグノス・マグノソンは、分別の足らない不運な使用人」

　トウティは困惑した。「だったら、お母さんはどうしてあなたをマグノスの娘だと言ったんですか？」

　アグネスは苦笑して彼を見た。「世の中のこと、わかってないのね、牧師さん？　ブレックコットのヨウンは結婚していて、嫡出の子どもたちがいたの。ああ、それに、わたしみたいな子もたくさんいたわ、当然ながらね。でも、未婚の男とのあいだに子どもを作るほうが、身も心もべつの女と結びついている男とのあいだに子どもを作るよりも、罪が軽いと思われているから。それで母は、わたしの父親という栄誉をべつの男に与えた」

トウティは考え込んだ。「ほかの人がそう言うから、あなたはそれを信じた？」

「わたしの家族について、ほかの人が言うことを全部信じていたら、わたしはいまよりずっと惨めな人間になってたでしょうね、牧師さん。このあたりで、どの子がどの男の種かを判断するのに、コペンハーゲンやもっと南の町で教育を受ける必要はないのよ。ここでは秘密は守られない」

「彼に尋ねたことはないんですか？」

「ヨウン・ビャルナソンに？　そんなことしてなんになるの？」

「彼から真実を聞き出すというか」こういった話に失望している自分に、トウティは気づいた。

「真実がなんなの」アグネスが言い、立ち上がった。

トウティも立ち上がり、ズボンの尻を掻いた。「神の中に真実はあります」彼は気持ちを込めて言った。いまこそ信仰の義務を果たすときだと思ったからだ。「ヨハネによる福音書八章三十二。『また真理を……』」

「また真理を知るであろう。そして真理は、あなたがたに自由を得させるであろう。ええ、わかってる。わかってるわよ」アグネスは編み物の道具をひとまとめにし、母屋に向かって歩き出した。「わたしの場合はあてはまらないわね、トルヴァデュル牧師。わたしは真実を語ったのに、その結果がどうなったか見ればわかるでしょ」

牧師が教区簿冊を読んだところで、なんの役にも立たない。それを言うならなにを読んでもだ――わたしについて、彼はそこからなにを知った？　ほかの人間が重要だと思ったことだけ。

†

教区簿冊にわたしの名前と誕生日を見つけ、牧師はその記載を鵜呑みにし、誕生日を知っただけ？　その日の霧を見て、血のにおいを嗅ぎつけて啼くカラスの啼き声を聞いた？　わたしが想像したように、彼も想像したの？　母はすすり泣きながら、じっとりとあたたかい肌にわたしを抱き寄せた。フラガ農場の女たちの視線を避けながら、ここを出てよそで働き口を見つけなければと思った。乳飲み子を抱えた女を雇ってくれる農場はどこにもない。

わたしの家族のことを知ろうとすれば、牧師は大変な苦労をするだろう。二人の父親とひとりの母親は、わたしにとってさえ、嵐の中ですれ違う他人とおなじぐらいぼんやりしたものでしかない。母のことではっきりした記憶はほんのわずかだ。ひとつ、思い出すのは、母がわたしを置き去りにした日のこと。もうひとつは、幼い日の冬の夜、ランプの下で母を見つめていたことだ。それは静寂のひととき、だが、ほかの記憶と同様、ほんものかどうかわからない。ゆるんだ雪が風で動くように、記憶も位置を変える。亡霊の歌は幾重にも重なりあう。わたしにとっての真実が、ほかの人にとっても真実とはかぎらないことぐらい、わたしにもわかっている。記憶を他人と共有すると、事実だと思う自分の確信を汚す恐れがある。

わたしの記憶にあるあの人は、ほんとうにトウティ牧師なのだろうか、それともまったくべつの人？　あれはわたしがしたことなの、それともほかの人が？　マグノス、それともヨウン？　記憶は水に張った薄氷だ。信用するにはあまりにももろい。

母は幼い娘を見つめながら、思ったのだろうか？　いつかこの子を置き去りにするだろう、と。わたしのくしゃくしゃの顔を見て、この子さえいなかったら、と思ったのだろうか？　それとも、石に齧りついてでも生き抜け、と願ったのだろうか？　谷間を見つめ、霧と静寂を見つめて、この子になにを与えてやれるだろう、と思ったのかもしれない。嘘の父親。黒味を帯びた髪。眠るための干し草枠。キス。石。小鳥の言葉が理解できれば、淋しい思いをしなくてすむから。

五章

詩人のロウザがアグネス・マグノスドウティルに宛てた詩
一八二八年六月

わたしの瞳に悲哀を見ても、驚くことはない
わたしが感じる苦い痛みにも
その手練《てれん》手管《てくだ》で、おまえは盗んだのだから
わたしの人生に意味を与えてくれた男を
そしておまえは己の命を悪魔に売り渡した。

アグネス・マグノスドウティルがロウザに宛てた返事
一八二八年六月

これがわたしのたったひとつの願い
怒りと悲嘆で縁どられた願い
血が滲む傷口を引っ掻くのはやめて、
わたしは不信感でいっぱいだ。

心は悲しみでいっぱいだ！
わたしは神の恩寵《おんちょう》を求める。
忘れないで、イエスがその血でわたしたちの罪を贖《あがな》ったことを
あなたもわたしも区別なく。

「彼女とおなじ部屋で寝起きしてみて、どうなの？　あたしなら怖くて眠れやしないだろうけど」インギビョルグ・ピエトルドウティルが言った。

マルグレットは遠くに目をやった。きょうの草刈りは川にちかい畑で行われていた。「彼女がなにかするとは思ってないわよ」

女二人は玄関脇の薪の山に腰をおろしていた。インギビョルグはちかくの農場に住む平凡な顔立ちの小柄な女だ。マルグレットが咳のせいで干し草作りを休んでいると聞いて訪ねて

きた。マルグレットの辛辣さや率直さがインギビョルグには欠けているが、なぜか気が合い、ふたつの農場を隔てる川の水位が低くて歩いて渡れるかぎり、頻繁に行き来している。

「あなたたちみんな、眠っているあいだに絞殺されるって、ロウズリンは思ってるみたいだけど」

マルグレットはそっけなく笑った。「いかにもロウズリンの考えそうなことね」

「どういう意味？」

「あのおしゃべり女が黙ってられるはずない」

「マルグレットったら……」

「そうでしょ、インガ。自分が子沢山なもんで図に乗って、言いたい放題じゃない」

「いちばん下の子が気管支炎なんだって」

マルグレットは眉を吊り上げた。「だったら、みんなに感染《うつ》るわね。夜中じゅう泣き叫ぶわよ」

「彼女のお腹、すっかり大きくなってる」

マルグレットはためらった。「お産を手伝うつもり？　あれだけたくさん産んできたんだもの、ひとりでできるでしょうに」

インギビョルグはため息をついた。「そうね。でも、いやな予感がするのよ」

陰気な顔をする友を、マルグレットはじっと見つめた。「夢でも見たの？」

インギビョルグはなにか言いかけてやめ、頭を振った。「なんでもないと思うんだけど。

ここで暗くなっててもしょうがない。人殺し女のこと話してよ！」

マルグレットは思わず笑った。「もう、呆れた！　ロウズリンと変わりないじゃない」

インギビョルグがほほえむ。「彼女、ほんとうのところはどうなの？　性格とか。あなた、怖くないの？」

マルグレットはしばらく考えてから言った。「あたしが想像していた人殺し女とはまるでちがう。ふつうに眠って、仕事して、食べて。でも、ずっと黙ったままだけど。唇が縫い合わされたんじゃないかと思うぐらい。あのトルヴァデュルという若い牧師さんが、数週間前から訪ねてくるようになってね。彼には話をしているみたいだけど、なにを話しているんだか、あたしには教えてくれない。話すほどのことじゃないんでしょ」マルグレットは畑に目をやった。「彼女、いったいなに考えているんだろうって、ときどき思うわ」

インギビョルグが彼女の視線を目で辿る。それから二人して、中腰で草刈り鎌を振るうアグネスを眺めた。鎌が揺れるたび、日差しを受けて刃がキラリと光る。

「誰にわかる？」インギビョルグが言った。「彼女のあの黒い頭の中がどうなっているか、考えるだけで体が震えるわよ」

「牧師さんから聞いたんだけど、彼女の母親はイングヴェルデュル・ラフンスドウティルですって」

「イングヴェルデュル・ラフンスドウティル。昔、そういう名の女を知ってたわ。男にだらしのない女でね」

「カラスの卵から鳩は孵《かえ》らない」マルグレットが言う。「アグネスが誰かの娘だなんて、変な感じだわ。うちの娘たちが、人殺しみたいな罪深いことをするなんて、想像すらできない」

インギビョルグがうなずく。「その娘たちは、どうしてるの？」

マルグレットは立ち上がり、スカートの埃を払った。「それがね」そこで咳込み、その背中をインギビョルグがさすった。

「ほら、楽にして」

「大丈夫」マルグレットが掠《かす》れ声で言う。「それがね、ステイナは彼女を知っていると思ってるの」

インギビョルグが興味津々な顔をする。

「ずっと前に、みんなでグッドルナルスターデュルに行く途中で、彼女に会ったと言うのよ」

「ステイナのことだから、また話をごっちゃにしてるんじゃないの？」

マルグレットは顔をしかめた。「さあ、どうかしら。あたしは憶えてないの。正直に言って、あの子のことがちょっと心配だわ。アグネスにほほえみかけたりするのよ」

インギビョルグが笑った。「まあ、マルグレット。ほほえみかけるぐらいいいじゃない」

「いつもだと心配になるわよ！」マルグレットがぴしゃりと言う。「ロウズリンみたいな詮索好きになったら困るもの。ほかにも心配なことがあってね。ステイナがアグネスに質問しているのを、見たことがあるの。アグネスに用事を言いつけようとすると、あたしが呼んでくるってステイナが言うのよ。いまだって、ほら見てよ——熊手で草を掻き集めるあいだも、彼女につきまとってる」マルグレットが指差した先には、アグネスのそばで刈った草をひっくり返すステイナの姿があった。「どうしても考えてしまうのよ。かわいそうなシッガのことをね。それで、ステイナがおなじ目に遭《あ》ったらどうしようって」

「シッガ？　イルガスターデュル事件の犯人のメイド？」

「アグネスがステイナにもおなじ影響を与えそうで心配なの。あの子を悪い道に引き摺り込むんじゃないかと。あの子の頭を邪悪な考えでいっぱいにしたらどうしよう」

「アグネスは黙ったままなんでしょ」

「ええ、あたしにはね。でも、だからといって……ああ、いいの、気にしないで」

「それで、ロイガは？」インギビョルグが思案げに尋ねた。

マルグレットはくすくす笑った。「ロイガは彼女がここにいるのがいやでしょうがないのよ。あたしたちみんなそうだけど。とりわけ、ロイガは彼女の隣のベッドで眠らないと言い張って。鷹みたいな目で彼女を見張ってるわよ。アグネスのほうばかり見て、とステイナを責める」

インギビョルグが目をやると、姉娘はせっせと熊手を動かして刈り草を並べていた。ロイガが作る刈り草の列に比べると、ステイナのそれは子どもの筆跡のように曲がっている。

「ヨウンはなんと言ってるの？」

マルグレットは鼻を鳴らした。「ヨウンがなにか言うと思う？　あたしがなにか言っても、ブリョンダルには義理がある、の一点張り。でも、彼も心配してはいるみたい。娘たちを彼女にちかづけるなと言ってた」

「農場でそれは難しいわね」

「そうなのよ。あたしが娘たちを彼女から切り離すのは、クリスティンがミルクからクリームを分離させるのとおなじぐらい大変よ」

「おやまあ」

「クリスティンは役立たずなんだから」マルグレットはあたりまえのように言った。

「だったら、女手がひとつ増えたんだもの、よかったじゃないの」インギビョルグが現実的なことを言った。それから二人とも黙り込んだ。気の置けない相手だから、沈黙は気詰まりではない。

†

ゆうべ、断頭台の夢を見た。わたしはひとりで雪の中、断頭台に向かって這っていた。それは黒い切り株だった。手も膝もかじかんでいたが、そうするしかなかった。

ようやく辿り着いた断頭台は、広く滑《なめ》らかだった。木の香りがした。流木のように塩辛くはなかったが、樹液を血のように滴らせていた。血よりも甘く、とろっとした樹液を。

夢の中で、わたしはなんとか起き上がり、処刑台に頭を載せた。雪が降り出し、わたしは自分に言い聞かせた。「これが落ちて行く前の静寂だ」それから、切り株がそこにあることに驚いた。このあたりでは、木はこんなに大きくならないのに、どうしてここにあるのだろう。あまりにも静かすぎる、と夢の中で思った。石ころだらけだ。

そこで切り株に向かって言った。声に出して。「おまえがまだ生きているつもりで、水をやるわ」そこで目が覚めた。

その夢がわたしを怯えさせた。刈り入れがはじまってから、わたしはここで過ごした昔に舞い戻っていた。怒ることを忘れていた。夢が思い出させてくれた。この先どうなるかを。時間があっという間に過ぎてゆくことを。他人ばかりの部屋で、夜中に目を覚まし、天井の模様を眺めていると、心臓が胸の中ででんぐり返るのを感じる。何度もでんぐり返ってそのうち捻じれてしまう。

用を足してこないと。震えながらベッドを出て、おまるを探す。使用人のベッドの下にあった。いっぱいだが捨てに行く余裕はない。靴下はゆるいのですぐに足首までずり落ちる。おまるにしゃがみ込み、熱い小水を迸《ほとばし》らせる。小水が撥《は》ねて腿《もも》を打つ。額に汗が噴き出す。

誰にも見られませんようにと願う。早く終わらせておまるを隠さないとと焦るあまり、出しきらないうちに靴下を引っ張り上げる。熱いものが腿を伝わる。おまるをベッドの下に押し込む。

どうしてこんなに震えるの？　膝がへなへなで力が入らない。ベッドに横になってほっとする。心臓が支離滅裂なおしゃべりをしている。夢には意味があるとナタンは信じていた。

神の言葉を笑い飛ばせる男が、自分の夢の中の滾る闇を信じるなんて不思議だ。彼の教会は迷信と空模様を表す秘密の言葉でできていた。海の様相に、さっと舞い降りるハヤブサに、雌羊の歯ぎしりに、彼は神の瞬く目を見た。わたしが玄関先で編み物をしていると、冬を長引かせると言ってわたしを責めた。「自然はおれたちと同様に鵜の目鷹の目だとは思わないのか。おまえやおれとおなじように、自然も目覚めているんだ」彼はそう言ってほほえみ、わたしの額に滑らかで広い掌を押し当てた。「それに、おれたちと同様、秘密を好む」

ここでは使用人でいられると思っていた。コルンサウ農場に来て一カ月が過ぎ、自分がどうなるか、もう忘れていた。働く日々に心は安らぎ、疲れた体は休息を求める。だから、ぐっすり眠る。凶兆に満ちた眠りの奥深くに潜り込むことができた。いままでは。

わたしは彼らの仲間ではない。牧師とステイナ以外は、必要最低限の言葉しかかけてこない。でも、それは昔もいまも変わらない。朝になれば、おまるの中身を捨てに行かねばならないワークメイドだったころと、どこがちがうの？　ストラ゠ボーグ農場に比べれば、ここの家族は親切だ。

浜に打ち寄せる気まぐれな波のように、冬はじきにやってくる——不意にやってきて太陽とぬくもりを覆い隠し、大地を芯《しん》まで凍りつかせる。なにもかも、不意に終わるだろう。それに、牧師。彼はあまりにも若い。彼になにを話せばいいのか、いまだにわからない。川を渡るのを助けてくれたように、彼はいまのわたしを助けてくれると思っていた。でも、彼と話をしていると、これまでの人生のすべてがわたしに不利に働くことを思い知るだけだ。自分がいかに愛されてこなかったか、思い知るだけだ。

彼ならわたしを丸ごと理解してくれると期待していた。彼に理解してもらいたいけれど、彼となならおなじ言葉を話せると思っていたわたしは馬鹿だ。彼と話をするときには、石を口に含んだほうがいいのかもしれない。そうやってどちらも理解できる言葉を見つけるのだ。

牧師がブレイダボルスタデュルからやってくるまでに、まだ数時間ある――起きるには早すぎる。毛布の上で両手を組み、楽にしなさいと心臓に言い聞かせながら、彼になにを話すか考える。

彼が聞きたいのはわたしの家族のことだが、これまでわたしが語ったことは、彼が聞きたくないことだった。この谷に生える捻じれた家系の木、棘《とげ》のある枝同士が絡まり合う家系の木は、彼にとって見慣れないものにちがいない。

ヨウアスのことも、ヘルガのことも、彼に話さなかった。わたしに弟や妹がいることを知ったら、彼は関心を持つかもしれない。彼がどんな質問をするか想像してみる。その人たちはいまどこにいるんですか？　どうしてあなたを訪ねてこないんですか、アグネス？

どうしてって、牧師さん、血のつながりが強くないからよ。それぞれ父親がちがうし、ヘルガは死んで葬られた。ヨウアス？　そうね、彼は人になにか言われて素直にやるような男じゃない。それが不運な姉に会いにいくことでも。

ああ、ヨウアス。一度は愛することを許されたかわいい男の子と、虚ろな目の男が、わたしの中でどうしても重ならない。

わたしたちは、共通の母親の腕に抱きかかえられていた。どの農場だった？　寝る場所はいつも他人の寝室、そこの主《あるじ》である男と充血した目の妻が、二人の子持ちの女を雇うのは、親切心からのこともあれば、人手が足りず誰でもよかったということもあった。二人の子どもは腹をすかせて夜通し泣いた。泣いてもどうにもならないことを、まだ知らなかったからだ。

最初がベイナケルダ農場だった。わたしが三歳になるまでいたらしい。母とわたしと二人。なにも憶えていない。曖昧模糊《あいまいもこ》としている。

つぎがリトラ＝ギリリャウ。農場は憶えていないけれど、農場主は憶えている。イトリギ・ザ・ブラックと呼ばれる男、弟の父親だ。床に座り、泥で両手を擦り合わせていると、男がかたわらにやってきた。彼は白目を剝き、釣り上げられた魚みたいにのたうちまわり、口から泡を吹いた。女たちが悲鳴をあげる。あとになって、彼のベッドからうめき声が聞こえ、汚い肌の妻が、わたしの顔を自分の骨ばった首筋に押し当てて、言った。「彼のために祈って。彼のために祈りなさい」母さんはどこ？　おまるにしゃがみ込んで、遅れている月のものを探していたにちがいない。

悲鳴は憶えている。イトリギは健康を取り戻し、大きな熊みたいな顔で妻を怒鳴りつけ、妻は泣きやまず、二人のあいだに長いスカートを穿《は》いたわたしの母がいて、食べたものを地べたに吐いている。

イトリギは釣りの最中に、体が震える病気で死んだ。酔っ払って発作を起こし、船が転覆し、魚網に絡まって溺れ死んだそうだ。妖精の池で釣りをした罰だという人もいた。酔っ払って釣りなんかするからだという人もいた。

こういう話をしたら、牧師はどう思うだろう？

ヨウアス・イトリギソンは、三番目の農場、ブレックコットで生まれた。ミルクを吸わせた布を彼の小さなサーモン色の歯茎に押し当てる役目を、わたしはやらせてもらえた。農場主の夫婦には二人の子どもがいたが、ヨウアスを引き取って育てたいと言った。娘のほうも一緒にもらってくれれば助かる、と母は言った。それからの一年、わたしたちは七人家族で、わたしの暗い色の髪とは対照的なあかるい色の髪の赤ん坊に、わたしはミルクをやるのを手伝った。彼は雪解け水と新鮮なクリームのにおいがした。

農場の夫婦は心変わりした。ある朝、母に揺り起こされた。母は腫れぼったい目でわたしを見つめた。どうして泣いてるの、と尋ねても、母はなにも言わなかった。ヨウアスとわたしが寝るベッドに潜り込んできた。わたしは、母の丸くて熱い体に寄り添っているうち眠りに落ちた。農場に棲《す》みついたカラスの啼き声で目を覚ますと、わたしの荷物を入れた袋が床に置いてあった。

その朝、わたしたちは歩いて農場を出て、急に降ったりやんだりする雪の中、谷に戻った。空腹で気を失いそうだった。コルンサウ農場に立ち寄った。そこの女からもらった乳清を、わたしが飲み終わらないうちに、母が耳元でささやき、手袋をしたわたしの手に石を押しつけ、ヨウアスをおんぶして去っていった。

わたしはあとを追おうとした。泣き叫んだ。置き去りにされたくなかった。でも、走ったら足がもつれて倒れた。立ち上がったときには、母と弟の姿はなく、見えるのは二羽のカラスだけだった。雪を背に、真っ黒な羽が不気味だった。

長いあいだ、あの二羽のカラスは母と弟だったと思っていた。でも、舌の下に石を入れても、カラスはわたしの質問に答えてくれなかった。何年も経ってから、母がクリンガの農民とのあいだにヘルガを産み、ヨウアスは貧窮者、〝教区の子ども〟になったことを知った。でも、そのころのわたしは、もう母も弟も愛していないと自分を納得させていた。もっとよい家族を持っていたからだ。わたしの里親たち。コルンサウ農場のインガとビョルン。

†

「よく眠れた、アグネス？」ラベージ（ハーブとして使われるセリ科の多年草）の茂みのそばの灰溜におまるの中身を空けていると、ステイナがやってきて尋ねた。

「ここにいると濡れるわよ」アグネスは顔を上げずに言った。おまるにへばりついた中身を、石を使って擦り落とし、石の汚れを草に擦りつけて落とす。「じきに雨になる」

「かまわないわ。あなたとおしゃべりしようと思って」ステイナはショールを引き上げて頭を覆った。「ほら、これで濡れない」

アグネスは彼女をちらっと見て小さくほほえんだ。

「ほら、アグネス」ステイナが指差した先は谷間の入口で、北から灰色の低い雲が流れ込んでいた。

アグネスは手を空にかざした。「天気がますます悪くなる。干し草が乾かなくて困るわね」

「そうね。父さんはいらいらしどおし。朝食を焦がしたって、ロイガを叩いたのよ。そんなことしたことないのに」

アグネスは彼女に顔を向けた。「あなたがここにいること、お父さんは知ってるの？」

「たぶんね」

「家に入ったほうがいい」

「入ってなにをするの？　炉の火を高く燃やしすぎるって、ロイガに文句を言われる？　そんなのごめんだわ。外にいるほうが楽しいもの」

「雨が降ってても？」

「雨が降ってても」ステイナはあくびをしながら畑に目をやった。干し草は湿らないよう円錐形の山にしてある。「せっかくの努力が無駄になるわね」

「無駄になるってどういうこと？　また天気になったら刈り取りをして、作業は終わるのよ」アグネスは母屋を見て言う。「お母さんのところに戻ったほうがいい」

「あら、母さんは気にしないわ」

「気にするわよ。あなたがわたしと二人きりでいるのを、お母さんはいやがってる」アグネスは言葉を選んで言った。

「あなたが来てからもう何週間も経つのよ」

「そうだとしたって」アグネスが川に向かってゆっくり歩きはじめると、ステイナは並んで歩いた。

「きょう、牧師さまは来ると思う？」

アグネスは返事をしなかった。

「彼とどんな話をするの？」

「あなたに関係ない」

「なに？」

「あなたに関係ない、と言ったの。あなたにも、あなたの家族にも関係ないことよ」

ステイナは驚いて足を止めた。アグネスはおまるを脇に抱えてかまわず歩いた。

「あなたを怒らせるようなこと言った？」

アグネスは立ち止まって振り返った。「あなたみたいな若い子の言うことに、いちいち怒ってなんていられない」

ステイナはかっとなった。「うちの家族があなたを監禁してるから。家族の誰かがあなたとおしゃべりするのを、父さんがいやがるからね」

「お父さんがそう言ったの？」

「あなたには仕事だけさせとけばいいって、父さんは思ってる」

「そのとおりよ」

ステイナはアグネスに追いつくと、その腕をやさしく握った。「ロイガはあなたを怖がってるでしょ。ロウズリンがつく嘘を鵜呑みにしてるのよ。でも、あたしはそんな噂、ひと言だって信じない。あなたと前に会ったことあるし、親切にされたことを憶えているもの。食べ物を分けてくれたこととかね」ステイナは体を摺り寄せた。「あたしは、あなたが殺したと思ってない」耳元でささやく。アグネスがはっと体を固くした。「あなたを助けてあげられるわ」ステイナが急いで言った。

「どうやって？　逃げる手助けをしてくれる？」

ステイナは手を離した。「嘆願書を出すこと、考えてたの」

「嘆願書ね」

ステイナが畳みかける。「減刑の嘆願書を出すの。ほら、シッガはそうしてもらったって」

アグネスの目がギラリと光った。「なんですって？」

「嘆願書。ブリョンダルがもうひとりのために減刑嘆願書を作ったって」ステイナは口ごもった。

「もうひとりって誰？」

「シッガ……ほら、イルガスターデュルのもうひとりのメイド。フリドリクの恋人の」

アグネスの顔が真っ青になった。おまるをゆっくりと濡れた草の上に置き、ステイナにちかづいた。「ブリョンダルがシグリデュル・グドゥモンドウティルのために嘆願書を作った？」恐ろしい顔で尋ねる。

ステイナはちょっと怖くなり、うなずいた。アグネスが手に持ったままの石に目をやる。

「父さんが母さんに話してるのを聞いたの。行政官たちがクヴァンムルに呼ばれて、ブリョンダルとそのことを話し合ったそうよ。あなたがここに来たおなじ日に」

アグネスは頭を振った。

「知ってると思ってた」ステイナがつぶやく。

アグネスはステイナから目をそらし、体を揺すりはじめた。「ブリョンダルが？」声を殺して言う。石をきつく握り締めているので手の関節が白くなっていることに、ステイナは気づいた。

「言わなきゃよかったわね」

アグネスはよろっとあとじさり、それから川に向かって歩きはじめた。

「彼を説得して、あなたの減刑も王さまにお願いしてもらうわ！」ステイナが呼びかける。「イルガスターデュルでほんとうはなにがあったのかを説明してね」

アグネスは川岸まで来て膝をついた。スカートが空気を孕《はら》んで膨れ上がった。気を失ったかと心配してステイナが駆け寄る。だが、アグネスはぼんやりと川を見つめていた。体が震えている。ちょうどそのとき、黒い雲が口を開き、冷たい雨が降り出した。土砂降りの雨が二人の女を包み込んだ。

「アグネス！」ステイナは叫び、頭からかぶったショールの前を掻き合わせた。「立って！早く戻らないと」彼女の言葉を雨音が呑み込んだ。

アグネスは返事をしなかった。雨が川面を激しく叩いて、そこに映る山々の景色を掻き乱してゆくのを、彼女はじっと見つめていた。手に石を持ったままだった。

「アグネス！」ステイナが叫ぶ。「ごめんなさい。あなたは知ってると思ってたの！」ショールが濡れ、服が濡れて重たくなる。川岸でためらったものの、踵を返して土手を駆け上がり、母屋へ走った。ぬかるみに足を取られる。途中で振り返ると、おなじ場所にうずくまるアグネスの姿が見えた。もう一度名前を呼んでから、ぬかるんだ道を母屋に向かって走った。


「あらまあ、ステイナ！　いままでどこにいたの？」マルグレットが廊下を足早にやってきて、ドアをバタンと閉めた姉娘を睨みつけた。「びしょ濡れじゃないの！」

「アグネスのせい」ステイナは息をあえがせ、濡れたショールを落とした。

「彼女があなたを傷つけたの？　ああ、どうか神さま、あたしたちをお守りください！　いつかこうなると思ってた」マルグレットは、寒さに震える娘を抱き寄せた。

「ちがう、母さん！」ステイナは叫び、母を押しのけた。「彼女には助けが必要なの。川のところにいるわ！」

「なんの騒ぎ？」ロイガが台所から出てきた。「まあ、ステイナったら！　あたしのショール、泥だらけにして！」

「うるさい！」ステイナは母に背を向けた。「シグリデュルのための減刑嘆願のこと、彼女に話したら、真っ青になって、すっかり人が変わったみたいになって、うずくまったままなのよ！」

マルグレットはロイガに尋ねた。「この子、なに言ってるの？」

「アグネスのことよ！」ステイナが絶叫する。濡れた顔を袖で拭い、廊下を駆け出した。

「父さんに言わないと」

ヨウンは寝室で靴の修繕をしていた。「ステイナ？」手元から顔をあげる。

「父さん！　お願いだから、アグネスを連れ戻しにいって。イルガスターデュルのもうひとりのメイドのために、ブリョンダルが減刑嘆願書を作ったって話をしたら、彼女、人が変わったみたいになったの」

ヨウンは膝の上から靴を払い落とし、立ち上がった。「どこにいる？」低い声で尋ねた。

「川のほとり」ステイナは涙を堪えながら言った。父はベッドの下からブーツを引っ張り出して履き、雑に紐を結んだ。

「ごめんなさい、父さん。彼女は知ってると思ってたんだもの！　彼女を助けたかったの」

ヨウンは立ち上がり、娘の肩を摑んだ。怒りで頰が赤い。「彼女にちかづくなと言ったはずだ」娘を睨み、それから押しのけて部屋を出しなに、ベッドに横になっているグドゥモンデュルに声をかけた。使用人はいやいや起き上がった。ステイナはベッドに腰をおろして泣き出した。

しばらくすると、ロイガがクリスティンを伴って入ってきた。

「父さんはなんだって？」静かに尋ね、ステイナが座っている場所に意識を向けた。「ちょっと！　立ってよ。あたしのベッドが濡れるじゃない」

「ほっといてよ！」ステイナが怒鳴ると、クリスティンは悲鳴をあげて部屋から逃げ出した。

「あたしのことはほっといて！」

ロイガは作り笑いを浮かべ、頭を振った。「興奮しないでよ、ステイナ。いったいおもてでなにしようとしてたの？　お友達作り？」

「地獄に堕《お》ちろ！」

ロイガは口をあんぐり開けた。泣きそうな顔で姉を睨み、それから目を細めた。「気をつけたほうがいいわよ。このままでいくと、あんたも彼女みたいに性根が腐るから」まわれ右して部屋を出ようとしたが、足を止めた。「あんたのために祈ってあげる」鼻を鳴らし、出ていった。ステイナは両手に顔を埋めて泣いた。

†

わたしがベッドに腰をおろして待つあいだ、家族四人は灰色のカーテンで仕切られた客間で話をしている。マルグレットのひそめた声が、カーテンの隙間から漏れてくる。両手は震え、動悸が激しい。全速力で走ったあとのようだ。裁判のときもそうだった。すべてのものから弾き出された気がする。

わたしは貧窮者のつもりでいた。彼らの使用人のつもりでいた。あの言葉を聞くまでは！　シッガ！　イルガスターデュル！　その言葉は、わたしから命を奪い取る記憶に結びついている。それは魔法の言葉、わたしを怪物に変える呪い、いまのわたしはイルガスターデュルのアグネスだ。炎のアグネス、血まみれの死体のアグネス、まだ焼かれていない死体、わたしが縫ってあげた服を着たままの死体。彼らはシッガを解き放つが、わたしを解き放ちはしない。なぜなら、わたしはアグネスだから——血に飢えた、抜け目のないアグネス。とても怖い。うまくいくと思った。使用人でとおせると思った。でも、そうではない。けっしてうまくいかない。わたしは逃れられない。逃れることはできない。

†

それは小さな紙に、細かな筆記体で書かれていた。少しでもたくさん書こうとして、文字が重なりあっていた。トウティは手紙を寝室に持っていって読んだ。昼食の最中だった。

「またブリョンダルからか？」父が皿から顔をあげずに尋ねた。

「いいえ」トウティは文字をざっと目で追いながら言った。『すぐに来てください。アグネス・マグノスドウティルの件です。ブリョンダルに話すつもりはありません。キリストにあって兄弟である、ヨウン・ヨウンソンより』「コルンサウからです」

「雨が降っていることを知らないのか？　それにきょうは日曜日だ」父がぶつぶつ言う。

トウティはテーブル越しに父を見た。ひげに干したポリッジのかけらがついている。「行かないと」

父は大きなため息をついた。「日曜だぞ」もう一度言う。

「はい、主《しゅ》の日です。主が仕事を離れ安息される日」

父は口から軟骨を引っ張りだし、吟味してから口に戻し、また嚙みはじめた。

「父さん？」

「ブリョンダルに知ってほしい。おまえが彼の意思に添おうと献身的に働いていることを」

「主の御意思です」トウティはやさしく言った。「ありがとう、父さん。夜には戻ります。天気しだいでは、あすになるかもしれない」


谷に通じる道にさしかかるころには、濡れ鼠になっていた。手紙を届けた使者が前方に見えたので、トウティは雌馬に拍車を入れて追いついた。

「やあ」トウティは声をかけ、雨の帳《とばり》の向こうに目を凝らした。

使者は鞍の上で振り返った。コルンサウ農場の使用人のひとりだった。雨除けに魚皮をまとっている。「ああ、来たんですね！　こんな土砂降りの中、出歩くのはおれたちだけだろうな」

「干し草によくない」トウティは打ちとけた口調で言った。

「言われなくたってわかってますよ」男は鼻を鳴らした。「おれはグドゥモンデュル」片手をあげる。「おたくはうちにいる女殺人者を助けようとしてる牧師さんでしょ」

「ええ、まあ――」

「いやな役目だ。彼女にはぞっとしますよ」

「どういう意味ですか？」

使用人は笑った。「激しい女だ」

トウティは遅れまいと雌馬にまた拍車を入れた。「なにがあったんですか？　手紙には――」

「ああ、暴れたんですよ。ヨウンとおれがちかづこうとしたら、引っ掻くは爪を立てるは、叫ぶはで大変だった。ずぶ濡れでぬかるみに寝転がって、正気とは思えない。これ、見てくださいよ」こめかみのあざを指差す。「彼女にやられたんだ。彼女を抱え上げようとしたら、石でおれの頭をかち割ろうとしてね。ブリョンダルがどうのってわめきつづけて。ストラ＝ボーグでもおんなじことをやったらしい。それで移らされた」

「ほんとうですか？」トウティの目に映ったアグネスは、自制のきく人だった。

「彼女に殺されるかと思いましたよ」

「なにが彼女を動揺させたんですか？」

男は身じろぎし、手袋をはめた手で洟を拭った。「わかるわけないでしょ。娘のひとりがなにか言ったらしい。一緒に捕まったもうひとりのメイドのことを。シッガとかいう」

トウティは前方にある水たまりに目をやった。気分が悪い。

「みてくれは悪くない」グドゥモンデュルの目がギラリと光った。

「なんですって？」

「アグネスですよ。きれいな髪をしてるし。でも、おれには背が高すぎる。頭ひとつ低いほうがいい、わかるでしょ」彼はトウティにウィンクし、笑い出した。

トウティは乗馬帽を引き下げた。雨は少し小降りになったが、谷にはいるころにはまた雨脚が強くなった。雨は湾曲する道に灰色の裳裾《もすそ》を引き、断崖を滝のように流れ落ちる。

アグネスは寝室のベッドに座っていた。ワークメイドのクリスティンが、スツールを持ってきてくれ、妹娘がかいがいしく濡れた服を脱がしてくれた。彼女が屈んでブーツの紐をほどくあいだ、トウティは光が届かぬ隅っこのアグネスのベッドに目をやった。彼女はぴくりとも動かない。

ロイガがブーツをぐいっと引っ張ったので、トウティはスツールから落ちそうになった。

「それじゃ、これで」彼女は伸ばした腕の先にブーツをぶらさげ、部屋を出ていった。

トウティは濡れた靴下を脱がなかった。アグネスはベッド脇の柱にぐったりともたれかかっている。ちかづいて見ると、手枷を掛けられているのがわかった。

「アグネス」

アグネスは目を開け、ぼんやりと彼を見上げた。

トウティはベッドの端に腰をおろした。薄暗がりで見る彼女の肌は土気色で、唇は裂けて血が滲んでいた。

「なにがあったんです?」やさしく尋ねる。「どうして手枷を掛けられるようなことに?」

アグネスはいま気づいたように、手首に目をやった。ごくりと唾を呑み込む。「シッガが減刑嘆願をしてもらう。ブリョンダルが国王に彼女の減刑を嘆願している」声が割れていた。

「彼女を憐れんで」

トウティは深く座り、うなずいた。「知ってました」

アグネスはぎょっとした。「知ってた？」

「彼らはあなたのことも憐れんでいます」彼女を慰めたくて言い添える。

「それはちがう。彼らはわたしを憐れんでない。憎んでる。彼らはみんな。とくにブリョンダルはね。フリドリクはどうなの？　減刑嘆願をしてもらってるの？」

「そうは思いません」

暗がりでアグネスの目が光った。泣いてるのか、とトウティは思ったが、身を乗り出した彼女の目は濡れていなかった。

「いいこと教えてあげるわ、トウティ牧師。子どものころから、わたしは賢すぎると思われてきたの。あまりにも賢すぎる。みんなそう言った。ねえ、わかる、牧師さん？　彼らがわたしを憐れまない理由はそこなのよ。わたしは賢すぎるから、なんでもわかってるから、誤ってこんなことに巻き込まれるわけがない。すべて計算ずくだ、と彼らは思ってるのよ。でも、シッガは鈍いしかわいいし、若いから、誰も彼女が死ぬのを見たくない」柱にもたれて目を閉じた。

「それはちがうと思いますよ」トウティは彼女を慰めたかった。

「もしわたしが若くて純朴な娘だったら、みんなしてわたしを責めると思う？　いいえ。罪はすべてフリドリクにかぶせていたわよ。わたしたちは彼に操られていただけ。ナタンのお金欲しさに、彼がわたしたちを脅してナタンを殺させた。フリドリクがナタンの持っているものを狙っていたことは、秘密でもなんでもなかったんだから。でも、わたしには考える頭があることを、彼らは知っていた。ものを考える女は信用できないと、みんな思ってるのよ。無実のはずがないってね。気に入ろうと気に入るまいと、牧師さん、それが真実なの」

「あなたは真実を信じないと思ってました」

アグネスは柱から頭をあげ、彼をじっと見つめた。その目はいつも以上に水色だった。顔をしかめる。「真実といえば、あなたに質問があるのよ。神は真実を話すんでしょ？」

「つねに」

「神は言ったのよね。『汝殺すなかれ』」

「ええ」トウティは身構えた。

「だったら、ブリョンダルもほかの人たちも、神に背くことになるわね。彼らは偽善者よ。神の律法を実行していると言うけど、人間の意思に従っているだけじゃない！」

「アグネス――」

「わたしは神を愛そうとしてるの、牧師さん。愛そうとしてる。でも、あの男たちを愛することはできない。わたしは……わたしは彼らを憎むわ」最後の言葉は、食いしばった歯のあいだからゆっくりと発せられた。手枷につながる鎖を握り締めながら。

寝室の入口からノックする音がして、マルグレットが娘二人とクリスティンを伴って入ってきた。

「失礼、牧師さん。あたしたちのことは気にしないで。勝手に仕事しながらおしゃべりしているから」

　トウティは厳しい顔でうなずいた。「収穫はどうですか？」

　マルグレットはフフンと鼻を鳴らした。「八月にこの雨じゃ……」そう言うなり編み棒を動かしはじめた。

　アグネスはと見ると、寒々しい笑みを浮かべていた。

「あの人たち、前よりわたしを怖がっている」アグネスがささやく。

　トウティは思案し、女たちに顔を向けた。「マルグレット？　手枷をはずしてやることはできませんか？」

　マルグレットはアグネスの手首に一瞥をくれ、編み棒を置いた。部屋を出てゆき、鍵を手に戻ってきた。手枷をはずす。

「ここに置いておきますからね、牧師さん」固い表情で言い、手枷をベッドの上の棚に載せた。「必要になるかもしれない」

　マルグレットが部屋の反対側の隅に引っ込むのを待って、トウティはアグネスに話しかけた。「二度とあんな真似はしないでくださいよ」低い声で言った。

「われを忘れてしまったの」

「彼らはあなたを憎んでいる、と言いましたよね？　これじゃ彼らの思う壺《つぼ》ではありませんか」

　アグネスはうなずいた。「あなたが来てくれてよかった」短い沈黙ののち、話をつづけた。

「ゆうべ、夢を見たの」

「いい夢だといいですが」

彼女は頭を振る。

「どんな夢を見たんですか？」

「死ぬ夢」

トウティは唾を呑み込んだ。「怖いですか？　あなたのために祈りましょうか？」

「好きにすれば、牧師さん」

「だったら祈りましょう」女たちをちらっと見てから、アグネスの冷たく湿った手を取った。「主よ、今夜は悲しい心とともに祈ります。背負わなければならない重荷に耐えられる強さを、どうかお与えください」トウティはアグネスの目を見た。女たちが聞き耳をたてているのが気配でわかった。

「主よ、コルンサウ農場の家族をお与えくださり、感謝します。彼らはアグネスとわたしに家を開放し、心を開いてくれました」マルグレットが咳払いするのが聞こえた。「彼らのために祈ります。彼らが憐れみと赦しの心を持っていますように。主がつねにわれとともにありますように、父と子と聖霊の御名により」

トウティはアグネスの手をぎゅっと握った。見返してくる彼女の表情は測りがたかった。

「ここにいることはわたしの運命だと思う？」

トウティは考えてから答えた。「自分の運命は自分が作っているのです」

「だったら、神とはなんの関係もないのね？」

「それは人智のおよばぬところです」トウティは言い、彼女の手をそっと毛布の上に戻した。その肌の冷たさが彼を不安にする。

「わたしはひとりぼっちだわ」アグネスがあたりまえのように言った。

「神があなたとともにおられます。ぼくもここにいる。あなたの両親だって、まだ生きておられる」

アグネスは頭を振った。「死んでしまったかもしれない」

トウティは編み物をする女たちをちらっと見た。ロイガがステイナの膝の上から編みかけの靴下をひったくり、目がまちがっているところまで毛糸をほどいた。

「愛した人がいれば、ぼくが呼んであげますよ」彼はアグネスにささやいた。「古い知り合いとか」

「父親違いの弟がいるけど、どこでなにしているのやら、神のみぞ知るだわ。父親違いの妹もいたわ。ヘルガ。彼女は死んだ。姪《めい》っ子も死んだ。みんな死んだ」

「友達は？　ストラ゠ボーグに訪ねてきた友達はいなかったんですか？」

アグネスは苦笑した。「ストラ゠ボーグに訪ねてきたのはロウザ・グドゥモンドウティルだけよ。ヴァツンセンディの。彼女はわたしを友達だとは思ってないでしょうけど」

「詩人のロウザ」

「そう、その女よ」

「彼女の話す言葉はそのまま詩になるそうです」

アグネスはため息をついた。「彼女は詩を携えてストラ＝ボーグを訪ねてきたわ」

「贈り物？」

アグネスが身を乗り出す。「いいえ、牧師さん」こともなげに言った。「非難の詩」

「あなたのなにを非難したんですか？」

「彼女の人生を意味のないものにしたこと」アグネスは鼻を鳴らした。「ほかにもいろいろ。彼女の最大傑作とはいえないけど」

「動揺していたんでしょ」

「ナタンが亡くなったことで、ロウザはわたしを責めたの」

「彼女はナタンを愛してた」

アグネスはトウティを睨んだ。「彼女は夫のある身よ」声が怒りに震えている。「ナタンは彼女のものじゃなかった！」

女たちが編み物の手を止めたことに、トウティは気づいた。女たちが見つめるなか、アグネスの最後の言葉が部屋に響き渡った。彼は立ち上がり、クリスティンの脇から空いているスツールを取ってきた。

「驚かせてしまったようですね」トウティが女たちに言う。

「ほんとうに手枷は必要ないんですか？」ロイガが不安そうに尋ねた。

「ないほうが話しやすいと思います」そう言うなり、アグネスのかたわらに戻った。「なにかほかのことを話しましょうか」コルンサウの家族の前で、彼女がまた取り乱すのはまずい。

「彼女たちに聞こえたの？」アグネスが小声で言う。

「昔の話をしましょう。父親違いの弟と妹の話をしてください」

「よく知らないのよ。弟が生まれたのは、わたしが五歳のときで、ヘルガのことを聞かされたのは、九歳のときだった。彼女が死んだのは、わたしが二十一のとき。彼女に会ったのはほんの何回かだもの」

「弟とは親しくなかった？」

「彼が一歳のときに引き離されたのよ」

「お母さんがあなたを置き去りにしたとき？」

「ええ」

「お母さんのことでなにか憶えていることは？」

「石をくれたわ」

トウティは問いかけるように彼女を見た。

「舌の下に入れておくの。迷信よ」アグネスは顔をしかめた。「ブリョンダルの事務官に取り上げられた」

クリスティンが蠟燭に火をともしはじめた――悪天候で室内は薄暗いし、日暮れが早い。見えるのは毛布の上に置かれたアグネスの青白い腕だけだ。顔は陰に隠れている。

「編み物をさせてもらえるかしらね？」アグネスは女たちのほうに頭を倒した。「おしゃべりするあいだ、手を動かしてるほうがいいの。じっとしているなんて耐えられない」

「マルグレット？　アグネスになにか手仕事はありませんか？」

ちょっと考えてから、マルグレットはステイナの手から編み物を取り上げた。「さあ。穴だらけだから、ほどいてやり直してちょうだい」ステイナの気まずい顔は見て見ぬふりだ。

「彼女に悪いことしたわ」アグネスは言い、不揃いの編み目をゆっくりとほどきはじめた。

「ステイナに？」

「わたしのために嘆願書を出すつもりだって言ってくれたのに」

トウティは言葉に詰まった。アグネスはほどいた糸を手早く巻くだけで、なにも言わない。

「そういうことが可能だと思う、トウティ牧師？　国王に嘆願書を差し出すこと」

「ブリョンダルに頼んでみますか？　あなたの話に耳を貸してくれるでしょう。ヨウン行政官にはステイナから話してもらえばいい」

トウティは咳払いしながら、ブリョンダルの庇護者然《ひごしゃ》とした手紙を思い出した。「ぼくにできることをすると約束します。さあ、話してください」

「また身の上話をするの？」

「あなたに話すつもりがあるなら」

「そうね」編み物がしやすいように、彼女はベッドの上に深く座り直した。「なにを話せばいい？」

「憶えていることを」

「あなたには、おもしろくないかもしれない」

「どうしてそう思うんですか？」

「あなたは聖職者だから」アグネスがきっぱり言う。

「ぼくはあなたの身の上話を聞きたい」トウティはやさしく言った。

女たちが耳をそばだてていないか、アグネスは気にして目をやった。「この谷にある農場のほとんどすべてで、暮らしたことがあるのよ」

「ええ」トウティがうなずく。

「最初は里子として、それから教区の子として」

「ほんとうにかわいそうだ」

アグネスは口をへの字にした。「べつに珍しいことじゃない」

「どんなところにもらわれたんですか？」

「わたしがいまいる場所に住んでいた家族に。里親はインガとビョルンといってね、あの当時、コルンサウ農場を借りていたの。インガが亡くなるまで」

「そして、あなたは教区に預けられた？」

「ええ。それが世の習い。いい人ほど早くお墓に入る」

「お気の毒です」

「気の毒がる必要はないわ、牧師さん。あなたが彼女を殺したわけじゃなし」アグネスの顔に笑みが浮かんで消えるのを、トウティは見逃さなかった。「インガが亡くなったとき、わたしは八歳だった。彼女はもう子どもを産める体じゃなかったのよ。五度も死産を繰り返してやっと、男の子に恵まれたの。七人目が彼女を天国に送ることになった」

アグネスは洟をすすり、ほどいた毛糸で編み直しをはじめた。トウティは、骨製の編み棒がカシャカシャと当たる音に耳を傾け、すばやく毛糸を繰るアグネスの手を盗み見た。細く長い指の動きの早さに驚かされる。触れてみたいという馬鹿げた欲求を無理に抑えつけた。

「八歳ですか。彼女が亡くなったときのことを、憶えていますか？」

アグネスは手を止め、女たちの様子を窺《うかが》った。黙って聞き耳を立てている。「憶えているかって？」ちょっと声を大きくする。「忘れられたらどんなにいいか」人差し指から糸をはずし、指で額を指した。「ここに書いてある。本のページを繰るように、あの日の記憶を繰ることができるわ。脳裏に深く刻まれていて、インクのにおいがしそうなほどよ」

アグネスは人差し指を額に当てたまま、まっすぐトウティの目を見つめた。その目の輝きが、血が滲んだ唇が、彼を不安にする。シッガから減刑嘆願書の話を聞いて、彼女は少しだけ正気を失ったのではないか、とトウティは思った。

「なにがあったんですか？」

六章

一八二八年三月二十九日、ヴァツネスのスタパルに駐在する事務官一同が――ブリョンダル行政長官の口述速記をもとに――ここに記すのは、イルガスターデュル農場のワークメイドであった囚人二人、アグネス・マグノスドウティルとシグリデュル・グドゥモンドウティルの所有物の評価額である。すなわち、右記二名の所有物と認められた財産は、以下のような価値を有する。

アグネス・マグノスドウティル	ドル	クローナ
1　青い無地のウールの女物ショール		48
2　古い青色のスカートと青い無地のウールのボディス、赤い襟にボタン八個	1	64
3　青い無地のウールのシャツ、縁に錫《すず》の飾り六個あり		20
4　古い青色の帽子と焼け残った黒い帽子		10
5　黒いロングスカート二枚		20

6　褪せた青の古いシュミーズ　80
7　アイスランド織りの縞《しま》のエプロン　10
8　白い無地のウール生地　16
9　福音書　第三十三～三十八　16
10　縁取りのある緑色の生地、傷みひどし　16
11　小さなグラス一個、カップ一個　16
12　インディゴ染料と二枚の紙　20
13　編み針二本と古い鋏《はさみ》　6
14　銅のボタン七個と銀ボタン二個、ほかにボタン約二十個、
銅のホックと受け数組　24
15　がらくたが入った白い袋　20
16　靴下二足、一足は青、もう一足は白、黄色の中敷き　12
17　針入れ、指貫、白い手袋　8
18　小さな箱ひとつ、木製のディナーボウルひとつ、小さな箱数個　20

シグリデュル・グドゥモンドウティル　ドル　クローナ

1　黄色のショール二枚、傷みひどし　80
2　青い無地のウールのスカート、質悪し　40

3　青いスカートと傷んだボディス　24
4　青い縞の古い布地　24
5　上部が緑色の絹地の青い帽子、傷みひどし　8
6　緑色の絹のナイトドレス二枚　10
7　イルガスターデュルにいる羊一頭と干し草　2

右記の囚人たちの所有物は以上であることをここに認証する。

証人
J・シグルドソン、G・グドゥモンドソン

これはわたしが牧師に話したことだ。

死が訪れた。人が死ぬのは珍しいことではないが、ほかの死とはまるでちがっていた。それはオーロラとともにはじまった。その冬はことのほか寒く、朝、目覚めると毛布の上に氷の結晶が光っていた。わたしの寝息が凍って落ちたものだ。コルンサウ農場で暮らすようになって二、三年が過ぎていた。義理の弟のキャルタンは三歳、わたしとは五歳しか離れていなかった。

その晩、わたしたちは寝室でインガと一緒に仕事をしていた。あのころ、わたしは彼女を母さんと呼んでいた。わたしにとって母親そのものだったから。彼女はわたしの勉強好きを見抜き、知っていることをすべて教えてくれた。夫のビョルンを、わたしは父さんと呼んでいたが、好きではなかった。彼のほうも、わたしが読み書きを習うことを嫌い、ことあるごとにわたしの頭から知識を叩き出そうとした。物知りの女は鼻持ちならない、と彼は言った。インガはしたたかだった。夫が眠るのを待ってわたしを起こし、一緒に詩篇を読んだ。サガも教えてくれた。冬の夜長の読書の夕べ《クヴォルトヴァーカ》で、彼女はサガを暗唱したものだ。ビョルンが眠ったあと、彼女はわたしにサガを暗唱させた。妻が命令に従わずわたしにサガを教えていることに、ビョルンは気づいていなかった。妻がどうしてサガを愛するのか、彼にはまるで理解できなかった。彼女のサガ好きは子どもの気まぐれとおなじだと、相手にしなかった。なぜわたしを引き取ってくれたのだろう。彼らのどちらかが母の親戚だったのかもしれない。それより、人手が必要だったのだろう。

あの晩、ビョルンは家畜に餌をやりに出て、上機嫌で戻ってきた。

「みんな、ランプの下で難しい顔してないで、夜空が燃えているぞ」彼は笑いながら言った。

「外に出て光を見てごらん」

わたしは紡いだ糸を脇に置き、キャルタンの手を引いておもてに出た。インガ母さんは身重だったので残り、わたしたちに手を振って刺繍《ししゅう》をつづけた。わたしのベッドのあたらしい上掛けに刺繍してくれていたのだ。でも、上掛けが完成することはなかった。あの上掛けはどうなったのだろうといまも思う。ビョルンが燃やしてしまったのだろう。彼女のものは、ほとんど燃やしてしまったから。

　でも、あの晩、キヤルタンと一緒に雪を踏み、凍えるような大気に包まれたとき、ビョルンがどうして出てこいと言ったのかわかった。空全体が見たことのない色に染まっていた。大きな光のカーテンがまるで風に吹かれているように揺れていた。大きくうねっていた。ビョルンの言ったとおり——夜空がゆっくりと燃えていた。真っ暗な空に紫色の墨を流し、そこに星をちりばめたようだ。光が波のように引いたと思ったら、紫がかった緑色の筋が遥かなる高みから降ってくる。

「見てごらん、アグネス」ビョルンが言い、わたしの肩を摑んで向きを変えさせた。目に飛び込んできたのは、オーロラの輝きに際立つ山々の稜線だった。夜も遅い時間なのに、見慣れた地平線がはっきりと見えた。

「手を伸ばせば触れそうだ」ビョルンが言ったので、わたしはショールを雪の上に落とし、両手を高く掲げた。

「これがなにを意味するか知ってるだろ」ビョルンが言う。「嵐の前兆だ。オーロラは嵐の前触れなんだ」

　翌日の昼ごろ、風が出てきて、夜のうちに降った雪を舞い上げ、窓に張った魚の皮を叩いた。不気味な音だった。

インガは気分が悪くてベッドから出られず、わたしが食事の支度をした。台所で釜を火にかけていると、ビョルンが外から戻ってきた。

「インガはどこだ？」

「寝室」わたしは言い、ビョルンが帽子を脱いで、ついた氷を炉に落とすのを見ていた。焼けた石に氷が当たってジュッという。

「煙がひどいな」ビョルンは顔をしかめ、台所をあとにした。

ポリッジに苔を入れて煮込んだものを、寝室に持っていく。とても暗かった。ビョルンに食事を出してから、食料庫にランプの油を取りにいった。食料庫は玄関を入ってすぐだから、風のうなりがよく聞こえた。嵐がちかづいている。

どうしてドアを開けて外を覗いたのか、自分でもわからない。好奇心からだろう。闇雲な衝動に駆られたように、わたしはドアの掛け金をはずして外を覗いた。

それは不気味な景色だった。遠くの山から黒い雲がおりてきて、そのくすんだ黒の下に灰色の雪が渦巻いていた。見渡すかぎり灰色の雪だ。氷混じりの突風にドアが勢いよく開き、わたしはあおりを受けて倒れた。廊下の蠟燭が消え、寝室から、いったいなにやってるんだ、暴風を誘い込むような真似をして、とビョルンの怒鳴り声がした。

わたしはドアを押して閉めようとしたが、風が強すぎる。寒風に両手がかじかんだ。風は無理やり押し入ろうとする悪霊さながらだ。それから、不意に風がおさまり、ドアがバタンと閉まった。悪霊が入ってきて、自分で閉めたかのように。

油を寝室に持っていき、ランプに注いだ。風が吹き込んだじゃないか、とビョルンは怒っていた。インガの具合が悪いというのに。

午後になっても嵐はいっこうにおさまらず、荒れた天気はそれから三日もつづいた。二日目に、インガが産気づいた。

産み月まで間があるのに。

その晩遅く、風と雪と氷がすさまじい音をたてるなかで、インガは激しい痛みに襲われた。子どもが生まれることがわかると、ビョルンは使用人のヨウンを兄の農場に使いに出した。今度も死産するのではないかと、彼女は恐れていたにちがいない。

兄嫁とメイドに手伝ってもらうためだ。産気づいたことを伝えて、もし来られないなら、どうすればいいか助言をもらえ、と彼はヨウンに言付けた。

こんな暴風雨のなか、そんな使いはとてもじゃないができない、とヨウンは言い返したが、ビョルンは言い出したら聞かない男だ。ヨウンは仕方なく分厚い上着を着て飛び出していった。でも、じきに戻ってきて、氷と雪で三歩先も見えない、納屋の先まで行くあいだに死ぬのがおちだ、と訴えた。ところが、ビョルンは彼を追い出した。ヨウンが寒さに半分凍りついて戻り、六歩先までも歩いていけない、と言うと、ビョルンは彼の上着の襟を摑んでドアを開け、押し出した。それで彼にもわかったんだと思う。無理に行かせるのがどんなに危険かということに。数分後、寒さと怒りで震えながらヨウンが戻ってきて、服を脱いでベッドに潜り込んでも、ビョルンはなにも言わなかった。

ビョルンも怯えていたのだと思う。

インガはベッドから出られず、痛みにうなっていた。顔はミルクのように白く、全身が震えて汗びっしょりだった。ビョルンは彼女を屋根裏に運んだ——あの当時は屋根裏があった——そこなら人目を気にせずにすむからだ。ビョルンに抱きあげられた彼女を見て、わたしは驚きの悲鳴をあげた。寝巻もベッドのリネンもびしょ濡れだったからだ。破水した、とわたしは思った。

「動かしちゃだめ、ビョルン！」わたしの叫びは無視された。彼は妻を抱えて階段をのぼる途中、お湯を沸かして、ワドマル（昔イギリスやスカンジナビアで用いられた粗毛織物）を持ってこいと言った。わたしは言われたとおりにした。自分で織ったワドマルを持って上がり、母さんのそばについてあげたい、と言ったが、キャルタンの面倒をみてやれ、と追い返された。

キャルタンはめそめそ泣いていた。なにかおかしいと気づいていたのだろう。わたしがベッドに座ると、彼はすり寄ってきた。わたしも怖いのと慰めが欲しいのとで、彼を膝に抱き寄せた。そうやって嵐の咆哮《ほうこう》に耳を傾けながら、ビョルンの指示を待った。

長いこと待った。キャルタンがわたしの首に頭をもたせて眠ってしまったので、ベッドにそっと寝かせ、梳き櫛《ぐし》でウールを梳《す》き、イガを取り除く仕事をはじめた。でも、指が震えて止まらない。屋根裏からインガの悲鳴が聞こえた。お産に悲鳴はつきものだ、と自分に言い聞かせた。じきに弟か妹が生まれるから、かわいがってやらなくちゃ。

数時間して、ビョルンが屋根裏からおりてきた。寝室に入ってきた彼は、小さな包みを抱えていた。赤ん坊だった。彼は真っ青な顔で、包みを差し出し、抱いててやってくれ、と言った。それから妻の様子を見に屋根裏に戻った。

わたしは興奮していた。腕の中の赤ん坊はとても小さくて軽く、あまり動かなかった。かよわい泣き声をあげ、目と口をくしゃくしゃにした。真っ赤な顔がなんだか恐ろしかった。包みをほどき、女の子だとわかった。

キャルタンが目を覚ました。寝室は寒かった。テーブルの上に何本かつけておいた獣脂蠟燭が、隙間風であらかた消えた。たった一本だけ残った蠟燭の揺れる光が、壁に映るわたしたちの影を躍らせた。キャルタンが泣き出し、目を閉じて、わたしの肩に顔を埋めた。

部屋があまりにも寒いので、毛布にくるまる赤ん坊をショールで囲い、枕を下に当てて胸にぴたりとくっつけた。でも、羽毛の枕ではなく海草を詰めた枕だから、暖をとる役目は果たせない。それでも、赤ん坊は泣きやんだ。寒くなったんだ、大丈夫だ、とわたしは思った。赤ん坊の頭にへばりついた液体を指で拭いてやり、それからキャルタンとわたしと順番に赤ん坊にキスした。

長いこと、三人でベッドに座っていた。何時間も経った。何日も過ぎたような気がした。あたりは薄暗く、寒く、嵐はおさまる気配をみせない。キャルタンに言って、両親のベッドから毛布を持ってこさせ、身を寄せてそれにくるまった。屋根裏からはあいかわらずインガのうめき声が聞こえた。ひどい悪夢にうなされているようなうめき声だった。絶え間なく風もうなっていたから、そのうちインガのうめき声なのか、蠟燭の炎を揺らす風の咆哮なのか区別がつかなくなった。

わたしは片腕をキャルタンに回し、もう一方の腕で赤ん坊を胸に抱き締めていた。さあ、わたしの心臓の音を聞いてごらん、と二人に語りかけた。嵐なんて怖くないからね。

そのうち眠り込んだのだと思う。〝思う〟と言ったのは、目が覚めたという意識がなかったからだ。でも、気がつくとビョルンが寝室に立っていた。最後の蠟燭も消えていて、暗がりに彼がうつむいてじっと立っているのが見えた。

「インガが死んだ」彼は言った。言葉が重く部屋に落ちた。「女房が死んだ」

「ビョルン」わたしは言った。「赤ちゃんがここにいる。この子を抱いてて」わたしは毛布の下から赤ん坊を取り出し、彼に差し出した。

彼は抱き取ろうとしなかった。「赤ん坊も死んでる」

腕の中の赤ん坊に目をやる。じっと動かないし、冷たくなっていた。赤ん坊を胸に押し当て、わたしは泣いた。青ざめた小さな顔や頬にこびりついた血、ピクリとも動かぬ体を見て、キャルタンも泣き出した。ビョルンがその様子を眺めている。わたしはどうしていいかわからず、赤ん坊をベッドに寝かせると床に身を投げ出し、両手で顔を覆った。泣きじゃくりながら言った。「わたしも死にたい！」

「そうなるかもしれない」それがビョルンの慰めの言葉だった。「おまえも死ぬかもしれないな」

わたしは床につっ伏して泣き叫んだ。木の床――いま、わたしの足元にあるこの床――は、わたしの涙と鼻水でぐしゃぐしゃになった。ベッドに座って両手に顔を埋めるだけで、泣きもせず、わたしに泣きわめくのをやめろとも言わないビョルンに、わたしは腹をたてた。彼はおもての地面とおなじぐらい凍りついていた。そうやって床を叩いてのたうちまわっていると、目は腫れ、手はジンジンしてきた。嵐に負けじと声を張り上げているうちに、インガが屋根裏にいることを思い出した。起き上がって駆け出し、スカートを踏んで膝から倒れた。屋根裏につづく階段をのぼった。

屋根裏には梁の上にひとつだけ窓があった。雨や雪が吹き込まないように、いつもはその穴にものを詰めておく。でも、それが抜け落ちており、外は嵐なのに青い光が射し込んでいた。屋根裏はひどく寒かった。吐く息がやわらかな雲になる。吹き込んだ雪が融けて、床に大きな水たまりができていた。最初に目に留まったのが水たまりだった。窓から射す光に輝いていた。まるで鏡のように。その先にインガがいた。

部屋を満たす青い光の中で、血は紫色に見えた。彼女は藁《わら》のマットレスの上に横たわっていた。体の下に敷かれた白いワドマルは、血を吸って汚れていた。彼女の開いたままの目は光を宿し、まだ生きているように見えた。わたしはかたわらにひざまずき、「母さん！」と叫び、肩に手をやった。でも、触れたとたん、死んでいることがわかった。体は硬くなり、冷たかった。

あたり一面、血の海だった。寝巻は血を吸って黒く見え、脚もベッドも、剝き出しの肩も血だらけだった。掌を上にした手も血に染まり、ソーセージ作りをしたあとのようだ。血の塊を麻布で漉《こ》して作るソーセージ。顔は白い。あたりが薄暗いから、いっそう白く見える。ナイトキャップからずり落ちた髪が額に垂れていた。

においを忘れることはできないだろう。あたりには血のにおいが充満していた。それに、床に積もった雪の清潔なにおいも。息をしたら吐きそうになった。

寝巻が腰までたくしあがっていたので、わたしは血が乾いて硬くなった布地を引っ張って脚を隠した。これで剝き出しではなくなった。それから、ゆるんだ唇にキスした。最後に、ナイトキャップを脱がせ、髪に顔を埋めた。血ではなく育ての母のにおいがするのはそこだけだったから。並んで横になり、彼女の長い髪で顔を覆い、彼女のにおいを吸い込んだ。どれぐらいそうしていたのかわからない。ヨウンが屋根裏のカーテンを引き、わたしを抱き上げて寝室に運び、ベッドに横たえた。

つぎに目を覚ますと、嵐はおさまっていた。

これが牧師に話したことだ。憶えているとおりに語ろうとする。編み棒を動かしながら言葉を紡ぎ、彼が心を動かされているかどうか知りたくて、ときおりその顔を盗み見る。

女たちも耳を傾けているのがわかる。隅っこの暗がりで、ステイナとマルグレットとクリスティンとロイガが耳をそばだて、この物語が新鮮なバターとパンであるかのように食べ尽くす。マルグレットとロイガは、いい気味だと思っているかもしれない。あるいは、気の毒だと思っているかも。ステイナは、わたしの生い立ちを自分に重ねているだろう——誰にも相手にされぬ惨めな子ども。ひとりぼっちで途方に暮れる子ども。

彼女たちが聞き耳を立てているのがわかったから、尋ねたいことを牧師にぶつけられない。わたしがこうなったのは、子どものときに、死にたい、と言ったからなの、とは訊けない。口にしたら、ほんとうになってしまうから。祈りのように唱えてしまうだろう。死にたい、と。つまり、わたしは自分の運命を自分で作ったの？

わたしが赤ん坊を殺したんだと思う？　牧師にそう尋ねたかった。きつく抱き締めたせいで？　でも、この質問はうまく伝えられそうにない。女たちの頭によけいな考えを吹き込みたくない。彼女たちに聞かせないほうがいいこともある。

わたしが愛した人はみな死んで、土に葬られてしまう。いつもひとりぼっちだ。

ありがたいことに、愛する人はもうこの世にひとりもいない。この先、わたしのせいで土に葬られる人はいない。

†

「それからどうなったんですか？」トウティは尋ねた。呼吸することさえ忘れて、アグネスの話に聞き入っていた。

「それが不思議なの」アグネスは言い、小指を使って編み棒の先に毛糸を巻きつけた。「子どものころを思い出そうとすると、すべてがぼんやりとしか見えないの、まるで曇りガラスを覗き込むみたいに。でも、インガの死と、それから起きたことは……まるできのうのことのように感じられる」

椅子が擦れる音がした。マルグレットがくぐもった咳をする。

「インガが亡くなったあと、ヨウンがビョルンの親戚たちを呼びにいったわ。よく憶えている。わたしはベッドに横になって養い親を見つめていた。彼はインガが糸を紡ぐとき座っていたスツールに腰掛けていたの。でも、彼にはスツールが小さすぎて、お尻がはみだしていた。キヤルタンはわたしと一緒のベッドにいた。眠っていたから、肩に熱い体の重みがずっしりかかっていた。風がやんで、あたりは静まり返った。

おもてから馬具のカチャカチャいう音がした。するとビョルンはゆっくりと立ち上がり、わたしのベッドのそばまで来たの。キヤルタンを抱き上げてくれたので、わたしは起き上がることができた。死んだ赤ん坊を毛布でくるんで、食料庫に置いておけ、と彼は言った。

赤ん坊は死んで軽くなったような気がしたわ。体から離して抱いて、靴下のまま廊下を歩いた。

食料庫はとっても寒くて、吐く息が白く見えた。寒さで額が痛いぐらいだった。くるんでいた毛布の端で赤ん坊の顔を隠し、干したタラの頭の入った袋の上に横たえたの。廊下に出ると、顔の片側がひんやりした。ドアが開いていて、薄闇の向こうからビョルンの兄のラグナルとその奥さんとメイドの顔がぬっと現れたわ。みぞれに濡れて、頬が輝いていた。

ラグナルおじさんとヨウンとで、屋根裏からインガをおろした。そのあいだ、ビョルンは羊の世話をしてたのよ。階段の横木に彼女の頭がぶつからないよう見張るのはわたしの役目だった。彼らはインガを寝室に運び込み、寝具を取り払ったベッドに横たえた。ロウザおばさんは台所でお湯を沸かしていた。なにをするの、とわたしが尋ねると、かわいそうなお母さんの体をきれいに拭いてあげるのよ、と彼女は言った。のんびり眺めている暇はなかった。彼女はキャルタンを足元で遊ばせ、わたしには、屋根裏に行ってメイドのグドビョルグの手伝いをしなさい、と指示したの。

階段をのぼると、グドビョルグが床の血を擦り落としているのが見えたわ。わたしはにおいで吐きそうになり、泣き出した。するとグドビョルグが抱き締めてくれた。『彼女は神の御許に行ったの、アグネス。もう安心なのよ』

わたしはグドビョルグのショールにくるまって床に座り、彼女が床板を擦るたび、腕の肉がぶるぶる震えるのを眺めていた。彼女が雑巾を絞るたび、ピンク色の水が滴ってね。何度繰り返してもおなじだった。そのたびに頭を振り、ときどき手を止めて目を拭っていたわ。

わたしは彼女に訴えずにいられなかった。死にたいって泣き叫んだら、ビョルンに、つぎはおまえが死ぬだろうって言われた、と。ビョルンはいまふつうじゃないの、本気で言ったんじゃないのよ、と彼女は慰めてくれたわ。

ビョルンから赤ん坊を託され、きつく抱き締めたこと、腕の中で赤ん坊は死んでいたこと、でもそのことに気づかなかったことも彼女に話した。

グドビョルグは赤ん坊を抱くようにわたしを抱いてくれてね。あの子は生まれてくる運命じゃなかったのだから、生きられなかったのはあなたのせいじゃない。あなたは勇敢な子だから、神さまが見守ってくださるわ。彼女はそう言ってわたしをあやしてくれた」

「グドビョルグがいまどこにいるか、知ってますか?」トウティが話を遮って尋ねた。

アグネスは編み物から顔をあげた。「死んだわ」淡々と言い、玉にした毛糸をほどいた。

「ラグナルとキヤルタンとビョルンが納屋から戻ってきたので、ロウザおばさんはグドビョルグとわたしにおりてこいと言った。インガが横たわるベッドを取り囲むようにして座った。彼女はきれいになっていたけれど、動かない。不気味な静止とでも言うのかしら。風がやんで、草がそよがなくなると、置き去りにされたような気がする、あんな感じ。

ラグナルおじさんがブランデーの携帯用酒瓶を出し、黙ってみんなにまわした。お酒を口にするのははじめてだったわ。おいしいとは思わなかった。ヨウンが馬で牧師を迎えにいき、あとは飲みながら待つしかすることがなかった。時間が過ぎて、わたしはブランデーの酔いで気持ちがわるくなった。座りっぱなしで足がしびれていたし。

ヨウンが牧師を連れて戻ったのは、夜も遅くなってからだった。わたしがドアを開けて、牧師を迎え入れた。牧師はブーツの雪を落とさずに入ってきた。

グドビョルグとロウザおばさんとわたしとで、男の人たちに食事を出したわ。彼らが膝の上に皿を置いて食事をする目の前のベッドに、インガは横たわっていた。ロウザおばさんが蠟燭に火を灯してインガの頭元に置いたから、髪の毛に火が燃え移るんじゃないかと、わたしは気が気じゃなかった。

男の人たちが食事を終えたので、女たちはキヤルタンとわたしを連れて台所に引きあげた。

牧師は寝室で男の人たちと話をしていた。わたしは彼らの話を聞きたかったけど、ロウザおばさんはわたしの気をそらそうと腕を摑み、キヤルタンを膝に抱いてお話をはじめたの。ラグナルおじさんとヨウンとでインガの遺体を運んでいくのが見えたので、彼女はお話をやめた。インガの顔には布が掛けてあったわ。どこに運んでいくのか知りたくてあとを追おうとしたけど、ロウザおばさんが腕を離してくれなかった。彼女はわたしを自分のほうにぐいっと引き寄せたのよ。でも、グドビョルグが教えてくれた。春にならないと埋葬はできないと、牧師が言ったってね。教会の土はガチガチに凍りついているから、春になって墓が掘れるようになるまで、遺体を食料庫に安置しておくことになったって。わたしたちは台所の戸口に立って、インガが運ばれていくのを見送ったわ。

廊下で牧師がビョルンに話しかけた。『棺《ひつぎ》を作る時間はたっぷりありますね』それから、彼女を納屋に安置したらどうか、と牧師は言ったわ。

『納屋はあたたかすぎる』とビョルンは応えた。

インガの遺体は死んだ赤ん坊の隣に置かれたの。最初は塩の袋を枕に寝かせるつもりだったけど、インガを葬るよりも先に塩が必要になるだろうって、ラグナルおじさんが言ったもんだから、それで、干し魚の袋を枕にして寝かせることになったの。彼女の頭の重みで、袋の中の干したタラの骨がポキポキいうのが聞こえたわ」

「彼女はいつ埋葬されたんですか？」トウティが尋ねた。編み棒がカタカタいう音や、毛糸が擦れる音に囲まれて寝室に座っていると、息が詰まっていてもたってもいられなくなった。

「それほど先のことじゃなかった」アグネスが言う。「インガと赤ん坊は、冬が終わるまで食料庫に安置されていたわ。ランプの油を取りにいったり、ヨウンが樽を転がして出す手伝いをするために食料庫に入るたび、隅っこに横たわる二つの遺体が見えた。干し魚の袋を枕に並んで横たわる遺体が。

キヤルタンには母がどうなったのか理解できなかった。赤ん坊のことは忘れていたようだけど、母を恋しがって泣いてばかりだったわ。寝室の床に座って犬が吠えるみたいに泣いていた。父親は知らんぷりよ。でも、ラグナルおじさんがやってくると、彼は泣きやんだ。横っ面をはられるから。

ラグナルおじさんはよく訪ねてきたものよ。寝室でビョルンと話し込んでいたわ。ブランデーをぶらさげて来ることもあった。あの嵐からこっち、ビョルンはますます無口になっていった。夕食を用意しても、ありがとうも言わない。スプーンを手に黙々と食べるだけ。

ある日、ビョルンから言われたわ。おまえはもういらない、と。早春のことだった。その日、わたしは虫の居所が悪くて、夕食なんて食べないと言い張ったの。ビョルンはなにも言わなかった。食べ物を粗末にすることにも、文句ひとつ言わなかった。家畜の世話に明け暮れていたわ。冬の寒さで命を落とす家畜が増えていたの。わたしより、家畜のほうがかわいいんだ、キヤルタンのほうがかわいいんだって、拗《す》ねていたのね、きっと。

冬がようやく終わって、その日はわずかだけど光が射した。だから、夕食を手つかずで残して、おもてに出たの。誰も止めなかった。廊下をドシドシ音をたてて歩いて、戸口に立てかけてあったシャベルを手にドアを出ると、雪掻きをはじめたの。火照った頬に当たる雪が気持ちよかった。玄関の前の雪を掻き終わり、シャベルを横に置いて、今度は手で雪を掘った。腕いっぱいに雪を抱えて、できるだけ遠くに放ったの。そうやって大きな穴を掘ったのよ。ひと息いれようと顔をあげると、遠くに黒い影が見えた。ラグナルおじさんがまた訪ねてきたのよ。彼はわたしに挨拶し、雪まみれになってなにをしてるんだ、と尋ねた。母さんのお墓を掘ってる、とわたしは答えた。ラグナルおじさんは顔をしかめ、彼女を母さんと呼ぶな、と言った。教会の墓地に葬らず、こんな玄関ちかくに彼女を埋めようなんて、自分が恥ずかしいと思わないか。ここを通る人が、彼女を踏みつけにするんだぞ。おじさんはそうも言ったわ。

『聖別された土に葬るまで、あたたかい食料庫に置いてやるほうがいいと思わないのか？』

わたしは頭を振った。『食料庫は魔女のケツみたいに冷たいわ』

『口を慎め、アグネス。汚ない言葉は汚ない心の表れだ』

その晩、彼から聞かされたの。ビョルンがコルンサウ農場を諦《あきら》めて、レイキャヴィークの漁場で働くことにした、と。冬の寒さは、彼の妻と子ばかりでなく、家畜の半分を奪っていったの。使用人の賃金を払う金もないのに、わたしを養えるわけがないってことよ。キヤルタンはおじ夫婦に引き取られ、あたたかくなったら、わたしは教区の慈悲にすがることになった」

「それであなたは居場所がなくなった」トウティが言った。

アグネスはうなずき、編み物の手をとめ、強張った指を伸ばした。編みかけの靴下を膝に置くと、彼をじっと見つめた。「それでわたしは、人の情けにすがって生きるしかなくなったのよ」

†

朝早く目が覚めた。寝室は闇に沈んでいる。誰かが耳元で、アグネス、アグネス、とささやいた気がした。ささやき声がわたしを夢から切り離したのに、そばに誰もいない。冷たい恐怖が心に滴り落ちた。

誰かがわたしの名前を呼んでいたのはたしかだ。

じっと横たわったまま、ほかの人たちの寝息に耳を澄まし、目を覚ましている人がいないか聞き分けようとする。いちばんちかいベッドに寝ているのはトウティ牧師だ。帰るには遅い時間だったので、泊まっていくことにしたのだ。でも、わたしを起こしたのは彼ではない。聖職者は、恋人みたいに耳元でささやきはしない。

数分が過ぎる。どうしてこんなに暗いの？　目の前に掲げた自分の手すらよく見えない。頭の中に闇が忍び込んできて、捕らえられた小鳥のように、心は羽ばたこうとする。無理に目を閉じても闇はまだそこにあり、明滅する光が恐ろしく震える。目を開いているの、それとも閉じているの？　わたしを目覚めさせたのは亡霊かもしれない——目の前の暗闇に現れる光を、ほかにどう説明できるだろう。それは壁を焼き剝がす炎、ナタンの顔が目の前にある。叫び声をあげて大きく開かれた口、血まみれの歯が輝き、燃える体から黒焦げの皮膚のかけらが毛布に落ちる。あたりには鯨油のにおいが立ち込め、フリドリクのナイフはナタンの腹に深く刺さっていて、わたしの胸から叫び声がぐいぐいと出てゆく。まるで腹の中の言葉が、ロープで巻かれて引っ張り出されているかのように。

光が消える。わたしは夢を見ていたの？　時が止まってしまったようだ。

「トウティ牧師？」わたしはささやく。

彼が寝返りを打つ。

「牧師さん？　ランプをつけていい？」

牧師は寝起きが悪い――酒に溺れる人のようにぐだぐだしている。強く揺らざるをえない。目を開けて寝間着姿のわたしを見るのが恥ずかしいのかもしれない。

「どうしました？」

「べつの夢を見たの」

「はあ？」

「ランプをつけていい？」

「真のキリスト者には、イエスの光だけで充分です」寝ぼけて舌の回りが悪い。

「おねがい、牧師さん」

彼は聞いていない。いびきをかきはじめる。

わたしは不満を抱えてベッドに戻る。煙のにおいがする。

母は死んだ。インガは死んだ。

雪と氷が地面に食らいついて、穴を掘るのを、墓を掘るのを禁じるあいだ、彼女はぼろきれに包まれ、食料庫に横たわっている。

あまりにも寒いから、彼女は埋葬されるのを待たねばならない。

あまりにも孤独だから、わたしは子羊を襲うカラスと友達になる。

目を閉じて、ランプの揺れる火を頼りに廊下を忍び足で歩く。恐ろしくて体が震える。闇の中で吠える風の音を聞く。義理の母が食料庫のドアを掻き毟る音が聞こえる気がする。ぼろに包まれて、春が来るのを待っている母、棺におさめられ蓋《ふた》に釘が打たれ、土に埋められるのを待っている母。足を止めて耳を澄ます。風の音の向こうに、引っ掻く音がするように思う。それに、わたしの名前――アグネス、アグネス、わたしを呼んでいる。ここから出してちょうだい、とインガがわたしを呼ぶ。死んでないの、戻ってきたのよ、生き返ったの、食料庫から出してちょうだい、食用にされる肉みたいに保存され、むっとする部屋で干からびるのはいや。塩や乳清や小麦粉と一緒に保存され、ゾウムシと一緒に這いまわるのはいや。

わたしはじっと佇《たたず》む。怖くて震え出す。それから、母さん、母さん！　食料庫に向かって一歩進み、ドアを押し開く――鍵はかかっていない。ドアを押し開き、細い光を投げかけるランプを前に掲げると、床の上に横たわる彼女の体の膨らみが見える。干した魚の袋に頭を載せて横たわる体。わたしはすすり泣く。彼女がほんとうに死んでいることがわかって、よけいに悲しくなったから。義理の母は死に、実の母は姿を消した。寄《よ》る辺《べ》ない子の混じりけのない熟した悲しみに、脚がガクガクして床に崩れ落ちる。声をあげて泣けないわたしの代わりに、風が泣く。泣き叫ぶ。わたしは冷たく硬い土間に座って、干し魚のにおいを嗅ぐ。塩と乾いた骨のにおいが混じる、冬のありきたりのにおいは、吐き気を催させる。

七章

殺人犯、フリドリク・シグルドソンは、一八一〇年五月六日、チアルン教区にあるキャタダーリュル農場に生まれ、一八二三年に同教区の私の前任者、サイモンドル・オッドソン牧師によって堅信礼を授けられました。その当時は、〝知力にすぐれ〟、教理問答の知識と理解にすぐれていると評されました。しかしながら、彼の行いは、そのような知識と教育に応えるものではありませんでした。両親の手に負えぬ乱暴者で、一八二五年の秋には、思いあぐねた両親が私に相談にみえたほどです。彼らと話をするなかで、私は彼の強情な性格を知るにいたりました。

彼がどのようなしつけを受けてきたのか、私は確信を持ってここに述べることはできません――この教区の牧師になってわずか四年しか経っておりませんので。両親が彼を放任しすぎたというのが私の意見であります。

ヨウハン・トウマソン牧師の証言

一八二九年九月五日
T・ヨウンソン牧師
ブレイダボルスタデュル、ヴェステュルホープ
トルヴァデュル・ヨウンソン牧師（補）殿

罪人、アグネス・マグノスドウティルとの関係において進展がおありかどうか伺いたく本状を差し上げます。最近、チアルン教区のヨウハン・トウマソン牧師に会い、彼が教誨する罪人、フリドリク・シグルドソンの精神面および行動における進歩について、話を聞くことができました。あなたとも会う必要があると思っております。その折、あなたからも同様に、罪人とのあいだでどのような進展が見られているのか報告していただき、宗教的指導によって死刑囚がどの程度よくなっているのか知りたいと思っております。

どうか来週のうちに、クヴァンムルにお越しいただき、これまでに罪人にどのような助言を与えられたのか、お話しいただければ幸いです。

行政長官
ビョルン・ブリョンダル

「よく来てくれました、トルヴァデュル牧師補」ビョルン・ブリョンダルが、クヴァンムル農場の母屋の玄関先に出てきて言った。赤い制服姿で、胸元から清潔なクリーム色のシャツが覗いている。トウティは行政長官にほんの数回しか会ったことがなく、それも父と旅をした子どものころにかぎられているので、立派な制服と堂々たるその姿にまず圧倒された。

「こんにちは、ブリョンダル行政長官」

トウティは馬をおりて、使用人に手綱を渡した。クヴァンムル農場は人の出入りが多い。母屋の前の庭は、作業する人で溢れていた。けさ、ちかくの川で釣ってきたマスの腸《はらわた》を抜いている男がいれば、日差しがあるうちにと洗濯物を広げて乾かしている女が二人、この国に固有の飾り房がついた帽子をかぶった若い娘は、四、五人の子どもたちを従えて母屋から出てきた。

「こんにちは」子どもたちはあかるく声をあげ、トウティにお辞儀した。

「すばらしいお住まいですね」トウティは笑みを浮かべてブリョンダルにちかづいた。

「ええ。いらっしゃい、牧師さん。長い道中ご苦労だった。さあ、中へ、足元に気をつけて」

年配のメイドが、入り組んだ廊下の先の小さな客間に案内してくれた。ブリョンダルはあとからついていきて、トウティが背もたれのまっすぐな椅子に座り、手際よく帽子と上着を脱ぐのを、戸口に立って眺めていた。

「前にここに来たことは？」ブリョンダルがしびれを切らして尋ねた。自分が口をあんぐり開けて室内を見回していたことに、トウティはそこで気づいた。

「子どものころに」トウティは真っ赤になった。「すばらしい部屋ですね。エッチングを何枚もお持ちで」

ブリョンダルは鼻を鳴らし、帽子を脱ぐと所在なげに飾りの羽毛を手で払った。「ええ」こともなげに言う。「ありがたいことに、本土でしか味わえない贅沢をさせてもらっている。今世紀中には、もっと多くのアイスランド人が、窓ガラスや板張りの壁や鉄製コンロといったものの恩恵に与れることを、わたしは願っていますよ。乾いた家は風のとおりがそれだけよく、健康によいというのが持論でね」

「お説のとおりだと思います」トウティは靴紐をほどいてくれているメイドに目をやった。メイドはにこりともせず、彼を見返す。

「さあ、カリタス、もうそれぐらいにして」ブリョンダルが言った。「トルヴァデュル牧師、わたしの書斎に案内しよう」

「ありがとう、カリタス」

メイドは彼の靴を手に立ち上がり、なにか言いたそうな顔で彼を見つめた。

「カリタス。もういい」

メイドが出ていくのを待って、ブリョンダルはついてこいとトウティを手招きした。「こっちだ、どうぞ、牧師さん。わたしの部屋は、この建物の中でも離れた場所にあってね。使用人たちが怒鳴ったりわめいたりする声が、のどかな騒音程度に聞こえる場所に」

トウティはブリョンダルの案内で長い廊下を歩いた。使用人たちや子どもたちが走りまわり、あちこちの部屋を出たり入ったりしていた。家の大きさに驚いた――見たこともない大きさだった。

「さあ、ここだ、牧師さん」

ブリョンダルがドアを開けると、光に満ちた書斎が現れた。淡青色の壁際には、革装の本が並ぶ頑丈そうな本棚がふたつあった。部屋の中央に鎮座するのは大きな書き物机で、切妻壁の尖端《せんたん》ちかくにあるカーテンの掛かった窓から射し込む陽光が、机の表面を輝かせていた。

「美しい」トウティは息を呑んだ。

「座りたまえ、牧師さん」ブリョンダルはクッションのついた椅子を勧めた。

トウティはおとなしく腰をおろす。

「さあ、これでいい」滑らかな机の表面を、ブリョンダルの大きな手が撫でる。「話をはじめてよろしいか？」

「もちろんです、行政長官」トウティは不安を隠せない。書斎の立派さに圧倒され、居心地が悪かった。北部の人たちがこんな家に住んでいるなんて、いまのいままで知らなかった。

「うちの使用人たちから聞いたのだが、死刑囚は無事にコルンサウ農場に着いたそうですな」

「そう理解しています。アグネスがあたらしい拘束場所である農場に馴染んだことを、報告できて嬉しいです」

「なるほど。きみは彼女を洗礼名で呼んでいるのか」

「彼女がそのほうがいいと、行政長官」

ブリョンダルは椅子の背にもたれかかった。「つづけて」

「ええと、囚人はいままでのところ、農場の干し草作りの作業全般に携わってきました。ヨウン・ヨウンソン行政官から聞いたところでは、制約のある立場にふさわしい控え目な態度で労働に携わっているそうです」

「彼女に手枷を掛けていないのかね？」

「ふだんは掛けていません」

「なるほど。それで、家事のほうは？」

「とても勤勉にこなしています。天気の悪い日は、編み物をして過ごすことに満足しているようです」

「彼女に道具を持たせるときは、用心するようにと言っておきたまえ」

「用心していますよ、行政長官」

「よろしい」ブリョンダルは椅子を引き、机の抽斗《ひきだし》を開けて薄緑色の紙とペンナイフを慎重に取り出した。それから横を向き、本棚の端から長い白鳥の羽根が差してあるガラス瓶をおろした。「これを集めるのは女たちの役目でね」ブリョンダルの気がそれる。「去年の夏に取りに行かせた。羽根が生え変わるときが狙い目なのだ。無理に羽根を抜く必要がない」彼はガラス瓶をトウティに差し出した。

「そんな、いえ、いただけません」トウティは頭を振った。

「いいから」ブリョンダルがよく響く声で言った。「ほんものの男は、筆記用具ひとつにも凝るものだよ」

「ありがとうございます」トウティは恐るおそる羽根を一本引き抜いた。

「礼なら提供してくれた白鳥に言いたまえ。足の皮で上等な財布が作れる」

トウティはぼんやりと羽根の縁で手を撫でた。

「卵はなんとか食べられる。茹でればだがね」ブリョンダルは羽根の削り屑《くず》を机から払い落とし、小さなインク瓶の蓋を開いた。「さて、それじゃ、きみが教誨師として罪人に行っていることを簡潔に述べてもらおうか」

「もちろんです」トウティは掌がじっとり汗ばんでいるのを意識した。「刈り入れの季節は、ぼく自身もブレイダボルスタデュル農場の仕事で忙しく、罪人を訪ねることが間遠になっていました」

「きみは会話を通じて、死刑囚をどういう方向に導くつもりなのかね？」

「ぼくは……その、最初に言っておきたいのは、彼女の不滅なる霊魂に対する責任が、ぼくに重くのしかからなかったと言ったら嘘になるということです」

「わたしもそれは心配していた」ブリョンダルが厳しい表情で言い、紙になにか書き留めた。

「彼女が罪の赦しにいたる道は、祈りと訓戒以外にないと思っていました。何日もかけて、神の足元に彼女を導くであろう聖書の言葉を探しました」

「それで、なにを選んだのかね？」

「新約聖書からの一節です」

「どの章？」

「それは……」ブリョンダルの矢継ぎ早な質問に、トウティは不安になった。「ヨハネによる福音書とか、コリント人への手紙とか」

ブリョンダルはトウティを訝《いぶか》しげに見ながら、メモをとりつづけた。

「祈りの重要性について、彼女に話そうとしましたが、帰ってくれと言われました」

ブリョンダルはほほえんだ。「そう聞いても驚かんよ。裁判中に、彼女は不信心だという印象を持ったからね」

「それはちがいます。彼女は神学に精通しているようです」

「悪魔がそうであるようにな」ブリョンダルが切り返す。「ヨウハン牧師は、フリドリク・シグルドソンに『受難の歌』を読ませているそうだ。ヨハネの黙示録も。気持ちを鼓舞するために」

「なるほど。ですが……」トウティは椅子の上で背筋を伸ばした。「ぼくは気づいたんです。死刑囚が死を受け入れ、神と出会う準備をするのに、宗教的戒《いまし》め以外の方法を求めていることに」

ブリョンダルは顔をしかめた。「きみはどんな方法で、死刑囚を神に引き会わせようとしているのかね?」

トウティは咳払いし、羽根をそっと机の上に置いた。

「おそらくあなたは異端だと思われるでしょう」

「話してみたまえ。きみの恐れが道理に合ったものかどうか、一緒に考えてみようではないか」

トウティは言い淀んだ。「牧師が厳しい口調で地獄の業火《ごうか》の話をして脅すことではないと、確信するにいたりました。彼女の魂のカーテンを開けるいちばんよい方法は、友人のようにやさしく問いかける口調で話をすることです、行政長官」

ブリョンダルは彼をじろっと見た。「友人のようにやさしく問いかける口調だと。まさかきみ、そんなこと本気で思っているんじゃあるまいね」

トウティは赤くなった。「本気で思っています、サー。死刑囚に説教を押しつけては逆効果です。それより、ぼくは……その、彼女を励まして、身の上話をさせています。こちらから一方的に話すのではなく、彼女に話をしてもらっています。孤独な彼女の身の上話の、最後の聞き手になることにしました」

「彼女とともに祈っているのかね？」

「彼女のために祈っています」

「彼女は自分自身のために祈っているのか？」

「彼女がひとりのときに祈らないと考えるほうがおかしいです。死を目前にしているんですよ、サー」

「そうだな。彼女は死を目前にしている」ブリョンダルはゆっくりと羽根ペンを置き、口を引き結んだ。「彼女は死ぬ。充分な理由があって」

ドアにノックがあった。「ああ」ブリョンダルが顔をあげた。「サイヨンか。入れ」

おどおどした若いメイドが盆を掲げて入ってきた。

「机の上に置いてくれたまえ」メイドがコーヒーとチーズとバター、燻製肉とパンを並べるのを、ブリョンダルは眺めた。「腹がすいてるんじゃないかね。さあ、どうぞ」羊肉をせっせと皿に取る。

「ありがとうございます。腹はすいてないので」トウティは言い、行政長官がパンとチーズを頬張るのを見ていた。彼はゆっくりと噛んで呑み込み、ハンカチを取り出して指を拭った。

「トルヴァデュル牧師補。友情がこの殺人者を真実と悔恨へ導くときみが考えるのも、無理はないかもしれない。なんといってもきみは若く、経験がない。わたしにも責任がある」行政長官はゆっくりと身を乗り出し、机に肘をついた。

「率直に言おう。昨年の三月、アグネス・マグノスドウティルは、フリドリク・シグルドソンをイルガスターデュル農場の牛小屋に匿《かくま》った。ナタン・ケーティルソンは、ゲイタスカルド農場から、そこで働くピエトル・ヨウンソンを伴って戻り――」

「失礼ですが、行政長官、事件のことなら――」

「きみはよくわかっていないようだ」ブリョンダルが彼の言葉を遮る。「ナタンがゲイタスカルド農場を訪れたのは、その地区の行政官であるウォーム・ベックを往診するためだった。ウォームは重病だった。ナタンが戻ったのは、本にあたり、それから――わたしが理解するところでは――追加の薬を取ってくるためで、ピエトルが同行した。夜も遅い時間だったので、二人はナタンの家で一泊して翌朝戻ることにした。

その晩、こっそりやってきたフリドリクを、アグネスは牛小屋に匿った。二人は以前から、ナタンを殺して金を奪う計画を立てており、それを実行に移したというわけだ。アグネスはナタンたちが眠るのを待ってフリドリクを家に入れた。無抵抗な二人の男を襲う、冷酷な所業だ」

ブリョンダルは、この話がトウティに与えた衝撃を見定めようと言葉を切った。

「フリドリクは犯行を認めているのだ、牧師さん。金槌と研いだばかりのナイフを手に寝室に忍び入り、まずピエトルを殺した。金槌のひと振りで頭蓋骨を砕いてね。ナタンとまちがえたのか、証人の口封じをしようとしたのか――そのあたりはわからない。いずれにせよ、彼はつぎにナタンを殺そうとした。金槌を振り上げ、ナタンの頭めがけて振り下ろしたが、的をはずした、とフリドリクは供述している。骨が砕ける音を聞いたとも言っている。遺体を検分した結果、ナタンの腕の骨が折れていることがわかった。

　目を覚ましたナタンは、おそらくあまりの痛みゆえだと思うが、そこがゲイタスカルド農場だと錯覚した。目の前にいるのは友人のウォームだとね。

　フリドリクはこう供述している。『部屋の中にアグネスとおれがいるのを見て、やめてくれと命乞いをしたが、おれたちはそんなことにかまわず、彼が死ぬまでつづけた』この言葉に注目したまえ。『アグネスとおれ』フリドリクが言うには、ナタンはナイフで殺されたそうだ」

「だったら、アグネスは二人を殺していないじゃありませんか」

「彼女が部屋にいたことに疑問の余地はない」

「でも、彼女は武器を持っていなかった」

　ブリョンダルは椅子の背にもたれかかり、両手の指先を合わせ、ほほえんだ。「殺人を自供したとき、フリドリクは罪の意識を覚えていなかった。神の御意思に従ったまでだと考えていたのだ。ナタンがこれまでに行った悪行の報いだと考えたんだな。それで、二人とも自分が殺したと主張した。それはちがうというのがわたしの意見だ」

「ナタンを殺したのはアグネスだと考えているんですね」

「彼女には動機があるのだよ。フリドリクよりも強い動機がね」ブリョンダルは皿に残ったパン屑を指でいじくった。「ピエトルを殺したのはフリドリクだと思う。一撃で死んでいたし、金槌は重いから振るうには力がいる。

ナタンは目を覚まし、自分の身になにが起きているのか気づいた。動転して腰が引けたのだろう。フリドリクがまだ十七だということを忘れるぐらいにね。若造だ。ならず者であることはたしかだが――彼とナタンが反目し合っていたことは、周知の事実だった。だが、考えてもみたまえ……」ブリョンダルが身を乗り出す。「金のために人を殺すとはどういうことか想像してみたまえ。命乞いされたらどうする？　殺さないでくれたら金はいくらでも出すし、警察にも通報しないと懇願されたら？」

トウティの口の中はカラカラだった。「そんなこと、想像できません」

「わたしは立場上、想像せねばならない。実際に想像したよ。そしてこういう意見を持つにいたった。ナタンが目を覚まし、命乞いをするのを見て、フリドリクは気遅れした。たじろいだ。彼は金が欲しかった。まさにそのとき、金をやると持ちかけられたのだ」ブリョンダルが声をひそめた。「わたしはこう思うのだよ。いいかね、アグネスがナイフを取り上げ、ナタンを殺した」

「でも、フリドリクはそう言ってない」

「ナタンは刺されて死んだのだよ。フリドリクは農家の息子だ。ナイフで家畜を殺す術を心得ている。喉を掻き切るのだ」ブリョンダルは机越しに、トウティの喉を指で突く仕草をした。「ここから……」トウティの喉に爪を横一直線に走らせた。「ここまで。ナタンは喉を切られてはいなかった。腹を刺されていたのだ。動機が盗みよりももっとあさましいものだったとわかる」

「シッガがやったんじゃないんですか？」トウティは小声で尋ねた。

ブリョンダルは頭を振った。「わたしの前に出るや泣き崩れた十五歳のメイドが？　シッガは嘘をつこうともしなかった――嘘のつき方も知らない、純朴な娘だ。なにもかも話してくれたよ。アグネスがナタンを憎んでいたこと、彼の関心がシッガに移ったせいで、アグネスが嫉妬していたこと。シッガは聡明《そうめい》ではないが、そのぐらいはわかっていた」

「たしかに女は嫉妬するでしょうが、人殺しまではしないでしょう、行政長官」

「人を殺すのはよほどのことだと、わたしも思うがね、牧師さん。アグネスはシッガの倍の歳だ。生まれてからずっと住んでいたこの谷から、イルガスターデュルへ移り住んだ。並大抵の距離ではない。なぜか？　仕事にありつくためでないのはたしかだ。ここには仕事口はいくらでもあるからね。ほかに理由があったのだ。ナタンのところで働こうと思った理由が」

「ぼくにはよく理解できませんが」

ブリョンダルは鼻を鳴らした。「それじゃはっきり言うがね、牧師さん――自分にはそれ以上の価値があると思っていたのだよ、アグネスはね。結婚を申し込まれるものとね。ナタンは不謹慎な男だった――この谷には、彼が生ませた子がごろごろいる」

「彼は約束を破ったんですか？」

ブリョンダルは肩をすくめた。「彼が約束していたと、誰が言った？　わたしの見るところ、アグネスは彼をうまく誘惑できたと思っていた。だが、シッガの供述によれば、ナタンは彼女のほうに気があった」

「裁判でそういう話が出るんですか？」

「下世話な話だよ、たしかに。だが、殺人事件の裁判には下世話な話はつきものだ」

「アグネスは袖にされた腹いせにナタンを殺したと、あなたは思っているのですね」

「いいかね、容疑者は三人だ。金槌を持った十七歳の盗人、自分の命を脅かされた十五歳のメイド、報われぬ思いが憎しみに変わった年増女。このうちのひとりが、ナタンにナイフを突き立てた」

　頭がくらくらしてきたので、トウティは机の縁に置いた白い羽根をじっと見つめた。

「信じられません」ぽつりと言う。

　ブリョンダルはため息をついた。「アグネスの身の上話を聞いたところで、無実の証拠は見つからんだろう。感情のままに行動する、身持ちの悪い女だからな。人に使われて歳を食った女の例に漏れず、人を騙《だま》すことに長《た》けているからね。きみの同情を買うような身の上話をでっち上げるぐらいたやすい。彼女の言うことはなにひとつ信じないさ、わたしはね。このおなじ部屋で、彼女は、わたしに面と向かって嘘をついたのだから」

「彼女は正直な人のようですが」

「そんなことがあるものか。馬銜《はみ》がかりの悪い馬には鞭を当てろと言うが、彼女の場合は神の言葉が鞭の役割を果たす。そうしないと馬は動かないからね」

トウティは言い返したい気持ちをぐっと呑み込んだ。コルンサウ農場の寝室の薄暗い隅っこで、里親の死の顚末を語った彼女のほっそりした青白い体を思い出す。

「彼女の贖罪のために、ぼくは持てる力をすべて注ぎ込むつもりです、行政長官」

「いま一度言っておくがね、牧師さん。ヨウハン・トウマソン牧師がフリドリクに対してなにを行ったか」

「チアルンの牧師ですね」

「そうだ。わたしがフリドリク・シグルドソンにはじめて会ったのは、彼を逮捕したそのときだった。去年の三月だ。イルガスターデュル農場で火事があったと聞いてすぐに、ナタンとピエトルの遺体を検分するため現場に出向いた。

それから、部下を数人連れて彼の父親のキャタダーリュル農場へと向かった。不意を衝くため、裏手から母屋にちかづいたのだ。ドアをノックするとフリドリク本人が応対に出てきたので、その場で取り押さえ手枷を掛けた。彼は激しく抵抗し、口汚くののしった。逃げようなどと思うなよ、とわたしが釘をさすと、銃を持って出なかったことが残念でたまらない、おまえの額に弾《たま》を撃ち込んでやれたのに、と言い返す始末だった。

それからフリドリクをここに連行し、尋問を行った。それ以前にアグネスとシグリデュルから話を聞き、彼が関与していたことはわかっていた。彼は頑《かたく》なにだんまりを決め込んだ。彼の気持ちがほぐれたのは、ヨウハン・トウマソン牧師と話をしてからだ。女二人と共謀し、男たちを殺したと自供したよ。激情に駆られて人を殺したことを、彼は悔やんでおらず、良心の呵責《かしやく》を覚えてもいなかった。ナタンに行ったことは必要かつ正当だったの一点張りだ。ヨウハン牧師はわたしにこう言った。彼の犯罪行為は、親の育て方が悪かったその結果だとね。たしかに、フリドリクを逮捕したときの、母親のヒステリックな反応を思い出し、牧師の言うとおりだと思ったしだいだ。わずか十七歳の少年を、金槌で人を殴り殺すような犯罪に駆りたてる要因が、ほかに考えられるかね?

フリドリク・シグルドソンは、道徳にもキリスト教の教えにも無頓着な家庭で育ったのだよ。怠惰で貪欲で粗暴で未熟な人格が、幼いころに彼の弱い魂に根づき、彼を物欲へと駆りたてた。彼の自供を聞くうち、この男の性根を叩き直すのは無理だと確信するにいたった。彼の外見もその確信を裏切るものではなかった。そばかすのある顔や――きみには申し訳ないがね――赤毛は、不誠実のしるしだと言うではないか。彼をシンゲイラル農場のビャルニ・オルセンに預けたときには、彼を矯正できるとは正直思っていなかった。しかし、ヨウハン牧師とオルセンは、わたしとちがって希望を持っていたのだよ。二人が地域社会において必要とされる所以《ゆえん》であるところの宗教的熱意をもって、彼の魂に働きかけた。祈りと日々与えられる訓戒をとおし、善良で道徳的なオルセン家族をお手本とすることで、フリドリクは自らの罪を悔い改め、誤りを認め、犯した罪の恐ろしさを思えば、死刑に処されるのは当然という認識を持つにいたったそうだ。彼はそれを〝神の正義〟と受け入れている。これについて、きみはどう考えるかね?」

トウティは唾を呑み込んだ。「ヨウハン牧師とビャルニ・オルセンさんのご努力は、称賛に値すると思います」

「同感だ。アグネス・マグノスドウティルは、おなじように罪を悔いているかね？」

トウティはためらった。「そのことについて、彼女はなにも言っていません」

「それは彼女が無口で秘密主義で、疚《やま》しいところがあるからだ」

トウティは黙るしかなかった。いますぐこの部屋を出て、ここの使用人たちに紛れてしまいたかった。書斎のドアの向こうから、使用人たちのおしゃべりが聞こえていた。

「わたしは冷酷な人間ではないのだよ、トルヴァデュル牧師補。だが、神を畏《おそ》れる人間だ。この地方には、最悪の犯罪が蔓延《まんえん》していると思っている。窃盗に強盗、そして今度は殺人だ。行政長官の職に就いてからこのかた、人を腐敗と堕落から守る道徳の境界線が曖昧になっているると自覚してきた。政治の面でも宗教の面でも、これは由々しき事態であり、この地方で長く野放しになっていた犯罪者たちに、同胞者たちの面前で法の裁きを受けさせることが、わたしの責任であると思っている」

トウティはうなずき、白鳥の羽根をゆっくり取り上げた。根もとの羽毛が湿った指に引っかかる。「つまり、彼女を見せしめにするということですね」

「この地上に神の正義を届けるということだ」ブリョンダルは渋い顔をした。「法の番人としての使命をまっとうすることで、わたしを任命してくれた当局に報いることにもなる」

問うべきかどうか、トウティはためらった。「死刑執行人にグドゥモンデュル・ケーティルソンを指名したと聞きました」

ブリョンダルはため息をつき、椅子の背にもたれた。「この谷の住民たちほど舌がよくまわる連中を、わたしはほかに知らない」

「殺された男の兄を指名したというのは、ほんとうなんですね？」

「わたしの決断をきみに説明する必要はないだろう。教区牧師に事情を説明する責任はない。デンマークに対しては責任があるがね。国王に対しては」

「承服できないとは言っていません」

「きみの意見は顔に書いてあるではないか」ブリョンダルはまた羽根ペンを取り上げた。「だが、わたしの決定について話し合うためにここにいるのではない。きみのことで話し合うためにここにいるのであり、失望していると言わざるをえない」

「ぼくにどうしろと？」

「神の言葉に立ち返るのだ。アグネスの言うことは忘れたまえ。自白以外、彼女から話を聞く必要などない」


ブリョンダルの書斎を出たときには、頭が割れるように痛かった。アグネスの青白い顔が、暗がりで語る彼女の低い声が、脳裏から離れない。赤毛のフリドリクが金槌を振り上げ、眠っている男に襲いかかる姿が浮かぶ。彼女は嘘をついていたのだろうか？　搾った乳の入った手桶やおまるを抱えて廊下を行き交うメイドたちの前で、十字を切りたい衝動と闘う。壁に寄りかかって靴を履いた。

外に出てほっと息をつく。空はどんよりしていたが、ひんやりとした空気と、牛小屋のそばの棚に並べて干してある魚のにおいが、混乱した頭に心地よかった。喉に突き立てられたブリョンダルの脂で汚れた指を思い出す。骨が砕ける音。命乞いするナタン・ケーティルソン。いっそ吐いてしまいたい。

「牧師さん！」呼びかける声がした。振り返ると、ブリョンダルのメイドのカリタスが走り寄って来た。「上着をお忘れです、サー」

トウティはほほえんで手を差し出したが、上着を渡してもらえなかった。彼女はトウティの腕を摑んで引き寄せ、うつむきかげんでささやいた。

「お話があるんです」

トウティは驚いた。「なんですって？」

「シーッ」彼女は言い、石の上で魚を捌《さば》く男たちをちらっと見た。「一緒に来てください。牛小屋に」

トウティはうなずき、上着を受け取ると大きな牛小屋へ向かった。中は暗くて糞のにおいがきつかったが、仕切りの中は掃除されていた。牛たちはみな放牧されているのだ。

振り返ると、カリタスは開いた戸口を背に立っていた。

「内緒の話でもないんですけど……」ちかづいてくる彼女の顔は、思い煩《わずら》う人のそれだった。「無理強いするような真似はしたくなかったけど、こんな機会は二度とないと思ったので」

カリタスに乳搾り用のスツールを勧められ、トウティは腰をおろした。

「あなたはアグネス・マグノスドウティルの教誨師なんでしょう？」

「ええ」トウティは興味を抱いた。

「あたし、イルガスターデュル農場で働いていたんです。ナタン・ケーティルソンのところで。一八二七年の、アグネスが来るちょっと前までね。彼女は家政婦としてあたしのあとを引き継いだの。というか、ナタンはあたしにそう言ったわ」

「なるほど。それで、ぼくになにを話したいんですか？」

ふさわしい言葉を探しているのか、カリタスは黙り込んだ。「友達の裏切りは敵の裏切りよりずっと堪える」

「意味がわからない」

「ギスリ・サルソンのサガの一節よ」カリタスは振り返って誰も入ってこないことを確認した。「彼は約束を破ったんです」

「約束？」

「アグネスをあたしの後釜にすると、ナタンは約束したんです。ただ、彼女がやってくる前に、シッガに任せることに決めた」

頭が混乱してきた。トウティはブリョンダルにもらった羽根をぼんやり撫でていた。手に持ったままだったのだ。

「シッガは若かった――十五か十六ですよ、牧師さん。彼女の下で働くことが、アグネスにとって屈辱だということを、ナタンはわかっていました」

「あなたがなにを言いたいのか、よくわからないのですが、カリタス。アグネスに約束しておきながら、ナタンはどうして彼女の半分の歳の経験不足の娘にその仕事をやらせることにしたんですか？」

カリタスは肩をすくめた。「ナタンに会ったことはないんですね、牧師さん？」

「ありません。この谷に住む人の多くは、彼を知っていたようですね」そこでほほえむ。「彼についていろいろな評判を耳にしました。彼を魔術師だと言う人もいれば、腕のいい医者だと言う人もいる」

カリタスはにこりともしなかった。

「でも、あなたは彼がアグネスを騙したと思っているんですね？」

カリタスは上靴についた泥を床に落ちた藁に擦りつけて落とした。「あたしはただ……この人たちが彼女を悪く言うのを聞くと、いい気持ちがしないだけです」

トウティは口ごもった。「どうしてぼくに話すんですか、カリタス？」

彼女は体を近寄せてきた。「あたしがイルガスターデュルを出たのは、ナタンに我慢できなくなったから。彼は……人の心をもてあそぶんです」さらに身を寄せ、唇を震わせた。「彼は楽しんでいたんですよ、きっと。彼の言うことをどこまで信用していいのかわからなかった。口で言うこととやることがちがうんです。たとえばあたしが礼拝に出たいから仕事を休ませてくれと言ったとします」彼女は横目でちらっとトウティを見た。「あたしはよきキリスト教徒ですからね、牧師さん。でも、彼は信仰を否定するようなことばっかり言うんです。耳を覆いたくなるようなことをね」カリタスは顔をしかめ、戸口のほうを振り返った。「あたしが話したこと、ブリョンダルには言わないでくださいね」

「もちろんです。でも、ぼくにナタンの話をしてなにになるんですか？　彼についてはいろんな意見があることはわかりますが、厄介者だろうが不信心者だろうが、夜中に刺されていいわけがない」

カリタスは驚いた顔をした。「厄介者？」探るように彼を見つめる。「アグネスは、ナタンのことでなにか言ったんですか？」

「いいえ。彼の話はしません」

「ブリョンダルはなんて？」彼女は母屋のほうに頭を倒した。

「信じるに足る話は誰からも聞いていません。彼がサタンにちなんで名付けられたという、迷信みたいな話もあったぐらいで」

カリタスは小さくほほえんだ。「ええ、そう言う人もいますね。ブリョンダルは彼のことをけっして悪く言いませんよ。奥さんの命を救ってもらったんだもの」

「奥さんが病気だったとは知らなかった」

「死にかけたんですよ。ブリョンダルは彼に大金を払ってます。でも、効果はありました。ナタン・ケーティルソンは彼の奥さんを天国の門から連れ戻したんです」

不意に怒りがこみ上げた。立ち上がり、ズボンについた藁や埃を払う。「もう行かないと」

「ここで話したこと、ブリョンダルには言わないでくれますよね？」

「言いません」トウティはほほえもうとした。「カリタス、どうぞお元気で。神がお守りくださいます」

「牧師さん、アグネスにナタンのことを尋ねてみてください。あの二人は、自分のこと以上に相手のことをよく知ってましたよ」

トウティは困惑して振り返った。「あなたは彼女を訪ねるつもりはないんですか？」

カリタスは掠れた笑い声をあげた。「そんなことしたら、ブリョンダルに腸を抜かれ干物にされてしまいます。イルガスターデュルで彼女とは入れちがいだったですしね。もう充分です」

「わかりました」トウティはじっと彼女を見つめ、帽子の縁をちょっと摘んだ。「神のご加護がありますように」裏庭に行って馬を引き取り、鞍にまたがってから振り返り、牛小屋の入口に立つカリタスに手を振った。彼女は手を振り返さなかった。

†

刈り入れが終わった。歯を食いしばって過ごした数週間だっただけに、食べて飲んでおしゃべりして、思い切り口を動かせるときをみなが心待ちにしている。収穫祭にやって来る客たちのために、わたしは台所でマルグレットを手伝い、羊肉を焼いていた。物思いに耽っている時間はない。娘たちはいないので——クリスティンを伴いベリーや苔を摘みに山に行って留守だ——乳清に水を混ぜ、攪乳《かくにゅう》してバターを作り、給仕をし、隣人に下着を見られる前に洗濯物を取り込むのはマルグレットとわたしの役目だ。娘たちがいないことが、なんだか不思議だ。ロイガが不機嫌な雌牛みたいに目をくるっとまわすことにも、ステイナに影のごとくつきまとわれることにも慣れっこになっていたから。「あなたのことがわかるの」ステイナが出掛ける前に言った。「あたしたち似た者同士だもの」

　わたしはステイナにまるで似ていない。なるほど、彼女も不幸だ。でも、わたしに似てはいない。彼女の年頃には、わたしはグッドルナルスターデュル農場で生きるために働いていた。五人の子どもたちの世話をし――どの子も痩せて弱々しかった――掃除に料理に給仕をして、倒れそうになるまで働いた。いつでも肘までなにかに浸かっていた――塩水に、乳に、煙に、糞に、血に。末っ子のインドリディが生まれたとき、わたしは哀れな母親の手を握り、絡まったへその緒を切ってやった。ステイナに世の中のなにがわかってる？　彼女の年頃には、わたしはひとりぼっちで、夜は片目を開けて眠った。わたしが眠ったと思い込んだ性悪の使用人が、シュミーズの裾を持ち上げないように。彼はいつもこそこそしていたわけじゃない。ある朝、川べりで彼に捕まった。両腕をうしろで捻じり上げられ、顔を水に押しつけられた。わたしが溺れ死ぬ心配をしているあいだに、彼はズボンをさげた。使用人にのしかかられ必死に抵抗したことが、ステイナにはあるの？　農場主をスカートの中に潜り込ませ、女房の怒りを買って卑《いや》しい仕事を言いつけられるほうがいいか、彼を拒絶して雪と霧の中に放り出されて行き倒れになるほうがいいか決断を迫られたことが、ステイナにはあるの？

　あの赤ん坊、わたしが取り上げたアザミのような頭の赤ん坊のインドリディは、数年しか生きられなかった。話ができるほどには大きくなっていた。空腹を知るほどには大きくなっていた。子どもが死ぬのを、ステイナは見たことがあるの？　彼女はわたしに似てはいない。彼女が知っているのはエデンの園の〝生命の樹〟だけだ。石も棺も抱え込む捻じれた根を見たことはない。

インドリディが死んで、わたしはグッドルナルスターデュル農場を出た。飢餓《きが》で農場主の家族はばらばらになった。それでも、わたしにさよならのキスをして、推薦状とギルスターデュル農場までの食料にと卵二個を持たせてくれた。わたしは卵を、途中で出会った金髪の女の子二人に分けてやった。

笑いたくなる。泥団子を投げて犬に取ってこさせていた丸いほっぺたの女の子が、いまはこのコルンサウ農場でわたしの見張り番をしているのだもの。

収穫祭に出なくていいからベリーを摘みに行け、と父親に言われ、ロイガは大騒ぎしていた。あの仏頂面はシッガを思い出させた。彼女はシッガほど馬鹿じゃないけれど。ゆうべ、ヨウンは娘たちに話していた。わたしは眠ったと思っていたのだろう。「彼女は神に会わねばならないんだよ。それも不面目な形で。わたしたちの生活はつづいてゆく。おまえたちを彼女から守るのが親の務めなんだ」娘たちがわたしを憐れむことを、彼は望んでいない。わたしにちかづくことを、彼は望んでいない。だから、二人を遠くへやった。天気がつづくあいだは。一時的にせよ、わたしから切り離すために。

客たちは外で食事をする、とマルグレットは言う。気持ちのいい九月の朝だから、お日さまの恩恵を受けない手はない。冬はすぐそこまできている。山の草はすでに燻製肉の色に変わり、夕方には魚油を燃やすランプのにおいが立ち込める。イルガスターデュルでは、浜に打ち上げられた海草にもうじき霜が降りる。細長い岩の上にアザラシが並んで、山から冬がおりてくるのを眺める。馬に乗って羊を集牧する男たちの掛け声が聞こえ、羊を屠《ほふ》る季節がやってくるのだ。

「コルンサウ農場のみなさん、こんにちは！」玄関に声がする。マルグレットが驚いて顔をあげる。「ここにいて」そう言い置くと、慌てて出ていく。騒々しい女の声につづいて、大柄な妊婦が入ってくる。洟を垂らしたプラチナブロンドの髪の子どもたちをまとわりつかせて。灰色の髪の痩せた女があとにつづく。炉端でスープを掻き混ぜる手を止めて、わたしが顔をあげると、太った女と目が合った。女が手で口を塞ぐ。子どもたちも口をあんぐり開けてわたしを見ている。

「ロウズリン、インギビョルグ、こちらはアグネス・マグノスドウティルよ」マルグレットがため息混じりに言う。

わたしはお辞儀した。見られた様でないことはわかっている。湯気を浴びて髪は額にへばりつき、エプロンには肉の血がついている。

「さあさあ！　子どもたち、おもてに出て！」子どもたちはぞろぞろと出ていく。ひとりが大きなくしゃみをする。みんながっかりしたようだ。

彼らの母親はそうではないらしい。ロウズリンと呼ばれた女はマルグレットの肩を掴んだ。

「彼女がここにいるのに、あたしたちみんなを招待したのね！」

「ほかに居場所がある？」マルグレットはもうひとりの女、インギビョルグをちらっと見る。目が光り、二人のあいだで暗黙の了解がなされる。

「きょうだけクヴァンムルにやればいいじゃない！　物置に閉じ込めてもらうのよ！」ロウズリンが叫ぶ。顔が真っ赤だ。癇癪《かんしゃく》を起こすことを楽しんでいる。

「ひとりで興奮して体に障るわよ、ロウズリン。じきに生まれるんでしょ」

わたしは女の迫り出した腹に目をやる。たしかに臨月だ。

「女の子だわ」考える前に言葉が出ていた。

女三人がわたしを見つめる。

「彼女、なんて言ったの？」ロウズリンが恐怖に目を見開き、ささやく。

マルグレットは小さく咳払いする。「なんて言ったの、アグネス？」

たちまち不安に襲われる。「あなたの赤ちゃんは女の子です。お腹の形からして。迫り出し具合でわかる」

インギビョルグが興味津々の顔でわたしを見ている。

「魔女！」ロウズリンが叫ぶ。「あたしを見るのやめろって、彼女に言ってよ」足音も荒く出ていく。

「どうしてそう思うの？」インギビョルグが尋ねる。穏やかな口調だ。

「ロウザ・グドゥモンドドウティルが教えてくれました。西部で助産師をしている」

マルグレットはゆっくりうなずいた。「詩人のロウザ。あなたたちが友達だとは知らなかった」

肉が煮えた。スプーンを樽の上に置き、両手で鍋を鉤からはずす。「友達じゃありませんよ」

インギビョルグがわたしのかたわらからバターの皿を取り上げ、マルグレットにうなずく。「少しのあいだでも、おもてに出してもらえるといいわね」インギビョルグがほほえんで言う。「顔に日差しを感じるべきよ」

彼女はマルグレットと一緒に出ていったが、その言葉は宙ぶらりんのまま残る。顔に日差しを感じるべきよ。「死ぬ前に」声に出して言わずにいられなかった。燃えさしがたてる音に向かって。

客たちが徒歩で、あるいは馬にまたがってやってくる。女たちは料理を持ち寄り、男たちはチョッキや上着の中から遠慮がちにブランデーの小瓶を取り出す。テーブルに皿を並べるときに彼らを見たが、わたしはたいてい台所で忙しくしている。マルグレットがわたしを隣人たちの目に触れさせたがらないからだ。わたしがミルクの入った水差しや、新鮮なバターの塊をテーブルに置くと、彼らは横目でこっちを見て黙り込む。

わたしだってここにいたくない。知っている人がいるかもしれない。前に働いていた農場の主とか、寝起きをともにした使用人とか。髪をきつい三つ編みにしているので額が痛い。

不意に髪をほどきたくなる。髪を背中に垂らして歩きたい。日差しを背中に浴びたい。

†

トウティが訪ねると、アグネスは作業部屋でバターを攪拌《かくはん》していた。

「パーティには加わらないのですか、アグネス？」静かに尋ねる。

彼女は振り返らなかった。「ここのほうが役に立てるので」長い柄の攪拌器を持ち上げては沈める作業をつづける。心地いい音だ、とトウティは思った。ビシャビシャと攪拌する音。

「邪魔だったら言ってください」

「いいえ。でも、バターが固まるまで手を止められないので、すみません」

トウティはドア枠にもたれかかり、アグネスの仕事ぶりを眺めた。しばらくすると、アグネスの荒く速い息遣いを意識せずにいられなくなった。狭い部屋だから、ちかく感じる。攪拌器のリズム、速くなる息遣い。顔が赤らむのを感じた。そのうち、小さな樽の中の音が変化してきた。アグネスは手を止め、手際よく漉してバターとバターミルクを分離した。トウティが瞬きするあいだにも、アグネスはバターを洗い、ヘラで叩いて残った水分を出し、成形していった。見事な手際にブリョンダルの言葉が甦る。〝このうちのひとりが、ナタンの腹にナイフを突き立てた〟

バターがきれいに成形され布巾がかぶせられると、トウティは、外の空気を吸いにいきませんか、と声をかけた。アグネスは不安そうな顔をしたが、寝室から編み物を持ってくるとトウティのあとから外に出た。二人は母屋の脇の芝草の山に腰をおろし、集まった人たちを眺めた。農場主たちは持参のブランデーで酔っ払い、黒っぽい服の女たちは寄り集まって噂話に花を咲かせている。赤ん坊を順番にあやしていたが、そのうち赤ん坊が泣き出した。

「ブリョンダルに会いにいってきました」トウティがおもむろに口を開いた。

アグネスは青くなった。「なんの用事で?」

「ぼくが祈りと説教にもっと時間を費やすべきだと、彼は思っているんですよ。あなたに話をしてもらうよりもね」

「ブリョンダルがなによりも好きなのが、宗教的懲罰ですもの。ようするに、意見の押しつけ」アグネスがぼそぼそっと言った。

「ブリョンダルが奥さんの病気の治療をナタンに頼んだって、ほんとうですか?」

アグネスは警戒するように彼を見た。「ええ」間を取る。「ええ、ほんとうよ。数年前のことだけど、ナタンはクヴァンムルを訪ねて、彼女に湿布と放血を施したらしいわ」

トウティはうなずいた。「ブリョンダルはフリドリクの話もしました。ビャルニ・オルセンに身柄を預けられ、ヨウハン牧師の指導のもとで精進しているようです」彼の言葉に、アグネスは眉根にしわを寄せた。

「ブリョンダルは、彼のための減刑嘆願書も作るつもりなの?」

「それについては言ってませんでした」トウティは咳払いした。「アグネス、カリタスというメイドがよろしくと言ってましたよ。あなたがナタンの話をしたかどうか、彼女に訊かれました」

アグネスは編み物の手を止め、奥歯を噛みしめた。

「カリタス？」声が割れた。

「ブリョンダルとの話を終えて帰ろうとしたら、彼女に呼び止められました。ナタンのことで話があるって」

「それで、彼女はどんな話をしたの？」

トウティは嗅ぎ煙草入れを取り出し、手に少し出して嗅いだ。「彼のところで働くことに耐えられなくなった、と言ってました。彼は人の心をもてあそぶって」

アグネスはなにも言わない。

「この谷の人のなかにも、彼を魔術師だと言う人がいたな。サタンにちなんで名付けられたとか」

「誰でも知ってることだわ。信じてる人も大勢いる」

「あなたは信じてる？」

アグネスは膝の上に編みかけの靴下を広げた。「わからない」ぽつりと言う。「ナタンは夢を信じていた。彼の母親には予知能力があって、彼女が見た夢がほんとうになった。彼の家族はそれで有名なの。彼はわたしに見た夢の話をさせ、そこからいろんな物語を作ったわ」

靴下を伸ばす手を止め、アグネスは顔をあげた。「牧師さん」しんみりとした口調だった。

「わたしの言うことを信じると約束してくれる？」

心臓が飛び跳ねる。「どんな話をしたいんですか、アグネス？」

「はじめて訪ねて来た日、わたしに訊いたでしょ？　どうしてあなたを名指ししたのか。わたし、答えたわよね。親切にされたから、川を渡るのを助けてくれたからだ、と」畑の端に集う人たちに、不安げな一瞥をくれる。「あれは嘘だった。たしかにあのとき会っている。でも、もっと前にも会っていたことは話さなかった」

トウティは眉を吊り上げた。「ごめんなさい、アグネス。でも、憶えていない」

「そうでしょうね。夢で会ったんだもの」笑われることを心配して、アグネスは彼を見つめた。

「夢で？」黒いまつげに縁どられているせいで、彼女の瞳の色の薄さが際立つことに、彼はいまさらながら心を打たれた。彼女は誰ともちがう。

彼が笑わなかったことに満足し、アグネスはまた編み棒を動かしはじめた。「十六のとき、溶岩の原を裸足《はだし》で歩いてゆく夢を見たの。あたり一面雪に覆われ、わたしは道に迷って心細かった——自分がどこにいるのかわからず、見渡すかぎり人の姿はない。どちらを向いても溶岩と雪ばかり、地面のあちこちに深い亀裂がある。足から血が流れているのに歩きつづけなきゃならない——行き先もわからず、ひたすら歩きつづけるの。恐ろしくて死にそうになったとき、若い男がちかづいてきた。彼も裸足だったけど、聖職者のカラーをしていて、わたしに手を差し出した。それから、わたしたちはおなじ方向を目指して歩いたの——ほかに行くあてもなかった——恐ろしいことに変わりなかったけど、つないだ手が慰めだった。

不意に、足元の地面が割れて、握っていた手が離れ、わたしは穴に落ちていった。闇に落ちていきながら上を向くと、頭の上のほうで割れた地面が閉じてゆくのが見えた。光が遮断され、若者の顔も見えなくなった。わたしは静寂のなかに葬られた。耐えられなかった。そこで目が覚めたのよ」

トウティは口の渇きを意識した。「その男がぼくだった？」

アグネスはうなずいた。目に涙を浮かべている。「グンガスクルドであなたに出会ったときは、ほんとうにびっくりした。夢に出てきた人だとわかったから。あのときわかったの。あなたは、ある意味でわたしの人生に結びつけられているのだとね。それで不安になった」

アグネスは袖口で洟を拭った。「別れたあとで、あなたの名前を調べた。風の便りで知ったわ。あなたがお父さんとおなじ牧師になる決心をし、学校に入るために南に行ったこと。わたしの夢が正しかったことを知った。きっとまた会うだろうと思ったわ。ナタンだって、二度あることは三度あると信じていたもの」

「でも、あなたは割れ目に落ちていないし、闇はまだ訪れていない」

「いまはまだね」アグネスは静かに言い、気持ちをぐっと抑えた。「でもね、わたしが恐れたのは、穴の中の闇ではなかった。恐ろしいのは静寂」

トウティは考え込んだ。「この世にも、あの世にだって、理解できないことはたくさんあります。でも、理解できないからといって、恐れなければならないわけではない。生きているうちに確信が持てることはそう多くない、アグネス。それはたしかに恐ろしいことです。

でも、われわれには神がいる。それ以上に神の愛がある。神が恐怖を取り除いてくれます」

「わたしはそんなふうに信じられない」

トウティはためらいがちに彼女の手を取った。「ぼくを信じて、アグネス。ぼくはここにいます。あなたの夢の中にいたように。ほら、ぼくの手を握ってみて」

彼女のほっそりした指を、トウティは握り締めた。彼女のにおいに意識が向く。バターミルクの甘いにおい、それに酸っぱいにおいも。肌のにおい？　乳製品のにおい？　彼女の指を咥《くわ》えたい衝動に駆られた。

そんな彼の気持ちに気づきもせず、アグネスはほほえみ、もう一方の手で彼の膝をトントンと叩いた。「あなたはきっとすばらしい牧師になるわ」

彼女の手の甲をそっと撫でた。「実を言うと、ブリョンダルは、ぼくがあなたに会うことをやめさせようとしたんです」共犯になった気分だ。

「彼ならやるでしょうね」

「きょう、彼に会って、あなたに会うのを禁じられたらどうしようと思ってました」

「それで、禁じられたの？」

トウティは頭を振った。「あなたに説教しろと彼は言いました」

アグネスがそっと手を抜こうとしたので、彼はしぶしぶ放した。また編み物をするその姿を、じっと見つめる。

「ナタンのことを話してくれませんか」ちょっと拗ねて言う。

アグネスは集う人たちを見やった。「料理をもっと出したほうがいいかしら」

「もしそうなら、マルグレットがあなたを呼ぶはずです」トウティは手の汗をズボンで拭った。「つづけて、アグネス。ブリョンダルはここにはいない」

「そのことを神に感謝するわ」アグネスは深く息をついた。「ナタンのどんな話を聞きたいの？　彼はイルガスターデュル農場でわたしの雇い主だった。彼の性格については、いろいろ聞いているんでしょ。ほかになにが知りたいの？」

「彼とはいつ出会ったんですか？」

「わたしがゲイタスカルド農場で働いていたとき」

「それはどこにあるんです？」

「ランギダーリュル。ワークメイドとして働いた六つ目の農場だったわ。ウォーム・ベックが経営する農場。彼はよくしてくれた。その前は、もっと東のファンロイガルスターデュルで働いて、それからブルフェトルに移った。そのころよ、あなたと会ったのは。ブルフェトルに向かう途中で、あなたが川を渡るのを助けてくれた。どうしてブルフェトルに移ったかというと、父だと言われていたマグノス・マグノソンがそこで働いていると聞いたからなの。一緒に働けると思って。

　でも、長くはつづかなかった。マグノスはやさしくしてくれたけど、わたしの姓が彼の名前からきているマグノスドウティルだと告げたとたんに怒り出してね、おまえの母親はおれの名前に泥を塗ったって。いつまでおれに迷惑をかければ気がすむんだ。そう言われて、言い返す言葉はなかった。それでも、彼は寝る場所を用意してくれた。でも、気がつくと、彼が妙な表情を浮かべてこっちを見ていた。たぶん、わたしの中に母に似た部分を見出そうとしていたのね。わたしがそこを出ることになって、彼はお金をくれたわ。生まれてはじめて手にしたお金だった。

ゲイタスカルド農場に行くことに決めて、朝早くに歩いて向かった。ブランダ川沿いを下流に向かって歩いていると、山をくだってきた男たちに出会ったわ。道連れがあったほうがいいから、一緒に行くことにした。ほとんどが使用人で、自己紹介をしたわ。そうしたら、そのうちのひとりが弟だったのよ！　すっかり大きくなってた。道ですれちがっても、おたがいにわからなかったでしょうね。ヨウアスは感激してしまって、わたしの手を両手で包んで、ねえさん、と呼んだ。目に涙を浮かべたものだから、ほかの男たちにからかわれてね。わたしもヨウアスに巡り合えてうれしかった。でも、彼はブランデーに目がなくて、服装もだらしなかった。使用人として働いているって言ったけど、推薦状を持っていなかったし、おどおどした態度はあのあたりで見かける放浪者を思わせた。まともな暮らしをしてきていないのがわかったから、胸が痛んだわ。ゲイタスカルド農場に着くまでおしゃべりをして、彼の子ども時代がけっしてあかるくなかったことを知った。わたしとおなじような身の上だった。母はわたしをコルンサウ農場に置き去りにし、それからすぐに彼も捨てたのよ。谷の農場を転々として、彼は大きくなったの。母さんがどこにいるか知らないし、どうなろうと知ったこっちゃない。そう言ってたわ。わたしたち二人とも人の情《なさけ》にすがって生きてきたの。

ただ、彼のほうが悲惨だった。読み書きもできず、わたしが教えてあげようとすると怒り出してね。読み書きができるからってひけらかすな。そう言ったわ。

彼の仲間は揃いもそろっていいかげんな連中だった。ゲイタスカルド農場なら半端仕事にありつけるだろう、なにしろ大きな農場だからって言ってた。ヨウアスはわたしと同じ仕事には就けなかったけれど、わたしが保証人になるということで雇ってもらえた。たがいのことをなにも知らず他人も同然だったけど、家族がそばにいてうれしかったわ。心の安らぐ日々だった。それに働きやすい農場だったの。食事はたっぷり与えられたしね。それまでいた農場とは比べものにならないぐらい。前の農場では食べ物がなくて、幼い子に獣脂の蠟燭を食べさせていたほどだもの。わたし自身は革を茹でて食べていた。ゲイタスカルド農場の使用人たちは、みだしなみもよかった。牛や馬がたくさんいて、バターも芝草もたっぷりあって、出される肉だって分厚かった。あれ以上のところはほかにはないわ。使用人仲間で気の合う友達もできた。マリア・ヨウンスドウティル。友達と言える人は少なかったけど、彼女もわたしとおなじような生いたちだったから、理解し合えたんだと思う。

ヨウアスもゲイタスカルド農場が気に入っていたみたい。うれしかったわ。でも、彼の仲間は好きじゃなかった。しまりのない顔に貧相な体、ズボンはしみだらけで、髪にはシラミが湧いてるような連中。一週間もしないうちに何人かくびになったわ――牛小屋の裏で眠りこけているのを、雇い主のウォームに見つかってね。残りの連中も長くはつづかなかった。もともと彼らよりましだったのか、わたしがそばにいて世話を焼いていたせいかわからないけど、ヨウアスはよく働いた。夜になって、二人だけになるとよくおしゃべりしたわ。彼はわたしの噂を聞いて、あちこち尋ね歩いて、わたしがグッドルナルスターデュル農場にいることを突き止めたんですって。訪ねていったら、わたしは出ていったあとで、誰も行き先を知らなかった。弟がわたしを探しまわっていたと思ったら涙が出たわ。彼には泣き顔を見せなかったけれどね。彼には子どもがいたの。女の子で、母親はハウスメイドだった。でも、生まれてすぐに死んだ。母親は彼のことなんてどうでもよかったらしいわ。わたしはヘルガの話をした。いまはもうこの世にいないかわいそうな妹。彼は妹のお葬式に行ったんですって。ヘルガの父親、クリンガ農場のヨウアスが彼にお金をくれたそうよ。あの性悪女に捨てられてかわいそうだって言って。おれたちの母親だって似たようなもんだ、子ども二人を捨てたんだから地獄に堕ちてあたりまえだって、ヨウアスは言った。教区の慈悲に委ねるって言うけど、慈悲なんてかけてもらえるもんかって。そんなふうに母をさんざん悪く言った。マグノスとおなじよ。それである晩、喧嘩になったの。翌朝、目が覚めるとヨウアスはいなくなっていた。マグノスがわたしにくれたお金を持って姿を消したの。それ以来、彼には会っていないわ」

畑のほうからどっと笑い声が起こった。二人の男が雌牛を畑に放したものだから、ほかの人たちが放牧場に戻そうと必死になっている。

「あのお金は使わずにとっておいたのに」アグネスが話をつづけた。「結婚するときのために。農場をやるための鑑札を買って、夫を助けて働いて土地を手に入れるの。自立してまともな暮らしをするために」

「婚約者がいたんですか？」

アグネスはほほえんだ。「ゲイタスカルド農場で働いていた人よ。ダニエル・グドゥモンドソン。彼はわたしを好いてくれて、おれたちは婚約したんだってみんなに触れまわってた。裁判でもそう言ってくれたけれど、どこまで本気だったのかわからないわ。二人とも自分のお金はコイン一枚持ってなかったんですもの。でも、いいの。彼が親切にしてくれるかぎり、夢を見させておこうと思ってた。

ダニエルはわたしとおなじころにゲイタスカルド農場で働いていたわ。最初は証人として出頭した。でも、彼はなにが起きるか知っていたにちがいない、とブリョンダルは思い込み、コペンハーゲンのラスファス刑務所に送り込んだのよ」

「彼はなにが起きるか知っていたんですか？」

アグネスは手元から顔をあげ、冷ややかな目で彼を見つめた。

「なにが起きるか知っている人がひとりでもいたら、わたしはいまここであなたに話をしていると思う？　ほかの人たち、たとえばダニエルやフリドリクの家族たちが、なにか知っていたとしたら、縛りつけられて半殺しになるまで鞭打たれることもなかったはずよ」

沈黙がつづいた。

アグネスは大きく息をついた。「弟がいなくなっても、ゲイタスカルド農場で働きつづけられたのは、マリアがいたから。大人になってから友達なんてできなかった。農場から農場へと渡り歩いていたんだもの。教区の務めを果たすのに手が必要とか、芝草や羊や家畜の番をさせる女の子を雇いたいという人がいれば、どこへでも行ったものよ。いつもひとりだった。おしゃべりするより、ひとりで本を読んでいるほうがよかった」アグネスは顔をあげた。「読書は好き？」

「大好きです」

アグネスは満面の笑みを浮かべた。そのときはじめて、トウティの脳裏に、川を渡る手助けをしてやったメイドの顔が浮かんだ。輝く瞳、口元にこぼれるきれいな歯。彼女が急に若く見えた。なんだか別人のようだ。トウティは、自分の胸が大きく上下していることに気づいた。彼女はとてもきれいだ。

「わたしもよ」彼女が声をひそめて言った。「いちばん好きなのはサガよ。ことわざにあるでしょ。本を読まない人は何も見えていないのにひとしい《ブリンデュル・エ・ボウクロイス・マーダー》」

不意にこみ上げるものがあった。涙か、笑いか。彼はアグネスを見つめた。午後の日がまつげの先を光らせる。ブリョンダルと交わした会話を思い出した。アグネスは袖にされた腹いせにナタンを殺した、とブリョンダルは思っているのだ。

「子どものころは、畑の見張り番として雇われていたんだけど、なかには本のある農場もあったのよ」彼女は背後の岩だらけの丘を指差した。「それで、本を持ってあそこまでのぼって読み耽ったものよ。そのまま眠り込んだこともあった。農場の雑用から解放されて、のんびりできたわ。それがばれてお仕置きされたこともある」

「堅信礼の記録を読んだけど、読み書きが得意だったんですね」

アグネスは胸を張って言った。「堅信礼は楽しかったわ。みんなが見守るなか、通路を歩いていって牧師さんの前にひざまずく。堅信礼の準備をしているあいだは、本を読んでも文句を言われなかったしね。教会に通い、牧師さんが暇なときには勉強をみてもらえた。白いドレスを用意してもらったし、終わってからパンケーキを食べたわ」

「詩はどうですか？」

アグネスは怪訝《けげん》な顔をした。「どういうこと？」

「詩は好きですか？　自分でも書きますか？」

「自分の詩を人に自慢しようとは思わない。ロウザとはちがうもの。彼女の詩はみんなが知ってるわね」彼女は肩をすくめた。

「美しい詩だからですよ」

アグネスはふっと黙り込んだ。「ナタンは彼女のそういうところを愛したのよ。言葉でなにかを創り上げられるところ。ふつうの人が感じるだけのものを、彼女は自分の言葉で表現することができる」

「ナタンも詩人だったって聞きましたが」トウティは無頓着を装った。「あなたたちも詩で気持ちを伝え合ったんですか？　ロウザとナタンがしていたように」

「ロウザとわたしはちがうわ。でも、そうね、詩のようなもので気持ちを伝え合った」アグネスは畑を見渡した。「ナタンに出会ったのはこんな日だった」

「収穫祭のときに？」

彼女はうなずいた。「ゲイタスカルド農場で。マリアと一緒に給仕をしていたの。料理や飲み物を出して、それからそのへんを歩きまわっておしゃべりして。マリアはいろんなことをよく知っていたの。よその農場のお腹の出た使用人を指差して、痛烈にこきおろしたりね。わたしは死ぬほど笑ったわ。そのうち彼女がわたしの肘を摑んで牛小屋に引っ張ってって、ナタン・ケーティルソンが馬でやってきたわよって言ったの。

ナタンのことは前から知っていた。もちろんね。彼は有名だったもの。話す人によって評価はまちまちだったけど、いろいろ話を聞いていた。彼とロウザの仲は周知の事実だったしね。彼女の子どもたちの父親は、オルフではなくナタンだということもね。ナタンは北部をくまなく旅していた。若いころはもっぱら放血治療をしていて、それからコペンハーゲンに渡って、魔術師になって戻ってきたってもっぱらの噂だったわ。ブリョンダルもおなじころコペンハーゲンで勉強していて、そこでナタンと親しくなったらしいわ。彼がなにをやっても捕まらなかったのはそのせいよ。ナタンが手癖の悪い男だということは、みんな知ってた。若いころは捕まって鞭打たれたのにね。みんながかつかつの暮らしをしているのに、ナタンだけ大金を持っていても、誰もなにも言えなかった。人を使ってよその家畜を盗んだりしていた。ナタンの仕業だとわかっていても、なにも言えない。彼には敵がいっぱいいたわ。でも、彼を恨むのはひどい仕打ちをされたからか、やっかみ半分に悪い噂を立てているだけか、誰にもわからないでしょ。噂はほっといても広まるし、ナタン自身は、人があれこれ言うのをおもしろがっていたのよ」

「当時、あなたはナタンのことをどう思っていたんですか？」

「そうね、会ったこともない人間のことを、あれこれ思ったりしない、それだけよ。でも、彼の弟のケーティルには、一度だけ言い寄られたことがあった。話を戻すと、マリアは馬小屋でこんな話をしてくれたわ。ナタンがついにロウザと別れ、自分の農場を持つことにしたらしいって。ロウザはみんなに好かれていたから、同情する人が多かった。彼女は夫がいる身だったのにね。わたしたちの雇い主のウォームはナタンの親友で、彼がイルガスターデュル農場を買うのに力を貸したらしいわ。海辺の農場で、アザラシやケワタガモがたくさんいて、流木も打ち上げられる。浜から引き摺ってきさえすればいいのよ。マリアが言うには、ナタンはもったいをつけるようになって、ケーティルソンではなくリングダルと名乗っているって。理由は誰にもわからない――アイスランドの名前とはまるでちがう、おかしな名前ですものね。デンマーク人を気取ってるんじゃないの。マリアはそう言ってたわ。名字を変えることが許されるのかしら。わたしには不思議だった。マリアの意見はこうよ。男だからなにをしてもいい。男はみんなアダムだ。この世にあるものすべてに名前をつけたがる。

服の埃を払って、マリアは唇を噛んで。赤く見せるためにね。それから牛小屋を出て、空になった食器を集めにいったの。それは口実だったけれど。

そのときはじめて、ナタンを見た。大柄な男だと思っていた。ハンサムで長い髪で背筋がすっと伸びてる、使用人の女の子たちが夢中になるような男。でも、ナタンはハンサムじゃなかった。ウォームとおしゃべりしている男は、背が高くもなくて、顔は痩せていて——強そうな感じはまるでしなかった。髪は赤っぽい茶色で、顔のわりに鼻が大きくてね。髪の色といい、よく光る小さな目といい、狐を思わせる男だった。マリアにそう言うと、大笑いされたわ。彼は変身できると、みんなが思ってるのは無理もないわねって。

そのとき、ナタンがこっちに気づいたの。わたしたちが彼のことで笑っているのは、見ればわかるから。でも、彼は気にしていないようだった。ウォームになにか言うと、こっちに歩いてきたの。

まるで前からの知り合いみたいに親しげな笑みを浮かべて、彼はちかづいてきた。人の注目を浴びるのが好きなのよ。『こんにちは、お嬢さんたち』彼は言った。背の高さはわたしとそう変わらなったけれど、声は低かった。『お名前を教えていただけませんか？』わたしが二人の名前を教えたの。

ナタンはほほえんでお辞儀したわ。そのときだった。彼の手に気づいたのは。女の手のように白くて、指は小枝みたいに細く、長かった。〝長い指〟とあだ名されるのも当然。お目にかかれてうれしいですよ、いいお天気ですね？　彼は言った。収穫祭を楽しんでますか。彼の挨拶を遮って、わたしは言ったわ。人に名前を聞いておいて、自分が名乗らないのはおかしいわ。マリアはびっくりしたみたいだけど、彼は辛辣なことを言う人間が好きだった。あとでそう言ってたわ。ナタン・リングダルだと彼は名乗った。目をキラキラさせてね。

ほんとうはケーティルソンでしょ、とマリアが尋ねると、ナタンはこう答えた。たしかにケーティルソンだけど、ほかにも名前をたくさん持っているんですよ。だが、あなたたちの上品な耳には合わない名前ばかり、と。彼はとても口がうまかったのよ、牧師さん。なにを言えば相手の機嫌がよくなるかわかっていたの。それに、なにを言えば相手の痛いところを突けるかも。

おしゃべりは長くつづかなかった。ウォームに呼ばれて、彼はさよならを言った。でも、立ち去り際にこう言ったのよ。もっとあとになったらまた会いましょう、って。あちこちから声がかからなくなったら」

トウティは歯茎についた嗅ぎ煙草の粉を指で拭い取り、その指をズボンで拭った。小さくてピンク色の手を眺め、われながら特徴のない手だと思った。にわかに嫉妬心が湧き起った。

「つぎにナタンに会ったのは？」

アグネスは手を止め、編み目を数えてから留めた。「おなじ日よ。マリアもわたしも、ウォームの奥さんの用事を片付けたり、子守りをしたりで、午後じゅう忙しくしていたわ。でも、夜は暇をもらって、使用人たちだけで収穫祭を祝うことができた。とても気持ちのよい日暮れで、使用人たちはみなおもてに出て、暗くなるのを眺めていた。使用人のひとりが神秘の民についての物語をしていると、咳払いが聞こえて、背後の暗がりにナタンが立っているのが見えたわ。彼はこっそりちかづいたことを詫び、物語が大好きだから、このよそ者を仲間に入れてはもらえないか、と言ったの。すると使用人のひとりが、ナタン・ケーティルソンはよそ者なものか、とくに女たちにとっては、と言ったので、みんながどっと笑ったわ。

でも、男たちのひとりか二人、それにワークメイドの何人かは顔を背けた。

マリアが横にずれてナタンの座る場所を作った。わたしは人の輪からはずれていたの。ずけずけものを言うから、みんなに敬遠されていたのよ。でも、ナタンはマリアの前を通り越してわたしの横に座った。『さあ、それじゃ聞こうか』ナタンはそう言い、物語をしていた男に目顔《めがお》で話のつづきを催促したの。そんなふうにお話をしたり、星を眺めたりしているうちにお開きの時間になったわ」

「ナタンが隣に座ったのはどうしてだと思いますか？」

アグネスは肩をすくめた。「あとから聞いた話だと、彼はその日一日、わたしの様子を眺めていたけれど、読めなかったんですって。わたしには彼の言うことがわからず、こう言い返したわ。そりゃあたりまえでしょ、わたしは本じゃないもの、女だもの。彼は笑ったわ。いや、おれには人が読める。もっとも、意味不明な文字で書いてある人間もなかにはいるがね」アグネスはふっと笑った。「彼の言うことがあなたにはわかる、牧師さん？　でも、それが彼の言ったことなのよ」

†

どうしてわたしたちが惹《ひ》かれ合ったのか、牧師は不思議に思っているにちがいない。彼の顔を見れば、ナタンとわたしのことを考えているのがわかる。頭の中で考えを転がして、味わって、まるで子どもが骨から髄を吸い出すみたいだ。石を口に入れてやったら吸いそうだ。

ナタン。

彼とはじめて会ったときのことを、ほんとうに思い出せるのだろうか？　わたしの手に重ねられたのは、ただの手だったのだろうか？　ナタンを見ず知らずの他人と考えることは、いまのわたしにはできない。彼の様子やそのときの天気、無精ひげの生えた顔に射す光を思い浮かべることはできる。でも、無垢なあの一瞬を捉え直すことは不可能だ。ナタンを知らないわたしなんて、ありえない。彼を愛さないわたしなんて、考えられない。彼を見た瞬間、自分がなにを渇望していたのかがわかった。渇望はあまりにも根深く、わたしを夜へと駆り立てた。怖くなるぐらいに。

牧師に嘘を言ったわけではない。あの晩の星も物語も、重なる彼の手のあたたかな重みも、彼に話したとおりだ。でも、使用人たちが寝静まったあとのことを、わたしは語らなかった。マリアが恨めしそうにわたしを睨み、みんなと寝室に引き上げていったことも。二人きりで残ったことも。薄明かりの中で、もうしばらくここにいてくれ、とナタンがわたしに言ったことも。話をしよう、と彼は言った。話をするだけ。

「きみのことを話してくれ、アグネス。さあ、手を握らせて、きみのことが少しはわかるだろうから」

わたしの開いた掌を、彼のあたたかな指がさっとなぞった。

「たこができてる。つまりきみは働き者だ。でも、指は力強い。きみは働き者なだけじゃない。仕事を上手にこなす。ウォームがきみを雇ったわけがわかるよ。これが見えるか？　掌の窪み。おれのと似ている、ほらね、満たされてないのがわかるだろう？」

やわらかな窪み、肌に記された幽霊の線、指先に感じる骨。

「掌に窪みがあるのは、なにを意味するかわかるか？　秘めたなにかがあるということだ。用心しないと、この空っぽの窪みに悪運が溜まってしまう。窪みを人目に晒《さら》せば、闇を呼び込んでしまう。不幸を呼び込んでしまうんだ」

「でも、手の形をいまさらどうしようもないでしょう？」わたしは笑った。

「ほかの人の手で覆えばいいんだよ、アグネス」

手にかかる彼の指の重さは、小鳥が枝にとまったときのそれぐらいだった。マッチがぽとりと落ちる。ぽっと炎があがってはじめて、燃えやすいものに囲まれていたことに気づく。

第八章

詩人のロウザがナタン・ケーティルソンに贈った詩
一八二七年

ああ、わたしはとても幸せだと、思っていた——
誰も味わったことのない自由を、味わっていた——
おまえのせいで苦しんでいたときも、
みんなに馬鹿にされたときも。

裏切り者、己の不幸を見るがいい——
それはわたしの気持ち、それは真実——
ああ、キジアスカルドの薔薇《ばら》は
毒をもち、おまえを滅ぼした！

谷間を覆う秋は、あえぎのようだ。十月の朝の長引く薄闇の中で、マルグレットは目覚めた。肺に痰が溜まってもやもやしている。あかるくなるのが、なんてゆっくりなのだろう。あまりにも長い道のりをやってきたので疲れ果てたかのように、光はよろよろと窓から入ってくる。体を起こすのが難儀だ。夜中に冷たくて目が覚めた。ヨウンが爪先をあたためようと彼女の脚に押し当てたせいだ。朝の飼い付けから戻った使用人たちは、冷気に鼻と頬をピンク色に染めていた。ベリーを摘みに山に入っていた娘たちは、毎朝霜がおりたと言っていたし、集牧のあいだずっと雪がちらついていた。マルグレット自身は、肺がもたないと思ったから山へは行かず、夏の放牧場から羊たちを駆り集めるのは人に任せた。アグネスはべつだ。彼女を山に行かせるわけにはいかない。逃亡の恐れがあるからではなかった。彼女は馬鹿ではない。この谷のことを知り尽くしているから、逃げ場がないことはわかっている。まわりの目がある。彼女が何者か、谷の人びとは知っている。

集牧の日は、一日じゅう胸騒ぎがしてならなかった。使用人たちはヴィディダルズ山の放牧場を目指し、日の出前に馬で出掛けた。ほかの農場の男たちも一緒だ。女たちは歩いてあとを追う。マルグレットは戻ってきた彼らの夕食作りのため、アグネスと残った。その日、あかるくなるやいなや不安に襲われた。灰色の雲に覆われた空は不吉な感じで、なにか起こるにちがいないと彼女は思った。雲が地面につきそうなほど垂れ込めていた。大気は鉄のにおいがした。午前中ずっと、山で姿を消した人たちのことを思って過ごした。前の年にも、不意に襲ってきた雪嵐にまかれてメイドがひとり行方不明になった。遺体が見つかったのは翌年の春、それも、彼女が最後に姿を見られた場所から何マイルも離れた先だった。マルグレットはいてもたってもいられず、気がつくとアグネス相手に不安を吐き出していた。山で死んだ人の名前を、二人で並べあげた。なんとも心が滅入《めい》る会話だったが、口に出して言うことで多少は慰められた。口に出してしまえば、実際に起きるのを食い止められる気がして。アグネスが、もっぱら牧師に話をするのはそのせいかもしれない、とマルグレットは思った。

彼女の不安は的中した。たしかに、大変なことが起きたのだった。昼過ぎで、まだ誰も戻っていなかったころ、ドアをせわしなく叩く音がして、インギビョルグが飛び込んできた。

「ロウズリンが」彼女は言った。

ギルスターデュル農場は子供で溢れていた。煙が充満する台所では、鍋や釜でぐらぐらと湯が沸いているにもかかわらず、ロウズリンの子どもたちは母親のお産にまるで無関心だった。女三人が入っていくと、ロウズリンは汗びっしょりの真っ青な顔で、よろよろと寝室に引きあげた。いつものとちがうのよ、と彼女は繰り返し言った。戸口に黙って立つアグネスを見て、むろん彼女は恐怖に顔を引き攣らせたが、マルグレットがこっちに来た以上、アグネスをひとりで残してはおけないでしょう、とインギビョルグが穏やかに説得した。

難産になる。アグネスが不意に進み出てロウズリンの腹に手を当て、そう指摘した。ロウズリンは悲鳴をあげ、彼女をどかせて、とほかの二人に頼んだが、マルグレットもインギビヨルグもその場を動かなかった。ロウズリンがその手を叩き、腕を引っ掻いても、アグネスは膨らんだ腹にやさしく当てた細い指を離そうとはしなかった。

逆子《さかご》だ、と彼女は言った。ロウズリンはうめき、抗《あらが》うのをやめた。アグネスは動こうとせず、床に横になって、とロウズリンに言い、お産のあいだずっとそばに付き添った。ロウズリンの腹に当てた手を、アグネスがいっときも離さなかったことを、マルグレットは思い出す。ほっそりした手でロウズリンの腹を撫でさすり、もうじき赤ちゃんが出てくるわよ、とやさしく声をかけ、布を取ってきて、お湯を沸かして、このあいだ娘たちがベリー摘みで集めた野生のアンゼリカを取ってきて、と指示を飛ばした。「食料庫の砂色の盆に載っているから」彼女は言った。コルンサウ農場のことになんでこんなに詳しいのだろう、とマルグレレットは思った。「根っこを痛めないように注意して、ひと摑み取ってきて」その根っこを煎じて、と彼女はインギビョルグに頼んだ。それを呑めば子どもが楽に出てくるから、と。マルグ熱々の液体を口元に当てると、ロウズリンは奥歯を食いしばって飲むのを拒否した。

「毒じゃないわよ、ロウズリン」マルグレットは言った。「いいかげんにしたら」そのときだった。アグネスがおなじ表情を浮かべていることに気づいたのは。顔をよぎった、やれやれ、という笑み。

アグネスの言ったとおり、赤ん坊は逆子で生まれた。足が先に出てきた。血まみれの爪先が現れ、それから体、最後に頭。腕と頸《くび》にへその緒が巻きついていた。でも、無事に生まれた。ロウズリンはそれだけわかればいい。

　アグネスは赤ん坊を取り上げようとはしなかった。インギビョルグに頼んだ。赤ん坊に手を触れることは、最後までなかった。ロウズリンが眠りに落ちたころ、駆り集められた羊の鳴き声が谷間に響いた。マルグレットは妙だと思った。アグネスはなぜ赤ん坊を抱こうとしなかったのだろう。彼女はなんて言っていた？　「この子は生きていかなきゃならない」自分が抱いたら死んでしまうとでもいうのか。

　その晩は二重の意味でお祝いだった。妻が無事に子どもを産んで上機嫌のスナイビョルンは、農場主仲間からラムやブランデーをふるまわれへべれけだったから、自分の羊を仕分けようと囲いの柵を越えそこねてよろめき、泥に頭から突っ込んで雄羊に頭を蹴られる始末だった。スナイビョルンが引き摺り出されて草の上に寝かされた話を、パトルが目を覚ました母親に語って聞かせるあいだ、ほかの農場主たちが羊の群れの仕分けを行った。

　食事がはじまったのは遅くなってからだった。途中までだった食事の支度を娘たちが引き継いで終わらせ、すきっ腹を抱える使用人たちに食べさせた。「小雪が舞ったのよ」ロウズリンのお産の顛末を聞くと、ステイナが言った。アグネスのほうをちらっと見る。「きっとそれが吉兆だったのよ」

「わたしはなにもしてないわ」アグネスが言う。「取り上げたのはインギビョルグだった」

「いいえ」マルグレットが訂正する。「アンゼリカの根を煎じたもの――いったいどこで習ったの？」

「ナタンに習ったんでしょ」ロイガが意地悪く言う。
「誰でも知ってることでしょ」

ほんのひとときであっても、アグネスがまるで家族の一員のように思えた。翌日も、マルグレットは気がつくとアグネスとおしゃべりしていた。いままでどんな染料を作ったことがあるのか尋ね、女主人と使用人みたいに話をつづけた。だが、それもロイガが部屋に飛び込んでくるまでだった。自分の服や持ち物をアグネスがじろじろ見るのがいやでたまらない、と文句を言うのだ。なくなったものがあれば気づくはずだと、ロイガもわかっているだろうに。ベッドの下で埃をかぶっている銀のブローチも、動かした形跡すらなかった。ロイガは焼餅を焼いているのかしら。マルグレットは思ったが、すぐにそんな考えは頭から締め出した。好天がつづくようになる前に死んでゆく女に、ロイガが嫉妬するわけがない。それでも、彼女がアグネスに見せる激しい嫌悪には、なにか根深いものがあるような気がしてならない。

夫の重たい体の下からそっと脚を引き抜くと、マルグレットはベッドを出て、窓に張った羊の腸越しに外を眺めた。みぞれが降っている。やれやれ、と思った。だが、雄羊と搾乳用の雌羊は刈り入れのすんだ畑に放牧してあるし、一歳を迎えた子羊は囲いに入れたままだ。きょうは子羊を屠る日だった。

アグネスがここにやってきた日のことを思い出す。家族と罪人とのあいだに生まれた緊張を、楽しんでいる自分がいた。望んでさえいる自分が。それが家族の絆《きずな》を強くしたからだ。娘たちや夫との距離がちかくなった。でも、いま思い返すと、彼らの沈黙はより自然なものに、安らかなものに変わってきたようだ。そのことが心配になる。アグネスがいることに慣れすぎているのではないか。人手があるとなにかと便利だから、そのせいだ。家事を助けてくれる女がいるおかげで、背中の痛みがやわらいでいたし、前ほど咳込んで苦しくなることがなくなった。処刑の日が決まったらどうなるかは考えないようにしていた。そんなことは考えないほうがいい。アグネスがいてくれて気持ちが安らぐのは、自分の仕事が楽になったからにすぎない。目の前にやる仕事があるとき、うしろを振り返ったってなんの意味もない。

†

羊を屠る日は、慌ただしい。氷混じりの雨が降り、風は踵に食らいつく狼さながら、冬がちかいことを否《いや》が応でも思い出させる。風に運ばれて濃くなる雪雲のように、わたしの心はどんよりしている。

誰も暗くなるまで働きたくないから、何枚も着込んで十月の薄暗いおもてで待つ。使用人たちとヨウンが最初の羊を捕まえる。冬のあいだ食いつなぐために必要な数の羊を選り分けてあった。その数カ月の食料の中には、わたしの食い分も含まれるのだろうか？　ナイフを持つヨウンの前に、この身を投げ出したい衝動に駆られる。いまここで、なんでもないふつうの日に、どうして殺してくれないの？　待つことは人の気力を削ぐ。羊は霜枯れしていない草を選んで食べている。この愚かな動物は自分の運命を知っているのだろうか？　駆り集められ、選り分けられて、恐怖に震えながら待つのはたったひと晩。わたしは何カ月も囲いに入れられたままだ。

グドゥモンデュルが最初の羊を捕まえ、膝で押さえて頭を固定する。わたしは彼を好きではないが、手際がいい――喉をざっくり脊髄《せきずい》まで切り離し、すばやく手桶で受けるから血を一滴も無駄にしない。ものの数分で血が出切る。わたしは手桶を受け取ろうと進み出たが、彼はわたしを無視してロイガに渡す。気にしない。こっちも彼を無視してやればいい。ヨウンが手桶を渡してくれるのを待つ。彼は赤い噴出をうまく受け止めようと、屠った雌羊を柵越しに持ち上げた。血の量はたいてい予想より多く、思わぬ方向に飛び散る。ぬかるむ地面に飛び散った血もあれば、羊の灰色の毛を染める血もあるが、じきに手桶はいっぱいになる。

母屋に戻ると、マルグレットが糞とピートをくべて火を熾していた。煙で目に涙が浮かぶ。マルグレットが咳込む。梁から吊るして燻製にした肉を食べるのだから、煙いなんて文句は言えないわね、と彼女が言う。わたしは手桶を置き、おもてに引き返す。

今度は男たちが羊の皮を剝ぐのを待つ。ビャルニの羊はまだ血を流している――彼は屠るのがうまくない。グドゥモンデュルはナイフを巧みに操る。彼を見ているとフリドリクを思い出す。フリドリクは本性を現してナタンと決裂するまで、イルガスターデュル農場に手伝いに来ていた。彼は家畜を切り裂くことに夢中になりすぎるきらいがあった――それに扱いが雑だった。ヨウンはゆっくりだが丁寧だ。後肢の膝から皮を剝ぎはじめ、筋が残らないように関節を折る。グドゥモンデュルは肩から下に向かって剝いでゆくが、胸部の皮を引き剝がすのに難渋している。ヨウンが、手伝ってやれ、とビャルニに言う。二人で壁際まで羊を引き摺ってゆき、頭を上にして吊るし、ようやくのことで剝ぎ終えた。ビャルニはまったく手際が悪い。見本を示してやりたい。ナイフを貸して、と言ったら彼らはどんな顔をするだろう。

つぎに死骸の臓物を取り出す。心臓に肺、食道、腸と胃。イルガスターデュル農場の秋、ナタンが誤って羊の胆嚢《たんのう》を切ってしまったことがあった。苦い胆汁が肉にこぼれ出て、フリドリクは笑い転げた。「医者だなんて、いかさまだろ」彼はナタンに言った。いまそんなことを思い出すなんて不思議だ。

臓物を入れた手桶を持って母屋に戻る。男たちは肉を切り分けて吊るす作業に移る。台所の煙はだいぶ薄くなっており、炉の火が勢いよく燃えている。マルグレットは鍋を火にかけて湯を沸かす。ソーセージ作りのはじまりだ。ロイガも布で血を漉す手伝いをし、しずくが顔にかかると渋面を作る。ソーセージ用の腸を取りに出て戻ると、茹でた脂肪や腎臓《キドニー》のにおい、それに男たちの朝食用の揚げ物のにおいに鼻をつかれる。マルグレットはべつの鍋にスエット（羊の腎臓のまわりの硬い脂肪）を入れ、水を張って煮はじめる。クリスティンとマルグレットとステイナとわたしとで、腸を縫って袋にする。先端に開けた穴は詰め物をするためだ。ロイガが血を漉しおえたので、わたしがそこにスエットの残りとライ麦粉を加える。苔も加えたらどうか、とわたしは言ってみた。ゲイタスカルド農場ではそうしていたから。それはいいわね、とマルグレットが言い、ロイガに食料庫まで取りに行かせる。わたしは幸福感がふつふつと湧き上がるのを感じる。以前の生活に戻ったようだ。生きるために一心不乱に働く。娘たちは腸に詰め物をしながらおしゃべりし、笑っている。自分が何者か忘れられそうだ。

スエットがみるみる溶けてゆく。三人がかりで鍋を火からおろし、表面に脂の膜が張るまで冷ます。

糞と濡れたウールのにおいをさせて、男たちがキドニーを食べに戻ってくる。煙たいけどあたたかな台所でブラッドソーセージを茹でている女たちを、使用人たちは羨《うらや》ましいと思っているにちがいない。ヨウンに料理を出すと、わたしの顔をはじめてまともに見て、静かに言う。「ありがとう、アグネス」ロウズリンの赤ん坊のことを指しているのだろう。きっとそうだ。彼のわたしを見る目が変わったようだ。

男たちは食べ終えると最初に切った肉を取りにいく。わたしは硝石を量って塩に混ぜ込む。仕事場でナタンを手伝っていたころを思い出す。硫黄や乾草させた葉、潰した種を量るのがわたしの役目だった。きょうはイルガスターデュル農場のことばかり考えている。ここで過ごす一度きりの秋。冬のために食料を蓄える作業を楽しんでいる。あとで食べるための食料、長旅のあいだナタンの命をつなぐ食料。あの日、わたしが台所で血にいろいろな材料を混ぜていると、彼は戸口に立ってサガを読んでくれた。それから、コペンハーゲンでの日々を語り、あっちではブロッドポルスにスパイスとドライフルーツを加えるんだ、と教えてくれた。そこにフリドリクとシッガが、臓物を入れた手桶を持って笑いながら飛び込んできた。髪に雪がついていた。ナタンはわたしを残し、作業場に行ってしまった。

木の樽に塩をした肉を何重にも入れて押さえつける作業は、指がヒリヒリする。指の内側のピンク色の皮が裂け、屈んでやる作業なので背中が痛くなる。横で眺めているステイナが尋ねる。肉を重ねるごとにどれぐらいの水を加えるの？　指先が塩でヒリヒリしていやになる。指を舐め、まずいと鼻にしわを寄せる。「どうして乳清に浸けないんだろう。塩のほうがずっと高いのに」

「外国人の舌にはこっちのほうが合うのよ」わたしは答える。この樽は物々交換に出す。もっと脂身の多い肉は乳清に浸けて、家族が食べる分として保存する。

「塩は海から採ってくるの？」

「どうしてそんなに質問ばかりするの、ステイナ？」

ステイナは頬をピンクに染めて黙り込む。「あなたは答えてくれるから」ぼそぼそっと言う。

つぎは骨、それから頭だ。脂を取り去ったあと鍋に残った筋と水を捨てて、とロイガに頼んだが、彼女は聞こえないふりでじっと前を見たままだ。クリスティンが代わりにやってくれる。ステイナが恥ずかしそうにほほえみながらまたにじり寄ってきて、なにかやることない、と尋ねる。わたしは、空の鍋に骨を入れておいて、と頼む。骨はほかに使い道がない。塩。大麦。水。ステイナと二人がかりで鍋を引き摺り、ブラッドソーセージを茹でる鍋と並べて置く。沸騰した湯の中に骨から髄《ずい》が溶け出す。塩と湯の力で死体からやわらかな部分をすべて抽出するわけだ。説明を聞いてステイナは手を叩く。じゃぶじゃぶいう鍋を鉤に掛け、火に糞とピートをくべる。

「くべすぎちゃだめよ、ステイナ」わたしは言う。「燃えさしを覆ってしまわないように」羊の頭を燃えさしに近寄せて持ち、毛焼きをする。焦げた毛に火が燃え移ることはなく、炎に舐められて縮んでゆくだけだが、立ち昇る悪臭に鼻孔が広がる。

ああ、この臭い。

イルガスターデュル農場の寝室。床やベッドに広がる鯨油、ランプの火が油を吸ったウールの毛布に移って煙があがる。髪の毛が焦げる。

もう、だめだ。新鮮な空気を吸わなくちゃ。ああ、神さま！

この動揺を、ほかの人に気取られてはならない。あとはやっといて、とステイナに頭を渡す。新鮮な空気を吸ってくる。煙のせいよ。

顔に当たる霧雨は恵みのようだ。でも、ウールが焦げるにおいと髪が焼けるにおいは、鼻についてて消えない。ツンとするにおいに吐き気がする。

暗がりにうずくまるわたしを見つけたのはマルグレットだ。叱られるものと覚悟する。なにしてるの、アグネス？　中に入りなさい。言いつけられたことをちゃんとやって。ステイナに全部押しつけて。肉を黒焦げにしてしまったわよ。

ところが、マルグレットは黙ったままだ。わたしの横にしゃがんだ。膝が鳴る。

「日が暮れるのがなんて早いんだろ」言いたいことはそれだけ？

彼女の言うとおりだ。目の前の川の黒い腸から、青い夕暮れが忍び寄ってくるような気がする。

どんなにおいも夜になるときつくなる。マルグレットの体についた台所のにおいを、嗅ぎ分けることができる。ブラッドソーセージ。煙。塩水。彼女の呼吸は重い。夕暮れの静寂の中で、彼女の肺のつかえが聞こえる。なにかが呼吸をつっかえさせる。

「新鮮な空気が吸いたくて」

マルグレットはため息をつき、咳払いする。「新鮮な空気を吸って死ぬ人はいない」

川のせせらぎに耳を傾ける。霧雨はやんだ。雪が降りはじめる。

「さて、娘たちがなにをしてるか見てこないと」マルグレットがそっけなく言う。「肉の代わりにステイナが梁からぶら下がっていたとしても、あたしは驚かない。彼女の燻製ができあがっているかも」

仕事場からドンドンと音がする。男たちが羊の皮を乾かすために延ばしているのだろう。

「さあ、アグネス。風邪をひくわよ」

下を見ると、差し出されたマルグレットの手が見えた。わたしはその手を握る。皮膚が紙のようだ。一緒に中に入る。

†

台所の炉の火はささやく熾《おき》になり、おもての台木に飛び散った血の上に闇が濃く降り注ぐころ、ロイガは腫れた指で最後のソーセージを紐に結び終えた。こうやって吊るして干しておくのだ。臓物と血のしみがついたエプロン姿のステイナは、ドア枠にもたれかかって妹を眺めていた。

「雪が降ってきたわよ」

ロイガは肩をすくめた。

「みんなベッドに入った」彼女は鼻をくんくんさせる。「ここっていいにおいだと思わない？」

「こんなにおいがいいなんて、思ったことない」ロイガは屈んで、羊の腸が入っていた手桶を取り上げた。

「そのままにしときなさいよ。あしたの朝、洗えばいいから」ステイナはスツールを炉端に引き摺っていった。「アグネスの肉の扱い方、見たでしょ？ あんなに手早い人、見たことない」

ロイガは手桶を壁際に置き、ステイナと並んで腰をおろし、両手を熱い灰にかざした。

「樽に毒を混ぜたんじゃないの」

ステイナは顔をしかめた。「そんなことしないわよ。あたしたちには」エプロンの端に唾をつけ、手の汚れを拭きはじめる。「彼女の態度が急におかしくなったの、どうしてだろう」

「どんなふうに？」

「アグネスとあたし、ここに座って、いまみたいにね、頭を火にかざしてたの。そしたら、急に持ってた頭をあたしに押しつけて、ぶつぶつつぶやきながら出ていったのよ。母さんがあとを追って、二人であそこに座って、話し込んでた。それから戻ってきたの」

ロイガは顔をしかめ、立ち上がった。

「おかしいのよ」ステイナがつづける。「母さんの口ぶりからすると、彼女のことを好いているみたい」

「ステイナったら」

「口に出して言ったわけじゃないけど——」

「ステイナ！　どうしてそういつもいつも、アグネスの話ばかりするのよ！」

ステイナは驚いて妹を見つめた。「アグネスの話をしてどこが悪いの？」

ロイガはフフンと笑った。「どこが悪い？　ありのままの彼女が見えているのは、あたしだけ？」声をひそめる。「彼女のこと、なんでもない人みたいに話すけど。使用人のことを話すみたいに」

「ああ、ロイガ。あんたにも——」

「あたしにどうしてほしいの？　いったいどうして！　あんたたちみたいに、彼女と友達になれって？」

ステイナは口をあんぐり開けて妹を見つめた。ロイガは台所の奥に行き、両方の拳を額に押し当てた。

「ロイガ？」

振り返るかわりに、彼女は汚れたバケツを取り上げた。「洗ってくる」声が震えている。

「あんたは寝たら、ステイナ」

「どうしたの？」

「ロイガ？」ステイナは立ち上がり、妹にちかづいた。「どうしたの？」

「べつに。ベッドに入りなさいよ、ステイナ。あたしのことはほっといて」

ロイガは顔を歪《ゆが》め、頭を振った。「こんなふうになるとは思ってなかった。ブリョンダルが訪ねてきたとき、彼女のせいで苦しむなんて思ってなかった。役人がいて、彼女を閉じ込めたままにするんだと思ってた！　彼女がずっと一緒にいて、うちの寝室で牧師さまとおしゃべりするなんて思ってなかった。それがどう？　母さんまで親しげに口をきいて！　谷間の人たちに変な目で見られてるのに、気にならないの？」

「変な目で見られてやしないわよ。誰もあたしたちのことなんか気にしてないもの」

ロイガは目を細め、バケツを落とした。「気にしてるわよ、ステイナ。あんたは気づいてないだろうけど、あたしたち、注目の的なのよ。彼女とおしゃべりして、食べるものをたくさん与えてるところを見られて、いいことなんかないんだから。あたしたち、お嫁にいけなくなる」

「そんなことわからないわよ」ステイナは炉端のスツールにまた腰をおろした。「これがずっとつづくわけじゃないもの」

「彼女がいなくなる日が待ちきれないわ」

「どうしてそんなこと言うの？」

ロイガは震える息を吐き出す。「牧師さまが、恋患いの男の子みたいにアグネスにつきまとってるの、みんなが見てるじゃないの。彼女がロウズリンの赤ん坊に魔法をかけてからというもの、あの父さんでさえ、おはようって挨拶するようになったわ。それに、あんた！」ロイガはくるっと振り返り、懐疑的な目で姉を見た。「彼女のことお姉さんみたいに扱って。あたしに見せる顔と大違い」

「それはちがうわ」

「ちがわない。彼女のあとをついてまわってるじゃない。彼女の手伝いをして。好かれたいんだわ」

　ステイナは大きく息を吸い込んだ。「あたしは……ただ、ずっと前に会ったことを憶えているから、それで。彼女は最初からこんなじゃなかったって、思わずにいられないの。彼女にだって、あたしたちぐらいのころはあったのよ。あたしたちとおなじで、彼女にも母さんや父さんはいるのよ」

「いいえ」ロイガが語気を強める。「あたしたちとはちがう。まったくちがう。彼女が来たせいで、なにもかも変わってしまった。そのことに誰も気づいていない。それも悪く変わったんだわ」彼女は血で汚れた手桶を摑み、足音も荒く出ていった。

†

　北部では、雪が降りつづいていた。ブレイダボルスタデュルには霧が垂れ込め、十月の弱々しい光が射す日でも、霧はいっこうに晴れる気配がなかった。天気が悪くても、トウテイは家にいて父と顔を合わせるのは気が重かった。アグネスと彼のあいだにあった目に見えぬ膜が、ついに破れた。彼女はナタンの話をするようになった。彼女にもっとちかづけそうだと思うと、いてもたってもいられない。こちらを信頼して、イルガスターデュル事件の真相を話してくれるかもしれない。

トランクにあったウールの服を着られるだけ重ね着しながら、はじめて会った日のことに思いを馳せる。雪解けで増水したグンガスクルドの川の激流は、ぼんやりとしか憶えていない。太陽の下で光る濡れた砂利が脳裏に浮かぶ。前方の川岸に屈み込み、靴下をさげ、流れを渡る準備をする黒髪の女。

寝室で手袋をはめながら、あの日、はじめて見た彼女の顔を思い浮かべようと記憶を手繰《たぐ》った。顔をあげた女は日差しのまぶしさに目を細めた。にこりともしない。歩いてきたせいで、額や首筋に垂れ落ちた髪が濡れていた。かたわらの石の上に、白い袋が置いてある。彼の雌馬に二人で乗り、泡立つ流れを渡ったときの、胸にもたれかかる彼女の体のぬくもり。うなじから立ち昇る汗と野草のにおい。思い出したら体が震えた。熱が出たときのように。

「なにをそんなに急いでいるんだ？」

トウティが顔をあげると、部屋の向こうで父がじっとこちらを見ていた。

「コルンサウ農場を訪ねることになってるので」

ヨウン牧師は思案顔をした。「おまえはあっちで長い時間を費やしているな」

「やるべき仕事がたくさんありますから」

「行政官には娘が二人いるそうだな」

「ええ。シグルロイグとステインヴァー」

父が目を細める。「美人なのか？」

トウティはきょとんとした。「そう思う人もいるでしょうね。遅くなるので待ってなくていいですよ」

「ほら！」ヨウン牧師はトウティに新約聖書を差し出した。「忘れているぞ」

トウティは赤くなり、聖書をひったくるように取って上着の中に差し込んだ。

おもてに出ると、寒風に頬を打たれ、耳が痛くなった。眠そうな雌馬になんとか鞍をつけ、コルンサウ農場の方角に馬の顔を向けた。霧は雪に変わり、雪片が馬のたてがみに絡みつく。寒風に晒されて手足がかじかんだが、川での出会いを繰り返し思い出すと体が芯まであたたかくなった。


「収穫祭が終わって、ナタンとはしばらく会わなかった。ある日、作業小屋で梁に吊るした肉を切っていたの。梯子の上でナイフを持ったまま、ひと息入れようと十一月の青い光に目をやった。するとそこに彼がいたのよ。ドア枠にもたれかかるようにして」

アグネスはランプの光がよく当たるようにと、ベッドの上で体をずらした。寝室の反対側に座るコルンサウ農場の家族たちを、トウティはちらっと見た。彼らは耳をそばだてているだろう。でも、アグネスは頓着しない。やめたくても話すことをやめられないようだ。

「わたしはびっくりして梯子から落ちそうになったわ。ナタンが受けとめてくれなかったら、切り取った肉が泥の上に落ちていた。ウォームを訪ねてきた、と彼は言った。クヴァンムルにブリョンダルの妻の治療に行った帰りだって。出迎えてくれるのはアザラシと仕事だけだから、まっすぐ帰る気にはなれなくてね。彼はそう言ったの。

イルガスターデュルの住み心地はどう？　わたしは尋ねた。仕事を手伝ってくれる使用人がほかにも必要だ、と彼は言った。ワークメイドを雇ったんだが、頭がとろくて困る。それにとても若い。家政婦のカリタスは、つぎのフリッティング・デイ（渡り労働者が荷物をまとめ、つぎの働き場へと移動する日）にヴァッツンスダーリュル農場に移ると言っている。彼はそう言ったのよ。

それからしばらくおしゃべりしたわ。彼にこう尋ねたのを憶えている。あなたの掌の窪みはどうなった？　彼は笑いながら言ったわ。ブリョンダルの女房がこの冬を越せたら、おれの掌は金でいっぱいになるだろう。

それから二人で母屋に戻ったの。庭で仕事をしていた使用人たちに姿を見られた。炉の灰を捨てに出てきたマリアがナタンに気づき、足を止めたわ。ほら、友達が出てきたわ、とわたしは言ったけど、ナタンは彼女を無視して話し出した。雪になる。骨の中に雪を感じる。ところであれは誰なんだ？　彼が指差したのは〝羊殺し〟のピエトルだった」

「彼とともに殺された男？」トウティは尋ねた。

アグネスがうなずく。「彼の名前はピエトル・ヨウンソン。数年前に家畜殺しの罪で捕まって、冬のあいだ、ゲイタスカルド農場に預けられていたの。変わった男でね。わたしは好きじゃなかった。なにもおかしくないのに笑い出す癖があったし、悪夢に出てくる使用人の話をするんで、みんな気持ち悪がっていたの」

「彼にも予知能力があった？」

アグネスは言い淀み、ほかの人たちのほうをちらっと見てから、声をひそめて話をつづけた。「ピエトルが語る夢の話の中に、忘れられないのがあったわ。彼はその話を何度もして、そのたびにわたしたちは鳥肌がたった。こんな夢よ。彼が谷間を歩いていると、ヨウン・アルナルソンと結託して殺した三頭の羊が駆け寄ってきた。先頭を走るのが雌羊で、彼にちかづいてくると血を吐いた。それが彼にかかった。彼は笑いながら話していたけど、そこになにか意味があると思った人は大勢いるわ」

「予言ですか？　あなたはその夢のことをナタンに話した？」

「ええ。するとナタンは、自分がこれまでに見た奇妙な夢の話をしてくれた。でも、いまとなってはどうでもいいことね」

「ナタンの夢なら知ってるわ」部屋の向こうから切迫した声が聞こえた。アグネスとトウティがそっちを見ると、ロイガがおかしな表情を浮かべてこっちを見ていた。

「ロイガ」マルグレットが注意する。

「ロウズリンが話してくれたのよ、母さん。母さんだっておもしろいと思うから」

「そんな話は聞きたくない」ヨウンが言い、ゆっくりと立ち上がった。

「いいえ。ナタン・ケーティルソンの夢の話、聞きたいわ」ステイナが言う。「ロイガが知っているというなら、みんな聞きたいわよ。アグネスもね」

ヨウンは考え込んだ。「トルヴァデュル牧師の話の邪魔をしてはいけないよ」

「邪魔ですって！」ロイガは笑い出し、編み物をベッドの上に放った。「彼女は邪魔じゃないって言うの！　あたしたちの家にいるのよ！　台所で、人のこと覗き込んでばかり！　あたしたちの寝室で、嘘の話ばっかりする！」ロイガは両親に顔を向けた。「母さん、父さん、こんなこと言いたくないけど、この女の言うことに耳を貸すなって言ったのは母さんたちでしょ。それなのに、ほんの五フィートと離れてないところで、彼女は作り話をしているじゃないの。『ああ、わたしを哀れんで、身寄りがないの！』」

「こんな雪の中に、彼女とトウティ牧師を放り出すわけにいかないじゃない」ステイナがもっともなことを言う。

「だったら、父さん、おとぎ話をひとりだけにさせておくのはもったいないわ。みんなでやりましょうよ」

マルグレットは無表情だった。「編み物の手を止めないで、ロイガ」

「そうよ、編み物の手を止めないの、ロイガ」ステイナがひやかす。

「いいかげんにしなさい、二人とも」マルグレットが吠えた。「トウティ牧師、おわかりでしょうが、聞こうとしなくても耳に入ってくるので――」

「ロウズリンは、ナタンの夢のことでどんな話をしたの、ロイガ？」アグネスは編み物の手を止め、姉妹をじっと見つめた。

全員が黙り込んだ。

「それは」ロイガが咳払いする。不安そうな一瞥をアグネスにくれ、つぎに父を見た。父は目を伏せる。「ロウズリンが言うには、ナタンはいろんな人に夢の話をしていたそうよ。それも、悪霊が彼のお腹を刺す夢。ほかには墓地にいる夢。夢の中で、ぽっかり空いた墓穴の中に、人の体とか死体とかそういったものを見るの。それを三匹のトカゲが食べている。それから、男がかたわらに現れて、誰の遺体かとナタンが尋ねると、男は答えるのよ。『自分の遺体だとわからないのか？』」

「ああ、いやだ」クリスティンがつぶやいた。

「それからどうなった？」ビャルニが自分のベッドから尋ねた。

ロイガは肩をすくめる。「目が覚めたんじゃないの。でも、ロウズリンが言うには、彼はその夢の話をいろんな人にしてて、みんなが思ったんですって。夢が現実になったってね。ロウズリンはその話をオウスクから聞いて、オウスクはお兄さんから聞いて、お兄さんはナタン本人から聞いたのよ」

すべての視線がアグネスに注がれた。彼女はしばらく考え込み、やおらベッドから脚をおろして、みんなと面と向き合った。

「彼が話してくれたのは、墓穴の中に自分の遺体を見て、墓穴の向こう側に自分の魂が立っているのを見る夢の話。それから彼の遺体が魂に話しかけ、ステイン主教の賛美歌を歌い出した」静寂の中で、彼女の声が響いた。

誰もなにも言わない。やがてトウティが咳払いした。

「アグネス。話をつづけてくれませんか？　ピエトルの話のつづきを」

「ランプのそばに行ってもいいですか？」

ヨウンはマルグレットをちらっと見てから、ほかの人たちを順繰りに見て、頭を振った。

マルグレットが顔をしかめる。「ヨウン」低いささやき声だ。「どうしてだめなの？」

ヨウンが娘たちをちらっと見たことに、トウティは気づいた。

マルグレットはため息をついた。「みんなが、いまいる場所にいるのがいちばんいいわ」

アグネスに向かって言う。「話をするには充分なあかるさでしょ」

アグネスの顔に怒りがよぎったが、穏やかな口調で話をつづけた。

「ピエトルは評判が悪かった。ランギダーリュルでもヴァツンスダーリュルでもね。たくさんの家畜を殺した男なんて、誰も信用しないわ。ナタンがピエトルを知らなかったことが、わたしには意外だった。彼はいろんな手合いを知っていると思っていたから。それで、彼に言ったの。ピエトルは拘留中の犯罪者なのよ。三十頭以上の羊の喉を掻き切った罪で、それも面白半分の犯行で、コペンハーゲンに送られるところだったんだからってね。ナタンは彼をしばらく見ていたけど、それ以上はなにも言わなかった」

「彼を雇って羊を盗ませるつもりだったのよ、きっと」ロイガがきついことを言う。

「かもしれないわね」アグネスが言い返した。暗がりから。それから、トウティに向かってまた話しはじめた。「その日、わたしはナタンをウォームのところに案内してから、庭に引き返してマリアに話しかけたの。作業小屋にいたらナタンが不意に現れてびっくりしたわ、とわたしは彼女に言った。彼はどんな話をしたの、と彼女に尋ねられ、彼はウォームに会いにきたのよ、と答えた。マリアはわたしの手を取って、用心しなさいよ、と言った」

「どうして？」クリスティンが尋ねた。

アグネスはどちらも無視した。「彼女に言ったわよ。わたしも大人だし、自分の面倒ぐらいちゃんとみられる。だから心配なんじゃない、とマリアは言った」

「牧師さん」ヨウンが藪から棒に言う。「わたしら家族のいないところで話をしたほうがいいでしょう」

「なにがいけないの、父さん？　あたしだって聞きたい」ステイナが言う。

「もう寝なさい、ステイナ」

「失礼ですが、ヨウン」トウティが言う。「ぼくはアグネスの話に耳を傾けるためにここに来ています。彼女の心に浮かんで、ぼくに話してもいいと思うことはなんにでも。奥さんと娘さんがはからずも指摘したように、このような狭いところにいれば、ぼくたちの話し合いがあなたの家族と使用人たちの耳に入るのは仕方のないことです」

「話し合いだって？」グドゥモンデュルが茶々を入れた。「あんたが彼女にさせているのは寝物語じゃないか」

トウティが言い返す言葉を考えているあいだに、マルグレットが口を出した。

「お黙り、グドゥモンデュル。アグネスに話をさせてあげなさい。いまさらどうだっていうの、ヨウン？　二人とも事件のことは知っているし、以前は知らなかったことも、ロウズリンからあれこれ吹き込まれていまは知っているもの」

「恐れることはなにもありませんよ」トウティが言った。

「そうだといいのだが」ヨウンは口を引き結び、靴下の織り目を密にする作業をつづけた。

トウティはアグネスに顔を戻した。「あなたの友達は、どうしてそんなことを言ったんでしょう」

「彼女は嫉妬してたんだと思うわ。とてもナタンに会いたがっていたから。それよりも大事なのは、彼が家政婦を必要としているとわかったことよ」

「どういうことですか？」

「お金に困らない男のところで、あたらしい仕事に就けるのよ。ただの使用人じゃない、いまよりもっと上の仕事。家と農場を切り盛りする家政婦なのよ。あれこれ命令する女主人がいないから、好きなようにできる」アグネスはちらっとマルグレットを見た。

「先をつづけて、アグネス」マルグレットが言う。

「こういう仕事口は内緒にできないのよ、牧師さん。ナタン・ケーティルソンが結婚してなくて、家政婦を探していることは、ゲイタスカルド農場の女たちがみんな知っていた。もしかしたら家政婦以上になれるかもしれない。マリアだってわたしとおなじで、這い上がりたいと思っていたのよ」ほかの人たちのほうをちらっと見る。「わたしはなんとしてもカリタスの後釜に座りたかった。そのことは、べつに恥じることでもなんでもない」

グドゥモンデュルが鼻を鳴らした。アグネスの目がギラッと光る。

「ナタンとわたしが親しくなったのは、話が合ったからよ。数週間に一度訪ねてくる彼と、いろいろおしゃべりしたわ」アグネスはロイガを睨んだ。「彼は友情を与えてくれ、わたしは喜んで受け取った。友達がほとんどいなかったから。マリアはじきにわたしを無視するようになったわ。ナタンがわたしに会いにくるようになったせいで、みんなの態度が冷たくなったわ。でも、みんなただの使用人だものね」寝室の隅のベッドに丸くなっている使用人たちに向かって、彼女はその言葉を吐き捨てるように言った。「ナタンは頭のいい男だった。医者で算術も得意だったし、気前がよかった。あの年の秋、彼はゲイタスカルド農場の使用人たちの咳を治してやったの。それで、感謝されたと思う？　いいえ。彼はわたしに会うためだけに来ていることを、彼らは知っていたから、そのことでわたしを責めた。でも、わたしのどこが悪いの？　ナタンからイルガスターデュルに来てくれと頼まれたことを、農場のみんなに話したわ。よかったね、と言ってくれると思ってたけれど、身の程知らずが大ぼら吹いて、と非難されたわ。あの年の冬は、べつの意味で孤独だったから、ナタンの来訪を心待ちにしたものよ。ゲイタスカルド農場を出られるのが嬉しかった。弟はいなくなったし、マリアはつんけんするし。あそこにわたしを引き留めるものはなにもなかった」

アグネスはふっと黙り込み、猛然と編み棒を動かした。ロイガとグドゥモンデュルがこっそり目配せしたのを、トウティは見逃さなかった。気まずい沈黙がつづいた。聞こえるのは編み棒がぶつかる音と、クリスティンの忍び笑いだけだ。風が勢いを増した。ヨウンが立ち上がり、そろそろ寝よう、と言った。トウティはにわかに疲労を感じ、ベッドを貸してくださいと頼んだ。アグネスからナタンの話を聞いているあいだ、倦怠感に襲われ、喉も痛くなってきた。ランプが消され、闇の中で思った。彼女に話をさせたのは正しい判断だったのだろうか。

†

牧師に話をしたあと、ときどき口が痛くなる。舌がとても疲れる。口の中で、死んだ小鳥のようにぐったりしている。歯のあいだで、羽根が濡れる。

彼になにを話した？ ほかの人たちは、わたしの話をどう受けとめた？ どうでもいいことだ。ナタンを知るのがどういうことか、ほかの人たちにわかるはずもない。彼が訪ねてくるようになって最初のころは、二人でなにか神聖なものを創り上げていた。言葉を慎重に置く。隙間ができないように重ねてゆく。わたしたちはそれぞれの塔を創った。ふたつの標識、道沿いに立てられて、悪天候のときに道案内をしてくれる標識。息が詰まる日常の霧の向こうに、たがいを見出せるように。

ゲイタスカルド農場で夕暮れどき、雪を踏みしめながら歩いた。足元で雪はキュキュッと音をたてた。あるとき、氷を踏んで滑ったわたしは彼の腕にすがり、一緒によろめいて、笑いながら尻餅《しりもち》をついた。起きようとするわたしを彼が押し戻し、並んで星を眺めた。彼が星座の名前を教えてくれた。

「死んだらあそこにいくんだと思う？」わたしは尋ねた。

「おれは天国なんて信じない」

わたしはぎょっとした。「信じないなんてことが、どうしてできるの？」

「嘘っぱちだから。人間は死の恐怖から逃れたくて神を創造したんだ」

「どうしてそんなこと言えるの？」

彼が顔を巡らせる。髪に氷の結晶がついている。「アグネス。自分を偽らないことだ。あたりまえのことで、きみもわかっている。命は、ほら、血管の中にある。雪があり、空があり、星があり、それらが教えてくれる事柄がある。それだけのことだ。ほかの連中は――なにも見えていない。生きているか死んでいるかさえも、わかっていないんだ」

「それは言いすぎじゃないかしら」

「アグネス。きみはおれを理解していないふりをしているが、ちゃんと理解しているんだ。おれたちは同類なんだよ」ナタンが肘をついて上体を起こした。月光が顔に降り注ぐ。「おれたちにはこんな生活はそぐわない」彼は母屋を顎でしゃくった。「泥まみれの生活。すべてをあるがままに受け入れる生活」彼が身を乗り出し、やさしくキスをした。「きみはこの谷間に属してはいないんだ、アグネス。きみはちがう。きみは何物をも恐れない」

わたしは笑った。「たしかにあなたを恐れてはいないわ」

ナタンがほほえむ。「きみに質問がある」

動悸が激しくなった。「あら、そう？　どんな質問？」

彼は雪の上に頭をおろした。「星と星のあいだの空間をなんと呼ぶ？」

「名前なんてついてないでしょ」

「きみがつければいい」

わたしは考え込んだ。「魂の避難所」

「それは天国の別の言い方じゃないか、アグネス」

「いいえ、ナタン。そうじゃない」

それからしばらくして、彼の議論の重たさに、わたしは息が詰まった。彼の暗い思考は明《めい》晰《せき》だった。それからしばらくして、二人の舌は地滑りを起こし、口にした言葉とその本当の意味との狭間《はざま》に二人とも落ちて、たがいを見つけられなくなった。自分が口にした言葉を信じられなくなった。

その晩、わたしたちは牛小屋に行った。わたしは口と乳房とで、彼の掌の窪みを埋めた。重なる彼の体に出会った。彼の両手がスカートを摑んでたくし上げると、肌に当たる冷気を感じた。それから、はじめて肌と肌が触れた。それは弾丸、自由落下。靴下留めは膝までずり落ち、彼の髪がやさしく首筋を撫でた。

あのとき、わたしは彼の重みを乞い求めた。彼の吐息を乞い求めた。速くなる呼吸、彼の口のあたたかな圧力。彼のにおい、滑って跳ね上がる彼の体、ほかの誰ともちがっていた。わたしは思い切り首をそらし、吹き寄せる湿気に顔が濡れた。彼を感じた。彼の熱を感じ、彼のすばやさを感じた。彼のうめき声が漂う。火山の上にたなびく灰のように。

あとから泣きたくなった。あまりにもほんものすぎたから。あまりにも感じすぎて、それがなんなのかわからなくなった。

ナタンはシャツの裾をズボンに押し込みながらほほえんだ。絡まった髪の毛の先で水滴が光っていた。わたしの頬を撫で、痛くなかったか、出血したんじゃないか、と尋ねた。いいえ、と答えると、彼は笑った。ほっとしたから？　むっとしたから？

「もっとゆっくりしていればいいのに」

「起きろよ、アグネス。ベッドに入れ」

「また来てくれる？」

彼はまた来た。長い冬のあいだ、彼は何度も訪ねて来た。粉雪の舞う底冷えのする寒さのなか、ほかの人たちが寝静まったころ牛小屋で。谷間は雪に包まれ、作業小屋で乳は凍りついていたけれど、わたしの魂は溶けていった。風がうなっていても、彼の唇が触れたあとには火が燃え盛った。すべてが凍りついたあとは、食料庫で逢引した。頭上に干した肉の星座を頂いて。体に移る干し草の香りは、過ぎた夏の香水だ。体が血で満たされてゆく。あの有名なナタン・ケーティルソン、病人の手足から血とともに病気のもとを流し取る男、あの有名な詩人のロウザと暮らしていた男、コペンハーゲンの鐘の音を聞いたことのある男、独学でラテン語を学んだ男――類まれな男、サガに謳われる男――が、わたしを選んだ。生まれてはじめて、わたしをちゃんと見てくれる人に出会えた。彼はわたしに、このままの自分でいいのだと思わせてくれたから、わたしは彼を愛した。

スカートのなかに手を入れて、彼が残した傷を探り当てて押すと、痛みが肌に広がってゆく。傷跡は彼の手の名残《なご》り、彼と手を重ね体を重ねた証《あかし》。闇のなか、悦楽の声をあげて、よじ登るわたしの手足。退屈な日々の仕事も、ひとり寝の夜も、朝起きればきまりきった仕事が待っている日常も、隠れた傷跡が教えてくれたから耐えられた──息が詰まる、ありきたりの人生に終止符が打たれることを。

傷跡が消えるのがいやだった。彼を身近に感じられるものは、それしかなかったのだから。彼を待って過ごしたあの数週間、あの数十夜、わたしは飢えて腐っていった。牛小屋で、わたしは床に頭を強く打ちつけ、ナタンがわたしの魂の卵黄を破った。使用人たちには本心を明かさなかった。意思の力で秘密を守りながら、ほんとうは風のなかで泣きたかった。土を掻きむしり、草を焼き焦がしたかった。

わたしは彼の農場に行き、一緒に暮らす約束をした。彼がわたしを谷間から連れ出してくれるだろう。愛のない惨めな生活から救い出してくれるだろう。なにもかもあたらしくなるのだ。彼がわたしに春をくれるだろう。

わたしがそんな思いでいたあいだ、農場にはシッガがいたのだ。

九章

女たちを先に立って導く
詩人、マグノスを父に持つ。
その血管には彼の祝福された血が流れる
良きブルフェのアグネス。

詠み人知らず、一八二五年

「イルガスターデュル農場に行ったことある、牧師さん?」

トウティは頭を振った。「ブレイダボルスタデュルより北へは行く用事がないもので」

翌朝はさらに湿っぽい雪模様の天気だったから、マルグレットはトウティに、帰るのは空が晴れてからにしたほうがいい、と言った。彼はほっとした。いやな夢を見て、朝から頭痛がしていたからだ。

羊の集牧と冬に備える食肉作りも終わり、干し草は納屋におさまり、コルンサウ農場の人たちは終日家のなかで過ごした。糸を紡ぎ、編み物をし、ロープを綯《な》って。

アグネスはベッドに座り、ステイナが編み損ねた手袋を直していた。「イルガスターデュル農場は、それこそこの世の果てよ」彼女は言い、農場の位置を示すかのように頭を傾けた。「わたしは道順を知らなかったし、およそ淋しい場所だとみんなに言われたわ。どこもかしこも見知った人ばかりの谷間とはまるでちがうって。でも、わたしはナタンのために働きたかった」

「行ったのはいつのことです?」

「行けるようになってすぐ。フリッティング・デイのときだから五月の末」

「何年の?」

「一八二七年。クリスマスと新年はゲイタスカルド農場で迎え、ムナグロが渡って来て、啼き声で雪を消してくれるのを、いまかいまかと待ちわびたわ。荷物をまとめて歩いて出掛けた。たくさんの使用人がつぎの働き場所を目指して谷間を行き来していたけれど、ヴァッツネスに向かう人はひとりもいなかった。イルガスターデュル農場に向かう人はひとりもいなかった。半島を北に向かって歩くうち、霧が出てきて、道に迷うのではないかと不安になった。でも、遠くに海鳴りを聞いたから、方向はあっていると思ったの。霧が晴れて、チアルンの教会まであと少しだとわかった。その晩は教会に泊めてもらい、翌朝、牧師さんにイルガスターデュル農場までの道順を訊いた。

教会から農場まではそう遠くなかったわ。あの朝、生まれてはじめて海を見たの。広々と大きな海。北から吹く風に泡立つ波が浜に打ち寄せ、無数の海鳥が、海面ちかくを啼きながら旋回していた。灰色にうねる海の向こうに西のフィヨルドが見えた。フィヨルド自体の影のようだった。

心に残る光景だった。岩だらけの入り江のほとりに母屋が見える、と牧師さんは教えてくれて、ほんとうにそのとおりの場所に着いたわ。浜には小さなボートがあがっていて、干物を作る棚に結びつけられた敷布が風にはためいていた。わたしはそれを吉兆と受け取ったのよ。手招きして迎え入れてくれるのだと思ったの。

浜に通じる道をおりて行く途中で、母屋から人が出てきてこっちに歩いてくるのが見えた。ちかくまで来て、十五ぐらいの若い娘だとわかったわ。浮き浮きと手を振っている。声が届くところまで来ると、彼女はいらっしゃいと叫びながら走ってきた。ちかくで見ると、まだ子どもみたいだったわ、牧師さん。しし鼻にとても赤い唇、金髪が風にあおられて絡まっていた。農民の娘にしてはかわいかった。ナタンの娘じゃないかと思ったぐらい。使用人にしてはいい服を着ていたしね。

彼女はわたしの荷物を取り上げ、わたしにキスした。あなたがアグネス・マグノスドウティルね、あたしはシグリデュル、でもみんなはシッガと呼んでるわ、と自己紹介したわ

「ゲイタスカルド農場でナタンがあなたに話した若いワークメイドですね？」

アグネスはうなずいた。「シッガは矢継ぎ早に質問したわ。週の頭からずっとあなたを待

ってたのよ、お腹すいてない、遠かったでしょう、ひとりで山道を歩いてて、追いはぎやならず者に怖い思いをさせられなかった？　彼女が早口でまくしたてるものだから、答える隙もありはしない。彼女はわたしを母屋に案内し、けさ整えたばかり、と言ってわたしのベッドを教えてくれたわ。ベッドが四つあるだけの寝室はとても狭くて、おしゃべりする隙間もなかった。ベッドのひとつは上に小さな窓があり、シッガがそこを占領しているのだろうと思ったわ。イルガスターデュル農場は、想像していたよりずっと狭くて汚かった。でも、行政長官の家で使用人をするより、ここの女主人でいるほうがずっといい。そう自分に言い聞かせたの。ゆっくり荷物を片付けてね、とシッガは言い、コーヒーを淹《い》れにいった。そんなもったいないことしないで、乳清か水で充分よ、とわたしが言うと、彼女はにっこりしてこう言ったの。ナタンはコーヒーが好きで、ここじゃみんなで飲んでいるのよってね。贅沢すぎる、とわたしは思ったわ。

　シッガが出ていったので、部屋の中を見回した。整えてあるベッドはふたつだけだから――彼女のとわたしの――ナタンはどこで眠るんだろうと思った。屋根裏があるのだろうか。戻って来たシッガに、ナタンはどこにいるの、と尋ねた。彼が出迎えてくれるとばかり思っていたから。シッガは赤くなってもじもじして、ナタンは出掛けてるわ、と言った。

　その日は日曜だったので、教会に行ったの、と尋ねると、シッガは頭を振った。ナタンは教会に行くような人じゃない。夕べの祈りをしない人にははじめて会ったわ、とシッガは言っていた。聖書を持っていたら枕の下に隠したほうがいいわよ。ナタンが炉にくべてしまうから。いいえ、ナタンは山に狐狩りに行ったの。でも、あたしが代わりに農場を案内してあげるわ。

農場をはじめて見たときどんな印象を持ったか、いまはもう思い出せないわ、牧師さん。旅の疲れもあったし、あまりにも広い海に圧倒されていたの。でも、この世の果てみたいなイルガスターデュル農場に閉じ込められて、一年を過ごしたあとの心持ちなら話せるわよ」

「ぜひ聞きたいですね」

「山がちかくに迫っていて、浜辺があって。地面は岩だらけで、わずかにある平らな土地で冬用の飼料を育てている。あとは岩のまわりに野草が生える荒れた土地。浜は石ころだらけで、打ち上げられた海草が溺死体《できしたい》の髪の毛みたいに見えるの。朝になると、魔法みたいに流木が現れるのよ。アザラシのコロニーのちかくの岩場にはケワタガモが巣を作っている。晴れた日にはそれは美しいけれど、雨の日に見るとまるで墓場よ。海霧で悩まされる土地。いちばんちかいスタパル農場までだってかなりの距離があるわ。

フィヨルドに突き出すようにいくつもの岩礁があって、そのうちのひとつにナタンの仕事場がたっていた。そこへはいくつもの岩を伝って行くのよ。母屋から離れているし、海に囲まれたあんな場所にどうして仕事場を作ったんだろうって不思議に思った。でも、ナタンにはナタンの考えがあったのね。母屋の窓が海にではなく、内陸に臨む場所に作られていたのは、山沿いの道をやってくる人を見張るためだった。敵がいたから。

仕事場の鍵がどこにしまわれているのか、シッガも知らなかった。仕事場には鍛冶用の炉があり、彼はそこで薬の調合も行っていた。大金の隠し場所もおそらくそこだったんでしょうね。シッガはそういう話をくすくす笑いながらしてくれたんだけど、ナタンが言ってたとおり、この子は頭が足りないと思ったのを覚えているわ。

ナタンはアザラシを棍棒《こんぼう》で叩いて殺す、とシッガは言った。あなたも頼めばアザラシの革の靴を作ってもらえるわよ。ここで使ってるのはケワタガモの綿羽のマットレスなのよ。とってもやわらかくて、死んだみたいに眠れるから。アイスランドじゅうの行政長官はみんなそのマットレスで寝てるんだから。あたし、ストラ＝ボーグ農場で育ったから知ってるの。でも、母さんはもうそこには住んでない。家政婦という仕事、あたしははじめてなんだけど、あなたは優秀だってナタンが言ってたから、いろいろ教えてちょうだいね。

シッガが自分を家政婦だと言うのを聞いて、わたしは仰天した。『あら、あなたはここの女主人なの？　カリタスのあとを引き継いだの？』わたしは尋ねた。すると彼女はうなずいて言ったわ。ええ、最初はメイドとして雇われたけど、カリタスが辞めることになって、おまえが家政婦をやってくれって、ナタンに頼まれたのよ。あたしの使用人として来てくれてありがとう。あたしたちうまくやっていけるわ。ナタンは留守が多いから、ひとりで淋しかったのよ。彼女はわたしの腕を摑んでそう言ったわ。

なにかのまちがいだと思った。わたしが来るまでのつなぎとして、ナタンは彼女に家政婦をやらせていたのだと思った。あるいは、彼女が嘘をついているか。ナタンが嘘をついたとは思わなかったのよ。

それから一緒にコーヒーを飲んで、世間話をしたわ。わたしが、これまでにいくつの農場で働いてきたかを話すと、彼女は目を丸くしてね、あなたが来てくれてほんとうによかった、あなたがしているショールの模様、すてきだから作り方を教えてねって言ったわ。それでわたし、少し気分がやわらいだの。

話はナタンのことになって、夕食がすむころには帰ってくるだろう、とシッガは言ったけど、彼が戻ったのはその晩遅くだった」

「そのときに、どういう立場で呼ばれたのか、彼に訊いてみたんですか？」トウティが尋ねる。

アグネスは頭を振った。「彼が戻ってきたとき、わたしはもう眠っていた」

†

事情がわかったのはイルガスターデュル農場ではじめて迎えた朝だったと思う。それとも、ちゃんと理解してはいなかったのかもしれない。

鷗の哀愁《あいしゅう》に満ちた啼き声で目が覚めておもてに出ると、ナタンが川に向かって歩いていくのが見えた。浜辺では、干しっぱなしの彼の敷布が風にはためいていた。朝帰りだったのだ、とわたしは思った。

彼は真夜中に、キツネの生皮二枚を担いで戻ってきた、とシッガから聞かされたときにも、ゆうべ彼はどのベッドで寝たのと尋ねることまで考えがおよばなかった。

「翌朝、ナタンに会えてただ嬉しくて、尋ねるのを忘れてしまった。シッガが女主人気取りでいるのはなぜか、と。その話をしたのは午後になって、ナタンについて仕事場にいったときだった。

うるさい女だと思われたくなかったから、さりげなくこう言っただけだった。シッガは家政婦としてどうなの、満足してるの？　でも、ナタンはお見通しだった。足を止め、眉を吊り上げた。

『彼女は家政婦じゃない』彼は言ったわ。

それを聞いてほっとしたけれど、これだけは言っておいた。カリタスの後釜に座ったって、シッガは言ってたわよ。

ナタンは笑って頭を振り、言ったわ。彼女は若くて考えなしだと前に言ったじゃないか。それから、彼は仕事場の鍵を開けた。あんな部屋は見たことがなかった。鉄床《かなとこ》やふいごといった道具があるのはふつうだけど、壁際には乾燥させた花やハーブの束や、濁った液体や澄んだ液体が入った瓶がずらっと並んでいたわ。脂のようなものが入った大きな手桶、針やメス、茹でた胃袋みたいに縮んだ青白い小動物をおさめたガラス瓶もあった」

「なんて恐ろしい」ステイナがつぶやいた。ほかの人がいることを忘れていたように、アグネスははっとして編み物から顔をあげた。

†

玄関のドアをノックする音がした。

「ロイガ」マルグレットが言う。「出てちょうだい」妹娘は言われたとおり応対に出ると、客を連れて戻ってきた。肩に積もった雪を払う老人は、ウンダーフェトルのピエトル・ビャルナソン牧師だった。

「やあ、みなさん、こんにちは」牧師はだみ声で言い、シャツで眼鏡を拭いた。雪交じりの風のなかを歩いてきたので息があがっている。「教区簿冊に記載するので、人の出入りがなかったか一軒一軒訪ね歩いているのですよ。ああ、こんにちは、トルヴァドゥル牧師補。まだこちらにおられたのですか。ああ、そうだった。ブリョンダルの命令で……」

「こちらはアグネスです」トウティが間髪をいれずに言う。アグネスが一歩前に出る。

「アグネス・ヨウンスドウティル。囚人です」

マルグレットが驚いて立ち上がり、夫を見た。彼も恐怖に口をあんぐり開けている。

「なに言ってるの?!〝ヨウンの娘〟だなんて、彼女はうちの家族じゃ――」そこまで言いかけたロイガを、トウティが制した。

「ぼくはアグネス・ヨウンスドウティルの教誨師です。前にも言いましたが」トウティがその名字を繰り返したことに、夫婦も娘たちもあ然としている。気まずい沈黙がつづいた。

「そのように記載しましょう」ピエトル牧師はスツールに腰をおろし、ちらつくランプの火あかりを頼りに上着から重たい教区簿冊を取り出した。「それで、家族のみなさんはどうしてました?　食肉作りは終わりましたか?」

マルグレットはよそよそしい顔でトウティを見つめ、ゆっくり腰をおろした。「ああ、ええ。厩肥《きゅうひ》を広げて干しているところで、それがすんだら物々交換に出す毛織物作りにかかります」

老牧師はうなずいた。「働き者の家族ですね。ヨウン行政官、あなたから最初に話をさせてもらいましょうか」

牧師は家族ひとりひとりと面談し、読みと教理問答の試験を行い、一緒に住む人たちの人となりを知るために質問を行った。使用人たちの面談が終わると、牧師はアグネスを呼んだ。トウティは二人のやりとりに耳を澄ましたが、試験が終わってほっとしたクリスティンがビャルニと冗談を言って笑い転げたので、なにも聞き取れなかった。面談は長くかからず、じきに牧師は彼女にうなずいてみせた。

「みなさん、ご苦労さまでした。それでは、礼拝のときにお目にかかりましょう」ピエトル牧師は言った。

「コーヒーでも飲んで、ゆっくりしていかれませんか？」ロイガがかわいらしく膝を折ってお辞儀した。

「ありがとう、お嬢さん。だが、ほかにも回るところがあるのでね。それに、空模様が心配だから」帽子をかぶり、分厚い上着のなかに教区簿冊をしまった。

「そこまでお送りします」トウティがロイガの機先を制した。

廊下に出たところで、アグネスについてなにを書き留めたのか、とトウティは尋ねた。

「知ってどうするのです？」老牧師が興味深げに尋ねた。

「ぼくは彼女の教誨師です。彼女がどう振舞ったか、よく読めたかどうかを知っておく責任があります。彼女が心の平安を得られるよう見守ることが」

「なるほど」牧師は教区簿冊をまた懐から取り出し、ページを繰った。「ご自身でたしかめるといい」

トウティは壁の蠟燭に本をかざし、目を細めて文字を読んだ。〝アグネス・ヨウンスドウティル。死刑囚《サカペルソナ》。三十四歳〟

「彼女の性格の欄にはなんと書いてあるんですか？」蠟燭のあかりだけでは暗くて読み取れない。

「ああ、〝ブレンディン〟ですよ。得体が知れない」

「どうしてその答えに辿り着いたのですか？」

「行政長官の意見ですよ。それに、彼の妻の意見」

「あなたの意見は？」

老牧師は教区簿冊を懐に戻し、肩をすくめた。「話し上手。教養がある。彼女の身の上を考えると驚きに値する。よく育ったものだ。しかし、行政長官は言ってましたよ。彼女は……なにをしでかすかわからない。ヒステリーを起こしたとも言ってましたな」

「アグネスは死刑を言い渡されたんですよ」

「わかっています」老牧師はドアを開けた。「ごきげんよう、トルヴァデュル牧師補。幸運を祈ります」

「こちらこそ」トウティはつぶやいた。目の前でドアがバタンと閉まる。

†

アグネス・ヨウンスドウティル。この名前を名乗るのが、こんなにたやすかったなんて。使用人のマグノス・マグノソンの娘ではなく、ブレックコットのヨウン・ビャルナソンの娘。わたしがほんとうは誰の娘なのか、世の中に知らせるのだ。

アグネス・ヨウンスドウティル。わたしがなるべきだった姿を象徴する名前。谷間を見渡せる農場の主婦、夫がいて、夕暮れどき、羊の集牧を手伝ってくれる子どもたちがいる。読み書きを教え、幽霊話をして怖がらせる。愛してやる。シッガやステイナの姉であってもおかしくない。マルグレットの娘であっても。結婚した夫婦のあいだに祝福されて生まれた子。貧困によって引き裂かれることのない家族のもとに生まれた子。

アグネス・ヨウンスドウティルは、人の血管を切り開き、唇を奪い、脚を開かせることに人生を費やす男を愛するような愚かな女ではない。放血によって金を儲《もう》ける男を愛するような愚かな女ではない。孫に恵まれる人生を送ったかもしれない。家族に看取《みと》られて最期を迎えていたかもしれない。彼女なら、天国に居場所が確保されていただろう。天国を信じていただろう。

イルガスターデュル農場で幸せだったなんて信じがたいだろうけれど、幸せだったときもたしかにあった。あの最初の日、午後をずっと仕事場で彼と過ごしたとき、わたしは幸せだった。彼は狐の生皮を見せてくれた。内側は乾きつつあった。その朝は、生皮を魚と並べて干すには湿気がきつすぎた。

彼はわたしの手を取り、狐の白い毛を撫でさせた。

「ほら、この手触り。夏にレイキャヴィークに持っていけば、高く売れる」

どうやって狐を捕まえたか、話してくれた。「子狐を見つけて捕まえるのがコツだ。子狐を鳴かせて親を呼び寄せるんだ。そうでもしなきゃ、狐を巣穴から誘い出すのは至難の業だ。ずる賢いからな。知恵が回る。ちかづいてくる人間のにおいを嗅ぐ」

「それで、どうやって子狐を鳴かせるの？」

「前肢を折る。それで逃げられない。親狐は鳴き声を聞いて巣穴から出てくる。かんたんに捕まるさ。子狐を見殺しにはしないからな」

「親狐を殺したあと、子狐をどうするの？」

「猟師のなかには、そこらにほっぽっておくのもいる。子狐は金にならない――皮が小さすぎる」

「あなたはどうするの？」

「おれは、岩で頭を潰す」

「それがいちばんだわね」

「ああ。ほっぽらかしにするほうが残酷だ」

彼は本を見せてくれた。わたしの気に入るだろうと思ったのだ。「シッガは読むことが苦手だ。ひどいものさ。雌牛にしゃべらせようとするようなものだ」

わたしは紙に指を走らせ、あたらしい言葉を読み取ろうとした。

「皮膚病《キューティニアス・ディジーセス》」わたしのたどたどしい発音を、彼が直してくれた。「コクレアリア・オフィチナリス」

「もう一度」

「チェトラリア・アイランディカ。アンジェリカ・アーカンジェリカ。アッキリア・ミルフォリウム。ルメックス・ディジャイナス」

わたしには理解できない言葉だったから、彼の笑いをキスで塞いだ。彼の舌が軽く舌に触れる。言葉の意味は？　この仕事場にあるものの名前なの？　ガラス瓶や陶器の壺におさめられたものの名前？　首筋にキスされて、湧き上がる欲望の渦に呑まれなにも考えられなくなった。彼がわたしをテーブルに寝かせる。ぎこちなく服を脱ぐ。なにがなんだかわからないうちに、わたしの中に彼がいた。準備もできていないうちに。体の下に紙があった。そこに書かれた文字が立ち上がって、肌に染み込んでくる。脚を彼の体にきつく巻きつけると、海の冷気に喉を摑まれるのを感じた。

終わってから、わたしは裸のままテーブルの端に腰を押しつけて立っていた。目の前にはナタンの本があった。愛の渦を描いて、紙はしわくちゃだった。

「ここに記された病気を見て、ナタン。病気と恐怖を扱う本の山」

「アグネス」

彼がやさしく名前を呼んだ。最後の〝ス〟を味わうように舌で転がして。

「ナタン。この世にこんなにたくさんの病気があるのに……体の具合を悪くするものがこんなにたくさんあるのに、どうしてわたしたちは生きていられるの？」

シッガはわたしたちのことを知っていたにちがいない。イルガスターデュルで暮らしはじめたころ、わたしたちは彼女が眠るのを待った。ナタンが寝室の床をそっと踏みしめる音を聞き、毛布がそっと引っ張られるのを感じた。声をたてまいと必死になった。絡み合った体はとてもほどけるとは思えなかったけれど、窓から射し込む曙光《しょこう》が、ナイフとなって二人を切り離した。

シッガが目を覚ます前に、彼はかならず自分のベッドに戻った。

†

アグネスは物思いに沈んでいるように見えた。トウティが肩にやさしく手を置くと、彼女ははっとなり、彼が戻って来たことに気づいた。

「驚かせてごめんなさい」

「ああ、いいのよ」アグネスは短い息をした。「編み目を数えていただけだから」

「つづけましょうか？」

「なにを話していたかしら？」

「イルガスターデュル農場で迎えた最初の日のこと」

「ああ、そうだったわね。ナタンは喜んでくれて、わたしが落ち着けるよう気を遣ってくれた。それに、近くの農場のことやそこに住む人たちのこと、その土地のことを話してくれたわ。それからの数週間は、これといったこともなく淡々と過ぎていった。わたしとシッガは夜明けから日暮れまで働き、夜は物語をしたり、いろんな話をして笑って過ごした。そんなこんなで、最初の数カ月は幸せだった。ナタンがこんなに長い時間を家で過ごすのは珍しい、とシッガは言った。わたしの存在が彼を家につなぎ止めているのだと、わたしは思った。彼は畑仕事をするよりも仕事場で過ごすほうが多かったわね。鍛冶場で道具を修繕したりして。畑や馬の世話は人を雇ってさせていた。でも、彼はけっして怠け者ではなかった。わたしに放血のやり方を教えてくれたし、人間が罹るありとあらゆる病気のことも教えてくれた。彼の仕事に興味を持つ人間がいることが嬉しかったのね。シッガはかわいいし、洗濯も上手だし、獲ってきた魚を手際よく捌いたけれど、ナタンが言う知的活動には関心がなかったの。わたしは好きなだけ本を読むことが許されて、科学というものに目覚めたわ。ねえ、知ってる、牧師さん、脚に発疹《ほっしん》ができたり歯茎から血が出たりしたら、キャベツを食べるといいのよ」

トウティはほほえんだ。「いいえ、知りませんでした」

「最初のうち、彼は教えることを楽しんでいたけれど、わたしはそのうち自分で考えるようになったの。葉っぱを煎じたお茶や、ラードと硫黄で作る湿布や、根っこを搾ってできる粘液や、それにキャベツがどうして人を癒《いや》すのか、とかそういったことをね。

　イルガスターデュル農場に移ったことは、ほんとうに幸運だったと思ったわ。ナタンはアザラシの革で靴を作ってくれたし、ショールもくれたし、カモの卵を満腹になるまで食べることだってできたし。彼は出掛けるたびにシッガとわたしにお土産《みやげ》を持って帰ってきた。はじめて会ったとき、シッガを彼の娘と思ったわけがそれよ。ナタンは彼女に上等な服を着せてたの。わたしにも贈ってくれた。レースや絹、それにはるばるフランスから渡ってきたハンカチーフ。こんな人里離れた場所で、狭苦しい母屋に暮らすわたしたちには贅沢すぎるものだった。訪ねてくる人はめったにいなかった。でも、わたしにはナタンがいたし、シッガも一緒にいるのが耐えられないというほどではなかったしね」アグネスはそこで声をひそめた。「彼女に会ったことある、牧師さん？　減刑嘆願は受理されたの？」

　トウティはゆっくり頭を振った。「まだわかりません」

　アグネスは思案げな顔をした。「きっと彼女は変わったでしょうね。殊勝な顔をしてるんだわ。でも、イルガスターデュル農場にいたころの彼女は、小生意気な子でね。それがいかにも彼女らしかった。人のことをあれこれ言うのが大好きだったわ。ナタンがまたおもしろがってけしかけるのよ。誰それと誰それが怪《あや》しいとか、あそこの子どもは誰それに似てるといった下世話なことをね。彼女の単純さが、ナタンにはおもしろかったんでしょうね。シッガが自分のことを家政婦と呼ぼうが、自分でやるべき仕事を――たとえばおまるの中身を捨てるとか、牛小屋の掃除とか、ナタンが獲ってきた魚を干すとか――わたしに押しつけようが、あまり気にならなかった。ナタンが言うように、彼女はほんの子どもだから、子どもの考え方しかできないんだものね。

わたしが農場で暮らしはじめてじきに、フリドリク・シグルドソンが訪ねてきたわ。会うのは初めてだったけど、シッガからいろいろ聞いていた。彼はナタンの知り合いみたいなものだって。彼の前に出ると、シッガは皮を剝がれた子羊みたいにピンク色になるの。でも、わたしは彼に不穏なものを感じた。なんとなく崩れた感じがしたから。ナタンもそれを感じていたのよ。顔を合わせると二人とも不機嫌になるの。部屋の空気が一変したわ。さっきまで楽しそうにしてたのに、顔を合わせたとたんむっつりと黙り込んで。わたしたちにも伝染してね。一緒にいるこっちまで、なんだか疾しい気持ちになって。自分の意思に反して悪いことをしたような気持ち。脇腹に棘が刺さっている感じ。フリドリクは向こう見ずな若者だった。一人前の男であることを証明しようと必死だった。怒りっぽくてね。世界じゅうを敵に回してる気分だったんでしょうね。そのことに怒っていた。彼のそういうところが嫌いだった。いつだって怒る理由を探しているようなところ。喧嘩が好きで。拳は傷だらけなのがいい、みたいな。

ナタンはちがったわ。自分を偉く見せる必要はないと思っていた。でも、迷信深かったわね。わたしが彼を尊敬したのは、世の中をよく知っているところ、それに知識欲、好きな人に対して示す気さくな態度、心の底に暗い部分を持っていてもね。輝かしい空を思い切り楽しんでおけば、そのあとに訪れる絶望にも耐えられる」

トゥティが顔をしかめて首筋を撫でたので、アグネスは言葉を切った。

「どうかしたの？」

牧師は咳払いした。「ここは空気がこもっていて息が詰まる、それだけですよ。さあ、つづけて。あとで水を汲んできます」

「顔が青いわ」

「寒いなかを行ったり来たりしたんで、ちょっと寒気がするだけです」

「今夜はこちらに泊まったほうがいいんじゃないかしら」

トゥティは頭を振ってほほえんだ。「それは心苦しいので。話の腰を折って申し訳ない。つづけてください」

アグネスは探るように彼を見て、うなずいた。「それならそうするわね。わたしがフリドリクにはじめて会ったのは、川から汲んだ水を持って帰る途中だった。叫び声がしてそっちを見ると、赤毛の若者が馬を駆って山道をやってきた。女も一緒だった。声を聞いて、ナタンも仕事場の窓から外を覗き、すぐに出てくるとドアに鍵をかけたの。訪ねてくる人は多くないけれど、ナタンはそうするほうが安心だったのね。

ナタンがフリドリクを紹介してくれたわ。山の向こうのキャタダーリュル農場のシグルデュルの息子だ、と彼は名乗った。冬のあいだはよそに行っていたそうよ。連れの女はソルンという名の使用人で、歯並びが悪くて、誰にでも笑いかけていた。彼女を見て、シッガが不安そうな顔をしたのを憶えている。正直に言うとね、牧師さん、わたしは二人とも好きになれなかったわ。フリドリクは、ほら吹きの目立ちたがりだと思った。意味もないおしゃべりをつづけてね。親父を金持ちにしてやるんだとか、ヴェステュルホープで三人の男相手に喧嘩して、こてんぱんにしてやったとか。あの年頃の若者がよく口にするくだらない嘘話。フリドリクの自慢話を、ナタンはよく我慢して聞いていると不思議に思ったわ――そういう話はいやがる人だもの。もっとも、彼だって自分の運のよさを吹聴してまわっているけれどね。きっとフリドリクの師匠のつもりでいたのね。奴はシッガに気があるんだって、わたしに言っていたわ。

その日、ナタンはフリドリクとソルンを家に入れたわ。わたしは、あたらしい隣人にとくに興味はなかったけれど、フリドリクの家族はそうとう貧しいんだろうと思った。彼が魚をガツガツ食べるのを見てそう思ったのよ。ナタンのおかしな友達、そんなふうに見ていたわ。

帰っていくフリドリクのあとを、ソルンは子犬みたいについていった。ナタンもしばらく姿を消していた。どこに行ってたの、と尋ねると、持ち物を調べてきたと答えた。どうして？　フリドリクは手癖が悪くてね、ここを訪ねてくるのだって、金の隠し場所を見つけるのが目的なんだ、って。

だったらなぜフリドリクを家に入れたりしたの？　母屋に金を置いてはいないし、駆け引きが楽しいのさ。ナタンは笑いながらそう言ったわ。二人のあいだにほんものの友情は存在しなかったけれど、妙な競争心はあったみたい。退屈から生じる競争心。フリドリクはナタンを金持ちだと思っていて、おこぼれに与ろうとしていた。ナタンは彼をけしかけて内心でおもしろがっていた。フリドリクが金のありかを見つけ出せるわけないと思っていたから。ああいう男をけしかけるのは危険だと思うって、わたしは言ったのよ。ナタンはわたしの心配を笑い飛ばした。フリドリクは男なものか、無鉄砲なガキさ。でも、気になって仕方なかった。フリドリクは倍も体が大きいし、力勝負になったらあなたの負けよ。わたしの言葉に、ナタンはカチンときた。それがはじめての喧嘩だった」

「ナタンはなんて言ったんですか？」

「わたしの腕を摑んで引き摺り出して、シッガの前であんな口のきき方をしたら承知しないって。事実を言ったまでで、あなたを困らせるつもりはなかった、わたしとおなじで、シッガはあなたの長所だけ見ているわ。わたしのこの言葉で、彼の気持ちは多少おさまったようだったけれど、彼の態度が一変するのを目の当たりにしてほんとうに怖かった。彼は海のように変わりやすいと知ったのは、もっとあとになってから。一瞬にして表情が暗くなるんだもの、大変よ。きみは友達だとおだてた舌の根が乾かないうちに、手桶の水を床にこぼしただけで夜中に叩き出すような人だもの。よく言うでしょ。どんな山にも谷がある」

「前もって知っていたら、彼のもとで働こうとは思わなかったのでは？」

アグネスは黙り込み、それから頭を振った。「わたしは谷から出たかったの」しんみりと言う。

「シッガについて話してください」トウティがやさしく促した。

「そうね、あの晩、フリドリクが訪ねてきたあとで、シッガは結婚を口にするようになったのよ。まさかフリドリクを、将来有望で魅力的な男と思っているわけじゃないわよね、とわたしはからかってやったわ。フリドリクはそばかすだらけで、赤毛で、ソーセージみたいに斑で、家族は食うものにも困るほど貧乏だしね。ところがシッガは、新鮮な血の色みたいに真っ赤になったの。フリドリクはソルンと婚約しているのかしらって、わたしに尋ねる始末よ。彼女はあんな男でも希望を持っていたのね。

わたしはシッガをからかいつづけた。『結婚するのがどんなに大変かわかってるの？』わたしが尋ねると、シッガは言ったわ。『いまのこの仕事より大変なわけがないわ』わたしは笑った。農場の仕事のことを言ってるんじゃないわ。自分の人生を人に捧げるために、彼女のようなメイドが踏むべき手順。まず牧師の許可を得る。つぎに行政官の許可を得る。行政長官の許可も必要だし、ナタンを納得させないといけない。最後の決定権は雇い主にあるんだから。

『何人もの人から、許可すると言ってもらわなきゃならないのよ』わたしはシッガに言った。シッガはすっかりしょげてしまってね。ナタンの許可が必要だと知って真っ青になり、それからこの話題は口にしなくなったの。彼女を慰めるつもりで、ナタンの話をしてやってもだめだった。フリドリクと駆け引きをしているという話をね。

『フリドリクはほんとうに泥棒だと思う？』シッガが訊くから言ってやったわ。いいえ、そうは思わない。彼ほど高潔な男はいないわよ。

そのときのシッガの反応ったらなかった。あとでナタンに話したら、彼は大笑いして言ったわ。彼女がしたいと言うなら、どんな結婚でも許してやろうって。シッガは彼に惚《ほ》れてるのよ。でも、あなたは彼を泥棒だと思っている。そこが心配なの。わたしがそう言うと、ナタンは言った。家畜二頭をおなじ囲いに入れるとそうなるのさ。その話はそこで打ち切りになったの。そのときはね。

ちょうど羊の分娩《ぶんべん》がはじまるころだった。好天がつづいたので、ナタンはいまが稼ぎ時だって北部にいる知人を訪ねて薬を売り歩いていたの。イルガスターデュル農場で分娩がはじまったとき、ナタンは留守だった。シッガと二人で牛に飼いを付けていると、雌羊の一頭が産気づいたの。ぐたっとして生まれた子羊の手足を持って揺すって息を吹き返させるのは力仕事よ。シッガもわたしもそんな力はない。数週間後にナタンが戻って、期待していたほど羊の数が増えていないと知ったらどうなるか。隣の農場から使用人を借りるしかない。ナタンは農場に誰も入れるなと言ったけど、背に腹は替えられないもの。それでシッガを行かせたんだけど、彼女ったらフリドリクを呼んできたのよ。

彼を迎え入れるのは気が進まなかったけど、男手が必要だったし、彼がやってきたときには、べつの一頭が産気づいていた。さすがに農民の息子だけあって、小羊を引っ張り出し、体を振って息を吹き返させるのは上手だった。一頭の雌羊の乳首が厚すぎて子羊がうまく乳を飲めなかったら、彼はそのへんにあるもので人工の乳首を作って、わたしたちが乳をやれるように工夫してくれたわ。それで、彼のことを少し見直したけれど、母屋で寝かせる気にはなれなかったので、牛小屋に寝床を作ってやったわ。

　フリドリクはそれから一週間いて分娩を手伝ってくれた。彼が母屋の中のものに指一本触れないように、目を光らせていたけれどね。彼はあらゆるものに値段をつけていたみたい。生まれた子羊と母羊、それに牛、土地、あげくはシッガが髪に結んでいる絹のリボンまで。貧しい生まれのせいだと思ったわ。彼が母屋の玄関のそばに穴を掘っているのを見つけたので、よけいに目を光らせるようになったの。なにやってるの、と尋ねると、彼はこう言ったのよ。なんでもない。前にナタンに金を預けたところ、ナタンはそれをどこに埋めたか忘れてしまって、返してもらえなかった。彼は嘘をついてるってぴんときたわ。フリドリクが自分のお金を持っているはずがない。コイン一枚たりともね。ナタンのお金を狙っているんだってわかったわ。

　シッガは彼のそういうところが見えてなかった。すっかりのぼせていたのよ。かいがいしく世話を焼いて、彼の武勇伝をくすくす笑って聞いてたわ。夜になればなったで、彼にお休みを言ってくるって牛小屋に行ったきりなかなか戻ってこない。前にも言ったけど、彼女はかわいいし、フリドリクが茶色い歯のソルンを忘れる日もちかいと思ったわ。シッガにいいところを見せようとポニーを乱暴に乗りまわして、死なせてしまったこともあった。馬が怒って彼を振り落としても、馬の腹が血だらけになってもおかまいなし。シッガは彼に夕食を出してやって、彼がガツガツ食べるのを隣に座って見ていて、落馬で腫れたこめかみを海綿で拭いてやったり、わたしの目を盗んでこっそりキスしたり。これでよくなるわって言ってたね。

ナタンが戻ってきて、雌羊の大半が無事に子を産んだことを知り、よくやったとわたしたちを褒めてくれた。フリドリクの助けがなかったらとても無理だった、とシッガが言ってしまったものだから、ナタンはカンカンになってね。おれの留守のあいだに、泥棒を引き入れるとは何事だって。シッガは泣き出すし——強く言われることに耐えられないの——ナタンが彼女の考えなしをさらになじるので、割って入らざるをえなくなったわ。彼を呼んだのはわたしの考えだったって言ってね。

イルガスターデュル農場の仕事以外にも、あなたにはやることがいろいろあるのはわかるけれど、シッガとわたしだけじゃどうにもならないこともある。男手なしで農場の仕事はつづけられない。今度だって、小羊を持ち上げて振るのは、女の力じゃ無理だし、わたしたちだって羊だけにかかりっきりにはなれない。フリドリクを恨んでいるとしても、彼があなたの家畜を救ってくれたのはたしかだ。それに、彼には目を光らせて、母屋に泊めなかった。これだけのことを、わたしはナタンに言ったわ。ただし、フリドリクがお金を探そうと庭に穴を掘ったことは黙っていた。

そのうちナタンの怒りはおさまり、いつもの日常が戻った。彼のほうから折れて、収穫期には、ゲイタスカルド農場に行き、ダニエル・グドゥモンドソンを雇うことになったの。ほかの男に留守を任せるのはいいが、フリドリクだけはいやだ、とナタンはそこだけは譲らなかったわね」

十章

一八二八年四月十三日

ヴァツンセンディのロウザ・グドゥモンドウティルは、裁判所に出頭を命じられた。彼女は事件について情報を与えることを拒否したが、アグネスが冬に訪ねてきて、雇い主のナタンのことをいろいろ話していった、と述べた。イルガスターデュル農場に預けられていた赤ん坊は、現在はロウザの家で彼女の娘として暮らしている。娘は三歳になった。娘が殺人者によって傷つけられるようなことはなかったと思うが、ナタンは〝丘にいる〟と娘は口癖のように言っている。殺人事件が起きたあと、娘はそう言い聞かされたからである。アグネスとシグリデュルのことはよく知らないので、ふつうとちがうところがあったかどうかはわからない。ナタンはヴァツンセンディ農場で、彼女や彼女の夫と二年半生活をともにしたのち、一八二五年夏に出ていった。その時点でナタンはそうとうな額の金を持っており、彼女は下宿代として五十スペシアルス受け取った。

ナタンが出ていった翌年の春、キャタダーリュルからフリドリクが訪ねてきて、内密の話があると彼女を牛小屋に呼び出した。あんたが欲しい、今夜泊めてくれ、ベッドに入れてくれ、とフリドリクは言った。ロウザはきっぱり断って牛小屋を出て、彼がどんなに頼んでも家には入れないでくれ、と夫に言った。しばらくして、夫のオルフがやってきてこう言った。フリドリクから食料庫を見せてくれと頼まれた、と。ロウザがナタンから受け取ったはずの金があるはずだから、ロウザの家に泊まることができれば、その金はおまえがもらっていい、とナタンは彼に言ったそうだ。フリドリクは彼女の夫に、ニスペシアルスか四スペシアルスやるから入れてくれと言った。母親が見た夢で金のありかはわかっている。食料庫の樽の下だ。この話を聞いたロウザは夫に言った。ナタンが蓄えた金は食料庫にはない。フリドリクが探したいと言うなら気のすむまで探させればいい。それで夫はフリドリクを中に入れた。彼女とワークメイドは眠っていたが、フリドリクは食料庫で、樽をひっくり返して探したが金は見つからなかった。『おふくろの夢は当たるはずなんだ』とフリドリクが言ったと、ロウザは述べている。ひとりでは動かせないほど重いものを見つけたから、母親からもっと詳しい話を聞いて出直す、と彼は言った。だが、それきり現れなかった。

金が見つからなかったせいで、フリドリクはナタンを憎むようになったのだろう。フリドリクがやってきたのち、彼女は受け取った金をナタンに返したが、彼からは長いこと連絡がなかった。ナタンが彼女の家で暮らしていたころは、農場の中でも外でも、地面に穴を掘って金を埋めていた。この女からはこれ以上の情報は引き出せず、そのうえ彼女は、ここに記されたことが正しいと確認することを拒んだ。

匿名の事務官、一八二八年

トウティは自宅の寝室で目が覚めた。室内は暗い。息をしようともがく。肘をついて起き上がると、熱を帯びた血が頭に流れ込むのを感じた。腕がぶるぶる震えて力が抜けた。咳をしようとする。舌が口蓋《こうがい》にくっついて離れない。

向かい側のベッドから父のいびきが聞こえた。いびきはときどき引っ掛かり、しばらく途絶え、地鳴りのような音をさせてまたはじまる。どうしてまだ眠ってるんだ、とトウティは思った。もう朝じゃないか。水が飲みたい。

めまいと闘いながら足をそっと床についた。悪い夢を見たにちがいない。心臓がドキドキしている。水を取ってこよう。

べたつく肌に、食料庫の空気は冷たくて気持ちがよかった。ここのほうが眠れそうだと思い、床に沈み込む。寝室は暑すぎる。誰かが下で火を燃やしているようだ。

荒れた手の感触で目が覚めた。父が腋の下に手を入れて彼を引っ張り上げようとしていた。

「風邪をひいてもいいのか？　夢遊病者みたいな真似をして」

「母さん？」

短い沈黙。「いや、わたしだ」

ヨウン牧師はよろっとしたものの、なんとか息子を抱えて立たせた。「さあ、歩くんだ」

父は言い、屈んで蠟燭を取り上げた。「まだ眠いのか？」

トウティは頭を振った。「いいえ。眠くありません。妙な気分で、水が飲みたい。ふらふらとここまで来てしまったようです」

父の腕に摑まり、よろよろと寝室に戻った。「さあ、自分のベッドに腰をおろすんだ」父が言い、数歩さがると、トウティが危なっかしく揺れながら歩くのを見守った。蠟燭の炎に照らされて、彼の眼は異常に輝き、髪は汗で濡れていた。

「おまえは疲れているのだ。こんな悪天候のなか、コルンサウ農場へ出掛けてゆくからだ。それですっかりやられた」

トウティは父を見上げた。「父さん？」

崩れ落ちた彼を、ヨウン牧師が摑んだ。

†

日がどんどん短くなる。なにをするにしても時間はたっぷりある。ありすぎるので、コルンサウ農場の家族は教会に出掛けた。きしみながら進む日曜の朝の惨めな時間を潰すために。山は雪をかぶり、牛小屋の水は夜のうちに凍りついた。ヨウンはビャルニに命じて、氷を金槌で割ってこさせた。いまは三人だけ、ビャルニ、ヨウン、わたし。ほかの人たちが戻るのを待っている。

牧師はどこにいるのだろう？　もう何日も彼に会っていない。教区簿冊で見て知っているから、わたしの誕生日には訪ねてくると思っていたのに、その日は過ぎた。家族にはそういうことは敢えて言わない。十一月がのろのろと過ぎてゆく。それでも彼は来ない。わたしを支えてくれる手紙も伝言もない。彼が姿を見せないのはお天気のせいだと思う？　ステイナはわたしに尋ねた。一週間前に暴風雪が吹き荒れ、雪に閉じ込められた。彼は教区の仕事に時間を取られているのだろう。教区簿冊を持って教区の家を一軒一軒訪ね歩いているのかもしれない。生きていた証に名前を記していく。それとも、わたしの話は聞き飽きたのだろうか。わたしが口にしたことで、彼はわたしの有罪を確信したのかもしれない。わたしは見捨てられ罰せられるべきだと思ったのだろう。わたしは不信心すぎる。キリスト教の教えに身を捧げようとする彼の気をそらすようなことをしている。自らの信仰を疑わせるようなことをしている。あるいは、ブリョンダルがまた彼を呼びつけて、わたしの話を聞くなと命じたのかもしれない。なににせよ、なんの断りもなく、また来るという約束もなしにわたしを棄てるのは残酷だ。鞭打たれた犬のように、この国から光が逃げていくのに、彼がやって来ないと日が長く感じられる。やるべきことはどんどんなくなり、彼を待つことがわたしを不安にする。雪を蹴落とすブーツの音がするたび、廊下から咳払いが聞こえるたび、彼が来たと思う。でも、彼ではない。家畜に夜飼いを付けて戻った使用人だ。マルグレットがハンカチに痰を吐いた音だ。

　待つことは耐えがたい。いっそ病気になってしまいたい。どうしていまじゃないの？　ここで、この農場で、斧を振り上げてくれないの？　ビャルニにやらせればいい。グドゥモンデュルでもいい。男なら誰でも。わたしの顔を雪に押しつけて、牧師や裁判官の立ち会いもなく、無造作に首を断ち切ることを、内心ではやりたいと思っているのかもしれない。どうせわたしを殺すなら、いまここで殺して、おしまいにしてくれてもいいのに。

　きっとブリョンダルの策略だ。台に首を載せる前に、さんざん待たせてわたしをまいらせる魂胆だ。彼はわたしの気を挫《くじ》きたいのだ。この世でわたしに残された唯一の慰めを取り上げるのは、彼が野蛮人だからだ。彼はトウティを取り上げ、時間がのろのろと過ぎるのを、わたしに眺めさせる。残酷な贈り物。この世にさよならを言う時間をたっぷり与える。いつ死ぬのか、どうして教えてくれないの？　あすかもしれない――牧師はその場にいて助けてはくれない。彼はどうして来ないの？

　これでおしまいだと思うと吐き気がする。あたりまえの日常のかたわらに刑罰があるという事実は、心臓に加えられる一撃。あのままストラ＝ボーグ農場にいたほうがよかったのかもしれない。いまごろは飢え死にしていただろう。泥を舐めて、寒さと絶望で腹をいっぱいにして、わたしの体はこれが運命だと受け入れていただろう。自分から命に見切りをつけていただろう。わたしを殺す人がやってくるのを待って、雪の降る日にぼんやりと毛糸を巻いているよりずっといい。

つぎの日曜日は、マルグレットに頼んで教会に連れていってもらおうか。苦境に陥った人間の気晴らしになること以外、神の使い道があるの？　わたしたちはみな難破者だ。貧困の浜に打ち上げられた難破者。最後に教会に行ったのはいつだった？　イルガスターデュル農場にいたころは通っていなかった。ゲイタスカルド農場で、使用人たちと一緒に行ったのが最後だ。馬に乗って出掛けて、教会の建物の陰で晴れ着に着替えた。ごわごわの仕事着を慌てて脱ぐと、朝の微風が剝き出しの脚を撫でた。大勢で押しあいへしあい着替えたときの体のぬくもりが懐かしい。洟をすする音、咳込む音、赤ん坊がぐずる声。牧師の声に体を洗われたい。賛美歌を聞くだけでもいい。辺鄙《へんぴ》な農場に子守として雇われていた子どものころ、赤ん坊の尻を拭いたり、灰と脂で洗濯したりする日々から逃れて教会に駆け込んだ。なにかを感じたかったから。無垢なものを。

ナタンがわたしをチアルンの教会に行かせてくれていたら、こんなふうにはならなかったかもしれない。教会で友達ができただろう。ややこしいことになったとき、頼って行ける家族に出会えていただろう。ほかの働き口が見つかっていたかもしれない。でも、彼は許してくれなかった。だから友達もおらず、あの冬枯れの景色のなかで前方を照らす光もなかった。

べつの状況で出会っていたら、ロウザとは友達になれたかもしれない。おまえたちは白鳥とカラスが似ているほどには似ている、とナタンは言った。でも、それはちがう。たとえば、二人とも彼を愛していた。牧師にどう話そうとも、ロウザの詩はわたしの心の削り屑に火を灯し、内側から輝かせてくれた。ナタンは彼女をずっと愛しつづけた。愛さずにいられる？

彼女の詩は人を輝かせるのだから。

わたしたちは理解し合えなかった。彼女にも非はある。ロウザはわたしと会うなり、わたしたちは敵同士だと宣言した。あの夏の夜、彼女は幽霊のようにイルガスターデュル農場の寝室に現れた。彼女の足音を誰も聞かなかったし、ドアが開く音も聞かなかった。彼女は赤ん坊を抱いて、ただそこに現れた。黒い服のせいでくすんだ肌の色が際立って、輝いているように見えた。ロウザは天使みたいだ、とシッガはいつも言っていた。でも、あの晩の彼女は、疲れて厭世的《えんせいてき》に見えた。

ロウザがわたしを知っている以上に、わたしは彼女を知っていた。「彼女はすばらしい女だ」一度だけナタンが言った。嫉妬の小さな鉤が肺の繊維を切り裂いた。「彼女は腕のいい助産師で、偉大な詩人だ」彼は、ロウザが産んだ子どもの父親だ！　彼女の娘は、ナタンのなにも見逃さない鋭い眼差しを受け継いでいた。でも、彼はこう言ってわたしを安心させた。「彼女といると息が詰まるんだ。おれがずっと一緒にいることを、彼女は望んでいた。でも、おれは自分の人生を創り上げたかった。そしてここで創り上げた。自分の農場。独立したんだ」

もうおまえを求めていないという手紙を彼女に送った、と彼は言ってくれた。わたしへの愛が、彼女への愛を凌駕《りょうが》した、と。わたしが父のいない子で、貧窮者で、使用人であることが、彼の気に入ったのだ。「おまえはあらゆるものと闘わねばならなかった。やっとのことで生きてきたんだ、アグネス。ロウザとはちがう」

それなのに、あの夏の晩、彼女が娘を抱いて戸口に立つと、ナタンの顔がぱっと輝いた。「あなたがアグネス・マグノスドウティルね。キジアスカルドの薔薇。谷の薔薇」手袋を脱いで差し出された彼女の手は、わたしの手の中で冷たかった。

「詩人のロウザ。ようやくお目にかかれて嬉しいです」

ロウザはシッガに目をやり、眉を吊り上げてナタンを見た。「あなたがささやかな家庭を営んでいるとわかって嬉しいわ」

彼女の声に込められた叱責を、わたしは聞き逃さなかった。ナタンと並んで立ったとき、自分がなにをしようとしているのかわかっていた。彼はいまはわたしのものよ。

「その子はソラナね」わたしは言った。自分の名を呼ばれて、赤ん坊はにこにこした。

ロウザは赤ん坊を抱き直した。「ええ。わたしとナタンの子」

「さあ、楽にして」ナタンはおもしろがっているようだった。「楽しくやろうじゃないか。シッガ、みんなにコーヒーを淹れてくれ。ロウザ、外套を脱いで」

「いいえ、けっこうよ」ロウザはわたしから遠ざけるように、ソラナを部屋の隅に置いた。「この子を連れてきただけだから」

「なんですって?」ロウザの娘が来るなんてこと、ナタンから聞いていない。なんで言ってくれなかったの。わたしはナタンにささやいた。ロウザが来ることを、前もって言ってくれればいいのに。二人のあいだにやりとりがあったなんて、知らなかった。

「おれがロウザにしてやれるのはこれぐらいだ」彼が言う。「ソラナは前の冬もここで過ごした。あの子はおれの娘だから、一年のうち何カ月かおれたちと暮らす権利がある」ロウザの言葉はきつかった。「なんでも彼女と相談しているとは知らなかったわよ、ナタン。彼女の言いなりになっているなんて。彼女は、わたしたちの子どもが彼女の家に住むことを望んでいない」

ナタンは笑った。「彼女の家？　ロウザ、アグネスは使用人だ」

「ただの使用人、そうなの？」彼女は眉を吊り上げた。「彼女に娘の世話をしてほしくない」

「喜んでソラナの世話をさせてもらいます」わたしは言った。嘘八百だ。

「あなたが喜ぼうとわたしには関係ないのよ、アグネス」

過去といまの愛人が角突き合わせるのを、ナタンは見たくなかったにちがいない。「なあ、ロウザ。一緒にコーヒーを飲もうじゃないか」

彼女の笑い声は甲高く突き刺さるようだった。「ああ、そうね、あなたはこういうのが好きよね！　あなたの家の中で、あなたのあばずれ女たちが一緒にコーヒーを飲むのが！　いいえ、わたしは遠慮する」ロウザは彼に摑まれた腕を振り払い、踵を返した。でも、出ていく前にわたしに言い置いた。

「どうかソラナにやさしくしてやってね。お願い」わたしはうなずいた。するとロウザが顔をちかづけてきた。彼女の手が軽く腕に触れる。「ブレント・バルン・フォルサスト・エルディン」やわらかく、計算された声音だった。火傷《やけど》した子どもは火を恐れる。振り返ることもなく、彼女は去った。

母を恋しがってぐずりはじめた赤ん坊を、シッガがあやした。ナタンは戸口を見つめている。ロウザが戻ってくるのを期待しているのだろうか。

「わたしたちのことを彼女になんて話したの？」わたしは小声で尋ねた。

「なにも話していない」

「だったら、キジアスカルドの薔薇ってどういうこと？　あなたのあばずれ女たちって？」

彼は肩をすくめた。「ロウザは人に呼び名をつけたがる。彼女はおまえを美しいと思ったんだろう」

「お世辞には聞こえなかった」

ナタンは聞き流した。「仕事場にいるから」

「シッガがコーヒーを淹れてるのよ」

「うるさい、アグネス。黙ってられないのか」

「ロウザのあとを追うつもり？」

彼は答えずに行ってしまった。

†

熱にうなされたある晩、トウティは寝室の入口に立つアグネスを見た。「彼らが彼女をここに寄越したんです」トウティは父に言った。父は震える息子を黙って毛布にくるんでいた。

「さあ、入って」トウティはなんとかベッドから出ようと腕を振りまわし、空気の淀んだ部屋を彼女に向かって歩いた。「こっちに来て。ぼくたちの人生は絡み合っているんだ、わかる？　それが神の御意思なんだよ」

彼女はベッドのそばにひざまずき、ささやいた。長い黒髪に耳をくすぐられ、恋慕が体を震わす。「ここはとても暑い」彼が言うと、アグネスは身を乗り出し、キスで肌の汗を吸い取った。でも、彼女の舌はざらざらして、両手は喉にあてがわれ、指先が肌に食い込んだ。「アグネス。アグネス！」彼は抵抗し、ゼイゼイいった。力強い手が彼の手を握り、ブランケットの上から体に添わせて押しつけた。「暴れちゃだめよ」彼女が言う。「やめなさい」トウティはうめいた。炎が肌を舐め、煙が口に注がれる。咳込むと、のしかかるアグネスの重みを受けて胸が上下した。彼女がナイフを振りかざす。

†

「信じられない」ステイナが言う。寝室を掃いているところだ。床から埃が舞い上がり空中に漂う。

「ステイナ！　よけいに埃っぽくなるだけじゃない」

ステイナはせっせと箒《ほうき》を動かす。「ひどい話だわ。ロウズリンがでっちあげたんだとしても、あたしは驚かない」

「でも、この話を知ってるのは、彼女だけじゃないのよ」ロイガがくしゃみする。「ほら、ちっともきれいにならない」

「だったらあんたがやれば」ステイナは箒を妹に押しつけ、ベッドに腰をおろした。

「いったいなにを揉めてるの？」マルグレットが入ってきて、床を見てうろたえる。「誰がこんなことしたの？」

「ステイナ」ロイガが言いつける。

「天井が落ちてくるのはあたしのせいじゃない！　見て、どこもかしこも」ステイナはまた立ち上がった。「それに雨漏りもしてる。隅っこでポタポタとね」ぶるっと体を震わせた。

「機嫌が悪いのね」マルグレットはそっけなく言い、ロイガに顔を向けた。「あんたの姉さんはなにを怒っているの？」

　ロイガは呆れた顔をした。「アグネスの話を耳したの。ステイナは嘘だって、信じようとしない」

「へえ？」マルグレットは咳をして、顔から埃を払った。「どんな話？」

「彼女の小さいころを憶えてる人がいてね。あるとき旅人が予言したんですって。彼女の首に斧が落ちてくるだろう」

　マルグレットは鼻にしわを寄せた。「ロウズリンから聞いたの？」

　ロイガは顔をしかめた。「ロウズリンだけじゃないわ。いろんな人が言ってるわよ。小さかったアグネスの仕事は、畑の番をすることだったの。ある日、旅人が畑で野宿しているのを見つけてね。その人の馬が草を食んだら、彼女は手間賃をもらえなくなるでしょ。だから、出ていけって旅人に言ったの。すると旅人は悪態をついて、おまえはいつか首を刎《は》ねられるだろうって叫んだんですって」

マルグレットは鼻を鳴らし、咳の発作に襲われた。ロイガは箒を置き、母をやさしくベッドへと連れていった。ステイナは強情に立ったまま、それを眺めていた。

「さあ、さあ、母さん。もう大丈夫よ」ロイガは母の背中をさすり、母の口から鮮やかな血が出るのを見て悲鳴を呑み込んだ。

「母さん！　血が出ている！」ステイナが駆け寄ろうとして箒につまずいた。

ロイガは姉を押しのけた。「そっとして、呼吸させてあげなきゃ！」

二人が心配そうに見守るあいだも、マルグレットの咳はつづいた。

「苔のゼリーを試したことある？」アグネスが戸口に立ってロイガを見つめた。

「あたしなら大丈夫よ」マルグレットが掠れ声で言い、胸に手をやった。

「肺が楽になるわ」

ロイガは戸口に体を向け、顔を歪めた。「あたしたちのことはほっといてくれる？」

アグネスは無視して言った。「ゼリーを試したことあるの？」

「あなたの処方なんて必要としてないから」ロイガが言う。

アグネスは頭を振った。「必要としていると思うわよ」

マルグレットは咳をするのをやめ、アグネスに鋭い視線を向けた。

「いったいなにが言いたいの？」ロイガがつぶやく。

アグネスは大きく息を吸った。「苔をひと摘み水に入れて、沸騰させるの。長いこと沸騰させる。冷めると灰色のゼリーができるから。味はよくないけれど、肺の出血がそれで止まるかもしれないわ」

沈黙が訪れた。マルグレットとロイガはじっとアグネスを見つめた。

ステイナがまたベッドに腰をおろした。「ナタン・ケーティルソンに教えてもらったの?」静かな声で尋ねる。

「効くという話よ。なんならわたしが作ってもいい」

マルグレットはエプロンの端で口元を拭い、うなずいた。「そうしてちょうだい」アグネスはためらったものの踵を返し、廊下を去っていった。

ロイガが言う。「母さん。彼女が作るものなんか口にしないほうが――」

「いいかげんにして、ロイガ。もうたくさん」

†

牧師はまだこない。でも、冬はやってきた。横殴りの風が雪を母屋に叩きつけ、秋を退けてしまった。空気は紙のように薄い。吐いた息が幽霊のように目の前に浮かんで、山からおりてくる霧が凍った地面の上で渦巻く。闇がやってくる。大地の皮膚にできたあざのように、闇はこの地方に居座りを決め込む。それでも、牧師はこない。

どうしてこないの?

もし彼が今夜やってきたら、ナタンとわたしは夫婦同然だったと彼に話すつもり? そうすれば、わたしたちのあいだでなにが変わったか、彼に話すことができるだろう。彼はすでに察しているのかもしれない。

　潮が来た。陰鬱な風が出て、黒い砂が舞い、人を刺す。道のずっと先。冷たい道はもっと冷たい海になる。潮が来た。

　トウティになんと言えばいい？

　牧師さん、ナタンは夏の終わりから、イルガスターデュル農場をしばしば留守にするようになって、戻ってくるたびに、彼が遠い人になっていく気がしていたわ。わたしが作業部屋にひとりでいるところにやってきて、わたしの手からブラシを取り上げて抱き寄せ、尋ねたものよ。おれが留守のあいだ、ベッドでダニエルをあたためていたんじゃないのか。おれが同胞たちの腹から死を誘い出してわずかな金を稼いでいるあいだに。フリドリクを愛してるんだろう、とわたしをなじったこともあった！　やたらと拳を振りまわして、洗濯してないウールのにおいを撒き散らす、ろくでなしのガキをこのわたしが？　ナタンの非難が、わたしには滑稽《こっけい》に思えた。どんなに恋しかったか、あなたにはわからないの？　わたしが出会ったどんな男ともあなたはちがう。それがわからないの？

　トウティが顔を赤らめる様子が目に浮かぶ。汗ばむ掌をズボンに擦りつける姿が。ゆっくりとうなずく姿が。目をまん丸にしてわたしを見つめる彼の顔で、蠟燭の炎が躍っている。

　牧師さん、わたし、ナタンにこう言ってやった。ダニエルなんて眼中にないわ。フリドリクはシッガに夢中よ。あなたがわたしを嫌いにならないかぎり、わたしはあなたのものよ。

あなたが望むなら、奥さんになりたい。

　彼の不機嫌が、わたしたちのあいだに溝を作ったのよ。仕事場でナタンが根っこを煮出してあくを取っているので、手伝いましょうか、と声をかけた。農場に移ってきたばかりのころのように。彼はわたしを押しのけた。おまえなんていらない、と彼は言ったわ。わたしの手助けはいらないということ？　それともわたしを必要としていないの？　彼はわたしをドアのほうに押しやった。

「出ていけ。ここにいてほしくない。おれは忙しいんだ」

　おもての作業小屋で、干したタラの頭を雌牛の大腿骨《だいたいこつ》で叩くことで、わたしは怒りをぶつけた。彼はもうあなたを愛していないのよ。自分に言い聞かせたわ。そもそも、彼はわたしを愛していたのだろうか。

　でも、穏やかなときもあった。浜辺でひとり、ケワタガモの綿羽を集めていると、彼がやってきた。彼はわたしを鳥の巣のちかくへと連れていった。わたしの髪に指を絡ませ、まるで溺れた人みたいに絶望的な顔をしていたわ。空気を必要とするように、彼はわたしを必要としている。彼の目を見てわかった。海でブイにしがみつくように、わたしの体にしがみついた。

　トウティ牧師、スツールを持ってもっとちかくに来て。ほんとうはどうだったのか、話してあげるから。

　彼の使用人でいることがいやでたまらなかった。ある晩は彼の愛人。彼の激しい息遣いは、わたしの息遣いにぴったり合っている。それからべつの晩は、ワークメイドのアグネス。家政婦ですらない！　彼の冷ややかな命令が叱責に聞こえる。

「羊を集牧してこい。雌牛の乳を搾れ。雌羊の乳を搾れ。水を汲んでこい。灰を集めて土に撒いておけ。ソラナになにか食べさせろ。あの子を泣かすな。泣きやませろ！　この鍋は汚れが落ちていない。シッガに頼んで、ビーカーの洗い方を教えてもらえ」

わたしが話していること、理解できるの、牧師さん？　あなたにとって愛は不変なもの？　女を愛したことあるの？　愛する人に束縛されると、愛情とおなじぐらい憎しみも覚えるものなのよ。

一日じゅうナタンのことを思っている自分が憎かった。そんな自分にうんざりしていた。彼に愛されていないと思ったとたん吐き気を催す自分が、いやでたまらなかった。頼まれてもいないものを持って岩伝いに仕事場へ行く途中、何度もつまずく自分がいやでたまらなかった。

彼の本心がわかったのは、ダニエルのおかげだった。

ナタンが留守のある日、仕事場を出てドアに鍵をかけると、浜辺に立つダニエルの姿が目に飛び込んできた。片手に草刈り鎌を、もう一方の手に帽子を持っている。

「あの中でなにしてたんだ？」彼が尋ねた。

「あなたに関係ないでしょ」

「おれたちはあそこに入っちゃいけないんだぜ。鍵をどこで見つけたんだ？」

「ナタンが渡してくれたの。わたしを信用しているから」

「ああ、そうか。あんたたちメイドは特別扱いだってこと、忘れてた」

「なにが言いたいの？」

ダニエルは笑った。「おれのアザラシ革の靴はどこにある？　おれのあたらしい服は？」

上機嫌のナタンは気前がいい。「あなたはここに来て日が浅いから」わたしは言った。「ナタンが戻ったら、お土産をもらえるわよ」

「ナタンの土産なんて欲しいものか」

「いらないの？　わたしたちが特別扱いされてるって、文句を言ったばかりじゃない」

「あんたからもらいたいもんがある」

ダニエルの口調がそこで変わった。猫撫で声になった。「アグネス、おれがあんたに惚れてるって、わかってんだろ」

わたしは笑った。「わたしに惚れてる？　ゲイタスカルド農場で、おれたちは婚約してるって言いふらしていたわよね！」

「脈はあると思ってたぜ、アグネス。いまもだ。ずっとナタンのものじゃいられないんだ、アグネス」

彼の言葉にはっとして立ち止まる。不意にめまいがした。「なに言ってるの？」

「おれたちが知らないとは思ってないだろ。シッガにおれにフリドリク。おれたちみんな知ってるんだぜ。ゲイタスカルド農場のみんなが知っていた。夜になると食料庫からこっそり出てきたことをな」いやらしい笑いを浮かべる。「噂をばらまいてる暇があったら、草を広げて乾かしなさいよ。よっぽどみんなのためになる。言われた仕事をやったらどう、ダニエル」

彼は怒りに顔を歪めた。「ベッドをともにする農場主が見つかったからって、自分はおれたちより上だと思ってるのか？」

「いやらしいこと言わないで」

「笑わせるな。女房気取りでいるからって、女房になれるわけじゃないんだぜ、アグネス」

「わたしは彼の家の女主人《ハウスミストレス》、それだけよ」

ダニエルは笑った。「ああ、彼の愛人《ミストレス》ね、たしかに」

そこで怒りが爆発した。彼の手から鎌をもぎ取り、柄で彼の胸を突いた。「それで、あんたはなんなの、ダニエル？　主人を悪く言う使用人？　彼が自分のものだと言ってる女を、よくも侮辱したわね。あんたってほんとうにむかつく」

この話を牧師にするつもり？　きっと彼は、彼なりの結論に達したのだろう。だから来ないのだ。

べつの日の話をしてもいい。死の波がやってきた日の話。炉の壁を修理したいから石を拾ってきて、とシッガはわたしに言った。それでおもてに出たときに、水を打つオールの音を聞いた。全世界が息を詰めているような、しんとした日だった。海は渦を巻いていた。

ダニエルとナタンは釣りに出掛けており、戻って来るには早すぎた。ダニエルがオールを漕ぎ、ナタンはじっと座っていた。ボートがちかづいてきたので、ナタンがひどい顔をしてるのがわかった。両手でボートの縁を摑んで、いまにも吐きそうだ。

浜にちかづくなり、ナタンはボートから飛び降り、浅瀬を歩いてきた。ブーツで浜を掘るように歩くので、小石が飛び散った。

ナタンと長く暮らしたから、何物も彼のこの不機嫌をやわらげられないとわかっていた。彼が服から水を滴らせて浜をやってきても、わたしはなにも言わなかった。彼はわたしを見もしないでそのまま母屋に向かった。

ダニエルがボートを浜にあげたので、わたしはちかづいていってなにがあったのか尋ねた。喧嘩でもしたの？　網を取られたの？

主人が感情を剝き出しにするのを、ダニエルはおもしろがっているようだった。ボートから網を引き出してわたしに手伝わせ、農場に運んでいった。

「死の波にぶつかったと、ナタンは思ってるんだ」彼は言った。ひげに塩がこびりついている。ナタンがあんなに迷信深いとは思わなかったぜ。

沖で網を引いているとき、どこからともなく三つの大きな波がやってきた。ボートが転覆しなくて運がよかった、とダニエルは言った。網を失うまいと這いつくばったおかげで、転覆はまぬがれたが、ふと見るとナタンは幽霊みたいに真っ青になっていた。どうかしたかと声をかけると、ナタンはまるで正気を失った人を見るような目で彼を見た。「あれは死の波だったんだぞ、ダニエル」

ダニエルはナタンに言った。死の波なんて迷信だ。あんたみたいに学のある人間が、そんなものに惑わされるとはな。するとナタンは彼の袖を摑んで言った。海の底に葬られたら、いまみたいに笑っていられないぜ。

ダニエルはナタンの手を振り払い、波をかぶったボートの底に溜まった水を搔き出せ、と彼に手桶を差し出した。だが、ナタンはこう言うだけだった。「なに考えてるんだ、ダニエル。つぎの波に呑まれるまで、おれがここにつくねんと座ってると思うのか？　引き返すんだ」

いくらナタンでも、迷信がほんとうだと証明するために不機嫌になったふりはしないだろう、とダニエルは思い、浜を目指してオールを漕いだ。

ダニエルはほっとけと言ったが、わたしはナタンと話をする決心をした。彼はいま、呪われていると思い込んでいるが、そのうち頭が冷えるからそれまでほっとけ。でも、わたしはナタンを追って母屋へ戻った。濡れた服を脱がせようとするシッガを、彼は怒鳴りつけていた。濡れたシャツが顔にへばりついている。

彼の容赦ない言葉に、シッガは竦み上がった。彼女に代わってシャツに手をかけようとすると、ナタンはわたしを押しのけてシッガを呼びもどした。「自分の立場をわきまえろ、アグネス」ナタンは言った。

あとになって、仕事場に行くナタンについていった。必要になるだろうとランプを持って。この数週間でめっきり日が短くなっており、太陽の光はいまにも消えそうだった。海は不安げだ。

ナタンは仕事場の鍵を開けようとして、すでに開いていることに気づいた。おれの許しもなく中に入ったのか、と彼は詰問した。あなたが漁に出ているあいだ、わたしが火の番をしていることは知っているはずよ。ドアに鍵をかけるのを、うっかり忘れたのかもしれない。おれの金を探そうと引っ掻きまわしたんだろう、おれの裏を掻くつもりだったんだろう、と彼はわたしを責めはじめた。

おれの裏を掻くですって！　考える前に言葉が出ていた。嘘でまるめこんで、わたしをこんな淋しい農場に誘い込んだのはあなたじゃないの。家政婦にしてやると言ったくせに。すでにシッガという家政婦を雇っていながら。わたしより彼女に高い給金を払ってるんでしょ。そもそもなんでわたしを騙そうと思ったのよ。そんなことしなくたって、わたしはついてくるってわかっていたくせに！

ナタンはなくなったものがないか調べはじめた。そのことにわたしは傷ついた。コインでも薬でも、彼がそこに隠しているものを、わたしが盗んでどうすると思ったの？

わたしはその場から動かなかった。ナタンにはわたしを追い出すことができなかった。なくなったものはないとわかると、アザラシの皮を取り出して手入れをはじめた。いっさい口をきこうとしない。やがて空が灰色一色になり、作業をするには手暗がりになった。わたしは炉端にむっつりとうずくまり、彼を眺めていた。こっちを向いてくれることを、抱き寄せてくれることを、謝ってくれることを期待しながら。

わたしがそこにいることを、ナタンは忘れていたのだろう。それとも気にもしていなかったのだろう。彼はナイフを床に置き、雑巾で手を拭った。それから仕事場を出て、岩場の端に立って海を眺めた。わたしはあとについていった。

彼を慰めてあげたくて腰に腕を巻きつけ、ごめんなさい、と言った。

ナタンはわたしの抱擁から身を引こうとはしなかったけれど、体を強張らせた。わたしは脂くさい彼のシャツに顔を埋め、背中にキスした。

「やめろ」彼はつぶやいた。顔は海に向けたままだ。彼の腹に当てた両手に力を入れ、体を押しつけた。

「やめるんだ、アグネス」わたしの両手を掴み、押しのける。彼が歯を食いしばり、ゆるめたのが、筋肉の動きでわかった。

風が出てきた。ナタンの帽子が風に吹き飛んで海に落ちた。

なにがあったの。わたしは尋ねた。誰かに脅されたの。彼は笑った。目は笑っていない。帽子のいましめを逃れた髪が、もつれ合って顔を打った。

そこらじゅうに死のしるしを見たんだ、と彼は言った。

つづく沈黙のなかで、わたしは深く息を吸い込んだ。「ナタン、あなたは死なないわよ」

「だったら、死の波の説明をしてみろ」低く張り詰めた声だ。「なんの前兆か説明してみろ。おれが見てきた夢を解き明かしてみろ」

「ナタン、夢のことは笑い飛ばしていたでしょ」わたしは冷静であろうと努めた。「みんなに話していたじゃない」

「おれが笑っているように見えるか、アグネス?」

彼はわたしの肩を摑み、額が触れそうなほど顔をちかづけてきた。

「毎晩」彼が声をひそめて言う。「おれは死の夢を見る。死はそこらじゅうにある。そこらじゅうに血を見るんだ」

「獣の皮を剝ぐからそれで――」

ナタンは肩を摑む手に力を込めた。「地面にそれを見る。黒く粘った血溜まりに」唇を舐める。「舌に味がするんだ、アグネス。口の中に血の味がして目が覚める」

「眠っているあいだに舌を嚙んだ――」

冷ややかな笑みを浮かべる。「ボートのかたわらで、おまえとダニエルがしゃべってるのが見えた」

「お願い、離して、ナタン」

彼は聞いていない。

「離してよ!」体をひねって彼の手を振りほどいた。「自分の言葉に耳を澄ますといい。まるで老女よ。夢だの前兆だのって、くどくど繰り返して」

寒かった。海から渦巻く大きな雲がやってきて、わずかばかりの光を残し、すべてを覆い隠した。真っ暗にちかい中でも、ナタンの目が光っているのが見えた。その眼差しがわたしを不安にした。

「アグネス、おまえの夢を見るんだ」

わたしはなにも言わなかった。早く母屋に戻ってランプをつけたい。それぱかり思った。

わずか二歩先にある海を意識していた。

「夢の中でおれはベッドに寝ている。壁を伝う血が見える。血がぽたりと顔に落ちて、皮膚を焼く」

彼が一歩ちかづいてきた。

「おれはベッドに縛りつけられていて、血がまわりに湧き上がっておれを覆う。それから、不意になくなるんだ。おれは動けるようになる。起き上がっておまえを探す。部屋は空っぽだ」

彼がわたしの手を押した。掌に鋭い爪が食い込む。

「だが、そこでおまえを見る。おまえのほうに歩く。ちかづいてみると、おまえは自分の髪の毛で壁に釘付けにされているのだとわかる」

そのとき、突風がわたしの帽子を吹き飛ばした。髪がほどける。編んでいない長い髪が風に逆巻く。ナタンはさっと手を伸ばして髪を摑み、ぐいっと引き寄せた。

「ナタン！　痛いじゃないの！」

だが、ナタンはほかに気を取られていた。「あれはなんだ？」

風に乗って、粘りつくようにきつい腐敗臭がする。

「海草でしょ。それともアザラシの死骸。さあ、髪を放して」

「シーッ！」

彼の機嫌をとることに疲れた。「だれも襲ってきやしないわよ、ナタン。あなたはそれほど重要人物じゃないもの」

彼の手から髪の毛を引き抜き、母屋に戻ろうとすると、ナタンがブラウスの袖を摑んで自分のほうを向かせ、顔を叩いた。

わたしはあえぎ、頬に手をやった。だが、ナタンはその手を摑んで捻り上げ、わたしをひざまずかせた。冷たい風に顔をなぶられていても、彼に叩かれた部分に血が集まっているのがわかった。

「二度とそんな口をきくな」ナタンはわたしの耳に口を押し当てた。低くしゃがれた声だった。「おまえをここに呼ぶべきじゃなかった」

彼は握る手をゆるめず、わたしの指を捻った。わたしが痛さに悲鳴をあげると手を放し、わたしを突き飛ばした。

わたしはもつれる足で岩場を抜け、母屋に戻った。薄暗がりのなかでスカートにつまずく。耳に当たる風が痛い。風の音に負けじとわたしは泣き声をあげた。息が喉につかえる。海辺の岩の上に立って、ナタンが叫んだ。

「立場をわきまえろ、アグネス！」

その夜、ナタンが母屋に戻るのを待った。仲直りができるかもしれないと望みを抱き、ランプをつけっぱなしにしておいた。時間が罪人のように足音を忍ばせて過ぎてゆき、夜中の十二時を回ったが、彼は戻ってこなかった。シッガとダニエルはとっくにそれぞれのベッドで眠っていた。わたしはまんじりともせず、ランプの躍る炎を見つめていた。頭がズキズキする。なにか悪いことが起きるのを待っていたのだと思う。

おもてから足音が聞こえた気がしてドアを開けても、暗い闇があるばかり、浜に打ち寄せる波の音が聞こえるばかりだった。濃い霧が降ってきて、ナタンが仕事場にあかりを灯したかどうかもわからない。冷たいベッドに戻り、待ちつづけた。

いつの間にか眠っていたのだろう。目を覚ますと真っ暗だった。ランプは消えていたが、ナタンがベッドに入っていないのはわかった。そのとき、廊下に彼の足音がした――ドアの閂《かんぬき》をはずす音で目が覚めたのだろう。わたしは息を詰めた。彼のあたたかな手が毛布をめくるのをいまかいまかと待った。彼が隣に体を滑り込ませ、耳元でやさしくささやくのを待った。申し訳なさそうにささやくのを。

でも、ナタンはわたしのベッドに来なかった。薄目を開けてみると、彼はスツールに座ってブーツを脱いでいた。ズボンも脱ぎ、シャツを頭から脱いだ。床に脱ぎっぱなしだ。立ち上がって、こっちに来るように見えた。でも、そこで向きを変え、足音を忍ばせて二歩、窓のほうへ。シッガのベッドの毛布をめくった。

ロウザがわたしたちを、彼のあばずれ女たち、と呼んだとき、どういう意味かわたしにはわかっていた。彼のささやき声とシッガの眠そうな返事を耳にして、叫び出さないように、起きていることを悟られないように、体を強張らせた。吐き気の薄布が胃を包み込むのを、手を噛んで堪えた。心臓が止まった。つぎに脈打つまで、息を詰めていた。

彼が押し込んであえぐ。わたしは目を閉じ、息を詰める。いま息を吐いたらむせび泣きになるとわかっているから。腕の肉に爪を食い込ませる。食い込ませた爪が滑る。血が出たのだ。

ナタンがシッガのベッドを出て自分のベッドに入るまで、わたしはじっと待った。シッガの呼吸がおさまるのを待った。ナタンはいびきをかきはじめていた。みなが眠ったのをたしかめて起き上がり、闇に目を凝らした。苦痛と、ほかにもなにか硬くてぴりぴりしてタールのように真っ黒なもので喉が塞がっていた。泣くことを自分に許さなかった。怒りが全身を駆け巡り、両手も背中も硬く強張った。あかるくなる前に荷物をまとめ、出ていこうか。でも、どこへ行くの？　行くとすればヴァッンスダーリュルの谷。あそこの地面は岩でごつごつしていることを、わたしは知っている。雪をかぶった山々も、白鳥でにぎわう湖も、川べりの青草のしわが寄ったような景色も、わたしは知っている。絶え間なく空を旋回するカラスも。でも、イルガスターデュルはちがった。ここには友達がひとりもいない。景色に馴染みがなかった。海と空に完璧なキスを残す岩の輪郭しか知らない。ほかには誰もいないし、なにもない。どこにも行くあてはなかった。

十一章

四月十九日、フリドリクの弟、キャタダーリュル農場のビャルニ・シグルドソンがふたたび裁判で証人に立った。十歳の少年は聡明そうに見えた。長い時間におよぶ質問が終わっても、彼からはなんの情報も引き出せなかった。ただし、最後に彼は言った。前年の秋、父親が留守のあいだに、フリドリクは乳を出していた雌羊二頭と子羊一頭の喉を掻き切った、と。それらの羊はナタンのものだったと、ビャルニ・シグルドソンは記憶していた。そのことについてはなにも知らないでとおせ、裁判になってもいっさいなにも言うな、と母親から釘をさされていた。しかし、そのあとは、いくら脅してもすかしても、彼からはそれ以上の情報を引き出せなかった。

匿名の事務官、一八二八年

マルグレットは泣き声で目が覚めた。娘たちのベッドに目を凝らす。二人とも眠っている。アグネス。

頭を枕に戻し、耳を澄ました。そう、罪人は泣いている。か細く抑えたすすり泣きに、こちらの喉が詰まりそうだ。そばに行ってあげるべき？　空耳かもしれない。闇のなかで目を凝らす。もっとよく見えればいいのに。泣き声がやみ、しばらくしてまたはじまった。まるで子どもが泣いているようだ。

一緒に寝ている夫を起こさないようにそっとベッドから出ると、手探りでドアまで行き廊下に出た。台所の炉の消えかけた燃えさしのあかりが見えた。籠《かご》から蠟燭を取り出し、燃えさしから火を移した。あたたかな台所から出ようとして足を止める。悲しげな泣き声はまだ聞こえた。理由がわからないから怖いのだと思った。

蠟燭の揺らぐ光が寝室の壁や梁を照らす。壁を凍らせる十二月の寒さを締め出そうと、みんな頭から毛布をかぶって眠っていた。隙間風に蠟燭が消えないよう手をかざし、ゆっくりとアグネスのベッドにちかづいた。彼女は眠っていたが、閉じたまぶたの下で目が左右に動いている。毛布はベッドの端にずれ落ちていた。アグネスは震えている。肘を脇にくっつけ、両手は拳を握っている。素手で闘っているかのように。

「アグネス？」

彼女はうめいた。マルグレットが毛布を摑んで彼女の胸まで引き上げたとき、手首を摑まれた。

マルグレットは悲鳴をあげようと口を開いたが、声は出てこなかった。アグネスの冷たい手に摑まれ、凍りついた。

「なにしてるの？」アグネスの声は手と同様、冷たかった。蠟燭の炎が揺れる。

「なにも。あなた、震えてたわよ」

「わたしを見張っていたのね」

マルグレットは咳込んだ。血の味がする。ぐっと吞み込み、しぶしぶ蠟燭を置いた。「見張ったりしていないわよ。あなたのせいで目が覚めたの。泣いていたのよ」

アグネスはじっとマルグレットを見つめ、手をおろした。頰を拭い、手についた涙をじっと見つめる。

「わたし、泣いていたの？」

マルグレットはうなずいた。「泣き声で目が覚めたのよ」

「夢を見ていた」アグネスは天井を見上げた。

マルグレットはまた咳込んだ。今度は急すぎて手を口に当てる間がなかった。二人とも毛布を見下ろす。血が飛び散っていた。アグネスは血のしみからマルグレットへと視線を動かした。

「座らない？」アグネスが脚を体に引き寄せたので、マルグレットはベッドの端に腰をおろした。

「死にかけている女二人」アグネスがつぶやいた。

ほかのときなら、マルグレットは侮辱されたと思っただろう。でも、こうしてアグネスと顔を合わせていると、たしかにそうだと思える。

「ヨウンがあたしのことを心配してるわ」マルグレットは正直に言った。「彼は口ではなにも言わないけど、結婚生活も長くなると、しゃべらなくてもわかるのよ」

「苔のゼリーのこと、彼に話したの？」

「あなたがハーブに詳しいこと、彼は知ってるわ。ロウズリンと赤ん坊のこともね」

アグネスは思案げな顔をした。「彼はかまわないと思ってるのね？」

マルグレットはうなずいた。「彼はけっして悪い人じゃないのよ、あたしのヨウンは」床に目を落とす。「キリスト教徒として静かな生活を送ろうと最善を尽くしている。あたしたちはみんなそう。人を傷つけようなんて思っていない。ただ、あなたがここにいることが……」彼女はそれにつづく言葉を呑み込んだ。「彼には気がかりだった、それだけ。でも、やっていくしかない、できるかぎりはね」

「でも、あなたの病気が悪くなっていることを、彼は知ってるんでしょう？」

肺が重く感じられる。マルグレットは肩をすくめ、話題を変えた。「なんの夢を見ていたの？」

アグネスは毛布を首まで引き上げた。「キャタダーリュル」

「フリドリクの農場ね？」

アグネスはうなずいた。

「悪い夢？」

アグネスは毛布についた血のしみに視線を落とした。じっと見つめる。「ナタンが死ぬ前の何日か、そこに泊まっていたの」

「あなたはイルガスターデュル農場に住んでいたんだと思ってたわ」マルグレットがぶるっと震えた。アグネスはヘッドボードに掛けてあるショールに手を伸ばし、マルグレットに差し出した。

「ナタンに追い出されるまでは、イルガスターデュル農場にいたわ。どこにも行くあてがなくて、フリドリクの家族のところに身を寄せたの」

「友達はいなかったと言ってたじゃない」

「友達じゃないもの」アグネスは顔をあげた。「殺人のこと、どうして尋ねないの？」

意外な問いかけに、マルグレットはぎょっとした。「それは、あなたと牧師さんのあいだのことだと思ったから」

アグネスは頭を振った。

口が渇いてきて、マルグレットは夫が寝ているベッドに目をやった。いびきが聞こえる。

「一緒に台所に行かない？　体をあたためないと、朝になる前に死んでしまいそう」

アグネスは作業場からスツールを取ってきて座り、マルグレットが炉の燃えさしをつつき、干した糞をくべて火を熾すのを見守った。マルグレットは煙に咳込み、涙を拭った。

「喉が渇かない？」

アグネスがうなずく。マルグレットは小さな鍋にミルクを注いで火にかけた。隣のスツールに腰掛け、二人並んで焚《た》きつけが燃え上がるのを眺めた。

「母はけっして炉の火を絶やさなかった」マルグレットは言った。アグネスがこちらを向いたのが気配でわかったが、目を合わせはしなかった。「家の中で火が燃えているかぎり、悪魔は入ってこられないと信じてたのよ。たとえ真夜中でもね」

アグネスはしんみりしていた。「あなたはなにを信じてる？」ややあって、彼女は尋ねた。

マルグレットは炎に両手をかざした。「火は体をあたためるのに役立つと思っている」

アグネスはうなずいた。パチパチと音をたてて炎が高くあがった。「ガフル農場で働いていたとき、冬に火が絶えたことがあったの。わたしのせいで。雪に降り込められてて、子どもたちはお腹をすかせていた。ぼろ布に吸わせた乳清をいちばん下の子に飲ますのに忙しくて、台所を覗くの忘れていたの。三日三晩、光も火もなかった。ようやく晴れたので、隣の農場に助けを求めに行くことができた。そうでなきゃ、隣人が訪ねてきて、ベッドで死んでるわたしたちを見つけていたでしょうね」

「ありうるわね。いろんなことで人は死ぬもの」

会話が途切れる。ミルクが沸騰したので、マルグレットが立ってカップに注ぎ、アグネスに差し出す。

「食料にことかかないから、あなたの家族は幸せね」アグネスが言う。

「今年は余分なお金が少し入ったのよ。ブリョンダル行政長官が補償金を出してくれたのでね」マルグレットは言った先から後悔したが、アグネスはなんの反応も示さなかった。

「そういうことは思ってもみなかった」アグネスがぽつりと言う。

「たいしたお金じゃないのよ」

「そうでしょうね。わたしはそれほどの価値がないもの」アグネスが苦々しげに言った。マルグレットはちらっと彼女を見た。ミルクを飲む。熱い液体が胃を満たし、ぬくもりが全身に広がっていった。

「牧師さんは訪ねてこないわね」マルグレットは話題を変えたくて言った。

「そうね」アグネスの顔は眠っていたせいでむくんでいた。彼女を抱き締めてやりたい、とマルグレットは唐突に思った。子どものように見えたからだ。カップを両手で包む。

「あなたを起こすつもりはなかった」アグネスが言った。

マルグレットは肩をすくめた。「夜中によく目が覚めるの。娘たちが小さかったころは、ちゃんと息をしているか心配で、夜中に何度も目が覚めたものよ」

「いまも目が覚めるのはそのせい？」

マルグレットはアグネスを睨んだ。「いいえ。そういうことじゃない」

「彼女たちのことが心配なのよね。ごめんなさい。つまり、わたしがここにいるせいで」

「母親が子どもの心配をするのはあたりまえよ」

「わたしは母親になれなかった」

「でも、母親はいるでしょ」

アグネスは頭を振った。「母は幼いわたしを置き去りにしたの。だから母親はいないも同然なのよ」

「そんなことは関係ないわ。どこにいようと、彼女はあなたのことを考えているわ」

「そうは思わない」

マルグレットは言葉に詰まった。「母親はいつもわが子のことを考えているわよ。あなたのお母さんも、フリドリクのお母さんも、シッガのお母さんも。みんな母親ですもの」

「シッガの母親は死んだわ」アグネスがにべもなく言う。「フリドリクの母親はコペンハーゲンに送られる」

「どうして?」

アグネスは怪訝な顔でマルグレットを見た。「ソルビョルグはフリドリクの企みに気づいていたの。フリドリクが羊を盗んだことも知っていた。裁判で嘘の証言をしたのよ」

「なるほど」マルグレットは言い、またミルクを飲んだ。

「ソルビョルグはわたしの命を救ってくれた」アグネスは少し間を置いて言った。「ナタンに追い出されて彼女の農場に行ったの。玄関で倒れているわたしを見つけたのは彼女だった。彼女が中に入れてくれなかったら、わたしは死んでいた」

マルグレットはうなずいた。「誰にでもいいところはあるものよ」

「ソルビョルグは若いころ農場で働いていたときに、女主人のベッドに火をつけて、主人の犬を斧で殺したんですって。裁判にそのことが持ち出されたわ」

「なんてことでしょ」

「わたしにとっては有利な証人じゃなかった。わたしとは友達だったと彼女は言ったの。わたしがナタンと喧嘩して、彼女のところに相談に行ったって」

「でも、ちがうんでしょ？」

「イルガスターデュル農場が焼け落ちたことを、彼女は話してくれなかった。裁判では、わたしが知っていたことになったけど。わたしがキャタダーリュル農場に行ったのは、ソルビヨルグに助けを求めるためでも、フリドリクと陰謀を企てるためでもなかった。わたしには目論見《もくろみ》があってキャタダーリュルを訪ねたことになっていたけれどね。殺人の計画を立てるために」アグネスはミルクを飲み込もうとしてむせた。「わたしがキャタダーリュルに行ったのは、ナタンに追い出されたから。それに、ほかに行くあてがなかったから」

　マルグレットは黙り込んだ。火を掻き立てながら思い浮かべた。みんなが寝静まった夜中、アグネスがこっそり台所で松明《たいまつ》に火を移し、家に火をつける姿を。煙の臭いで目が覚めるだろうか？

「イルガスターデュル農場を焼いたのはフリドリクだったのよね、アグネス？」マルグレットは不安を声に出すまいとした。

「裁判で主張したわよ。火は台所から燃え広がったと」アグネスがきっぱり言った。「ナタンが台所でハーブを煎じていたと言ったわ。火はそこから燃え広がった」

マルグレットはしばらく無言だった。「あたしが聞いた話じゃ、フリドリクが火をつけたって」

「そうじゃない」

マルグレットはまた咳込み、火に向けて唾を吐いた。熾に当たって泡立つ。「友達をかばいたい気持ちは――」

「フリドリクは友達じゃないわよ！」アグネスは頭を振り、ミルクを床に置いた。「彼は友達じゃない」

「あなたたち二人は長いこと一緒にいたんでしょ」

アグネスは彼女を睨み、視線を炉に向けた。「いいえ。でも、イルガスターデュル農場では……」ため息をつく。「ナタンは留守がちだった。孤独は……」言葉を探して口ごもった。「孤独は人の心を蝕むものなのよ。話し相手になってくれれば、誰でも受け入れた」

「それで、フリドリクはイルガスターデュル農場を訪ねてくるようになった」

アグネスはうなずいた。「彼の家からそれほど遠くないしね。フリドリクはシッガと恋をしていたし」

「シッガのことは噂に聞いていたわ」マルグレットは立ち上がり、干した糞をまた火にくべた。

「彼女は人好きがするから。かわいいもの」

「それに頭が空っぽだって、聞いたわよ」

アグネスは探るようにマルグレットを見た。「ええ、でも、フリドリクはそうは思ってなかった。ナタンが留守のあいだ、フリドリクはちょっとした用事を作ってはやってきた。彼の両親や牧師さんから言付けがあるとか言ってね。嘘っぱちだったけど。それで、喉が渇いてるとか腹がへったとか言うのよ。シッガはいそいそとミルクや食事を用意して、笑っておしゃべりして。秋になるころには、二人並んでシッガのベッドに腰掛けて、小鳥みたいにじゃれあっていることが珍しくなくなった」

「冬にひとりは辛いものね」マルグレットが言う。

アグネスはうなずいた。「イルガスターデュル農場にいると、いっそう身に沁《し》みるのよ。ここととはちがうもの、この谷とは。時間が経つのがうんざりするぐらい遅いの。友達もいないし、隣人もいない。シッガとダニエルだけ――ナタンがゲイタスカルド農場から連れてきた男の使用人――それにときどき訪ねてくるフリドリク」

「暗さも孤独に輪をかけるでしょ」マルグレットが思案げに言った。「おなじ顔ぶれで長いこと閉じこもっていて、いいわけないわね」彼女はアグネスにミルクのお代わりを勧めた。

「ナタンは冬が嫌いだった。死ぬまで暗さに馴染むことができなかったのよ」

「だったらどうしてイルガスターデュル農場を買ったのかしら。人の行き来がある農場はほかにあったでしょうに」

「彼はよそに出掛けていったもの。たいていゲイタスカルド農場だった。仕事で行くと言ってたけれど、友達に会いに行ってたんだと思うわ。わたしの顔を見たくなかったからかも。

でも、留守にする期間がどんどん長くなっていって、戻ってきてもちっとも嬉しそうな顔をしなかった。娘のソラナといても、楽しそうじゃなかった。わたしたちに預けっぱなしだった」

「人が訪ねてくるのを喜ばないなんて、冷たい男よね。あなたたち三人を檻に閉じ込めて」

アグネスはわびしくほほえんだ。「彼がいやだったのは人が訪ねてくることというより、フリドリクが訪ねてくることだったんだと思うわ」

「なるほどね」

「フリドリクとナタンの友情は、危険を孕んだものだった。相手の腹の探り合いばかり。それで、ついにぶつかったの。あの年の秋、ヒンディスヴィクの浜に鯨があがったときだった」

「憶えてるわ。北の谷に住む人から鯨の油を買ったもの。みんながおこぼれに与ろうとしたわ」

「わたしたちにとっては思いがけない幸運だったわ。あの年は収穫期に雨がつづいて、干し草が腐って火を噴くんじゃないかって心配だった。家畜が全滅して、春には骸骨になってるんじゃないかってね。ナタンはちょうど家にいて鯨の話を聞いたの。それで、鯨があがった浜の所有者一家から鯨の肉をわけてもらうって出掛けていったわ。

出掛けたきり夜になっても戻らなかった。戻ってきたときには泥まみれだった。髪も顔も泥まみれ。服だって、生地が見えないぐらい泥にまみれていたわ。なにがあったのって尋ねたら、金を払った分の肉を切り取っているところにフリドリクが現れ、手伝いを買って出たんですって。肉が欲しけりゃ金を払え、とナタンはフリドリクに言ったの。するとフリドリクは彼を押し倒し、襲いかかってきた。あとからスタパル農場の人の話を聞いたんだけど、イルガスターデュルの隣の農場のね、ナタンの話とはちがっていた。最初にナタンが怒鳴ってフリドリクを押し倒したって。それでフリドリクが反撃に出て、ナタンを殴り倒し、泥の中を引き摺った。でも、あのときはまだなにも知らなかったから。泥まみれで帰ってきたナタンは、むろん機嫌が悪かった」

「あなたにとっては災難だったわね」マルグレットがつぶやく。

アグネスは頭を振った。「いいえ、災難だったのはシッガのほう。わたしが鯨の肉を塩水に漬けていたら、ナタンの怒鳴り声が聞こえた。彼は炉端で体を拭いていて、シッガが宥めようとしていた。フリドリクはふつうじゃない、二十歳になる前に人を殺すにちがいないって、えらい剣幕だった。シッガは恋人をぼろくそに言われて傷ついたでしょうね。むろん彼女は言い返したりしないけど、その晩、ベッドに入ってから、彼女の泣き声が聞こえた」

マルグレットはなにも言わなかった。アグネスの顔を見たくてしょうがなかったが、いま顔を向けたら、彼女は話すのをやめてしまうだろう。元の木阿弥《もくあみ》だ。だから慎重に言葉を選んだ。

「イルガスターデュル農場の生活は、きついものだったんでしょうね」

「鯨の一件以来、ますますきつくなったわ。ナタンは家に寄りつかなくなった。戻ってくればきたで、シッガとわたしにねちねちと嫌味を言うの。おまえたちを遊ばせておくために金を払ってるんじゃないってね。わたしたちのやることなすこと難癖をつけた。バターが水っぽい。寝室が汚れている。留守のあいだに誰かが仕事場に入ってガラス瓶をいじくった。風でものが飛ばされた。わたしたちのどちらかが流木を運んできたせいで、庭がぐちゃぐちゃになった。あげくに、金を掘り出そうと穴を掘ったにちがいないっていちゃもんをつける始末よ。彼がそう言うまで、そこにお金が埋まっていることも知らなかったのにね。

それから、さらにひどいことになっていった。ナタンは南から帰ってくる途中で、イルガスターデュル農場から出てきたフリドリクとばったり会ったの。最初はふつうに挨拶を交わしていたけれど、じきに怒鳴り合いがはじまったわ。ナタンは拳を振り上げ、行政長官に頼んで、おまえを立ち入り禁止にしてやるって怒鳴った。怒鳴り合いはしばらくつづいて、それからフリドリクは家に帰っていった。

その晩、ナタンは大荒れだった。シッガをおもてに引き摺ってゆき、よくもおれの信頼を裏切ってくれたな、嘘ばっかりつきやがってって、彼女を責めた。いつか叩き出してやる、そう脅していた。シッガが哀願する声が聞こえたわ。ここを追い出されたらどこにも行くところがないって。時期が時期だから、誰も雇ってくれない。雪が降ったら凍え死ぬしかない。そのうちナタンの声が低くなって、なにを言ってるのか聞き取れなくなった。一時間経っても、二人とも戻って来なかったわ。やがて戻って来たシッガは目を真っ赤にして、すぐにベッドに潜り込んだ。それからナタンが戻って来て、わたしについて来いって言った。

外は真っ暗だった。彼は海べりまでわたしを連れて行き、こう言ったの。シッガとの結婚を許可してくれって、フリドリクが頼んできた。シッガが陰でこっそりフリドリクと付き合ってるのは知っていたが、こういうことになるとは思ってなかった。ただの乳繰り合いだと思っていた。

無邪気な子どもの一時の気の迷いよ。わたしがそう言うと、彼は笑ったわ。あの二人はおれが考える〝無邪気〟とはほど遠いさ。それから彼はポケットに手を突っ込み、銀貨を三枚取り出した。シッガとの結婚を許してもらうために、フリドリクがナタンに払ったのよ。結婚に反対なら、どうしてお金を受け取ったの。ナタンはまた笑って言ったわ。相手がくれるっていうものを受け取らないのは馬鹿だ。おれが留守しているとき、あいつがここに来ることを、おれがいやがっているのを知っていながら、どうしておまえは二人がねんごろになるのを止めなかったんだ。そこまで言われたら、わたしも黙っていられなかった。わたしは使用人や来客が大勢いる農場でずっとやってきた。イルガスターデュル農場で過ごす一日がこんなに長いなんて、思ってもいなかったわよ、って」

アグネスはミルクを飲み干し、滓を火に放った。ジュッという音に、マルグレットは顔をしかめた。

「二度寝はできそうにないわ」アグネスが言った。

マルグレットもうなずく。「ええ、あたしも」そこで口ごもる。「フリドリクとシッガが結婚していたとは知らなかった」

アグネスは小さく笑った。「結婚してないわよ。フリドリクはたしかに申し込んだけれどね。翌日にやって来たのよ。ナタンはゲイタスカルド農場に行ってて留守だった。シッガはむっつり黙り込んで、影みたいに家の中をさまよっていたわ。台所で二人きりになったときに尋ねてみたの。ゆうべ、ナタンになにを言われたの？　彼女はわっと泣き出すだけで、なにも言わなかった。フリドリクを愛しているとナタンに言ったの？　彼女は頭を振った。わたしがフリドリクのお金のことを持ち出すと、シッガは驚いて泣くのをやめたの。口をあんぐり開けてわたしを見つめて、ナタンが承知したなんて信じられない、と言ったわ。あんな男と結婚したらろくなことはない、とナタンは言ったんだそうよ。おまえはまだ若いし、おれの使用人だ。おれがふさわしい相手を見つけてやるから、それまでここにいろ。

翌日、ダニエルがフリドリクを出迎えて言ったの。夏まで生きていたいと思うなら、おとなしく退散しろ。フリドリクは聞こえないふりでわたしに尋ねた。シッガはどこにいる？　彼のあとから母屋に入って、なにが起きるか見届ける勇気がわたしにはなかったから、浜におりて待っていたの。すると案の定、フリドリクがシッガの手を握ってやって来て、おれたち婚約した、と言ったわ」

「それで、あなたはどうしたの？」マルグレットが尋ねた。

アグネスはため息をついた。「なにができると言うの？　ゆっくりと母屋に戻って、人数分のカップにブランデーを注いだ。フリドリクは満面の笑みを浮かべて、シッガは不安そうだった。お酒が入るとダニエルは二人のために歌い出した。わたしは新鮮な空気を吸おうとおもてに出て、浜におりて行った」

炉の火がパチパチ音をたてた。燃えた糞がふたつに割れて、火花が天井まで飛び散った。

しばらくして、アグネスは話をつづけた。「海に行ったことある？」

マルグレットはうなずき、ショールにくるまった。「若いころは海のちかくで働いていたのよ。ランギダーリュルのへんのね」

「ヴァッツネスの海はまるでちがうわ。フィヨルドの中の海は、ときにガラスのようなの。舌で舐めてみたくなるほど。『死人の目のようにどんよりしている』とナタンは言っていたわ」アグネスは火に体を寄せた。「ふたつの氷山が擦り合うのを見たことがある。ふたつ一緒に風に流されたの。ちかくに来たのでよく見ると、どちらにも流木がたくさん載っていて、しばらくするとパチパチいう音がしたわ。流木が火を噴いていたの」

「まるでサガの一節みたいね」マルグレットが言う。

「不気味だったけれど、目が離せなかった。夜になっても、海に小さな炎が浮かんでいるのが見えたわ」

それからしばらくのあいだ、二人とも炉の火を見つめていた。火の勢いはすっかり衰え、赤い輝きが二人の顔を染める。おもてでは低いうなり声がして、風が出てきたことがわかった。

峠の追い剝ぎも埋まるほどの大雪になった。シッガに結婚を申し込みに来たフリドリクは帰るに帰れなくなり、ダニエルのベッドで一緒に寝てもらうことにした。ブランデーで酔っ払った二人は、狭いベッドに折り重なるように眠った。

わたしは目が冴《さ》えて眠れなかった。ナタンとシッガのことが頭に入り込んできて、夢の邪魔をする。ナタンがなぜフリドリクを憎むのか、わたしにはわかっていた。フリドリクが彼のお金と貴重品を狙っているからだ。でも、それは理由の一部にすぎない。そう、大きな理由はシッガだ。彼はシッガをひとり占めしたいのだ。わたしのことはお払い箱にして。

†

やがて不安な眠りに落ちた。目が覚めると、寝室には誰もおらず、雪はやんでいた。油を引いたような灰色の海をのぞけば、あたり一面、白一色だった。畑のほうから音がするので何事かと見に出た。フリドリクが死んだ羊を蹴っている。その攻撃性に胃がでんぐり返った。

「なにしてるの？」しんとした空気の中で、わたしの声は強くよく響いた。彼はうんうん言いながら蹴りつづけた。ブーツが血に染まった雪を蹴り上げる。

「フリドリク！」もう一度叫ぶ。「なにしてるの？」

彼は振り返った。袖で顔を拭き、ブーツで雪を掻きながらこっちにやって来た。不機嫌なのがわかる。

「やあ、アグネス」彼は言った。息が上がっている。

「どうして家畜を蹴ったりするの？」

フリドリクは息をあえがせる。吐く息が白く見える。「最初から死んでたんだ」

「それでも、どうして蹴ったりするの？」

「いいじゃないか」フリドリクは目を細めて、重たい空を見上げた。「また雪になるな。降られないうちに家に戻ろうぜ」洟をすすり、手袋で洟を拭った。ウールにてかる跡がつく。

「ナタンに殺されるわよ」わたしは羊のまわりの血と泥を指差した。「肉をだめにしたんだもの。それに皮も」

フリドリクは笑った。羊を蹴った仕返しに引《ひ》っ叩《ぱた》いてやりたかったが、力で彼に勝てるわけがない。それは彼もわかっている。

「もう死んでたんだぜ、アグネス。けさ、死んだんだ」頬で解けかけた血染めの雪を拭い、ブーツを雪溜まりから引き抜いて、歩み去った。「心配すんな。まだ充分食える」

「あんたが踏みつけにしたのよ」

彼は目をくるっと回した。

「風邪ひくぜ」彼が肩越しに言う。山に垂れ込める雪雲を眺めていると、冷気に手足を刺され体が震えた。

フリドリクが羊をブーツで蹴るのを見たせいで、なんだか落ち着かない気分になった。これは凶兆だ。すばやく動く手足、雪を背に黒々と、やわらかな死体と接触し、やがて血の細かな霧が浮かぶ。

雪がまた降り出した。わたしは踵を返し、母屋に戻った。カラスが一羽、羊の上に舞い降りた。悲しげな啼き声をあげ、内臓にくちばしを突き立てる。雪が黒い羽根に舞い落ちた。

フリドリクとシッガは彼女のベッドに並んで座り、低い声でおしゃべりしていた。シッガは泣いていたように見える。

「羊が二頭いなくなった」わたしは言った。

「そのうちの一頭は死んだ。その目で見ただろ」フリドリクがあくびをする。

「あんたが蹴ってたのとはべつ。ほかに二頭いないのよ」

フリドリクはいやらしい笑みを浮かべた。それで納得がいった。

「あなたが殺したのね」シッガが泣き出した。フリドリクは立ち上がり、わたしのところに来て顔をちかづけた。汗のにおいがする。

「アグネス。けさ、シッガとおれがなんの話をしてたか、知りたいんじゃないか」彼の声は怒りで割れていた。「ナタンはおれより先に彼女をものにしたんだぜ」

わたしは気持ちを落ち着けてから口を開いた。

「知ってたわよ」

シッガがわっと泣き出した。「ごめんなさい、アグネス！　何度打ち明けようと思ったかしれない！」

フリドリクはぽかんとしていた。「知ってた？」

「彼女も合意のうえだと思ってたわ」きつい言い方になっていた。

「奴は犯したんだ！」フリドリクは行ったり来たりしはじめた。手に緑色の絹の寝巻を持っている。ナタンがシッガに贈ったものだ。「奴を殺してやる」

わたしは呆れ顔をした。「どうぞ。いまとなってはどうでもいいことでしょう」シッガに顔を向ける。「彼に無理じいされたの？」

「むろんそうにきまってるじゃないか！」フリドリクはシッガの隣に座り、マットレスに拳を埋めた。シッガがはっとなる。

「わからない」つぶやき声だ。

あの晩のことを思い出した。死の波にナタンが怯えた晩。シッガのベッドから聞こえたせわしい息遣い。軽いうめき声。抵抗はしていなかった。

「神に背くことだ」フリドリクが言う。

笑わずにいられなかった。「神さまとはなんの関係もないと思うわよ」

シッガは動転している。「アグネス？　あたしに失望してる？」

「なぜ失望しなきゃならないの？」わたしの声は海のように穏やかだった。

フリドリクが目を怒らせ、寝巻を見た。「奴は人間の屑だ。殺してやる」

「あたしはナタンに死んでほしくない」シッガの声から笑いを聞き取り、引っ叩いてやりたくなった。

わたしは笑った。「フリドリクは誰も殺しやしないわよ」

「いや、殺す」彼がまた立ち上がった。厚ぼったい手を握り締めている。

「いいえ、殺さない。だって、どうでもいいことでしょう? あんたは彼女と結婚するんだろうから」

口が渇いた。

フリドリクがせせら笑う。「あんたみたいな女には理解できないだろうけどな」

「シッガから聞いたけど、ナタンはあんたともやってたんだってな。シッガとちがって、あんたはしっかり楽しんでるんだろうけどな」

わたしがちかづくと、シッガはたじろいだ。「叩いたりしないわよ」よっぽど引っ叩いてやろうかと思った。

ダニエルが入って来たので、フリドリクは黙り込んだ。わたしは怒りで震えていた。フリドリクが憎かった。寒さで赤くなったにきび面が憎かった。青い目も、めやにのついた金色のまつげも憎かった。甲高い声も、体に染みついた馬の小便のにおいも憎かった。ここに入り浸る彼が憎かった。

「家に帰れ、フリドリク」最初に口を開いたのはダニエルだった。

「雪嵐がやって来る」

「雪嵐に打たれればいい」思いがけず、ダニエルがいてくれてよかったと思った。

「どこにも行かない」フリドリクはまたシッガの隣に座り、守るように腕を回した。

「ほんとうなのか?」ダニエルが小声で尋ねた。「ナタンがあんたらのどっちとも寝ていたってのは」呆れ顔で頭を振る。「とんでもないことだ」

「フリドリクが羊を殺したのよ」

「なんだって？　ここで？」

「ゆうべかけさ早く、二頭盗んで、キャタダーリュルに連れていって、あっちで殺したのよ」

「ナタンのことだ、彼を殺すぞ！」

「フリドリクが最初にナタンを殺さなければね。そうとう頭にきているから」

ダニエルは髪を指で梳き、ベッドに並んで座る二人を見やった。「彼は馬鹿な盗人だ」ため息をつく。「頭に昇った血が冷めたら、おれが話して聞かせるよ」

ナタンは三日後に戻った。フリドリクはその場に居合わせなかった。もしいたら、どうなっていたか想像もつかない。ナタンはむろん、シッガとフリドリクの婚約を喜ばなかった。わたしから話した。庭から彼の声が聞こえると、シッガはこっそり食料庫に隠れた。

「おれが留守をすると、ここでかならず災難が起きている」

「災難じゃないでしょ、ナタン。あなたはフリドリクのお金を受け取ったじゃない。こうなるとわかってたんでしょ」

「おまえは満足なんだろうさ」

「わたし？　わたしになんの関係があるの？」

「秋のあいだずっと、縁結びをやってたじゃないか」

わたしが差し出した両腕に、彼ははずした頭絡を載せ、つぎに鞍をはずした。「そんなことするもんですか」

「みんなでお祝いしたんだろう」

「いいえ。シッガも面食らっているみたいよ」

彼はわたしをまっすぐ見て、眉を吊り上げた。「そうなのか？」

わたしはうなずいた。「フリドリクは大喜びだけど、シッガはそれほど有頂天にはなってないみたい」

ナタンはほほえみ、頭を振った。「若いぼんくら二人。どっちも馬鹿だ」彼は頭絡と鞍下毛布をそっと取り上げ、雪の上に置いた。真顔になって言う。「アグネス。おれのアグネス、きみに謝らなきゃな。叩いたりして悪かった」

わたしはなにも言えなかった。彼に手を握られても振りほどかなかった。

「ウォームといろいろ話したんだ。血迷ってると彼に言われた。この悪天候に旅ばかりしてたからな。夢のことも……」声がだんだん小さくなった。「おれたちみんな、ぎすぎすしてた。おれも自分を見失っていたんだ」

彼はわたしの手を放し、頭絡と毛布を拾い上げた。「さあ」そう言ってわたしに差し出した。「しまってきてくれ。なかで待ってる」わたしが行こうとすると、彼が引き留めた。「アグネス」やさしい声だった。「きみに会えて嬉しい」

その晩、わたしたちは前とおなじ欲望に震えた。冬の闇のなかで目覚め、隣に彼が眠っていることを知って、わたしの体は幸せに染まった。シッガもダニエルも、目を覚まして、わたしたちが一緒に寝ているのを見たのだとしても、なにも言わなかった。わたしは彼のベッドから毛布を取ってきて、足元に掛けた。

†

マルグレットは作業部屋からミルクを取ってきた。風は勢いを増し、むせび泣くようだ。アグネスは炉の熾を突いていた。「ピートをくべる、それとも糞を?」

マルグレットは糞を指差した。「さあ、話をつづけて。ここにいるあいだは、火を絶やさないようにしましょう」

「どこまで話したかしら?」

「フリドリクがシッガに結婚を申し込んだところまで」マルグレットはミルクを鍋に注いだ。熱くなった金属にミルクが触れたとたんジュッと音がした。

「シッガはフリドリクと結婚の約束をしたせいで、ナタンと顔を合わせられなかった。なにを言われるか怖かったのね。食料庫に隠れている彼女を、ナタンが見つけたの。あとから彼女が話してくれたんだけど、ナタンはこう言ったんですって。おれは分別を失っていた。フリドリクにいやな思いをさせられたせいで、冷静にものを見られなかった。おまえを許してやる。金も、誇れるような名もない若造と結婚したいなら、それはそれで仕方がない。彼はわたしにはこう言ったのよ。二匹の子犬がじゃれるのを止められないからな、って。

いかしら。どこかに隠してあるお金を奪われる心配をせずにすむってね。

　クリスマスの季節になったけれど、お祝いらしいことはしなかったわ。ナタンはダニエルをゲイタスカルド農場に帰した。シッガとわたしだけの、前みたいな生活に戻れると期待したわ。母屋を掃除して、クリスマスイヴのごちそうを用意したかった。でも、フリドリクと婚約してからというもの、シッガはわたしと口をきこうとしなくなったのよ。わたしとおしゃべりしてもつまらないと思ってたんでしょうね。むっつりして仕事にも身が入らず、いつもぼんやり窓の外を見ていた。話しかけるとびくっとするし。目を合わせようとしない。クリスマスの祝杯をあげるからフリドリクを誘ったらどうだ、とナタンは彼女に言ったのよ。でも、彼は来なかった。ナタンが急にフリドリクに好意を見せるのには裏があるんじゃないか。シッガはそれを心配していたのね。二人が顔を合わせたらなにが起きるかわからないもの」

†

　その晩遅く、わたしは彼と話をする決心をした。

「ナタン、あなたがシッガと関係を持っていたことは知ってるわ」

　うつらうつらしていた彼が目を開けた。

「知ってるわ、ナタン。でも、許してあげる」

彼はわたしをまじまじと見つめ、笑い出した。「許してあげる？」

暗がりでわたしは手を伸ばし、彼の手を握ろうとした。「文句を言うためにこの話題を持ち出したんじゃないの。でも、わたしが知っていることを、あなたに知っててほしかった」

重なる彼の手がずしりと重い。彼は考え込んでいた。

「おまえに見られていることは承知していた」

彼の言葉が拳となって腹に食い込んだ。口を開けたり閉じたりしても声は出ない。わたしはベッドを出て、ランプを持って来た。彼の顔を見ずに話はできない。暗闇で聞く彼の言葉は信用できない。

ランプの光が剝き出しの彼の肌を舐める。彼はわたしを冷ややかに見つめ、寝返りを打ってシッガのほうを向いた。彼女が起きているかたしかめるように。

「ナタン」

わたしの声は掠れていた。自分の裸の体に目をやった。そのときはじめて、彼がわたしをどう見ていたかわかった気がした。

「あなたにとっては遊びだったのね」

ナタンは手で目を覆った。「ランプを消してくれ、アグネス」

わたしは気持ちを落ち着かせようとベッドの支柱を摑んだ。「あなたは残酷な人ね」

「こういう話はしたくない」

「わたしを家政婦にするつもりなんてなかったんでしょう？」

「ランプを消して、眠ろう。おまえの目は雪に開いた小便の穴みたいだ」

「眠ろう?!」わたしは彼を見つめた。いましゃべったら泣いてしまいそうだ。涙を呑み込む。

「わたしが知っていること、どうしてわかったの?」

彼はにやにやするだけでなにも言わなかった。

「わたしを愛してる?」

「なに馬鹿なこと言ってるんだ」

「答えて」

彼はランプに手を伸ばした。「消せ!」

「ナタン」懇願していた。自分の哀れっぽい声にぞっとした。

「来てほしくないと思っていたら、おまえをここに呼んだりするか?」

「いいえ、呼んだわよ、ワークメイドとしてね」

「おまえは使用人以上の存在だ、アグネス」

「そうなの?」

「ランプを消せ」

「いいえ!」彼に取られないようランプを遠ざけた。「だったらこんな仕打ちはできないはずだわ!」

彼の目がギラリと光った。「小うるさい女だな」

わたしは爆発した。

「小うるさい？　冗談じゃないわ！　あなたのしたいようにさせてきたじゃない。あなたが出掛けるのを引き留めたことがあった？　わたしが眠るのを待って、隣のベッドでシッガにのしかかるのを止めたことがあった？　彼女は十五よ！　あなたったら、さかりのついた犬みたいに」

彼は肘をついて起き上がった。「どうしておまえが眠るのを待ったと思ってるんだ？」ナタンの顔に浮かんだのはあざけりではなかった。馬鹿にしつつおもしろがっている表情だった。絶望と喪失が重くのしかかってきて、心に悲嘆の穴がぽっかり開いた。けっして埋めようのない穴が。

「あなたが憎い」馬鹿らしく子どもっぽい言い草だ。

「おれがおまえを愛すると思ってるのか？」ナタンは頭を振った。「おまえを、アグネス？」目を細めて起き上がる。息が顔に熱い。「安っぽい女だな、おまえは。がっかりだ」

「わたしが安っぽいとしたら、あなたがそうさせたんでしょ！」

「ああ、そうかい。おまえは純粋無垢な女か。悪いのはまわりの人間か」

「いいえ、悪いのはあなたよ！」

「ああ、悪かったよ。おまえが望んでいると思ったんでな」彼はわたしを摑んで荒っぽく引き寄せた。「谷から出ることを望んでいると思ってた。だが、おまえが望んでいたのは、手に入らないものだ」

「わたしが望んだのはあなたよ！　谷から出たかったのは、あなたと一緒に暮らしたかったから」怒りで気持ちが悪くなった。「こんな生活、耐えられない」

「だったら出ていけ！」彼がわたしの手首を握って引っ張った。「出ていけ！　おまえのせいで面倒ばかり起きる！」彼はわたしを寝室から引き摺り出そうとした。シッガがベッドで起き上がり、こっちを見ている。ソラナが泣き出した。

「手を放してよ！」

「おまえの望むものを与えてきた。おれが憎らしいか？　出ていきたいんだろ？　よし！　さあ、ここがドアだ」

ナタンは小柄だが力はある。わたしを引き摺って廊下を抜け、玄関から押し出した。わたしは敷居につまずいて雪の上に大の字になった。裸のままで。わたしが膝立ちになったとき、彼はドアをバタンと閉めた。

外は暗く、雪がしんしんと降っていたが、怒りと悲しみで頭がくらくらしていたからなにも感じなかった。ドアを叩きたかった。窓に顔をつけて、中に入れてとシッガに頼みたかった。でも、彼を罰したい気持ちもあった。体に腕を巻きつけて、さあ、どこに行こう、と思った。冷気が肌を刺す。自分で命を絶とうかと思った。浜におりていき、凍える海水に体を浸けようと思った。溺れなくても寒さにやられるだろう。浜に打ち上げられ海草の中に横たわるわたしの死体を、ナタンが見つける情景を思い浮かべた。

わたしは牛小屋へ行った。

寒すぎて眠れない。雌牛のそばにしゃがんで、剝き出しの肌をあたたかな腹に押しつけ、鞍下毛布をおろしてくるまった。凍傷にならないよう凍える爪先を糞に押し込む。

真夜中に、誰かが牛小屋に入ってきた。

「ナタン？」哀れな声だ。

シッガだった。わたしの服と靴を持ってきてくれたのだ。目を泣き腫らしている。

「彼はあなたを中に入れないわ」

かじかんだ指でのろのろと服を着た。「わたしがここで死んだらどうするの？」

回れ右する彼女の肩を摑んだ。

「彼を説得してちょうだい、シッガ。彼は正気を失ってるのよ」

彼女は涙を溜めた目でわたしを見つめた。「もううんざり。ここで暮らすのは」ささやき声だった。


翌朝、目が覚めて、自分がどこにいるのかすぐにはわからなかった。前夜の記憶が甦り、怒りに胃が固くなった。おかげで元気が出た。雌牛にもたれかかり、冷たい鼻と指をあたためながら、これからどうしようか考えた。ナタンが家畜の飼い付けにやってくる前に、ここを出なければ。

†

薄暗い寝室で、トウティは目を覚ました。ベッドの足元に父がいる。壁にもたれかかり、ごま塩頭が胸にくっつきそうだ。眠っている。

「父さん？」掠れたささやき声しか出なかった。しかも喉が裂けそうなほど痛い。足で父を突つこうとしたが、手足が信じられないぐらい重い。「父さん？」もう一度呼ぶ。

ヨウン牧師は身じろぎし、不意に目を開けた。「ああ！」ひげを擦って身を乗り出す。「目が覚めたか。神よ、感謝いたします」

トウティは腕をあげようとして、脇で縛られていることに気づいた。毛布にくるまれている。

「また熱を出して、苦しんでいたのだよ」父が言う。「汗をかかせて熱を下げさせようと思った」たこのできた手をトウティの額に当てる。

「コルンサウ農場に行かないと」トウティはつぶやいた。舌が渇いている。「アグネスのところに」

父は頭を振った。「彼女の面倒をみたせいで、おまえはこうなったのだぞ」

トウティは憂い顔をした。「いまが何月かわからない」

「十二月だ」

起き上がろうとする彼を、ヨウン牧師がやさしく押し戻した。「神がおまえを回復させるまで、彼女に会うことはならない」

「彼女にはほかに誰もいないのですよ」トウティは言い返し、起き上がろうとした。筋肉が言うことをきかない。

「自業自得だ」父の声が急に大きくなった。息子をベッドに寝かせる。薄暗い寝室で、父の顔が灰色に見えた。「おまえが時間を割《さ》くに値しない女だ」

†

マルグレットはしばらく黙っていた。カップのミルクはとっくに冷めた。「彼はあなたを雪の中に放り出したの？」

アグネスはうなずき、相手がどう出るか様子を窺った。

マルグレットは頭を振った。「凍え死んでもおかしくなかった」

「彼はふつうじゃなかったのよ」アグネスはショールを掻き合わせた。「ナタンはシッガをひとり占めしたかった。でも、彼女はフリドリクのほうが好きだった。そのことにようやく気づいたのよ」

マルグレットは洟をすすりながら、火かき棒で赤く燃える熾を炉の壁際に転がした。「それじゃ」火を見つめるアグネスをちらっと見る。「つづけて」静かに言った。

アグネスはため息をつき、組んでいた腕をほどいた。「その日はフリドリクの家族の農場に行ったわ。一度も行ったことがなかったけれど、山の向こうだとわかっていたから。それに、晴れてきたので道に迷う心配もなかった。でも、何時間もかかったわ。キャタダーリュル農場のある谷間の入口にさしかかるころには、疲れてふらふらだった。玄関に倒れ込んだわたしを、フリドリクの母親が見つけてくれたの。

ひどい家だったわ。家全体が沈み込んで、屋根がいまにも落ちそうで、中も外とおなじぐらい惨めな有様だった。台所の壁には糞を燃やして出る煙が染みついて、寝室もわびしいことではいい勝負でね。わたしが入っていくと、大勢の子どもたちがいて、みんなフリドリクの兄弟よ、暖をとろうとベッドの上で団子状態になっていた。フリドリクは父親とおなじベッドに座っていて、べつのベッドではおじさんがナイフを研いでいた。

フリドリクが最初に言ったのが、『あいつ、今度はなにしたんだ？』だった。ナタンがシッガと結婚することにしたのか、と彼は尋ねた。

わたしは頭を振り、彼に追い出されたことを話したの。牛小屋で一夜をあかしたことも。フリドリクは同情してくれなかった。あんたが原因を作ったんだろう。なにをしたんだ。ナタンと喧嘩したのよ、とわたしは言ったわ。彼がシッガをあんなふうに扱うことに我慢できなかったからって。

そのときだったわ。フリドリクの母親がしゃしゃり出てきたのは。黙って話を聞いていたのに、突然フリドリクの腕を摑んで言ったのよ。『彼はおまえから女房を奪うつもりだよ』

フリドリクがベッドの上のナイフをちらっと見たような気がして、わたし、恐ろしくなった。

それで、フリドリクに言ったの。チアルンの牧師に相談してみたら。行政長官に話しにいってくれるかもしれないわ。ところが、ソルビョルグ、フリドリクの母親がまた口を挟んできたの。彼女は立ち上がってフリドリクの肩を摑み、目を見合わせて言ったわ。『ナタンが生きてるかぎり、シッガを娶ることはできないよ』それから、みんな腰をおろした。わたしが眠っているあいだに、彼らはナタンを殺すことに決めたのよ、きっと」

マルグレットはじっと黙っていた。火は消えていた。灰の中で、ひとつだけ燃え残った熾がかすかな光を発していた。風はむせび泣くのをやめない。マルグレットはゆっくりと息を吐き出した。疲れを感じた。「そろそろベッドに戻りましょうか」

アグネスが彼女のほうを向いた。「話のつづきを聞きたくないの？」

十二章

サイリング谷のロイガルに日が昇るとまもなく、グドゥルンは目を覚ました。兄弟たちの寝ている部屋にゆき、オスパクを揺すった。彼はすぐに目を開け、ほかの兄弟たちも起き出した。妹だとわかると、こんなに早くに起きてどうかしたのか、とオスパルは尋ねた。兄さんたちは、きょう、なにをして過ごすつもりですか、と彼女は言った。ゆっくりするよ、「とくにすることもないから」とオスパルは答えた。

グドゥルンは言った。「農民の娘なら、それでいいかもしれません――どうせなんの役にもたたないのだから。でも、あなたたちをあれほど虚仮《こけ》にしたキヤルタンが、供をひとりだけ連れて屋敷の前をとおるというのに、よくも眠っていられますね。あなたたちがキヤルタンの屋敷を襲うことなど、望みはしません。むだだとわかっていますもの。ひとりや二人の供を連れて旅をする彼に、立ち向かう勇気もないんですから。家に引っ込んで、大勢で集まって、口ばかり偉そうなことを言っているだけですものね」

またずいぶんと大仰なことを、とオスパクは言ったものの、妹と言い争っても負けるとわかっていたから、飛び起きて服を着た。兄弟たちもそれに倣った。それから、キヤルタンを待ち伏せる支度に取り掛かった。

ラックス谷の人びとのサガ

フリドリクを伴ってわたしがイルガスターデュル農場に戻ったとき、ナタンはいなかった。彼がいたとしたらどうなっていたか、わたしにはわかっていた。ドアを何度も叩いてようやく、シッガが出てきた。ナタンの娘を抱いていた。

「あなたが戻っても中に入れるなって、彼に言われたわ」シッガはそう言いながらも、わたしたちを中に入れてくれた。

わたしは出されたコーヒーを受け取り、尋ねた。「ナタンはどこに?」

「ゲイタスカルド農場から使いが来てね。ウォームの具合がよくないって。ナタンはけさ早くに出掛けたわ」

「彼はどんな様子だった?」

シッガはわたしをじっと見つめた。「すごく機嫌が悪かった」

「おまえにまた無理強いをしたのか?」フリドリクはナタンのベッド脇の棚を物色していた。箱を取り上げては振ってみる彼を、シッガは心配そうに眺めていた。

「おれが思ってたとおりだ。窓の外に目をやる。「なにを探してるの?」

「報酬だよ」フリドリクはぼそっと言った。

金はそっくり庭に埋めてあるにちがいない。

わたしはシッガに尋ねた。「彼はわたしのことでなにか言ってなかった?」

シッガは頭を振った。

わたしは笑顔を取り繕った。「わたしに面と向かって言えないことばかりってことね」

フリドリクは肩に積もった雪を払い落とし、シッガと並んで座り彼女を膝に抱きあげた。

「おれの小鳥。おれの女房」

シッガは嫌がってベッドにおりた。「あたしをそんなふうに呼ばないで」

フリドリクは真っ赤になった。「なんでだめなんだ? おまえはおれのもんだろ」

「ナタンが言ったのよ。気が変わったって。許すつもりはないって」彼女は泣き出した。

「ぜったいに」

「ナタンのくそったれ!」

憂鬱な雰囲気なのに、フリドリクの大げさな叫びは笑いを誘った。「ナタンのことだから、そのうち気が変わるわよ」

シッガは涙を拭って頭を振った。「ほかの奴におまえをくれてやるぐらいなら、おれが結婚する。彼はそう言ってるわ」

わたしは茫然とした。かたわらでフリドリクは真っ青になった。「なんですって?」

「彼がそう言ったのよ」シッガは洟をグスグスやっている。

「それで、あなたはなんと言ったの？」わたしの声は細く震えていた。

シッガはまた泣き出した。

「まさかイエスと言ったんじゃないだろうな？」フリドリクが腕を回すと、シッガはその首に顔を埋めておいおい泣いた。


それからの二日間、わたしたち三人は額を寄せ合い、ここから出る算段をした。シッガはストラ＝ボーグに戻ることができそうなので、天気が回復ししだいわたしと一緒に旅立つことになった。フリドリクはわたしに、冬が終わるまでアスビアルナルスターデュル農場で働いたらどうか、と言った。あそこの農場主はナタンを嫌っているから、あんたに同情して雇ってくれるさ。

そんなふうに話し合っていた午後、峠道をやってくる旅人の姿が見えた。逃亡計画を立てるのに夢中だったから、すぐには気づかなかった。たまたま外の空気を吸おうと庭に出て旅人の姿を目にしたので、いまさら隠れるわけにもいかなくなった。向こうからもこちらの姿が見えたにちがいない。

「アグネス！」シッガが小声で言った。「ナタンよ。あなたがここにいることがばれたら、彼はわたしを鞭打つにきまってる」

わたしの心臓は戦太鼓《いくさだいこ》のように連打していたが、狼狽《ろうばい》を気取られてはならない。「彼はひとりじゃないわよ、シッガ。ほかに人がいれば、なにもしないわ」

わたしたちは並んで出迎えた。ちかづいてきた二人を見てびっくりした。ナタンの連れは〝羊殺しのピエトル〟だった。

「見ろよ、ピエトル」ナタンが言った。「惨めな狐が三匹、農場を嗅ぎまわっているぜ」顔は笑っているが、目は冷ややかだった。フリドリクに殴りかかるのではないかと思ったが、彼は馬をおりるとわたしにちかづいてきた。

「この女はここでなにしてるんだ？」彼の顔から笑みが消えた。わたしは真っ赤になり、ピエトルを盗み見た。彼もびっくりしたようだ。

「彼女が戻ってくるのを許してあげて。せめて冬が終わるまで」シッガがわたしをかばってくれた。

「おまえの顔も見たくないんだ、アグネス」

「わたしがなにをしたって言うの？」わたしは冷静さを装った。

「おまえが出ていきたいって言ったんだろ。だったら出ていけ！」彼がさらに一歩ちかづいた。「うせろ！」

シッガが心配そうな顔をした。「彼女には行くあてがないのよ、ナタン。じきに雪になるし」

ナタンは笑った。「おまえの言うことはあてにならないな、アグネス。おまえの言葉の裏には、かならずべつの意味がある。ここから出たいんだろ？　だったらうせろ！」

ナタンに言いたかった。わたしの望みはあなたなのよ。あなたに愛してほしいの。でも、無言をとおした。なにも言えない。

沈黙を破ったのはフリドリクだった。

「彼女と結婚するつもりなんてないんだろ」食いしばった歯のあいだから言う。

ナタンが笑う。「いいかげんにしろよ」彼はピエトルに向かって言った。「ガキと暮らすとどうなるかわかっただろ？　くだらないお遊びに引き摺りこまれる」

ピエトルはうすら笑いを浮かべた。

「いいだろう」ナタンは馬を引いて畑に向かった。「アグネスはいていい。だが、寝室には入れない。ピエトルとおれは今夜はここに泊まり、あすの朝、ゲイタスカルド農場に引き返す。つぎに戻ってきたときにまだいたら、不法侵入者として行政長官に引き渡すからな。フリドリク、おれがピエトルに頼んで喉を掻き切らせる前にうせろ」彼は笑ったが、ピエトルは下を向いたままだった。


その晩はまた牛小屋で寝た。ナタンに追い出された晩ほど寒くなかったし、シッガに手伝ってもらって寝場所も用意した。尿の臭いがきつく、シラミが這いまわっていたが、わたしはそのうち眠りに落ちた。

真っ暗ななかで目を覚まし、起き上がって戸口まで出てみた。母屋の窓からあかりが漏れていた。眠ったので頭はすっきりしていた。ナタンと仲直りができないものかと母屋へ戻りかけたとき、牛小屋の裏手から雪を踏む足音がした。

「シッガ？」

足音が途絶え、また聞こえた。こっちに向かってくる。わたしは小屋の暗がりに戻って壁に背中を押し当てた。

低いささやき声がした。「アグネス？」

フリドリクだった。

彼はこっそり入ってきた。

「いったいここでなにやってるの？」

彼は荒い息をしていた。暗がりで姿は見えないが、汗のにおいがする。カチリと音がした。

「家から歩いてきたの？」

彼は咳込み、唾を吐いた。「ああ」

「ナタンに見つかったら殺されるわよ」

「奴が寝入るまで待つ」

「待つって、なにをするつもり？　彼が目を覚まして、隣のベッドでシッガが甘ったるい言葉をささやくのを聞いたら、夜が明ける前に、彼はあなたを縛り首にして八つ裂きにするから」

「そんなことさせるか」

フリドリクが鼻を鳴らすのが聞こえた。

彼の口調には、わたしを黙らせるなにかがあった。

「フリドリク。いったいなにしにきたの？」

「きっちり片をつけるためにきた。おれのものをいただくためにな」

背後で牛が低くうなった。土を踏み固めた床を掻く蹄の音がする。

「フリドリク？」

「正直に言えよ。あんただってこれを望んでるんだろ、アグネス？」

ちょうどそのとき、月が雲間から顔を出し、フリドリクの両手に握られているものが見えた。金槌とナイフだ。

†

なにを憶えている？　彼を信用していなかった。急に不安になって、わたしは寝場所へ戻った。彼とは関わりあいになりたくなかったからだ。

なにが起きたの？

不安な眠りから目覚め、おもてに出た。母屋の窓のあかりは消えていた。フリドリクの姿はどこにもなかった。

彼を探しにいく。急に怖くなった。夜空は晴れ渡り、月あかりが母屋を照らしていた。降るような星。足の下で雪がキュッキュッと鳴る。手探りで閂を開けようとすると、ドアがきしみながら開いた。

シッガが廊下の壁にもたれてうずくまっていた。ロウザの娘を抱いている。二人とも泣き声をあげていた。

「シッガ？」

しばらくして返事があった。「寝室」消え入りそうな声だった。

わたしは長い廊下を進んだ。台所からランプを取ってこなくちゃ、と思った。心臓が喉から出かかっていた。

なにが起きたの？

震えていたから、手探りでランプを摑もうとして落とした。芯を切った蠟燭の匂いがして、隅で音がした。きしる床、あえぎ声、強く速い、ほかの音も、子どもが枕を叩くような音。うめき声、湿っぽい音、ささやき声。「アグネス？」

心臓が止まった。ナタンがそこにいるのだと思った。

ちがう。フリドリクだった。

「アグネス、アグネス、どこにいるんだ？」か細い声だった。

「ここよ」わたしは屈み込み、手探りでランプを探した。「ランプを落としたの」

フリドリクがわたしの声を頼りにちかづいてきた。「アグネス、よくわかんないんだ、彼が死んだかどうか」最後の言葉が彼の喉に引っかかった。「死んだかどうか、わかんない」

わたしの心臓は止まったままだ。指が動かない。ランプを探そうとざらつく床に手をついたものの、関節が固まったまま折れ曲がらない。彼を殺してなどいないはずよ。フリドリクはまだ子どもだ。彼を殺せるはずがない。

なんとかランプを探り当て、持ち上げた。床を擦ったので手に棘が刺さって痛い。

「アグネス？」

「ここよ！」自分の声のきつさに自分で驚いた。内心の怯えが声に出ていない。「ランプに火をつけないと」

「だったら急いで」

手探りで廊下に出る。壁に作り付けの燭台の蠟燭が一本だけついていた。ランプにその火を移し、寝室に取って返す。両手が震え、壁を照らすランプの光が不安定に揺れた。寝室は真っ暗だった。恐怖で喉が詰まる。中に入りたくない。でも、フリドリクがなにをしでかしたのか見届ける必要がある。

最初、彼に騙されたのかと思った。ナタンのベッドのほうにランプを向けると毛布が見えた。それに、眠っている彼の顔も。いつもと変わりなく見えた。そのとき、フリドリクの声がした。「こっちだ、アグネス、ランプをこっちに」光がベッドの上を横切る。ピエトルの頭が潰れているのが見えた。血が枕を黒く染めていた。壁の上に光るものがある。血が幾筋か、壁板を伝ってゆっくりと垂れてゆく。

「ああ、なんてこと。どうしよう、どうしよう」

彼が両手で握る金槌に目をやると、なにかがこびりついている――髪の毛だ。わたしは床に崩れ落ちた。

フリドリクが抱え上げてくれた。手には金槌を握ったままだ。いつでも殴れるように。「ナタンを傷つけたの?」わたしが尋ねると、ランプをベッドにちかづけろ、とフリドリクが言った。ナタンも血を流していた。顔の片側が妙な具合だ。頰骨がぺしゃんこになったように見える。首の凹みにピエトルの血が溜まっているのだと思った。

胸の底から悲鳴が湧き出してきて、体の力が抜けた。またランプを落とした。闇がわたしたちを包み込む。

フリドリクが廊下から蠟燭を取ってきたようだ。入ってきた彼の顔が光って見えた。それから、二人とも声を聞いた。

「いまのはなんだ?」フリドリクがそばにやってきて、わたしを引き摺りあげた。どっちも震えていた。声がまたした。うめき声。

「ナタン?」フリドリクから蠟燭をもぎ取り、ベッドに屈み込んでナタンの顔を照らした。あかるい火あかりの下でまぶたが引き攣る。彼はベッドに起き上がろうとしていた。

「彼になにをしたの?」フリドリクは死人のように真っ青で、瞳孔が開ききった目は真っ黒に見えた。

「金槌で……」先がつづかない

ナタンがまたうめいた。フリドリクも屈みこんで耳を澄ます。

「『ウォーム』って言ったんだ」

「ウォーム・ベック?」

「おおかた夢を見てるんだ」

ナタンが生きている証がほかにないかと、黙って見つめていた。沈黙が心を萎《な》えさせる。

ナタンがゆっくりと目を開け、まっすぐわたしを見た。

「アグネス？」それはつぶやきだった
「わたしはここよ」安堵の波が全身を駆け抜ける。「ナタン、ここにいるわ」

彼の目がわたしからフリドリクに向けられた。それから、顔を巡らし、ピエトルの陥没した頭を見る。なにが起きたのか、彼は悟ったようだ。

「だめだ」彼がしゃがれ声で言った。「やめてくれ」

フリドリクがあとじさる。行かせてなるものか。

「自分のしたことをちゃんと見なさい！　ちゃんと見るのよ」

「こんなつもりじゃなかった！　ナタン、ほんとうだよ」フリドリクは足元の血まみれの金槌を見つめ、息をあえがせた。

ナタンがまた叫んだ。ベッドから出ようとしたが、腕に体重をかけたとたん悲鳴をあげた。フリドリクに腕を叩き潰されていたのだ。

「彼を殺すつもりだったんでしょ！」わたしは叫び、フリドリクに顔を向けた。「これからどうするの？」

ドサッと音がした。ナタンが床に落ちた音だ。無事なほうの腕でベッドから出ようとし、途中で力尽きたのだ。

「彼を抱え上げるから手伝って」わたしはフリドリクに言い、蠟燭を床に置いた。でも、彼はナタンに触れようとしない。わたしはしゃがみ込み、ナタンを抱き起こして柱に頭をもたせかけてやろうとしたものの、彼は重すぎた。そのとき、彼の頭が目に留まった。ひどく腫れ上がり、血が背中を伝い流れている。わたしはそこで力尽きた。手足が水になった。彼の頭を膝に抱き寄せる。朝までもたないだろう。

「フリドリク」ナタンが繰り返し言う。「フリドリク、金を払うから、金を払うから」

「彼はあなたに話がしたいのよ、フリドリク」わたしは言った。フリドリクは顔を背けたままだ。「こっちを向きなさいよ。あなたが殺そうとした男に、せめて話しかけてやりなさい」

ナタンはしゃべるのをやめた。彼の体が強張るのがわかった。わたしを見上げる。頭が少し動いた。「アグネス……」

「ええ、わたしよ、アグネスよ。ここにいるわ、ナタン。ここにいるわよ」

彼の口があんぐり開いた。なにか言おうとしたが、出てきたのはゴロゴロいう音だけだった。フリドリクは真っ青な顔で立っている。目にかかる髪は返り血を浴びて片側が真っ赤だった。恐怖に両目を見開いている。

「なんなんだよ?」フリドリクが尋ねる。ナタンは喉を詰まらせた。血が溢れ出て顎を伝い、わたしのスカートに垂れ落ちた。

「なんなんだよ!」フリドリクが悲鳴をあげる。「止めさせろよ!」

わたしは床に落ちたナイフに手を伸ばした。「だったらやりなさい。あんたがはじめたんだから、ちゃんと終わらせなさいよ！」

フリドリクは頭を振った。顔面蒼白《そうはく》で、恐怖に目を見開いていた。

「やりなさい！　彼がゆっくり死ぬのを見ているつもり？」

フリドリクは頭を振りつづけた。ナタンの頭の傷からまた血が流れ出すのを見て、顔をしかめた。「いやだ。おれにはできない。できないよ」

ナタンはわたしを見上げた。歯が血に染まって赤い。唇が動く。なにを言おうとしているのか、わたしにはわかった。

ナイフはすっと入った。シャツをベリッと裂いて突き刺さった。まるでへたくそなキスのような音だ――やめたくてもやめることはできない。手首を捻る。ぬくもりを感じ、見ると手が血まみれになっていた。夜の寒さにひきかえ、血のなんとあたたかいことだろう。柄を放し、ナタンを押しのけた。ナイフに目を落とす。腹から突き出たナイフ。黒ずんだシャツが刃にへばりついている。束の間、わたしたちは見つめ合った。蠟燭の光が彼の額の縁とまつげを照らしている。ああ、よかった、と思った――彼にはわたしがはっきり見えている。許された気がした。

「アグネス」フリドリクは背後にいた。両手で頭を抱え、金槌は床の上だ。「アグネス、あんたが彼を殺した」

わたしは泣きたかった。彼の亡骸に抱きついて嘆き悲しみたかった。でも、そんな時間はない。

フリドリクが憎かった。床の上にうずくまって泣いている。恐慌をきたしておいおいと泣いている。やがて起き上がった。ひくひく言いながらナタンの腹からナイフを引き抜いた。

「なにするの?」わたしには叫ぶ力は残っていなかった。

「おれのナイフだもの」彼はナイフをズボンで拭いて、出ていこうとした。

「待って!」

フリドリクは振り向いて肩をすくめた。

「こんなことして、縛り首になるわよ」声がしゃがれる。フリドリクは立ち止まった。粘つくナイフの柄をぎゅっと握り締めた。

「おれが縛り首になるなら」彼はゆっくりと言い、洟をすすりあげた。「あんたは生きたまま焼かれるぜ」

わたしは両手についた血を見つめた。首筋も服も血まみれだ。隙間風が蠟燭の炎を揺らす。昼間の灰色の光のもとだと、この部屋はどんなふうに見えるだろう。

そのときだ。ナタンがヒンディスヴィクで買ってきた鯨の油のことを思い出したのは。

十三章

一八二九年十二月二十二日

フーナヴァトゥン県知事より行政長官ビョルン・ブリョンダル宛

貴殿に以下のものをお送りいたします。

一　殺人、放火および窃盗の罪で起訴された、フーナヴァトゥン県のフリドリク・シグルドソン、アグネス・マグノスドウティル、シグリデュル・グドゥモンドウティルに対する、六月二十五日付けの最高裁判所判決の原本。レイキャヴィークより特別便にて今月二十日にこちらに到着したものであります。

二　国王陛下の親書の確認された写し。コペンハーゲンの最高裁判所で死刑判決を受けたシグリデュル・グドゥモンドウティルに対し、国王から恩赦を賜《たまわ》る旨を記した親書で、宛先は同県知事、日付は八月二十六日。これにより、彼女はコペンハーゲンの刑務所に移され、厳重な監視のもと、無期懲役刑に服することになります。また、既決囚フリドリク・シグルドソンとアグネス・マグノスドウティルに対する最高裁判所の判決は、ここに確定したものであります。

三　デンマーク王室秘書官より県知事宛、八月二十九日付けの書状の確認された写し。内容は、暴動や予測不能な事態が生じないかぎり、犯罪が行われた場所もしくはできるかぎりちかい場所で刑が執行されることが望ましい、というものであります。県知事は、これに全面的に同意しなければなりません。

四　イルガスターデュルの農民、グドゥモンデュル・ケーティルソンに対し、最高裁判所の判決に従い、フリドリク・シグルドソンとアグネス・マグノスドウティルの処刑を本日付けで許可する書面。右記秘書官の書状にあるとおり、処刑が適切な方法で行われるよう、貴殿に監督していただきたく、ここにお願いするものであります。右記の国王陛下の親書に記された変更を考慮したうえで、死刑の執行は即刻行われねばなりません。処刑の準備および執行が滞りなく行われるよう、行政長官である貴殿が最善を尽くされるであろうと信じておりますが、右記秘書官の書状の内容を、念のため以下に記すしだいであります。

a．いまだ実行されていない場合は、罪人フリドリク・シグルドソンとアグネス・マグノスドウティルのもとを教誨師が毎日訪れるよう即刻手配していただきたい。教誨師はあなたの監督のもと、罪人に説法を行い、彼らを慰め、運命に向かって歩む心の準備をさせねばなりません。教誨師は罪人について処刑場まで行くこと。

b．処刑台はイルガスターデュルにちかい場所で、かつ四方八方から見える小高い丘に設置されるようご手配ください。

c．処刑台は木製ではなく良質の芝草で築き、周囲に手すりを巡らすこと。処刑台の上には、顎を載せる溝を彫った木塊を置き、綿か平織りウールの赤い布で覆うこと。

d．選ばれた処刑人には、その任をよく果たせるよう、貴殿の自宅で秘密裏に訓練を授けてください。この重大な時期において、処刑人が信仰を、あるいは自制を失わぬことが厳に求められます。死刑囚に苦痛を与えぬよう、斬首は一撃のもとに遂行されること。グドゥモンデュル・ケーティルソンは、ごく少量の酒しか飲まぬこと。

e．処刑場の周囲にふたつ、あるいは三つの見物席を設置するため、近隣の農場よりできるだけ多くの人手を集めること。彼らは無償で労働力を提供せねばなりません。

f．許可なく見物席に立ち入ることは許されません。

g．あとから処刑される者は、最初の処刑を見ることは許されず、処刑台が直接目に入らぬ場所に留め置くこと。

h．処刑後に残された遺体は白木の箱におさめられ、その場にただちに埋葬されること。貴殿ならびに地元の有力者がかならず処刑に立ち会い、最高裁判所および国王陛下の判決の読み上げ、および刑の執行とその記録が滞りなく行われるのを見届けること。処刑の一部始終を記録するのはアイスランド語でもかまいませんが、当方に送付せらるる記録はデンマーク語に翻訳されたものであること。さらに、グドゥモンデュル・ケーティルソンが処刑人の仕事をどのように請け負い、支払われる報酬をどのような目的で使うことにしたのか等々も記録してください。最後に、貴殿の八月二十日付けの手紙に感謝申し上げます。処刑後、斧はコペンハーゲンにお返しください。その費用はほかの費用ともども支払われます。

G・ヨウンソン
王室秘書官
コペンハーゲン、デンマーク

スヴィナヴァトゥン地区、ソルケルホイル地区、スヴェラウ地区の行政官宛

六月二十五日付けの最高裁判所判決、ならびに八月二十六日付けの国王陛下親書に則り、以下のごとく確認いたします。罪人フリドリク・シグルドソンとアグネス・マグノスドウティルは、一月十二日火曜日、ホウラバク農場とスヴェインシュターディル農場のあいだにあるランホウラ小屋ちかくの小高い丘で処刑される。

十二月二十二日付けの県知事からの指示書にしたがい、スヴィナヴァトゥン地区から農民を選び、上記の日付および場所で午後の遅い時間に行われる処刑に立ち会うよう命じていただきたい。できるだけ速やかに任命すること。法の書《ヨウンスボク》第七章題名マンヘルジスボルクおよび第二章題名シオウフナダルボルクに従い、農民たちは立ち会いが義務付けられており、命令に背けば処罰の対象となります。農場を離れることが難しい者、その時期に旅に出る者には、この旨を警告していただきたい。あなたたち自身も処刑に立ち会わねばなりません。

天候不順により処刑の遂行が不可能な場合には、翌日に順延すること、立ち会いを命じられた者たちにそのことを徹底させること。一年のこの時期の天候しだいでは、処刑場までの行き帰りに予定外の時間がかかることもありうるので、道中の食事は各自が用意すること。

行政長官
ビョルン・ブリョンダル

一八三〇年一月七日木曜日

もっとも尊敬され深く愛されている友人にして兄弟（B・ブリョンダル）

あなたのご尽力に、われわれの長き交流に、そしてけさ届いたご指示に、愛と情熱をもって感謝いたすとともに、けさ、ヴィディダリュルの人びとに会い、来週の火曜日は早めに集合するよう通告したことをここにお知らせいたします。シグリデュルに恩赦のことを伝えたところ、彼女は神に祈り、国王のご厚情に感謝しております。取り急ぎ用件のみにて失礼いたします。神があなたやあなたの教区の人びとととともにありますように。新年にあたり、ますますのご繁栄をお祈りいたします。あなたの信頼篤き友人より。

P・ピエトルソン牧師、ミドホープ

アイスランドの葬送の賛美歌

救世主イエス・キリストを思い、
その御力を信じ
その御腕に抱かれ
目覚めのときも眠りのときも、
主はわが岩、わが勇気、
主はわが魂の真実の命、
主は（わたしの平和な心はそのことを知るなり）
不和のときも支え。

ゆえに主の御名のもとに生きる、

ゆえに主の御名のもとに死ぬ、
命の力のなくなりても恐れず
死の冷たき影より羽ばたく。
おお、勇者よ、汝の勝利はいずこに？
おお、死よ、汝の針はいずこに？
「ここに来たりて、受け入れよ！」
主を信じわたしは歌う。

一月六日、トウティは、母屋のドアを叩く音で目覚めた。片目を開けると弱々しい光が射しているのが見えた。寝過ごした。ノックはつづいている。仕方がないのでベッドから出ると、毛布を羽織って寒気を締め出した。脚が震える。玄関まで出て、壁に片手をついて体を支えた。

クヴァンムルからの使者が、両手に息を吹きかけ、足踏みながら立っていた。お辞儀して小さく畳まれた手紙を差し出す。ブリョンダルの赤い封印が、青白い紙に滴った血のようだ。

「トルヴァデュル・ヨウンソン牧師補ですか？」

「はい」

使者の鼻は寒さでピンクに染まっていた。「遅れて申し訳ありません。このお天気だもので。これでも急いで来たんですよ」

トウティはコーヒーでもいかがですか、と誘ったが、使者は北の峠を心配そうに見やった。「差し支えなければ、このまま引き返したいのです。雪が激しくなりそうでね。足止めを食らっちゃ大変だ」

トウティはドアを閉め、台所に行って炉の火を熾した。父はどこにいるのだろう？　やかんを火にかけ、のろのろとスツールを炉端に引き寄せた。めまいがおさまってから手紙の封を切る。

トウティは手紙を三度読み返し、膝に置いて火を見つめた。こんなことがあるわけない。あってはならない。まだ言っていないことや、やっていないことだらけじゃないか。彼女のそばについていてやれなかった。不意に立ち上がると毛布が肩から落ちた。ふらつきながら寝室に戻る。トランクを開き、服を引っ張り出して着込み、着替えを袋に入れているところへ父が現れた。

「トウティ？　何事だ？　どうして服を着ている？　まだ治っていないのに」

トウティはトランクの蓋をバタンと閉め、頭を振った。「アグネスのことで。あと六日で殺されます。たったいま手紙を受け取りました」ベッドに腰をおろしてブーツを履く。

「まだ出掛けられる体ではないだろう」

「急に決まったことなんですよ、父さん。ぼくは彼女の期待を裏切ってしまった」

父は息子と並んで座った。「そこまで回復しておらんだろう」父がきっぱり言う。「この寒さにやられてしまう。雪が降っているんだぞ」

頭がズキズキする。「コルンサウ農場に出向かないと。いま出れば嵐の前に着くことができます」

ヨウン牧師は息子の肩に手をやった。「トウティ、自分で服を着ることさえできないじゃないか。殺人者のために自分を殺すことはない」

トウティは怒りでぎらつく目で父を睨んだ。「神の息子はどうなんです？　彼は善人のためだけに死んだんですか？」

「おまえは神の息子ではない。いま出掛けるなんて自殺行為だ」

「それでも行きます」

「わたしが許さん」

「これは神の御意思です」

老牧師は頭を振った。「自殺行為だ。神の御意思に反する」

トウティはよろよろと立ち上がり、父を見下ろした。「神はぼくを赦してくださいます」

教会はものすごく寒かった。トウティは祭壇に進み出るとくずおれるように膝をついた。

両手が震えている。着膨れした体は熱を持って焼けるようだ。頭上で天井が回り出した。

「主よ……」声が割れた。「彼女を憐れみたまえ。わたしたちを憐れみたまえ」

†

食料庫から干した糞を取ってこようと、マルグレットがショールを頭からかぶったとき、玄関から雪を掻く音が聞こえた。彼女は立ち止まった。ドアがきしみながら開いた。「驚かせないで、あなたなの、グドゥモンデュル？」急いで寝室を出ると、廊下をやって来るトウティの姿が目に入った。顔面蒼白で汗びっしょりだ。「あらまあ、牧師さん！　まるで死人だわ！　こんなに痩せてしまって！」

「マルグレット、ご主人はおられますか？」切迫した声だった。

マルグレットはうなずき、トウティを寝室に案内した。「客間にどうぞ」彼女は言い、カーテンを開いた。「こんな嵐の日に旅しちゃいけないわ。まあ、そんなに震えて！　いいえ、台所にしましょう。体をあたためないと。いったいなにがあったんですか？」

「体調がよくなかったんです」トウティの声は震えていた。「熱が出て、喉と首が腫れて息ができなくなるかと思いました」ぐったりと腰をおろす。「それできょうまで来られなかったんです」ゼイゼイいう。「来たくても来られなかった」

マルグレットは彼を見つめた。「ヨウンを呼んできますね」ロイガを呼び、牧師が氷の張った上着を脱ぐ手伝いをさせた。

じきにマルグレットはヨウンを連れて戻ってきた。

「牧師さん」ヨウンがにこやかに手を差し出した。「お目にかかれて嬉しいです。妻から聞きました。体調がすぐれなかったそうですね」

「アグネスはどこですか？」トウティは相手の言葉を遮って言った。

マルグレットとヨウンは目を見交わした。「クリスティンやステイナと一緒です。呼んできましょうか？」

「いいえ、まだいいです」トウティはやっとのことで手袋を脱ぎ、懐に手を入れた。「これを」行政長官の手紙をヨウンに差し出し、ごくりと唾を呑み込んだ。

「これは？」

「ブリョンダルからの手紙です。アグネスの処刑の日時を知らせる手紙」

ロイガがはっと息を呑んだ。

「いつですか？」ヨウンが静かに尋ねた。

「一月十二日。きょうは六日です。それじゃ、まだ聞いていなかったんですか？」

ヨウンは頭を振った。「ええ。荒れ模様がつづいて外にも出られません」

トウティは固い表情でうなずいた。「これでおわかりでしょう」

ロイガは牧師から父へ視線を移した。「彼女に話すつもり？」

マルグレットはテーブル越しに手を伸ばし、トウティの手を握った。顔をじっと見つめる。

「まあ、こんなに熱い。彼女を連れてくるわね。あなたから知らせてあげてください」

†

牧師が話をしているけれど、なにを言っているのか聞こえない。まるで水中にいるみたい、頭上で光が明滅し、目の前には揺れる牧師の両手があって、わたしの手首を握って、放す。彼はまるで溺れる男、水面に出るためなにかにすがりつこうとしている。骸骨のようにも見える。これだけの水、どこから来たの？　息ができるとは思えない。

アグネス、彼が言う。アグネス、ぼくがそばにいますからね。

アグネス、牧師が言う。

彼はとても親切だ。わたしに腕を回して抱き寄せるけれど、そばに来てほしくない。彼の口が開いて閉じて、魚みたいだ。皮膚の下の骨がナイフみたいだ。でも、彼を助けてあげられない。彼がなにを望んでいるのかわからない。死に場所に引っ張り出されない人には、わかるはずもない。心が硬く鋭くなって、ゴツゴツの岩の巣になって、中には空っぽの卵が一個。わたしは子を産めない。わたしから育つものはなにもない。わたしは乾いている。斧のもとに引き摺り出されても、血が流れるかどうかわからない。いいえ、わたしはまだあたたかい。血管の中で血が吠えている。颪の咆哮さながらに吠えて、空っぽの巣を揺らす。小鳥たちはみなどこに行ったの、どこに行ってしまったの？

†

「アグネス？　アグネス？　ぼくはここにいます。あなたと一緒にいます」トウティは心配そうにアグネスを見つめた。彼女は床を見つめたまま、荒い息をして、スツールをきしませながら揺れていた。喉の奥が涙でチクチクする。背後にはマルグレットやヨウンやステイナがいるし、台所の入口には使用人たちがいて、トウティは彼らの視線を感じた。

「彼女、水を飲みたいんじゃないかしら」ステイナが言った。

「いや」ヨウンが言い、使用人に顔を向けた。「ビャルニ！　ブランデーを持ってきてくれないか？」

ブランデーの瓶の口を、マルグレットはアグネスの唇に当てた。「さあ」アグネスはひと口飲んでむせ、ショールに吐き散らかした。「気分がよくなるわよ」

「あと何日？」アグネスが掠れ声で言った。腕に爪を食い込ませている。

「六日です」トウティはやさしく言った。手を伸ばして彼女の両手を掴んだ。「でも、ぼくがここにいますからね。あなたから離れません」

「トウティ牧師？」

「はい、アグネス？」

「願い出ることができるんじゃないかしら。ブリョンダルに会いに行けば、彼は気持ちを変えて、減刑嘆願書を出してくれるかもしれない。彼に話をしてみてくれない、牧師さん？あなたが行って話をすれば、きっと彼は耳を傾けてくれるわ。牧師さん、彼らだって……」

トウティは震える手を彼女の肩に置いた。「ぼくがいますからね、アグネス。ここにいます」

「いいえ！」彼女はトウティを押しのけた。「いいえ！　彼らに話をしなきゃ！　彼らに話を聞いてもらわなきゃ！」

マルグレットが舌打ちする。「まちがってるわ」そうつぶやいた。「彼女はなにも悪くない」

「なんですって？」トウティはマルグレットに顔を向けた。「彼女はあなたに話したんですか？」背後で悲鳴がした。娘のどちらかだ。

マルグレットはうなずいた。涙ぐむ。「ある晩にね。遅くまで起きていたときに。まちがってるのよ。ああ、神よ。あたしたちにできることはないの？　トウティ？　彼女のためになにかできることはないの？」トウティが答える前に、マルグレットは嗚咽《おえつ》を漏らして目に手をやって、部屋を出ていった。ヨウンがあとを追った。

アグネスは震えながら自分の両手を見つめていた。

「わたしには彼らを動かすことができない」アグネスが静かに言い、大きな目で彼を見つめた。「わたしには彼らを動かすことができない」

トウティは彼女の強張った手をまた握った。どちらがよけいに震えているのかわからなかった。

「ぼくがここにいますからね、アグネス」彼に言えるのはそれだけだった。

†

わたしは崩れない。なんでもないことを考える。肌に触れるリネンの感触に意識を向ける。

できるだけ深く、できるだけ静かに呼吸する。

空が暗くなって、風が通り抜ける。まるでそこにいないかのように体の中を吹き抜ける。生きていようが死んでいようがおかまいなく、風は通り抜ける。なぜなら、あなたはじきにいなくなるから。でも、風は吹きつづけ、地を這う草をやっつける。地面が凍っていようが、解けていようがおかまいなしだ。なぜなら、地面はまた凍りつくし、また解けるから。もうじきあなたの体は、乾いてぼろぼろになる。いまは血で熱く、髄のおかげで瑞々《みずみず》しい体は、土の重さで凍りつき、やがて解ける。体の水気の最後の一滴まで、草によって地表へと吸い上げられ、風が吹いて草を倒し、あなたをまた岩に押しつける。風はその爪であなたを削り取り、雪の荒々しい叫びに乗せて海へと運ぶのだ。

†

トウティ牧師はアグネスとともに遅くまで起きていた。やがて女たちも眠りに落ちていった。寝室の隅から、マルグレットは牧師を心配そうに眺めていた。彼もやがて眠りに落ち、ベッドの支柱にだらんと寄り掛かり、彼女がそっと掛けてやった毛布の下で激しく震えていた。彼を起こして、空いているベッドに寝かせることも考えたが、やめておいた。彼がおとなしくその場を離れるとは思えない。

マルグレットはようやく編み物を置いた。ヒョルディスが亡くなった日のことを思い出す。アグネスがやって来てから、彼女のことはめったに思い出さなくなった。でも、これが――

死は間近だという陰鬱な予感、真夜中まで絶えることのない光、泣き疲れて落ちる眠り、それらがヒョルディスを思い出させる。眠りについた家族を見まわす。ロイガがベッドにいない。

　娘を探しに行こうと椅子から立ち上がったとたん、咳の発作に襲われ膝をついた。激しく咳込みながら、肺から血の塊が吐き出されるのを待った。ぐったりする。両手と膝をついて荒い息をしながら、立ち上がる力が戻るのを待った。

　ロイガはなかなか見つからなかった。台所の炉端にも作業室にもいなかった。蠟燭を高く掲げ、食料庫の暗がりを擦り足で歩いた。

「ロイガ？」

　樽が並ぶ隅からかすかな音がした。

「ロイガ、あなたなの？」

　蠟燭の光が壁に影を作り、半分に減った挽《ひ》き割《わ》り粉の袋の陰にいる人間を照らした。

「母さん？」

「ここでなにしてるの、ロイガ？」マルグレットは娘の顔に蠟燭をちかづけた。

　ロイガがまぶしさに目を細め、急いで立ち上がった。目が赤い。「べつになにもしてない」

「気が動転したの？」

　ロイガは目をしばたたき、擦った。「いいえ、母さん」

　マルグレットは娘をしげしげと眺めた。「探したわよ」

「ちょっとのあいだ、ひとりきりになりたかったの」
蠟燭のなびく炎を受けて、二人はしばらく見つめ合った。
「だったらお休みなさい」マルグレットはロイガに蠟燭を渡し、あとについて食料庫を出た。

†

財布はどこにもなかった。フリドリクは目当ての金を見つけられずじまいだった。アグネス、アグネス、彼はどこに埋めた、それともトランクの中か？　でも、あとの祭り。木に擦り込んだ鯨の油が床の血と混じり、わたしの指はべとべと、ランプを壁に投げつけたあとだし、ガラスの割れる音でシッガは悲鳴をあげていた。

彼らはわたしに食事をとらせようとするけれど、トウティ、喉をとおらないんだから。わたしに食事を与えないで、与えたら嚙むわよ。わたしに食事を与えようとする手を、わたしを愛することを拒む手を、わたしを置き去りにする手を、嚙むわよ。石はどこ？　あなたにはわかってない！　あなたに話すことなんてないんだから。カラスはどこ？　ヨウアスが追い払ってしまったから、話しかけてくれない、不公平だ。カラスのためにわたしがなにをすると思う？　石を食べて、歯が砕け、それでもカラスは話しかけてくれない。風だけだ。話すのは風だけ、意味のないおしゃべり、夫を亡くした女みたいに叫んで、返事を待たない。

道に迷いつづけるのだろう、終《つい》の棲家《すみか》はないし、葬式もあげてもらえず、散らばるだけ、あてのない旅がどこにでも連れていってくれるけれど、帰り道は教えてくれない、わが家はないのだから、この冷たい島があるだけ、邪悪なこの身は薄く伸び広がり、風の叫びに乗って、その孤独を真似て、家には帰れずにどこかに消えて、沈黙に呑み込まれ、その黒い水の中に吸い込まれ、星を作り出すのだ、星は憶えていてくれるかもしれないけれど、憶えていても言わない、声に出して言わないから、誰も名前を言わなければ忘れ去られる、忘れ去られる。

†

処刑前夜、コルンサウ農場の住人は寝室に集まった。頬に涙の筋をつけたステイナが、ありったけのランプを集めて灯し、テーブルの上に並べて部屋の隅にわだかまる影を追い払った。使用人たちはそれぞれのベッドに座って壁にもたれ、アグネスのベッドをぼんやり眺めていた。そこにトウティとアグネスが体を寄せ合っていた。手を握り合い、牧師が静かに語りかけていた。彼女は震えながら、床を見つめている。

ヨウンは家畜の飼い付けから戻ると、マルグレットと並んでベッドに腰をおろし、ゆっくりとブーツの紐をほどいた。マルグレットは膝から編み物をおろし、立ち上がって彼が上着を脱ぐのに手を貸し、伸ばした腕の先に擦り切れた上着をぶらさげて立っていた。

「母さん？」ステイナが立ち上がった。おなじベッドに座るロイガは無表情で、かたわらのランプの揺れる芯を見つめていた。「母さん、あたしが持つわ」

マルグレットは口をぎゅっと閉じたまま、ステイナに濡れた上着を渡した。それからゆっくりと膝をつき、咳を堪えながら膝立ちのまま自分のベッドに戻った。彼女がベッドの下に手を入れるのを、ステイナは眺めていた。「ステイナ?」

ステイナも屈み込み、マルグレットが彩色されたトランクを引き出すのを手伝った。「これをベッドに置いて。ヨウンの横に」ステイナはうんうん言いながら木製のトランクを毛布の上に置いた。埃が舞い上がる。マルグレットが鉄の差し錠を開ける。中身は服だった。

マルグレットは牧師のかたわらで震えているアグネスをちらっと見て、トランクから上等のウールのショールを取り出した。なにも言わずにアグネスのベッドまで行き、トウティにうなずき、屈み込んでアグネスの肩をショールで包んだ。

トウティは薄あかりのなかでマルグレットを見上げ、青白い顔に強張った笑みを浮かべた。

マルグレットが口元を引き締めてトランクの中を掻きまわすのを、家族は黙って眺めていた。彼女は裾に刺繍を施した黒っぽいスカートを取り出し、毛布の上に丁寧に広げた。つぎに白い綿のシャツと刺繍のある胴着《ボディス》、縞模様のエプロンを取り出し、おなじように広げた。両手で畳みじわを伸ばしてゆく。

「なにしてるの、母さん?」ステイナが尋ねた。

「あたしたちにしてあげられるのはこれぐらいでしょ」マルグレットが言う。文句があるなら言ってみろという顔でぐるっと見まわし、トランクの蓋をバタンと閉め、ベッドの下にもどして、とステイナに手振りで示した。

マルグレットはその場に立ち、自分のベッドにいるロイガに目をやった。つかつかと彼女のそばに行き、手を伸ばす。

「あなたのブローチ」マルグレットが言うと、ロイガは顔をあげ、口をぽかんと開いた。それから、少し逡巡《しゅんじゅん》したのち、ベッドから出て床に膝をついた。ゆっくりとブローチを母に渡し、ベッドに戻ると目をしばたたいて涙を払った。マルグレットはベッドに広げたボディスに銀のブローチを留めてから、編み物を取り上げた。

†

雪がやんだ。すべてのものが動きを止めた。雲もじっと空に浮かんで、まるで死体のようだ。動いているのはカラスだけ、それにコルンサウ農場の人たち。でも、どっちがどっちやら区別がつかない。黒ずくめでわたしを取り囲み、餌を待っている。時間はどこに行ったの？　夏とともに置き去りにされた。わたしは時間を超越している。牧師はどこ？　グンガスクルド川のほとりで待っている。苔の中に、溶岩の中に、灰の中に骸骨を探して。

マルグレットが両手を伸ばし、わたしの手を包み込んだ。ぎゅっと握り締めるので、手が痛い、手が痛い。

「あなたは怪物じゃないわ」彼女が言う。上気した顔で、唇を噛む、きつく噛む。わたしの手を握り締める彼女の指は、熱くぬめる。

「彼らがわたしを殺そうとしている」誰が言ったの？　わたしが言ったの？

「あなたのこと、憶えているわ、アグネス」彼女が握る手にさらに力を入れるので、わたしは悲鳴をあげそうになり、それから泣き出した。憶えていてほしくない。わたしはここにいたいのよ！

「マルグレット！」

「あたしはここにいるわよ、アグネス。大丈夫だからね、いい子ね。あたしのいい子」

わたしは泣きながら口を開き、開いた口になにかを詰められ、喉に詰まらせて吐き出す。地面に落ちたのは石だ。マルグレットは気づいていないようだ。「石はわたしの口の中にあった」わたしが言うと、彼女は理解できずに顔を歪めた。説明している時間はない。彼女はわたしの手をステイナにまわす。お守りのように。それともひとかけのパン。わたしは聖体。ステイナの指は冷たい。彼女は手を離し、わたしの首に腕を回す。耳元で大きな泣き声がするけれど、わたしは彼女に抱きつく。彼女の体があたたかいから。こんなふうに人に抱き締められたのは、いつのことだったろう。頬に頬を寄せるほど愛しいと思われたのは、いつのことだったろう。

「ごめんなさい」わたしが言う声が聞こえる。「ごめんなさい」なにに謝っているのか、自分でもわからない。みんながぶつぶつとおしゃべりするのは、泣くまいとしているからだ。泣くまいとして、わたしの背筋は硬くなっているのに、泣いている、顔に涙がついている、わからない、ステイナの涙なのだろう。すべてが濡れている。海だ。

「彼らはわたしを溺れさせるの？」わたしは尋ねる。誰かが頭を振る。ロイガだ。「アグネス」彼女が言う。わたしは言う。「はじめて名前を呼んでくれたわね」そこまでだ。彼女は崩れ落ちる。まるでわたしに腹を刺されたかのように。

「そろそろ行きましょう」トウティが言う。彼のほうを向きたいのにできないのは、みんな水の中にいるからで、わたしは泳げない。

「さあ」手がわたしの腕を摑み、体が宙に浮く。空がちかくなり、雲にぶつかりそうになって、そこで気づく。馬に乗せられたことに。墓場へと運ばれる遺体のように、土に葬られる死んだ女のように、わたしは石となって溜め込まれるのだ。空にカラスがいるけれど、水の中を飛べる鳥がいるの？　耳を傾けてくれる石がないのに、啼ける鳥がいるの？

ナタンなら知っているだろう。忘れずに彼に尋ねてみよう。

†

雪が谷を覆う。リネンのように、空に浮かぶ遺体を包むため広げられた死衣のように。

すべてが終わった、とトウティは思った。馬の腹を踵でついてアグネスの馬に並べた。手綱を片手に持ち、手袋を脱いで彼女の脚に手をやった。そのとき、小便の熱いにおいがした。アグネスが見開いた目で彼を見つめた。歯がガチガチ鳴っている。

「ごめんなさい」彼女が声に出さずに言った。

トウティは脚をぎゅっと握った。目を見つめたかったのに、彼女の目は谷をさまよっていた。「アグネス、アグネス、ぼくを見て」

彼女がちらっと彼を見る。薄いブルーの目が色褪せて白くなったように見える。「ぼくはここにいます」彼は言い、また脚をぎゅっと握った。

彼の隣にはヨウン行政官がいた。決然と口を引き結んでいる。ほかにも何人かの黒服の男たちがいることに気づき、トウティは驚いた。彼らは冷気を遮断しようとスカーフを引きあげて口を覆い、ゆるい集団を形成していた。馬たちは早く行きたくてじりじりし、鼻息も荒い。

「牧師さん！」背後から声がした。トウティが振り返ると、どん尻にいた長い金髪の大柄な男がちかづいてきた。上着の懐から小さな瓶を取り出す。無言で差し出す瓶を、トウティはうなずいて受け取った。身を乗り出し、アグネスの手に瓶を押しつける。

「飲みなさい、アグネス」

彼女は瓶を見下ろし、トウティに視線を動かした。彼がうなずくと、アグネスは瓶のコルク栓を抜き、両手で摑んで震える口元に持っていき、ひと口飲んで咳込み、吐き散らかした。トウティはやさしい言葉で元気づけた。

「もうひと口飲んでみて、アグネス。楽になるから」

つぎのひと口はすんなり入った。歯がガチガチいう音が止まった。

「全部飲んだらいい、アグネス」金髪の男が言った。「あんたのために持って来たんだから」

アグネスは鞍の上で体をねじり、誰が声をかけてきたのか見ようとした。顔にかかる長い黒髪を払って、じっと見つめる。

「ありがとう」それはつぶやきだった。

しばらくすると上り坂になった。谷を抜ける峰に出ると、ヴァツンスダルショウラルの最初の丘が見えた。青い光を浴びて、奇妙な形の丘が不気味だ。トウティはぶるっと震えた。

アグネスは首に巻いたスカーフに顎を沈めた。髪が垂れて顔を隠す。ブランデーの酔いが眠りを誘ったのだろうか、とトウティは思った。ちょうどそのとき馬が停止し、アグネスははっとなって顔をあげた。谷間の入口を見下ろし、体を震わせた。

「着いたの？」彼女がトウティにささやきかける。牧師は馬をおり、手綱をほかの乗り手に渡した。頭を振って襲い掛かるめまいを払い、雪を踏みしめる。凍てつく空気の中、きしむ雪の音が響いた。アグネスに手を差し出した。

「さあ、おりるのに手を貸そう」

ヨウンともうひとりの男の手も借りて、アグネスを鞍からおろした。地面に足がついたとたん、彼女はぐらっとなって倒れた。

「アグネス！　さあ、ぼくの手に摑まって」

アグネスは目に涙を浮かべ、トウティを見た。「脚が動かないの」掠れ声で言う。「脚が動かない」

トウティは屈み込み、彼女の腕を自分の肩に回し、引き上げようとして膝がガクンとなった。二人して雪溜まりに突っ込む。

「牧師さん！」ヨウンが手を貸そうと走り寄る。

「だめだ！」言葉が悲鳴となって出た。トウティは取り囲む男たちを見上げた。アグネスが彼の腕にしがみついた。「だめだ」もう一度言った。「ぼくにやらせてください。ぼくが彼女を持ち上げないと」

男たちはあとに引き、トウティは膝立ちになってからゆっくりと立ち上がった。ぐらっとしたがなんとか持ち堪え、目を閉じて深く息を吸い込み、めまいが引くのを待った。ふらつくな、と自分を叱咤《しった》する。屈んでアグネスに手を差し伸べた。「摑まって。ぼくの手に摑まって」

アグネスは目を開き、彼の手を握った。爪が皮膚に食い込む。「離さないで」彼女がささやいた。「わたしを離さないでね」

「離すものか、アグネス。ぼくはそばにいる」

歯を食いしばって彼女を雪の中から引っ張り上げ、首に彼女の腕をかけて立ち上がらせる。

「それじゃ、行こうか」やさしく言い、彼女の腰に腕を回した。小便のにおいは無視する。

「これでよし」

農民たちに囲まれて、こぶのような三つの丘を目指し歩き出した。真ん中の丘のまわりには四十人を超す男たちが集まっていた。まるで獲物を取り囲む猛禽《もうきん》みたいだな、とトウティは思った。

「彼らと一緒に行かなきゃいけないの？」アグネスの声は割れていた。

「いや、アグネス」トウティは手を伸ばし、彼女の目にかかる髪を払った。「もう少し先まで行ったらそこで待つことになっている。フリドリクが最初だからね」

アグネスはうなずき、トウティにしがみついた。彼女を抱え上げるようにして、深い雪を掻き分けて進む。息があがっていた。彼女を雪の上にそっとおろし、隣に座った。ヨウンがかたわらにしゃがみ、手袋をした手から滑り落ちた瓶を拾った。すばやくひと口飲んで顔をしかめる。

じりじりと数分が過ぎた。骨の髄まで凍らせる針のような寒気を無視しようとした。トウティはアグネスの両手を握っていた。アグネスは彼の肩に頭を休めている。

「祈りを捧げようか、アグネス？」

彼女は目を開けて遠くを見つめた。「歌が聞こえる」

トウティは音がするほうに顔を向けた。葬儀で歌われる聖歌、『花のように』だ。アグネスは震えながらじっと耳を傾けた。

「それじゃ、一緒に聴こう」トウティはささやき、彼女に腕を回した。歌声が雪の原を渡り、霧のように二人を包んだ。

トウティの左隣で、ヨウンがひざまずき、両手を組み合わせて主の祈りを唱えはじめた。

「天にましますわれらが主よ、われらに罪を犯す者をわれらが赦すごとくわれらの罪をも赦したまえ」トウティはアグネスの手を強く握った。彼女が小さくあえいだ。

「トウティ」うろたえた声で言う。「トウティ、わたし、覚悟ができていない。まだだめだわ。彼らに待ってくれるよう言ってくれない？　待ってもらわないと」

トウティはアグネスを抱き寄せ、手をきつく握った。

「きみを離さないからね。神はぼくたちとともにあるんだ、アグネス。けっして離さない」

アグネスは空っぽの空を見上げた。斧の最初の一撃が丘に響き渡った。

エピローグ

　罪人フリドリク・シグルドソンとアグネス・マグノスドウティルは、本日、処刑場へと身柄を移された。彼らに付き添ったのは、マグナス・アーナソン牧師、ギスリ・ギスラソン牧師、ヨウハン・トウマソン牧師、トルヴァデュル・ヨウンソン牧師補である。罪人たちの要望に従い、後者二人が彼らの死を迎える準備を手伝った。ヨウハン・トウマソン牧師が死刑囚フリドリク・シグルドソンに対する訓話を終えると、フリドリクの頭は斧のひと振りによって切り離された。死刑執行人を任じられた農民グドゥモンデュル・ケーティルソンは、勇猛果敢に任務をまっとうした。このあいだ、罪人アグネス・マグノスドウティルは、処刑場の見えない離れた場所に留め置かれ、それから引き出された。トルヴァデュル・ヨウンソン牧師補が彼女に死の準備をさせたのち、おなじ死刑執行人により、おなじく見事な手際で彼女の頭は切り落とされた。ふたつの首は処刑場に用意された二本の杭に刺され、死体は白木の棺におさめられ、立会人たちが引きあげる前に埋められた。処刑は静寂のなか、粛々《しゅくしゅく》と行われ、マグノス・アーナソン牧師の短い説教によって締めくくられた。

以上相違なく。

B・ブリョンダル、R・オルセン、A・アーナソン

一八三〇年、フーナヴァトゥン教区簿冊より

著者の追記

本書はフィクションだが、現実の出来事をもとにしている。アグネス・マグノスドウティルは、アイスランドで死刑に処された最後のひとりだ。一八二八年三月十三日から十四日にかけて、北アイスランド、ヴァッネス半島にあったイルガスターデュル農場で、ナタン・ケーティルソンとピエトル・ヨウンソンが殺害された事件の共犯として起訴され、有罪となった。一九三四年、アグネスとフリドリク・シグルドソンの亡骸は、スリスタパーからチアルンの教会墓地へと移され、おなじ墓に眠っている。ナタン・ケーティルソンの墓もおなじ墓地にあるが、墓石はもうない。シグリデュル・グドゥモンドウティルはコペンハーゲンの織物刑務所に送られ、数年後に死亡したと言われている。金持ちの男によって刑務所から救い出され、長寿をまっとうしたという言い伝えが根強く残っているが、むろん事実ではない。しかし、彼女に同情する気持ちが人びとのなかに強くあったことのあらわれではある。

イルガスターデュル農場の殺人と犯人たちの処刑を描くにあたって、何年にもわたる調査を行い、その過程で聖職者の記録や教区簿冊、国勢調査、郷土誌、印刷物に目をとおし、多くのアイスランド人に話を聞いた。本書に登場する実在の人物たちのなかには、脚色を加えた者や省いた者、改名を余儀なくされた者もある。ビョルン・ブリョンダルとトルヴァデュル・ヨウンソン牧師補がそこに含まれるが、コルンサウ農場の家族とアグネスの両親兄弟は資料に記されたままである。

アグネスの物語を語るために拝借した人物たちの、いまも生きている親族たちに対して、悪気はまったくないことをここにお断りしておく。

各章のはじめに載せた手紙や記録やその抜粋は、原本から翻訳したものだ。ナタンの仕事場の残骸は、いまもイルガスターデュルに残っており、スリスタパーの処刑場跡には石の記念碑が立っている。本書で用いた地名はすべてほんもので、アグネスやほかの登場人物の口にのぼった農場の多くは、いまも操業をつづけている。

アグネスの人生と殺人事件を形作る既知の事実は、本書の中で再構成され、ここで語られる出来事は記録からじかに引いてきたものも、推測にもとづくものもある。つまり、想像で補った事実だ。アグネスがストラ゠ボーグ農場からコルンサウ農場に移されたことも、アグネスがトルヴァドゥル・ヨウンソン牧師補を教誨師に選んだことも事実である。二人の不思議な出会いとアグネスの夢も含む二人の関係は、地元の記録や郷土誌を参考にしている。登場人物たちが示す高い識字能力は、歴史的に見て正しいものだ。十八世紀後半以降、アイスランド人の識字能力は世界水準に達している。

十九世紀アイスランドの里子や貧窮者、幼児死亡率、庶出、親族関係に関しては、以下の研究者たちの広範な研究に大いなる恩恵を受けたことをここに記しておく。ギズリ・アウグス・グンロウグソン、オウロフ・ガルダスドウティル、ロフトゥル・グートルムソン、グノル・トルヴァルドセン、ソウレン、エドヴィンソン、リチャード・トマソン、シグリデュル・マグノソン。十九世紀にアイスランドを旅した外国人の日誌も参考にした。エベニーザ・ヘンダーソン、ジョン・バロウ、アレグザンダー・ブライソン、アーサー・ディロン、ウィリアム・フーカー、ニールズ・ホルボウ、サー・ジョージ・マッケンジー、ウヌ・ヴォン・トゥロイル。“*Húnavetningur*”, “*Sagnaþættir úr Húnaþing*”, “*Hunavatnsþing Brandsstaðaannáll*”も貴重な資料である。

イルガスターデュル農場の殺人事件とナタン・ケーティルソンの生涯（とその死）については、以下の書物を参考にした。*Enginn Má Undan Líta* by Guðlaugur Guðmundsson, *Yfirvaldið* by Porgeir Porgeirsson, *Dauði Natans Ketilssonar* by Gunnar S. Porleifsson, *Dauði Natans Ketilssonar* by Guðbrandur Jónsson, *Dauði Natans Ketilssonar* by Eline Hoffman（translated into Icelandic by Halldór Friðjónsson）, *Friðþæging* by Tómas Guðmundsson, *Agnes of Friðrik fyrir og eftir dauðann* by Sigrún Huld Porgrímsdóttir.

右記の書物は非常に有益ではあったが、相互に矛盾する記述もあり、アグネスを〝殺人を扇動した冷酷な魔女〟とする一般的な見方を踏襲するものもあった。この女性の謎めいた複雑な内面を描くことが、本書の目的である。

謝辞

たくさんの人びとの力添えがあって、本書は生まれました。クヌートゥル・オスカルソンとお母さんに、心からありがとう。オーサルであたたかくわたしを迎え、コーヒーをお供に翻訳の手伝いから深夜におよぶディスカッションまで、よく付き合ってくださいました。お二人と過ごしたかけがえのない時間は、わたしの宝です。裁判にまつわる手紙の原本を探す手伝いをしてくださった、国立公文書館の文書係、ヨウン・トルファソンと同僚のみなさんの助力と情熱にも、感謝を捧げます。とても有益な手紙をくださったグドゥモンデュル・ヨウハンソンにも、お礼申し上げます。国立公文書館、アルニ・マグノソン研究所、クリングラン図書館、野外民族博物館、グルンバイル博物館の司書とスタッフの方々にも、たいへんお世話になりました。

わたしの〝アイスランドの家族〟にも、ありがとう。あなたたちがいなければ、この本は書けなかったでしょう。思いやりと予備のベッドと寛容の心を提供してくださった、ピエトル・ビョルンソン、レギナ・グーナルスドウティル、ヘラ・ビルギスドウティル、ハルドル・シグルドソン、シルヴィア・ダーグ・グーナルスドウティル、マリア・レイニスドウティルに、愛と感謝を捧げます。本書の誕生までには、アイスランドで出会ったたくさんの人びとが、ときには不思議な形で、さまざまに貢献してくださいました。本書はわたしがアイスランドに送るダークなラブレターです。その思いが伝わりますように。

フリンダーズ大学のみなさんにもお礼を。とりわけ最初からわたしを支えてくださったルース・スタームキに、心からの感謝を。早い段階で本書を読んでくれたカイリー・カーディルとカリンダ・アシュトンにも、ありがとう。ケイト・ダグラス、デイヴィッド・ソーニグ、ビー・スタフォードの友情にも感謝します。わたしのために時間をさいてくれてありがとう。

サガについて意見と指導を与えてくださった、ジェラルディン・ブルックスにも感謝しています。オーストラリア未発表作品賞、ＳＡライターーズ・センターにもお礼を。ピーター・ビショップ、ヴァレリー・パーヴ、パトリック・アリントン、マーク・マクラウドは、貴重な意見を寄せてくださいました。ありがとう。

カーティス・ブラウン・オーストラリアのピッパ・マッソンとアナベル・ブレイにも、たいへんお世話になりました。ゴードン・ワイズとケイト・クーパーをはじめとして、カーティス・ブラウン・ＵＫのみなさんにも感謝しています。ライターーズ・ハウスのダン・ラザーにもありがとうを。エマ・ラファティ、ソフィー・ジョナサン、アマンダ・ブラウアー、ジョー・ジャラーの鋭い目とよく練られた提案にも、おおいに助けられました。わたしの本の出版社、ピカドールのアレックス・クレイグとポール・バガリー、リトル・ブラウンのジュディ・クレインにも感謝を。この本を信じてくれたことに。

パムとアランとブライオニーにも、ありがとう。あなたたちの愛と忍耐にどれほど助けられたか。それに、わたしとおなじぐらいアグネス・マグノスドウティルを愛しいと思ってくれて、ありがとう。しんがりはアンガハラダ、一瞬たりともわたしを疑わず、つねに守ってくれました。ありったけの感謝を捧げます。

訳者あとがき

オーストラリアの新人作家ハンナ・ケントの『凍える墓』をお届けする。

二〇一三年八月にイギリスで出版されるやまたたく間にベストセラーとなり、女性作家が英語で書いた小説に贈られるベイリーズ・ウィメンズ・プライズ（元オレンジ賞）やガーディアン新人賞の最終選考候補になった。どちらもイギリスで権威のある賞だ。本国オーストラリアでは、ＡＢＩＡ年間最優秀小説賞の純文学部門で大賞に輝き、ほかにも幾多の賞を受賞、あるいは最終選考まで残った。

アメリカでも、二〇一三年の九月に出版され、一カ月後には、ジェニファー・ローレンス主演、ゲイリー・ロス監督（『ハンガー・ゲーム』のコンビ）で映画化が決まった。

すでに二十カ国で翻訳出版され、二〇一五年には日本も含めさらに八カ国で翻訳出版されることが決まっているそうだ。

ハンナ・ケントは一九八五年アデレード生まれだから、本書が世に出たときにはまだ二十八歳だった。大学を卒業後、文学者が多く集まるメルボルンに出て友人と〝キル・ユア・ダーリンズ〟という文芸誌を発行、また、オーストラリアでもトップレベルのフリンダース大学で博士号も取得した。

高校生のとき、ロータリークラブの青少年交換プログラムに応募し、アイスランドで一年間学ぶ機会をえた。風景も暗さもオーロラも、文化も言葉も、すべてが想像をはるかに超えるものだった。帰国後も本書のリサーチで何度も訪れるうち、アイスランドは第二の故郷になった。彼女曰《いわ》く。「アイスランドはすばらしい国、人間を鍛えあげてくれる国です。美と恐怖と伝統と困窮が共存しているというよりも、分かちがたく絡み合っている国、すべてにおいて極端な国です。そこに惹かれます」

留学時代、十七歳の彼女の心を捉えた物語があった。アイスランド人なら誰もが知っているアグネス・マグノスドウティルの物語だ。一八三〇年に、アイスランドで最後に死刑になった罪人の一人。人びとが語るアグネスは、十代の少年をそそのかして、冷酷にも愛人を殺させた稀代の悪女。だが、人間はそんなに単純なものだろうか。彼女の心に疑問が芽生える。アグネスのほんとうの姿を知りたいと思うようになる。十九世紀初頭はまだ女の地位が低い時代、誰かの娘か誰かの母親としてしか生きられない時代だ。その鋳型にうまく嵌《はま》らない女は爪弾《つまはじ》きにされる。天使でないなら悪魔だとみなされる。

「わたしがこの小説で書きたかったのは、彼女の両義性、曖昧さです。彼女の犯した罪について資料をあたったのは、無実を証明するためというより、彼女の複雑な内面をあぶり出すためでした。そうするうちに彼女の人間性が見えてくると思ったのです」

アイスランドは日本人にあまり馴染みのない国だろう。フィンランドならムーミン、というような、誰もが知っている代表的なものが思い浮かばない。歌手のビョークはいるけれど、ムーミンほど（日本では）メジャーではない。

アイスランドは北海道と四国を合わせたぐらいの広さの島だが、活火山が三十もある。二〇一〇年の火山噴火では、北部ヨーロッパで数週間空の交通が麻痺したことが記憶にあたらしい。噴出する溶岩の量もはんぱではなく、この五百年のあいだにアイスランドの活火山が噴出した溶岩は、地球全体の総量の三分の一を占めるとも言われているそうだ。溶岩の大地に大きな木は育たない。だから昔は、家を建てる材料は芝草だった。芝草を根も含め分厚く刈り取ってそれを積み上げてゆく。壁に板を張る余裕がなければ、夏は芝草に混じる土が乾燥してこぼれ落ち、冬は雪で湿った芝草に黴《かび》が生えてやはりこぼれ落ちる。

アイスランド島の存在は紀元前三〇〇年ごろから知られ〝地のはてのテュレ〟と呼ばれていた。人が住むようになるのはずっとあとの八世紀からだ。七九五年にアイルランドの修道僧が移住した。それからノルウェーのヴァイキングが大挙して移住し、九三〇年にはヨーロッパで最初の民主議会（アルシング）が開かれた。キリスト教が入ってくると学芸が盛んになったのは、布教とともにアルファベットが伝えられ、古来の伝承が記録されるようになったからだ。十世紀から十三世紀にかけて、神話や伝説に由来する抒情詩や抒事詩、サガと呼ばれる散文物語がさかんに書かれるようになった。だが、一二六二年にノルウェーの支配下にはいると学芸は一気に衰え、島そのものも活力を失った。十四世紀には今度はデンマークの支配下にはいり、一九一八年、アイスランド王国（デンマークとの連合王国）が誕生するまでその支配はつづいた。アイスランド共和国として独立したのは一九四四年のことだ。

本書に引用されているサガ、『ラックス谷の人びとのサガ』は数あるサガのなかでもいちばんロマンチックな物語だ。ヒロインの美女グドゥルンは、娘時代に四度夫をかえる運命を示す夢を見、その予言が不幸にも現実となる（アイスランド人はいまでも、夢のお告げを信じているらしい）。親が取り決めた最初の夫には、愛情がまったく感じられずに離別する。愛し合って結婚した二人目の夫は溺死する。つぎに彼女に求婚したのが、アイスランドきっての権勢を誇る美青年のキャルタンだった。紆余曲折ののち、二人は婚約した。ところが若く野望に燃えるキャルタンは、結婚する前にノルウェーに行き、さらなる名声と富をものにしたいと言い出す。三年で戻ると約束しておきながら、ノルウェー王の娘に気持ちを移して帰島しなかった。キャルタンに同行した親友のボリは先に戻り、前から思いを寄せていたグドゥルンに、キャルタンは王の娘と結婚するだろう、と言って結婚を申し込んだ。二人が結婚したあとにキャルタンが戻ってくる。親友と婚約者の裏切りに傷ついたものの、三年で戻らなかった自分も悪いと、彼はべつの娘を娶《めと》った。この新妻に贈ったのがノルウェー王の娘からもらった美しい帽子だった。グドゥルンはそれを知り、自分がもらうはずの帽子だったのにと激怒し嫉妬に駆られ、夫や兄弟をそそのかしてキャルタンを殺させてしまう。夫はその後、キャルタンの兄弟に殺される。グドゥルンは四度目の結婚をして子供を儲け、成人したその子に「四人の夫のうちいちばん愛したのは誰ですか」と尋ねられ、こう答える。「わたしは、心から愛した人に、とてもむごいことをしてしまった」

ハンナ・ケントは言う。「『ラックス谷の人びとのサガ』のヒロイン、グドゥルンは美しく聡明で思慮深い女性です。強いられて不幸な結婚をし、のちにほんとうに愛したただひとりの男――夫の親友のキャルタン――を殺してしまいます。サガには珍しく女性を主人公にしたこの物語はとても詩的で、殺人と悔恨、それに激しい愛の描写がとりわけ人の心を打ちます。イルガスターデュルの事件には、すれ違う男女の心や欲望、裏切りなど、このサガの核心部分に重なるものがあります。サガに精通していた聡明なアグネスが、この物語にわが身を重ねたとしても不思議はありません」

とても美しいと同時に人を寄せ付けぬ厳しい土地に惹かれるというハンナ・ケントがつぎに選んだのがアイルランドだ。厳しい環境が人間性を形作るという点でアイスランドに共通するところがある。時代はやはり十九世紀、実際に起きた犯罪事件をテーマに、一年半ほどリサーチをして書きたいそうだ。楽しみに待ちたい。

最後に、本書を訳し、あとがきを書くにあたり山室静著、社会思想社刊『サガとエッダの世界』を参照しました。

二〇一四年、紅葉が美しい秋

加藤　洋子

BURIAL RITES by Hannah Kent

Japanese translation published by arrangement with
HF Kent Pty Ltd. c/o Curtis Brown Group Ltd. through
The English Agency (Japan) Ltd.

集英社文庫

凍《こご》える墓《はか》

2015年1月25日　第1刷　　定価はカバーに表示してあります。

著　者　ハンナ・ケント
訳　者　加藤洋子《かとうようこ》
発行者　加藤　潤
発行所　株式会社 集英社
東京都千代田区一ツ橋2-5-10　〒101-8050
電話　【編集部】03-3230-6094
【読者係】03-3230-6080
【販売部】03-3230-6393(書店専用)
印　刷　中央精版印刷株式会社　株式会社美松堂
製　本　中央精版印刷株式会社

フォーマットデザイン　アリヤマデザインストア　　マークデザイン　居山浩二

ISBN978-4-08-760699-7 C0197